U0075509

日漢翻譯技巧

靖立青　編著

鴻儒堂出版社發行

前　言

　　學習外國語，在"讀、譯、聽、說、寫"五會中，"譯"佔有一席之地。以"讀"而論，對有一定難度的文章，若能讀懂、理解透徹並不容易。倘再能用文字確切無誤地表達出來，譯文規範，更非易事。其中涉及到外國語的水平，中文的素養，豐富的科學知識以及廣泛的常識。此四者可說是從事翻譯的根本條件，斷言之，是缺一而不可的。

　　就翻譯要領或稱翻譯技巧而言，是在其備或基本具備上述四項根本條件的基礎上，而起到畫龍點睛的作用，否則，"要領"也就形同無的之矢了。

　　本教程之選材多具趣味性，體裁較爲廣泛，讀來也並不甚費解，但需要運用的翻譯技巧卻頗爲豐富，且具有實踐價值。全書共分三大部分：第一部分爲概論，是翻譯知識的總體概述；第二部分共爲十六章，是翻譯要領各專題的論述以及與其密切配合的實踐材料和練習；第三部分爲注釋和參考譯文，即實踐材料和練習的注釋與參考譯文。

　　本教程承劉長義副教授審閱，筆者受益非淺，藉此謹致謝忱。

　　尚須說明，翻譯要領與語法不能相提並論，雖然它們都是從語言中總結歸納出來的規律，但二者的目的和性質大不相同。從嚴密性方面考慮，翻譯要領較之語法多富有靈活性。況本教程之

所論，多爲一鱗半爪，更屬筆者的一孔之見，難免以偏概全，敬希批評指正。

　　參加本書編寫工作的還有馬金森和靖大錚。

筆　　者

1988 年 1 月天津

目　　錄

第一部分

概　論

一、關於翻譯

二、翻譯五則

第二部分

第三部分

注釋和參考譯文

第一部分

概　論

一、關於翻譯

1. 翻譯的定義和種類

"翻譯"一詞的語義是指把一種語言或文字所表示的思想、概念用另一種語言或文字準確無誤地表達出來的語言活動。其中包括口譯和筆譯兩種。

口譯是有聲的語言翻譯活動，筆譯是無聲的文字翻譯活動。而文字是語言的符號，文字可稱為"書面語言"，因此文字翻譯也可謂之"書面語言翻譯"。

本教程所論及的範圍是，由現代日語筆譯成現代中文，並且只限於科技等應用性文體的文章。

2. 翻譯的意義和目的

我國的翻譯工作始源已久。據說，遠在隋唐時代就已出現了"翻譯"一語。至少在漢朝佛教傳入中國之際，我國已有了翻譯工作。

近來，隨著科學技術的迅猛發展，國際間學術交流和科技情

報工作具有極爲重要的作用。加之，國際間在經濟、文化、藝術、體育等方面日益頻繁的往來，翻譯已成爲不可缺少的橋樑。

就科技翻譯的意義和目的而言，旨在通過翻譯這一橋樑吸收國外的先進科學知識，並可豐富祖國的語言。

3. 翻譯是原文的再創作

人類的思維形式和規律是世界各民族所共同的。不同的民族，只要正確地運用思維的形式和規律翻譯彼此的語言，他們就可以相互交流思想。這樣就決定了翻譯的可能性。但是，語言的形式和規律是富有民族特色的。這種特色的形成是一個民族在一個地域的生活、地理環境、民族習慣等等在語言上的反映，因而各個民族在其語言的結構、詞匯、發音等方面有它獨自的特點。當然，在同源的語言之間差別較小，親屬語言之間更小。在不同源的語言之間，差別最大。

因此，首先應當懂得，原文（這裡指日語）的思想內容是與原文的語言形式有著直接而密切的聯繫，原文中所叙述的內容是與表達手段形成一個不可分割的統一體。而翻譯就必須恰如其分地尋求表現原文內容的語言形式，在譯文中同樣形成另一個內容與形式不可分割的統一體。例如：

子供は，それが夕食後にコーヒーを飲まない方がいい。

兒童，在晚飯後最好不喝咖啡。

由此示例中不難看出，原文的內容必須有相應的表達手段，翻譯正是恰如其分地尋求表現原文內容的語言形式。因此，可以

說，翻譯乃是一個複雜地、有意識地選擇表達原文各個要素的各種手段的過程，決不是簡單地或機械地複製原文各個單獨的要素。從某種意義上講，翻譯是原文的再創作。

4. 科技文的翻譯標準

翻譯標準有"信、達、雅"之說。此系我國著名的翻譯家嚴復在 80 多年前翻譯《天演論》時，曾在譯書例言中寫道："譯事三難：信、達、雅。……"

另一翻譯標準為"信"和"順"。魯迅先生曾提出："凡是翻譯，必須兼顧兩面，一當然力求其易解，一則保存著原作的豐姿"、(《且介亭雜文二集》，人民文學出版社 1953 年北京版 134 頁)。以上所述可說是"信"和"順"這一翻譯標準由來。

多年來，對"信、達、雅"眾說紛紜。即使同意以其為翻譯標準的人，對這三個字的含義也多有不同的見解。根據科技文的特徵及翻譯實踐的經驗，將翻譯標準定為"信"和"順"是較為適宜的。

對"信"和"順"可作如下的理解：

所謂"信"，就是忠實地保持原文的內容和風格，"順"則是賦予譯文以通順的表達形式。換言之，正確的譯文只能是保存原作的內容和求其通順易懂的辯證統一。譯者如能將文章譯得符合此項標準，則不僅有助於讀者對內容的理解，而且還會使人讀來舒暢，增添閱讀的興致。例如：

(1) いまは、遺伝子工学のブームである。これは、最も注

目されている最先端研究分野だが，肝炎などのビールス病やガンの特効薬になる可能性のあるインターフェロンを，遺伝子工学を用いて人工的に合成できるというものだ。このインターフェロンは，いま人間の白血球から作っているが，ごく少量しか取れず，途方もなく高い。

　　現在是遺傳工程學熱。遺傳工程學是最引人注目，也是最尖端的研究領域。應用遺傳工程學可以人工合成一種干擾素。這種干擾素有可能成爲治療肝炎等病毒症和癌的特效藥。它是從人的白血球中提取，採量極少，並且價格相當昂貴。

(2)　つまり，すべての産業，すべての人が「マイコン革命」の埒外には存在しえない。当然ながら，その経済効果はきわめて大きく，まさに自動車産業の発展と類比すべきものといえる。さらに，その拡がりの大きさからいえば，自動車よりも大きいはずだ。

　　總之，一切產業和所有的人都不可能置身於"微電腦革命"之外。當然，產生的經濟效益是非常巨大的，的確可以與汽車工業的發展相提並論。而且從其涉及的範圍來看，比汽車更爲廣泛。

例(1)和例(2)是運用一些必要的翻譯手段譯出的。可以說，譯文基本上符合翻譯標準的要求。

(3)　また，制練用の転炉では，30分足らずの製鋼の時間のうちに，成分をゼロコンマ数パーセントにまで調整しな

ければならない。

　　　再以冶煉轉爐爲例，在不足 30 分鐘的冶煉時間內，必

須把成分從零調整到百分之幾。

該例的譯文出現背離原文的錯誤，主要是把 "成分をゼロコ

ンマ数パーセントにまで" 的語法關係沒有弄清而產生的。正確

的譯文應當是：

　　　再以冶煉轉爐爲例，在不足 30 分鐘的冶煉時間內，把

成分調整到百分之零點幾。

(4)　結局，日本の技術力の強さを一言でいえば，それは足
腰の強さである。

　　　結局，如果簡單地說日本的技術力量的強大，那是腿

和腰的強大。

該句的譯文使人看了，可以說是似懂非懂。原因是生硬照搬

原文的用詞和語法的結果。該句可譯爲：

最後，若談到日本技術力量的強大，簡而言之，是它的基礎

雄厚。

(5)　玄関で取り次ぎを頼むと，門前拡いされる覚悟でいた
のに，マサリ家の中に入れてくれた。

　　　我在大門口向看門人說了自己的名字，表示了自己的敬意，

然後叫我進了這個爽快的家中。

此句的譯文實屬地地道道的望文生義。譯者根本不理解原文

的內容意義。該句原文所表達的內容，大致是：

　　　我在大門口請求傳達接見時，就作了吃閉門羹的思想

準備，然而出乎意料地竟爽快地被請到他的家中。

以上 3 例說明無論是對原文的句子結構理解有誤，還是生搬硬套以及望文生義等等，都是翻譯中的大忌。

由此可見，翻譯的任務是傳達原作的內容，因此譯文必須忠於原文，即應該把原文的意思和風格準確無誤地翻譯過來。但這並不等於拘泥於原文的一詞一字和語法結構。在準確、完整地保持原文內容和風格的基礎上，根據表達的需要對原文的用詞、句型結構進行必要的變更和調整，以求保存原作的內容和譯文的通順，做到"信"和"順"的辯證統一，這就是科技文的翻譯標準。

5. 翻譯工作者應具備的條件

有關科技文翻譯工作者的修養問題，大致有以下幾個方面：

1) 通曉原作的語言

通曉原作的語言是翻譯工作者必須具備的首要條件，是透徹理解原文的前提。對原作理解得透徹與否，除專業知識之外，必然取決於外語的水準。至於達到什麼程度就可以符合要求，三言兩語很難道清。總之，需對原文的遣詞造句，語法結構，文脈風格等有較深地理解能力。為此就需要下一番功夫，雖然不一定要十年寒窗，但也非三朝兩夕所能達到的。試舉一例：

(1) 電車が遅れているようだけれども，もう来るでしょう。

(2) 電車は遅れているようだけれども，もう来るでしょう。

示例中雖中是 "電車が" 與 "電車は"，"が"，"は" 一字之別，語義則謬之千里。例(1)的語義是：

電車似乎是晚點了，他（所等待的人）也該來了吧。

例(2)的語義是：

電車似乎是晚點了，但馬上就會來吧。

2) 具有一定的中文素養

倘若說在理解原文的過程中需要通曉外國語，那麼在表達原文內容時，就得需要中文知識。翻譯科技等應用性文體的文章，雖然不像翻譯文藝作品那樣要求在語言形象、修辭手段等方面花很大工夫，但譯文必須合乎邏輯、層次分明、概念清楚、文字簡煉、用詞貼切。這樣就要具備一定的中文素養。試看以下一例的譯文：

(3) 鋼板の品質については，こういうジョークがある。ある海外のバイヤーが「濡れ手に粟」の金儲けの方法を発見したという。日本から二級品の鋼材を仕入れる。それを一級品と称して他の国に売りつけるのだという。

譯文一：　對於鋼板的質量是有這樣的笑話。據說，某個國家的買主發現了不勞而獲的賺錢的方法。從日本買進二等品的鋼材。據說將其稱為一等品強賣給其他國家。

譯文二：　關於鋼板的質量曾有過這樣的笑話。據說，某個國家的買主發現了一個不勞而獲的"生財之道"。把從日本買進的二等鋼材，偽稱為一等品轉手倒賣給其他國家。

譯文一中的"對於"應是"關於"，在虛詞的使用上產生錯誤。從用詞和句子結構等方面來看，如果認為譯文二優於譯文一，其中就有個中文素養問題。

3)　較豐富的專業知識

翻譯科技文獻，如果譯者對所譯資料的專業內容一無所知或知之不多，譯起來決不可能得心應手。遇到不易理解的專業內容時，會感到束手無策，無從下筆。有時，本來是一個普通的詞，當用在專業的文章中，就不知如何確定詞義。例如：

(4)　從来の工具というものは，加工中に次第に刃先が切れなくなって終りには遂に切削不能という状態になる。

譯文一：　所謂以往的工具，就是在加工的過程中，切削刃逐漸磨鈍，以至最後形成不能切削的狀態。

譯文二：　所謂待刃磨刀具，就是在加工的過程中，切削刃逐漸磨鈍，以至最後形成不能切削的狀態。

"従来の工具" 一語，在通常的情況下，譯作 "以往的工具" 是無可非議的。但在該文的語言環境中，若不譯成 "待刃磨刀具"，就要背離開原文的本義，關鍵的問題是專業知識。

4)　廣泛的常識

作爲一個名符其實的翻譯工作者應具有廣泛的常識，其中包括社會科學和自然科學以及本國和外國的歷史、地理、風土人情、自然風貌、文化傳統等等，當然應以本國和原作者國家的爲主。

尙須提出的是，當今的日語，無論在日常生活還是在專業文獻中湧現出大量的外來語，其中多數來自英語。故而需要懂一些英語，當然是懂得越多越好。

6.　**翻譯中應注意的幾個問題**

1)　切莫望文生義

日語裡存在爲數眾多的慣用語（諺語、成語、熟語、俗語等）。這些慣用語是運用某些詞通過一定的語法結構結合在一起，而表示一特定的語義。在翻譯實踐中遇之，若不解其意，則往往感到茫然，不知所措，容易造成望文生義，應予以注意。例如：

　　　“商いは数でこなせ”／薄利多銷

　私共，開業して，もう十数年になりますが，「商いは数でこなせ」のたとえを店のモットーとしております。何卒末長くご愛顧下さるよう，お願い致します。

　　我們開業已經十幾年，向以“薄利多銷”爲本店的宗旨，敬請長期惠顧爲荷。

　　　“小家から火を出す”／因小失大

　「小家から火を出す」と言いますから，どんな取るに足らない，小さな問題でも，真面目にとりかかって，大きな問題に発展する前に防ぐように努める，と言うのが我社のモットーです。

　　俗話說“因小失大”。因此，盡管是微不足道的小問題，也要認真對待，盡力防止在發展成大問題之前。此係我公司座右銘。

　　　“触らぬ神に祟りなし”/多一事不如少一事

　普通の人ですと，自分の仕事さえ確実にやっていればいい，「触らぬ神に祟りなし」，で他人の事はかまわない方がいいと思いがちなんですが，大木さんはちょっと変わったんで，非常に世話好きな方です。

一般人都認為，只要把自己的工作做好即可，"多一事不如少一事"，別人的事最好不管為妙。但是，大木先生與眾不同，是一位非常愛管閒事的人。

如上的慣用語舉不勝舉，在翻譯中遇到時，應慎重處理，切莫望文生義。

2) 原文正誤的鑑別

文章的作者在語言的運用和文字表達的能力上水準不一（名作家的名著另當別論）。且科技工作者之中不乏有重理輕文之弊，因此文章中難免出現用詞不當，語義含混，語法有誤等現象。對此譯者應有鑑別的能力，在譯文中予以糾正。例如：

(1) 1号機のような欠陥のない機械を設計した。

句中的 "1号機のような" 是一定語，按原文的用詞結構，有可能用來修飾下位的名詞 "欠陷"，但也有可能用來修飾後位的名詞 "機械"。若為前者，譯文應當是：

　　　　設計出沒有 1 号機那種缺點的機器。

如是後者，譯文應當是：

　　　　設計出像 1 号機那樣，沒有缺點的機器。

類似這種句子，原作的意圖究竟是屬於前者抑或是後者，只限於孤立的一個句子，實非譯者所能確定的。只好通過上下文的內容意義進行分析再來決定。

(2) 地球上の生き物の中で，英知と理性のある，したがって，考えたうえで選択する力を持っている点で人間は他に類をみない。

此句中的 "英知と理性のある"（有智慧和理性的）的說明關係不明確，接續詞 "したがって"（因而）用詞不當。按句子的內容意義，似乎應寫成：

> 地球上の生き物の中で，英知と理性を持っており，さらに考えたうえで選択するという力を持っている点で，人間は他に類をみない。

譯文：　在地球上的生物中，富有智慧和理性，從而經思考具有選擇的能力，此係人類有別於其他動物之處。

然而，在鑑別原文的正誤時，不要從中文的角度去衡量日語，而把在日語裡屬於正常的用詞和句子結構誤認為是錯句。例如：

(3) 生じうるすべての現象の予測と対策が十分考えられる。

此句中的主語是 "予測と対策が"，謂語是 "考えられる"，按此搭配，語義是 "考慮預測和對策"。但中文在詞的搭配關係上，可以說 "考慮對策" 而不能說 "考慮預測"。可能由此而產生是否原文在用詞上有誤的懷疑，實則不然。須知，日中文在詞的搭配和用詞習慣方面除有很多共通之處外，還存在著相異的地方。類似 "予測と対策が考えられる" 之類的搭配關係在日語裡時有所見，決非誤用，只是與中文不同而已。遇到這種情況，就需要譯者根據日中文兩種語言的特點，使用與原作語言所表示的內容、風格相同而在用詞和形式上各異的語言材料表達出來。該句可譯作：

> 要預先估計可能產生的一切情況，並充分考慮對策。

3) 譯文的標點符號

標點符號是書面語言裡不可缺少的輔助工具，是文字裡的有機部分。每一種標點符號都有其獨特作用，它可以使讀者分清句子結構，辯明語氣，正確地了解文意。寫文章必須正確地使用，譯文中自然也需要恰當地標出。

然而，日語科技文章，包括科技小品文等在內，所使用標點符號種類較少，同時在使用上與中文也不盡相同，因此，譯文裡的標點符號不能盡同於原文的標點符號，應按中文的用法進行標注。相對日語的用法，需照用者照用；應改用者改用；要增加者增加；得刪減者刪減。例如：

(1) 風がヒューヒューと吹いていましたが、あまり寒く感じませんでした。

　　　風呼呼地刮著，但並不感覺很冷。

(2) 目に見えない電波やエックス線、紫外線などまで観測することができるようになりました。

　　　現在已經可以觀測到眼睛所看不見的電波、X光線、紫外線等。

中文的頓號 "、" 只用來表示並列詞語的停頓，而日語的頓號可起到逗號 (,) 的作用。因此，例(1)原文中的頓號，在譯文中應改用逗號。例(2)原文中的逗號，在譯文中應改用頓號。

(3) 生物は、地球の長い歴史の中で、いつ、どんな姿で出現したのだろうか。

　　　在地球漫長的歷史中，生物是什麼時候，以怎樣姿態

產生的呢？

(4) よかった――大成功だ。

　　　太好了，成功啦！

例(3)是一疑問句，原文用句号（。），譯文中應改用問號（？）；例(4)是一感嘆句，原文用句號，譯文中應改用感嘆號（！），原文在兩句之間用破折號（――），譯文中應改用逗號。

(5) 陽子と電子の総数が等しければ物体は中性であるし，電子が不足していれば正の帯電体，多過ぎれば負の帯電体となる。

　　　質子和電子的數量相等時，物體不帶電；電子少於質子時，帶正電；過多時，帶負電。

(6) 日本の製品は「より大きく，より小さく，より便りに，より多様に，より安く」である。

　　　日本的產品是"更大、更小、更方便、更多樣化、更便宜"。

例(5)是一多層的併列句。原文中用的是逗號，爲了使句子的層次分明，按中文的習慣，在第一層併列句之間用分號（；）爲宜。因此，譯文中改用分號。

例(6)是關於引號的應用。日語的引號是（「 」），而中文的引號是（" "），故而譯文中改用（" "）。

(7) 人類といわれるものが地球に発生して 60～70 万年を経たといわれる。

　　　據說，自從人類在地球上出生以來，已經過了 60～70

－ 13 －

萬年。

(8) 原子は，すべて正電気をおびた原子核と，そのまわり
をまわっているいくつかの負電気をおびた電子とからで
きている。

　　　原子都是由帶正電的原子核和繞其周圍旋轉的若干個
帶負電的電子所組成。

例(7)的譯文中增加二個逗號；例(8)的譯文減掉二個逗號。

以上所述只是相對原文，在標點符號方面的"改、增、減"
的示例，並非全貌。總之，標點符號的使用，日、中文各有其用
法，譯文中應按中文的用法標注。

二、翻譯五則

1. 直譯、變譯和死譯

"直譯"、"變譯"、"死譯"是本書論及翻譯時所使用的三個術
語。實則是在翻譯實踐中採用的三種不同的方法。三者的所指分
別是，按原文的用詞和語法結構直接譯成本族語可通的譯法稱作
直譯；針對不同情況採取與之相適應的不同的翻譯技巧才能達到
"信"和"順"要求的譯法謂之變譯；需要變譯而生硬直譯，使譯
文文理不通、晦澀費解的譯法即是死譯。

由此可見，死譯的方法是不可取的，應當摒棄，而直譯和變
譯也應按原文的語言特徵和譯文的表達需要客觀地選擇，決不是
依譯者的主觀臆斷，任意取捨。例如：

(1) 静電誘導で生じた正，負の電荷の量は等しい。

　　　　　由靜電感應所產生的正、負電荷的電量相等。

(2)　動物や植物の死体や排出物は分解者である細菌によっ
　　て分解され，それに含まれていた炭素は，二酸化炭素と
　　なって大気中や水中へもどされる。

　　　　　動植物的屍體和排泄物通過分解者——細菌分解，其
　　中所含的碳變成二氧化碳返回到空氣和水中。

(3)　人間は，空想をいつか実現してみようと努力します。

　　　　　人們正在努力使空想在某個時候實現。

　　例(1)從用詞、詞序到句子結構均與中文的表達習慣相吻合；
例(2)和例(3)只是在詞序上有的地方與中文有所差異，只要調整一
下詞序即可譯通，因此都屬於直譯的範圍。對這一類的句子，當
然沒有採取變譯的必要，更不屬於死譯。

(4)　木が生長するためには，太陽光線をいっぱいうける
　　葉が必要である。

死　譯：　樹要生長，滿滿地接受太陽光線的葉子是必要的。

變　譯：　樹要生長，就需要有充分接受陽光照射的葉子。

　　　　　變譯的譯文中，增譯出"就""有"兩字；原文的謂語"必要
である"（"必要"為名詞或形容動詞）轉譯成中文的動詞"需要"；
由副詞構成的狀語"いっぱい"（滿），引伸為"充分地"；"太陽
光線"（太陽光線），引伸為"陽光照射"。

(5)　地下水は，水温・水質・水量などの変化が少ないのが
　　特色である。

死　譯：　地下水，水溫、水質、水量等的變化少是特色。

變　譯：　地下水的特點是，在水溫、水質、水量等方面變化甚小。

　　　　原文是一主謂謂語句。這種句型，中、日語中都有，但在句子成分中的用詞不同。若按原文照譯成中文，即成死譯的譯文。爲了既能圓滿地保持原文的語義，又可使譯文通順，符合“信”和“順”的翻譯標準，只有進行變譯。如將原文的大主語“地下水は”轉譯成小謂語“特色である”的定語，即“地下水的特點”，小謂語“特色である”轉譯成主語，“の”（的）字略去不譯，另增譯出“方面”一詞。

　　(6)　鳥の習性には，一見奇妙にみえる特性，つまり，まったくうまくない食べられないものをのみこむ性質がある。

死　譯：　在鳥的習性中，乍看好像奇妙的特性，即具有吞下完全沒有味道的不能吃的東西。

變　譯：　在鳥的習性中，有一種乍看令人覺得很奇妙的特性，即吞食完全沒有味道而且不能吃的東西。

　　　　變譯的譯文中，除增譯了“一種”一詞外，並將“みえる”（好像）引伸爲“令人覺得”，將“性質”一詞省略不譯。

　　(7)　モータは需要増加の一途をたどっておる。

死　譯：　電動機追尋需要增加的一條道。

變　譯：　電動機的需求量日益增加。

　　　　變譯的譯文是突破原文的用詞界限和語法結構作“意譯”處理的。不如此是很難，甚至可以說是不可能將原文表達清楚的。

　　　　通過以上示例足以說明，該直譯者即可直譯，應變譯的即要變譯，死譯是不可取的。另有一點尚需說明，在某些情況下雖然

直譯可通，但略加變譯在表達上即能取得更好的效果時，就不必拘泥於原文。

翻譯科技等應用性文體的文章，需要變譯的語句形形色色，諸如上述例(4)～例(7)變譯譯文中出現的詞類轉換、成分轉譯、增詞、減詞、詞義引伸、意譯等均屬變譯，此係翻譯中必須解決好的重要課題。本教程將在第二部分的各章中分門別類作專題闡述。

2. 邏輯、語法和修辭

日、中文出自於各自的特色，在句子成分的先後順序、用詞、詞的搭配、語法結構等方面都不盡相同，有時差別很大。因此，爲了做到既能表達出原文的思想內容和風格，又能賦予譯文以通順的表達形式，在翻譯實踐中就必須注意邏輯、語法和修辭這三方面問題。

1) 邏輯

邏輯是人類一般的思維規律，而語言是表達思維的工具。沒有正確的思維，決不會有準確的語言形式；沒有準確的語言形式，也決不會準確地表達正確的思維。

可見，語言是思維的形式，思維是語言的內容，因此語言與思維是不可分的。但是，思維正確，語言表達未必正確，就是想的好，未必說得就好。口頭語正確，未必書面語也正確。一般所說的"這句話不通"，其中就有邏輯上的問題。例如，我們可以說："生物有動物與植物之分"，但不能說："學習有態度與方法之分"。因爲"動物"和"植物"加起來等於"生物"，而"態度"

和 "方法" 加起來不等於 "學習"。再如 "我國的江河湖海出產魚、蝦、鹽、碱等水產",這句話的邏輯錯誤在於 "魚、蝦" 是水產,而 "鹽、碱" 並不是水產。綜上所述,爲保證譯文的質量,首先要考慮邏輯。例如:

(1) ふっとうしているやかんの口からでる水蒸気を冷たい水をいれたフラスコの底にあてると,水蒸気はひやされ,細かい水滴てなって,フラスコにつきます。

錯誤譯文: 如果讓沸騰著的從水壺嘴裡冒出來的水蒸氣噴到盛有冷水的燒瓶底部,水蒸氣就會冷却,變成小水滴,凝結在燒瓶水。

參考譯文: 當水滾開時,如果讓水蒸氣從水壺的壺嘴裡冒出來噴到盛有冷水的燒瓶底部,水蒸氣就會冷却,變成小水滴,凝結在燒瓶上。

按科學道理來講,水可以沸騰,水蒸氣是不能沸騰的。若按原文譯作 "…沸騰著的…水蒸氣",是不科學的。

(2) いろいろの動物は,植物のごちそうのおかげで生ています。

錯誤譯文: 各種各樣的動物靠著吃植物而活著。

參考譯文: 許多種動物都靠著吃植物而生存。

動物中有的食植物,有的食肉。如果將 "いろいろの動物が" 硬性譯作 "各種各樣的動物",無形中就排斥了食肉的動物,似乎動物都是食植物的。

(3) 物体の運動は,速さのほかにその物体の運動する向き

を考えるばあいが多い。

錯誤譯文: 當考慮物體運動時, 除速度之外, 還常常要考慮該物
　　　　　體的運動方向。

參考譯文: 當考慮物體運動時, 除速率之外, 還常常要考慮該物
　　　　　體的運動方向。

　　"速さ"有兩個意思, 即"速率"和"速度"。在物理意義上,
"速率"是沒有方向的, "速度"是有方向的。該句中的"速さ"
只能譯作"速率", 這樣才概念明確。

　(4)　最近にも, "もう技術革新はない"といった趣旨の本や
　　　論文が出版されるなど, "技術革新"に対する悲観論は,
　　　いまだに根強い。

錯誤譯文: 最近還出版了一些旨在說明"已經沒有技術革新"的
　　　　　書籍和文章。對"技術革新"的悲觀論仍然根深蒂固。

參考譯文: 最近還出版和發表了一些旨在說明"已經沒有技術革
　　　　　新"的書籍和文章。對"技術革新"的悲觀論仍然根深蒂固。

　　原文中"本や論文が出版される"(出版書和文章) 在主謂語
的搭配上是正常的, 但是中文可以說"出版書籍"而不習慣說"出
版文章"。若照原文翻譯, 就會形成主謂語搭配不當。

2)　語法

　　語法是語言的規律, 不同的語言必然有其不同的語言規律。
因此語法具有鮮明的民族特色。同一思想內容, 不同的語言會使
用不同的語法形式表達出來。然而, 日中文在表達同一思想內容
時, 在語法結構上確有相同之處, 但有時相異較大。日語的某些

語法形式，有的和中文也相去甚遠。在詞序方面，有時也會出現各不相同的現象。凡此種種，都要求針對日中文相異之處，採取相應的措施以保證譯文符合本族語習慣。例如：

(1) 酸素の色: 本来は無色であるが，上記のようにして捕集した酸素はいく分白く煙っている。

錯誤譯文: 氧的顏色: 本來是無色的，但是像上述那樣收集到的氧略呈白烟狀。

參考譯文: 氧的顏色: 氧本來是無色的，但是像上述那樣收集到的氧略呈白烟狀。

原文中的 "酸素の色:" 是文章的小標題，其中提到了 "酸素"。出自於日語用詞和語法結構的特點，正文的前一個分句 "本来は無色であるが" 並未出現可作爲主題主語的 "酸素は"，而是承標題的內容意義不再重提。以副詞 "本来" ＋ "は" 作主題進行敘述。但從中文看來，却殘缺主語，苟簡費解。爲此，譯文中應增譯出主語 "氧"。

(2) われわれが生命現象を知ろうとする時，まず問題になるのは生物体はいかなる物質から構成されているかということである。

錯誤譯文: 我們要想知道生命現象，首要的問題是生物體是由什麼物質構成的。

參考譯文: 我們要想知道生命現象，首要的問題是先了解生物體是由什麼物質構成的。

原文的結構十分嚴密，無任何成分的省略，但照譯成中文，

却使人感到前言不搭後語。問題出在譯文中缺少謂語動詞。增譯出 "了解" 一詞，語義就通順。

 (3) 地球の自転運動は有名なコベルニクスの地動説が発表されてから，これを証明するのにいろいろの方法が考えられた。

錯誤譯文: 關於地球的自轉運動，自從有名的哥白尼的地動說發表之後，已有各種方法予以證明。

參考譯文: 關於地球的自轉運動，自從哥白尼有名的地動說發表之後，已有各種方法予以證明。

 原文中有兩個先後排列的定語 "有名な" 和 "コベルニクスの"，共同修飾下位的名詞 "地動說"。按原文的詞序照譯，譯文是 "有名的哥白尼的地動說"，這樣會引起意義上的混亂。按中文的邏輯順序 (詳見第一章 "成分換位")，將兩者的位置顛倒一下，譯作 "哥白尼有名的地動說"，意思就清楚明白了。

 (4) 複雑な気象現象を推定するのには，一般に実績データが充分に得られない。

錯誤譯文: 對於推斷複雜的氣象來說，一般總難充分地得到實際數據。

參考譯文: 對於推斷複雜的氣象來說，一般總難得到充分的實際數據。

 原文中 "充分に得られない" (總難充分地得到) 是以 "充分に" 作狀語，修飾動詞謂語 "得られない"。但是，在這種語義下，中文的習慣是不用這種語法形式的。因此，譯文可將 "実績

データが充分に得られない"中的狀語"充分に"變譯成定語，而譯作"總難得到充分的實際數據"。須知，中文"充分地"不是不能用作狀語來修飾動詞的。例如，可以說"充分地發揮作用"，"充分地使用人才"；而又不能說"發揮充分的作用"和"使用充分的人才"。這就是前文中所說的"原文的思想內容是與原文的語言形式有著直接而密切的連繫，原文中所敘述的內容是與表達手段形成一個不可分割的統一體。而翻譯就必須恰如其分地尋求表現原文內容的語言形式，在譯文中同樣形成另一個內容與形式不可分割的統一體"在語法方面的具體體現。

3) 修辭

修辭不是語法，但是兩者有著密切的關係。修辭和語法的區別是：研究語法的目的在求詞句的組織合乎語言結構規律；研究修辭的目的是在邏輯、語法正確的基礎上，進一步求詞句合乎藝術的表達效果。

說話寫文章，使用不同的詞句和語氣會產生不同的效果，在這方面中日同理。比如，當有人乘坐公共汽車，而希望有個坐位時，可以用三種不同的詞句語氣表示。

(1) どいてよ！

讓開點兒！

(2) そこあけて下さい。

請讓點地方。

(3) 申しわけありませんが，ちょっと，あけていただけないでしょうか。

對不起，您能不能給讓點地方？

用例(1)的這種口吻去命令別人讓坐位，可能遭到申斥。例(2)的口氣雖然比例(1)好一些，但仍然近乎命令，也不會有人理睬。用例(3)來表達祈使，定會有乘客向旁邊擠一擠，讓出坐位來。

以上示例雖與本節所講的修辭無直接關係，但借此說明，在語言的運用方面，完全可以表現出一個人的氣質和素養。

日語科技文章的特點主要表現在，專業性強、術語概念繁多、述事說理、結構嚴密、多用長句等方面。因而語言比較單調、呆板，不像文藝作品那樣活潑生動，豐富多彩。但有時也會出現修辭性較強的語句。例如：

(1) 池の表面にさざ波が立って，その波が浮かんでいる木の葉を通り越すとき，木の葉はわずかにゆれるだけである。このことから，水面を波が伝わっていくとき，水が波とともに動いていくのではなく，振動する部分が時間とともにつぎつぎ動いていくのであることがわかる。

池面上微波蕩漾，當微波通過漂浮的樹葉時，樹葉只微微搖動。從這一事實即可知，波在水面上傳播時，並不是水同波一起運動，而是振動部分隨時間依次傳播下去。

(2) むかしの人たちは，天気が変わるのを神さまのしわざと考えていました。たとえば，風は，風の神が雲の上にいて，下界をのぞきながら，ときどき，風のふくろの口をあけて，シューツと地上に風をふきおくります。そのふくろの口のあけかたによって，地下では強い風がふいた

— 23 —

り，きもちのよい風がふいたりするのだと考えました。

　　古時候的人都認為，天氣的變化是神力所為。例如認為，刮風是由於有風神立在雲端，窺視著下界，常常抖開風口袋，颼地一聲把風送到人間。根據風口袋張開的大小不同，大地上就狂飆勁吹，或是爽風徐來。

(3)　いま，ここに1本のろうそくに火がともっていると想像してみよう。ほのおは美しく風にゆらぎ，しんをとおしてとけたろうをすいあげてじりじりと燃えている。数学者は，ほのおの下でとけてくぼんでいるろうそくの美しい曲面をみて，このような曲面を計算するにはどうしたらよいだろうと思うに違いない。

　　現在我們想像，這裡有一支點燃著的蠟燭。火焰被風吹得搖搖晃晃煞是好看，燈蕊將融化的燭油吸上來熾熾地在燃燒。數學家看到火焰下方蠟融化而窪下去的美麗凹面，一定會想，怎樣計算這種凹面才好。

以上示例均選自科普和科技文章，都有活潑、生動、形象、修辭色彩鮮明的語句。當然，這並不是說科技文章都會如此，只是說明科技文章並不排除此類情況而已。

在翻譯實踐中，修辭方面所包括的內容較多，這裡主要介紹詞語的錘鍊和句式的選擇。

①　詞語的錘鍊

詞語的錘鍊，對科技等應用性文體的譯文，當然不能像對詩、詞、文學作品的譯文同樣要求。但總應有所考究。大致分為：原

文的用詞精當有力，譯文應予以表達出來；對原文的普通用詞恰當地染以修辭色彩，以增加譯文的表現力。例如：

(1) 工業に抜群に秀でた経済大国・日本としては，そろそろ独創的な技術開発の成果を出すべき時期に来ている。

　　在工業上出類拔萃的經濟大國——日本，必須拿出獨創的技術研究成果的時期終於到來了。

(2) 部品の小型化は，部品メーカーに強い要請がくる。それは，弱い立場にある部品メーカーにとって，強引な命令ともいえるものである。そこで「泣く子と大メーカーには勝てない」と，部品メーカーに懸命な開発努力をせざるをえない。

　　零件的小型化，則需要由配件廠來承擔。這對處於被動立場的配件廠來說，毋寧是一種強制性的命令。"胳膊扭不過大腿"，所以配件廠不得不千方百計地致力於小型化的開發。

(3) 従来から，日本の得意とする高品質，低コストに，この新製品の機敏な企画開発力が加われば，まさに鬼に金棒である。

　　日本歷來最擅長高質量、低成本，加之對新產品的機敏規劃研究能力，確實是如虎添翼。

以上 3 例中的 "抜群に秀でた"，"「泣く子と大メーカーには勝てない」"，"まさに鬼に金棒である" 都是原文中富有修辭色彩的詞語，因此需要在譯文中體現出來，分別譯作 "出類拔萃的"，

— 25 —

"胳膊扭不過大腿"，"如虎添翼"。

(4)　金をかけて高品質の品を造るのは誰にでもできる。だから「よい品は高い」というのが欧米の常識である。しかし日本は，それを常識としなかった。

　　　重金製作高質產品，是任何人都能做到的。因此，"貨高價出頭"是歐美的常規，但日本卻打破了這種常規。

(5)　アマチュアは，本来的に自分のやることを愛する人の意味であり，やりたいからやる，好きだからやるのである。やること自体に意義を置いており，ゼニカネ抜きで，ことを成し遂げようという精神である。

　　　"業餘愛好者"的原義是指喜愛自己所從事的工作的人，即"爲自己之所欲爲，做自己之所欲做"。"做"本身的含義是不考慮金錢、一心一意把工作完成的精神。

(6)　マイコンがエレクトロニクスの裾野を無限に拡げるものとすれば，頂きをどこまでも高めていくのが超LSIである。

　　　如果說微型電腦無限地開拓了電子技術的原野，那麼聳入雲端頂峰的就是超大規模集積電路了。

(7)　終身雇用制，年功制の問題点は，事なかれ主義の蔓延，モラルの低下，自己開発の停滞のおそれだろう。だが日本では，過当ともいえる企業間の熾烈な競争が，この問題点を吹き飛ばす。この過当競争の中で，ウカウカしていれば，業界内での地位はみるみるうちに下がっていく。

倒産にでもなれば、吹っ飛んでしまう。終身雇用制の下では，企業の運命がそのまま，全従業員の一人ひとりの運命につながっているのである。

終身僱用制和年資制，可能滋長"不求有功，但求無過"、道德觀念低下、個人進取停滯的缺點。但是，在日本的企業之間，如火如荼的激烈競爭，將這種可憂慮的隱患吹得雲消霧散。面對那種熾烈的競爭，如若掉以輕心，在同行業中就會眼看著衰敗下去。一旦企業倒閉，安定的生活將成爲泡影。在終身僱傭制的制度下，企業的成敗就是這樣與每個職工的命運休戚相關的。

以上示例中將"よい品は高い"（好的東西貴）譯作"貨高價出頭"；"やりたいからやる，好きだからやる"（因爲想做才做，因爲愛好才做）譯作"爲自己之所欲爲，做自己之所欲做"；"頂をどこまでも高めていく"（把山頂提得無限高）譯作"聳入雲端頂峰"都做了一番文字上的藝術性加工。至於例(7)的譯文，對詞語的推敲不少於七、八處之多，不再一一說明。

附帶提及，譯文中使用某些文言詞語或成語，以增加表現力，是十分必要的。但必須是尙有生命力的，是現代經常使用的。要用得貼切、恰當，否則會給人以矯揉造作，故弄玄虛之感。

詞，在褒義和貶義上大多數是屬於中性的，既不含有褒義，也不含有貶義。但"中性詞"在一定的語言環境中往往帶上褒貶色彩，譯文中就應予以充分地表達出來。例如：

(1) 日本も，かつては黄金の国・ジパングといわれ，世界で

も有数の金産出国の時代があった。

　　　日本也曾被譽爲黃金之國，曾經是世界上爲數不多的
　　產金國之一。

(2)　明治になると，文部大臣森有礼は「日本語を全廃して，
　　英語を日本の言葉とすべきである」といったことがあり
　　ます。

　　　到了明治時期，文部大臣森有禮就曾鼓吹："應當廢棄
　　日語，代之以英語"。

同一個"いう"字，例(1)譯作褒義的"譽爲"，例(2)譯作貶義
的"鼓吹"。

此外，除特定的語言環境外，應避免使用污辱性詞語。例如:

(3)　アメリカは雑種の国である。ヨーロッパ各国の人間と
　　知識をうまく利用して発展してきた。

　　　美國是一個血統複雜的國家。他是充份利用歐洲各國
　　人和知識發展起來的。

切不可將原文的"雜種"照譯成"雜種"，用"血統複雜"爲
好。這樣既不違反原義，又可避免傷害人的詞語。

②　句式的選擇

不同的作者表達同一思想內容時，有人寫得簡潔，也有人寫
得詳盡; 有人寫得明快，也有寫得含蓄; 有人喜歡使用長句，也
有人喜歡使用短句; 諸如此類，都是作者個人風格的體現。例如:

(1)　友人がある作家の随筆集を貸してくれた。わたしは，
　　その随筆集を一晩で読んでしまった。

朋友借給我一本某作家的隨筆集。我在一個晚上就把這本隨筆集讀完了。

(2)　友人がある作家の随筆集を貸してくれたが, わたしは, その随筆集を一晩で読んでしまった。

朋友借給我一本某作家的隨筆集, 我在一個晚上就把這本隨筆集讀完了。

(3)　わたしは, 友人が貸してくれた, ある作家の随筆集を一晩で読んでしまった。

我在一個晚上就把朋友借給我的, 某作家的隨筆集讀完了。

例(1)是寫成兩個各自獨立的句子; 例(2)是寫成用接續助詞 "が" 連接的並列複合句; 例(3)則是寫成帶有定語從句 "友人が貸してくれた" 的主從複合句。

原作可以如此, 那麼我們在翻譯實踐中將如何處理爲宜? 依筆者之見, 既要考慮原作的風格, 又要使譯文在句式上簡潔、明快。例如:

(1)　化学実験に使う器具の多くはガラス製であるが, それらがみな清潔でなければならないこと, 特に容器はその内面が清潔でなければならないことはいうまでもない。

譯文一:　化學實驗所使用的儀器大多數是玻璃製品, 它們都必須是清潔的, 特別是容器, 其內面必須是清潔的, 這是不言而喻的。

譯文二:　化學實驗所使用的儀器大多數是玻璃製品, 當然都應當

清潔，特別是容器的内壁。

(2) 製品の生産コスト引下げの要因は大きく分けて二つある。一つは外部的要因であり，二つは内部的要因である。

譯文一：　降低產品成本的因素大致分爲兩種。一種是外部因素，
　　　　　另一種是内部因素。

譯文二：　降低產品成本的因素大致分爲兩種：一是外因，二是内因。

譯文三：　降低產品成本的因素大致分爲外因和内因兩種。

　　例(1)的譯文一是按原文的句式譯出的，顯然繁冗囉嗦，譯文二作了句式調整，語義明確簡潔。

　　例(2)出示 3 種譯文，三者都能表達出原文的内容意義，但譯文一顯得結構支離鬆散，譯文二強於譯文一，譯文三的句式簡潔，可取。

3.　全文觀點

　　如果從文章中取出一個句子進行翻譯，其譯法可能與這個句子在文章中的譯法截然不同。原因是單獨譯一個句子時，是僅就一個句子的本身去考慮它的邏輯、語法和修辭的。同一個句子處於文章之中，只不過是全篇文章的一個基本組成單位。一篇文章從主題、題材、篇章結構、表達方式到句子與句子之間的語義都有著内在的聯繫，形成一個整體。因此翻譯一篇文章，對其中的任何一個句子都應當有全文觀點。試看下例：

(1) 生産の経験を積めば積むほど歩留まりが大きく向上し，

コストが急速に下がっていくという理論である。

　　　有一種理論是，生產經驗累積得越多，成品率就越會大幅度的提高，成本就會迅速下降。

(2)　この理論によれば，つくりはじめてからの累積の生産量が二倍になれば，コストは30％ほど下がるという。

　　　據說，根據這種理論，從投產開始累積的生產量增加一倍時，成本就下降30％左右。

(3)　二倍になるたびに三割ずつ下がっていく。

　　　每增加一倍，就下降30％。

(4)　つまり複利計算でいくのだから，そのコスト低下はきわめて急速である。

　　　即由於是以複利計算法進行計算，其成本下降的速度是極其迅速的。

以上是四個各自獨立的句子，其譯文可分別譯成上述字樣。若將它人們串聯成一篇短文，譯文將在幾個地方有所不同。試看：

　　　生産の経験を積めば積むほど歩留まりが大きく向上し，コストが急速に下がっていくという理論である。この理論によれば，つくりはじめてからの累積の生産量が二倍になれば，コストは30％ほど下がるという。二倍になるたびに三割ずつ下がっていく。つまり複利計算でいくのだから，そのコスト低下はきわめて急速である。

　　　生產經驗累積得越多，成品率就越會大幅度的提高，成本就會迅速下降。根據這一理論，從投產開始累積的生

產量增加一倍時，成本就下降 30％左右。由於是以複利計算法進行計算，所以生產量每增加一倍，成本就下降 30％。因而，成本下降的速度是極其迅速的。

為使譯文簡煉。譯文中略去原文的 "という理論である"（有一種理論），"という"（據說）和 "つまり"（即）；為使譯文的語義完整、通順，增譯出 "生產量"，"成本" 和 "因而"。為符合中文的表達層次，而將原文的 "二倍になるたびに三割ずつ下がっていく" 並入後句之中。

上述譯文並非典型示例，只是借以說明在翻譯實踐中應有全文觀點，不能把文章中一個一個句子孤立起來翻譯。

4. 有關標題

標題是作者對全文思想內容最鮮明最精煉的概括，是對文章的命名。好的標題可以引起讀者閱讀這篇文章的極大興趣和強烈願望。

科技文章的標題一般並不難譯，往往直譯即可通達。例如：

"コンピュータの誕生" 電腦的誕生

"統計理論" 統計理論

"水および氷の構造" 水和冰的結構

"波動と衝擊" 波動和衝擊

然而，有的標題譯來並不容易，需要反覆斟酌、推敲。翻譯標題要注意以下四點：概念明確、貼切醒目、結構簡潔、用詞凝煉。例如：

"電気の供給" 供電

"2進法とは" 二進制

"最大定格について" 極限參數

"空想から現実へ" 從空想走向現實

"レーダー開発の問題点" 研製雷達的焦點

"百聞は一見にしかず" 百聞不如一見

"工業機械のショーから" 工業機械展覽會見聞

"職場・カメラ訪問から" 現場一瞥

　　寫文章必須先有主題，而標題則可在下筆之前確定，也可在寫完之後再加。翻譯標題時，常常遇到只從字面本身很難確定譯法，甚至不知所云。這時可通讀文章，了解內容，甚至將文章譯完之後再去考慮標題。試如 "見かけ上現れる力" 和 "見えるということ"，乍一看很難從容下筆。

　　爲確定它們的譯法，遴選原文一小段，以示說明。

見かけ上現れる力

　一様な速さで走っている電車に乗っている人があるとしょう。電車が急ブレーキをかけたとすると，その人は電車の進行方向によろけたり，ひどいときには倒れたりするだろう。人をよろけさせたり倒したりするには，外から力を加えて，その人をつきとばしたり押したりしなければならないのがふつうである。しかし，電車の急ブレーキの場合は，だれもその人をつきとばしたり押したりしているわけではない。ひとりでによろけたり，倒れたりしているのである。電車の外から見ている人には，何

もしないのにかってによろけたり倒れたりして妙な人だと思えるだろう。しかし本人は前方に向かってかがはたらいたと思うだろう。

この場合，人は慣性の法則によって電車とともに一様な速さで動き続けようとしている。それなのに，電車のほうが急に止まってしまうので，からだだけが前方に運動し続けようとして，よろけたり倒れたりするのである。

このように，実際には力を及ぼしていないが，力を及ぼしたと同じように感じられるようなはたらき，少なくとも本人には力がはたらいたと感じられるような見かけ上の力を慣性の力という。

參考譯文：

假設有人乘坐均速行駛電車，當電車一急刹車，人就會朝著電車前進的方向東倒西歪，嚴重時還會摔倒。通常，要使人東倒西歪或摔倒，必須加給外力，將其撞倒或推倒。但是，電車急刹車時，並不是有誰來推撞他，而是自然地東倒西歪或摔倒。在電車外邊看的人一定會想，也沒怎麼著卻跟跟蹌蹌地要倒下去，真是個怪人。但他本人卻認爲有一個向前的力在起作用。

在這種情況下，按照慣性定性，人要和電車同時以相等的速度繼續前進。然而，由於電車突然停住了，而人的身體卻還在繼續向前方運動，所以搖搖晃晃甚至摔倒。

像這樣，實際上並沒有受力，但感到和受了力一樣，至少本人感到有力在作用。這種作用即表現上的力，稱其爲慣性力。

譯到此處才能確切知道"見かけ上現れる力"的語義，根據上述翻譯標題應注意的四點要求，可譯作：

表現力

至於"見えるということ"同樣可按照先閱讀文章的內容，而後翻譯的順序，不再贅述。"見えるということ"可譯作"物之爲人所見"。

5. 翻譯程序

翻譯程序包括以下三個步驟。首先是理解原文，其次是用中文將原文的內容表達出來，最後是校訂。對原文理解的程度如何，取決於譯者的外語和專業知識的水平。而表達的是否確切、完美，則決定於譯者的中文素養。透徹的理解是正確表達的基礎，正確的表達是透徹理解的反映。理解和表達都有它自己的先決條件，兩者相互聯繫，彼此制約。嚴肅的校訂是譯文質量的重要保證。

1) 理解

理解是著手翻譯的第一步。對所譯材料應從頭至尾仔細通讀一、二遍，以了解每個段落，各個章節乃至全文的內容。動筆之前尚須以章節爲單元進行精讀。如果不經過通讀和精讀，下筆就譯，只知道前言而不曉後語，勢難取得很好的效果。

就理解原文而言，因譯者各方面的知識水平不一，只能因人而異，紮實的日語基礎和專業知識是理解原文的先決條件。日語方面包括詞法、句法知識和佔有豐富的詞彙。一般說來，要從分析句子結構和理解詞義著手，句子結構是語言的表達形式，詞彙

是思想內容，兩者是密不可分的。

　學習日語是 "進門容易，深入難"。且莫急於求成。尤其是對詞彙的佔有量，是不容忽視的。

2) 表達

　在翻譯實踐中，如果將 "理解" 比作 "生產毛坯"，那麼 "表達" 就是 "工藝加工" 了。表達是在理解的基礎上尋求和選擇恰當的中文語言材料和形式把原文的內容完滿無缺地表達出來。

　每見有人說，這個句子我完全理解它的內容意義，但就是寫不出來，表達不好。究其原因是多方面的，恐其主要因素是中文水平問題。

　中文詞彙極其豐富，一個人掌握的詞彙越多，運用語言的能力就越強。常言道，中文水平低下，外語水平也不會高超。此種說法不無道理。當然外籍華人和久居國外的華僑另當別論。

3) 校訂

　一份材料譯完之後，必須進行校訂。校訂是保證和提高譯文質量必不可少的程序。校訂可分下列三個步驟：

　⑴ 譯者按原文逐詞逐句校訂，注意有無錯譯或漏譯，表達的是否確切，原文本身有無錯誤；

　⑵ 經過數日後，脫開原文，從讀者的角度通讀譯稿，檢查語句是否通順，用詞是否簡煉，邏輯是否正確等。在對照原文翻譯時，容易受原文語法結構和用詞的局限而不擺脫，擱置一下，往往可以發現一些應該重新推敲的地方，再次進行文字加工。

　⑶ 必要時請熟悉此專業並通曉日語的人校訂。

三、翻譯實踐範文剖析

　　為使上述所講的各項內容見之於翻譯實踐，以加深理解，便於掌握，現遴選"原子力"一文再次論證。

　　為便於闡述，按自然段（共十段）譯成兩種譯文：一種是按原文的用詞和結構譯成的譯文（標以(1)）；另一種是根據翻譯標準——"信"和"順"，譯出的參考譯文（標以(2)），以供鑑別。

原子力

　　今や人類は「第三の火」原子力を手に入れ，二十世紀は原子力時代といわれるようになった。(第一段)

　　(1)　現在人類掌握了"第三之火"原子能，二十世紀被稱為原子能時代。

　　(2)　現在，人類已經掌握"第三能源"——原子能，二十世紀紀被稱為原子能時代。

　　原子力とは，いったいどんな力を持っているのであろうか。熱量のうえから，他の燃料と比べてみよう。(第二段)

　　(1)　所謂原子能，究竟具有什麼樣的力量呢？從熱量上，與其他的燃料比較一下吧。

　　(2)　原子能究竟有多大的能量呢？試從熱量方面與其他燃料略作比較。

　　ここに原子力の燃料の一つであるウランが 1 キログラムあったとする。これを球形にすれば，直径 4.7 センチメートル，体

積54立方センチメートルという小さなものにすぎない。ほぼピンポン玉ぐらいのものである。ウランのこの小さな球の熱量を良質の石炭に置きかえてみると，3000トン分に相当する。これは30トン積みの貨車100台分，長い貨物列車の3列車分である。石油に直してみると，約250万リットル，200リットル入りドラムかんで12500本分となる。また電力ならば2520万キロワット時，2100万世帯の家庭で，600ワットの電熱器を2時間は使えるのだから，たいへんな力である。(第三段)

(1) 假設在這裡作爲原子能的燃料之一的鈾有一公斤。如果把這作成球形，只不過是直徑4.7cm，體積54cm³這樣的小東西。大體上是乒乓球大小的東西。如果把鈾的這個小球的熱量調換成優質的煤，相當於三千噸。這是30噸裝載的貨車100輛，長貨車的三列車。如果更換成石油試試，約250萬公升，用200公升容量的汽油桶，成爲12500個。並用如果是電力因爲是2520萬千瓦小時，在2100萬戶的家庭裡，可以使用600瓦的電熱器2小時，所以是了不起的力量。

(2) 假設有一公斤原子能燃料——鈾。若將其製成球形，只不過是直徑爲4.7cm，體積爲54cm³的一個很小的物體，與乒乓球的大小相差無幾。倘若把這個小鈾球的熱量換算爲優質煤，則相當於3000噸。這些煤需要載重量爲30噸位的貨車100節，三列較長的貨車。如果折合成石油，約爲250萬公升，需用容量爲200公升的汽油桶12500個。假如按電力計算，則爲2520萬千瓦小時，可供2100萬戶人家用600瓦電熱器使用2小時，因此是一

種驚人的能量。

　ウランの中にあるこの原子力を一度にどっと出せば，原子爆発が起こる。こうした仕かけのものが，つまり原子爆弾である。（第四段）

　　(1)　如果把在鈾裡有的原子能一齊突然發出，原子爆炸發生。這樣的結構的東西就是原子彈。

　　(2)　如果使鈾中所含有的原子能突然一齊迸發出來，就會發生原子爆炸，這種東西就是原子彈。

　ところで平和のためにこの原子力を使うとしたら，どんなことに利用したらいいであろうか。まず考えられることは原子力発電である。（第五段）

　　(1)　可是假設爲了和平用這個原子能，利用到什麼事情上好呢？　首先被考慮的事情是原子能發電。

　　(2)　可是，假設將原子能應用到和平事業上，用在何處合適呢？首先想到的就是原子能發電。

　原子力発電といったところで，水力発電や火力発電とたいして変わらないように思う人があるかも知れない。しかし，それはたいへんなまちがいである。原子力発電には水力発電や火力発電にはないすぐれた特長があるからである。（第六段）

　　(1)　提到原子能發電，相對於水力發電和火力發電沒有多大變化那樣想的人也許有。但那是很大的錯誤。因爲在原子能發電上有在水力發電和火力發電上所沒有的出色的優點。

　　(2)　提到原子能發電，也許有人認爲和水力發電、火力發電

没有多大区别。然而，那就大错而特错了。因爲原子能發電具有水力發電和火力發電所不具備的突出優點。

　第一の特長は，原子力発電なら，必要な燃料が非常に少なくてすむということである。(第七段)

　(1)　第一的優點，如果是原子能發電，可以說需要的燃料非常地少就可以了。

　(2)　第一個優點：原子能發電只需少許燃料即可。

ウランなどの原子燃料は少量で大きな熱を出すことができる，それに原子燃料は一度入れておけば，長い間熱を出し続けるので，石炭や石油のようにたえず補給する必要がない。そのため火力發電のように，大量の燃料を輸送したり，たくわえたりしなくてもすむのである。(第八段)

　(1)　鈾之類的核燃料只以少許就可產生大量的熱。而且如果一次裝入原子燃料，長時間連續放熱，因此像煤和石油那樣，沒有必要不斷地補充。爲此像火力發電那樣，即使不輸送和儲備大量的燃料也可以了。

　(2)　鈾之類的核燃料只以少許就可產生大量的熱。而且，裝入一次核燃料就可長時間連續放熱，不像煤、石油那樣需要不斷的補充。因此，也就不用像火力發電那樣輸送和儲備大量的燃料。

　第二の特長は，地下資源としての石炭や石油には限りがあって，燃料として使うことがそういつまでも続けられないという心配があるのに対して，原子力の燃料のウランなら，まだ相当長い間利用できるということである。(第九段)

（1）　第二的優點，作爲地下資源的煤和石油是有限的，與作爲燃料使用如此永遠不能繼續的這種擔心相反。如果是原子能的燃料的鈾，可以說還可以在相當長的時間內利用。

（2）　第二個優點，煤和石油的地下資源是有限的，用作燃料擔心不能如此長期繼續下去。反之，原子能燃料－－鈾還能在今後相當長的時間內加以利用。

世界はもう原子力利用の時代に大きく足をふみ入れている。そして原子力と結びついてすばらしい未来が訪れるといっても過言ではないだろう。(第十段)

（1）　世界已經大踏步地跨入利用原子能的時代。而且與原子能相結合美好的未來即將到來，即使這樣講也並不過分吧。

（2）　世界已經大踏步地跨入利用原子能的時代。而且，與原子能息息相關美好的未來即將到來，即使這樣講也並不過分吧！

對以上範文通過兩種譯文的對照，可以再次說明以下幾點：

1. 翻譯是原文的再創作

"翻譯是原文的再創作" 這一論斷並不是指一詞、一句，而是就翻譯實踐活動的整體而言的。爲加深對此論斷的理解，試舉以下兩例：

（1）　今や人類は「第三の火」原子力を手に入れ，二十世紀は原子力時代といわれるようになった。(見第一段)

現在，人類已經掌握 "第三能源" ——原子能，二十世紀被稱爲原子能時代。

僅就「第三の火」而言，若照此原文的用詞翻版，譯文是 "第

三之火"，中文裡是無此一說的。

　　⑵　原子力発電といったところで，水力発電や火力発電と
　　　　たいして変わらないように思う人があるかも知れない。
　　　（見第六段）

　　　　　　　提到原子能發電，也許有人認爲和水力發電、火力發
　　　　電沒有多大區別。

　　將原文與譯文對照起來不難發現兩者在語言結構方面差別很
大。不如此就不可能表達出原文的真實含義。

　　通過以上兩例足可說明，原文的思想內容是與原文的語言形
式有著直接而密切的聯繫，原文中所敘述的內容是與表達手段形
成一個不可分割的統一體。而翻譯就必須恰如其分地是尋求表現
原文內容的語言和形式，譯文中同樣形成另一個內容與形式不可
分割的統一體。從這個意義講，翻譯是原文的再創作。

　2.　**切記邏輯、語法和修辭**

　　必須首先考慮譯文的邏輯，而後是語法和修辭。例如：

　　⑶　ウランのこの小さな球の熱量を良質の石炭に置きかえ
　　　　てみると，3000 トン分に相当する。(見第三段)

　　倘若把這個小鈾球的熱量換算成優質煤，則相當於 3000 噸。

　　⑷　そのため火力発電のように，大量の燃料を輸送したり，
　　　　たくわえたりしなくてもすむのである。(見第八段)

　　　　　　　因此，也就不用像火力發電那樣輸送和儲備大量的燃
　　　料。

　　若按原文的結構將"ウランのこと小さな球"譯作"鈾的這

－42－

個小球", 將 "そのため火力発電のように, 大量の燃料を輸送したり, たくわえたりしなくてもすむのである" 譯作 "爲此像火力發電那樣, 即使不輸送和儲備大量的燃料也可以了"。這在邏輯上是講不通的, 因此譯文就需要改變原文的語法結構, 以服從邏輯。

(5) これを球形にすれば, 直径 4.7 センチメートル, 体積 54 立方センチメートルという小さなものにすぎない。(見第三段)

　　　　若將其製成球形, 只不過是直徑爲 4.7cm, 體積爲 54cm³ 一個很小的物體。

(6) それに原子燃料は, 一度入れておけば, 長い間熱を出し続けるので, 石炭や石油のようにたえず補給する必要がない。(見第八段)

　　　　而且裝入一次核燃料就可以長時間連續放熱, 不像煤、石油那樣需要不斷的補充。

在例(5) "直径 4.7 センチメートル" 和 "体積 54 立方センチメートル" 中須各增譯出一個動詞 "爲" 字, 否則會感到語義不完整, 殘缺不全; 例(6)裡, 原文以 "一度" 作狀語來修飾動詞 "入れておけば" (一次裝入), 按這種語言環境, 中文應爲 "裝入一次", 因此需要變更詞序。

(7) ウランのこの小さな球の熱量を良質の石炭に置きかえてみると, ……。石油に直してみると, ……。また電力ならば……。(見第三段)

　　　　倘若把這個小鈾球的熱量換算爲優質煤, ……。如果

折合成石油，……。假如按電力計算，……。

原文用三個同義詞"置きかえてみると"，"直してみると"和"（電力）ならば"表達幾乎意義相同的內容，其本身是具有修辭色彩的。因此，譯文中也要反映出來，而譯作"倘若…換算爲…"，"如果折合成…"，"假如（按電力）計算…"。

(8) そして原子力と結びついてすばらしい未来が訪れるといっても過言ではないだろう。（見第十段）

　　而且與原子能息息相關美好的未來即將到來，即使這樣講也並不過分吧！

"結びつく"辭典中給予的詞義是"相結合""互相關連"，而譯文則使用了成語"息息相關"以增強譯文的表現力。

一篇文章需要選擇和推敲的詞語比比皆是，這就要看譯者對原文的理解程度和中文的水平了。有時只覺得某篇文章的譯文譯得很好，卻看不出修辭的痕跡（將原文和譯文對照起來方能看出），實際上一篇好的譯文必定會對很多詞語進行過錘鍊。

3. 死譯必須摒棄

直譯可通的即應直譯，否則就需採用變譯。有時雖然直譯可通，但略加變譯在表達上能取得更好的效果時，可不必過於拘泥，死譯必須摒棄。直譯和變譯的恰當運用是貫徹翻譯標準——信和順的有利手段。例如：

(9) ウランなどの原子燃料は少量で大きな熱を出すことができる。（見第八段）

　　鈾之類的核燃料只以少許即可產生大量的熱。

⑽　世界はもう原子力利用の時代に大きく足をふみ入れて
　　いる。（見第十段）

　　　世界已經大踏步地跨入利用原子能的時代。

以上兩例都是直譯可通的，當無採取變譯的必要，更不屬於
死譯。從總的方面來看，直譯可通的句子究屬少數。

⑾　原子力とは，いったいどんな力を持っているのであろ
　　うか。（見第二段）

　　　原子能究竟具有多人的能量呢？

按原文的用詞，該句應譯作"所謂原子能，究竟具有什麼樣
的力量呢？"但略加變譯，譯成譯文的字樣，其表達效果較佳。

⑿　第二の特長は，地下資源としての石炭や石油には限り
　　があって，燃料として使うことがそういつまでも続けら
　　れないという心配があるのに対して，原子力の燃料のウ
　　ランなら，まだ相当長い間利用できるということである。
　　（見第九段）

死　譯：　第二的優點：作爲地下資源的煤和石油是有限的，與作
　　　　爲燃料使用的事情如此永遠不能繼續的這種擔心相反，如
　　　　果是原子能的燃料的鈾，可以說還可以在相當長的時間內
　　　　利用。

變　譯：　第二個優點：煤和石油的地下資源是有限的，用作燃料
　　　　擔心不能如此長期繼續下去。反之，原子能燃料——鈾還
　　　　能在今後相當長的時間內加以利用。

通過以上兩種譯文的比較足可說明，類似這樣的句子只有採

用變譯才能達到 "信" 和 "順" 的要求。

4. 樹立全文觀點

全文觀點不容忽視，切莫孤立地翻譯任何一個句子。例如:

⒀ これを球形にすれば，直径 4.7 センチメートル，体積 54 立方センチメートルという小さなものにすぎない。ほぼピンポン玉ぐらいのものである。(見第三段)

  若將其製成球形，只不過是直徑爲 4.7cm，體積爲 54cm² 的一個很小的物體，和乒乓球的大小差不多。

原文本爲兩個各自獨立的句子，但在內容意義上關聯性很強。若照譯成用句號 "。" 分隔的兩個句子，會使人感到句子結構鬆散。這種前言後語的照應，只有在全文觀點下方能實現。

5. 譯文的標點符號

有關標點符號的作用以及日、中文在使用上的不同，前文裡已有所說明。現就本文中出現的情況，列舉三例，以資佐證。試看:

⒁ ところで平和のためにこの原子力を使うとしたら，どんなことに利用したらいいであろうか。(見第五段)

  可是，假設將原子能應用到和平事業上，用在何處合適呢?

⒂ 第一の特長は，原子力発電なら，必要な燃料が非常に少なくてもすむということである。(見第七段)

  第一個優點: 原子能發電只需要很少的燃料即可。

⒃ そして原子力と結びついてすばらしい未来が訪れるといっても過言ではないだろう。(見第十段)

而且與原子能息息相關美好的未來即將到來，即使這樣講也並不過分吧！

例(14)原文用句號，而譯文須用問號；例(15)原文的主語部分"第一の特長は"用逗號，而譯文可用冒號；例(16)原文用句號，而譯文應用嘆號。

6. 結束語

綜上所述，概括如下：創造必備的條件，遵從"信"和"順"的翻譯標準，切記邏輯、語法和修辭，樹立全文觀點，恰當地運用直譯或變譯的手段，注意標點符號的使用，按照必要的翻譯程序，進行原文的再創作，譯出高質量的譯文來。

第二部分

第 一 章

翻譯要領：詞序與成分換位

　1. 詞　　序

　2. 成分換位

實踐材料：秀才集団のモロさ

翻譯要領：詞序與成分換位

1. 詞序

　　句子的各種成分在句子裡排列的次序，即是詞序。不同的語言，都有它自己特有的詞序，日語和中文也不例外，在詞序上有的就有著十分明顯的差異。所以在翻譯實踐中，爲解決好詞序問題，就要弄清日、中文的詞序特徵。

　　1)　日語的詞序

　　日語的詞在句子中的位置總的來說比中文要自由得多。但是，謂語位於句末，定語置於被修飾的體言之前是頗爲嚴格的。主語、賓語、補語、狀語在句中的位置比較靈活，它們的語法作用是通過格助詞的限定或活用形的變化來確定的。所以位置的變換不僅

不會引限成分的混亂和意義的不同，有時反而可以帶來不同的語感，成為一種修辭手段。例如：

(1) 初夏の雨がゆたかな潤いをもえる若葉に与えた。

(2) 初夏の雨がもえる若葉にゆなかな潤いを与えた。

(3) もえる若葉に初夏の雨がゆたかな潤いを与えた。

(4) ゆたかな潤いを初夏の雨がもえも若葉に与えた。

(5) もえる若葉にゆたかな潤いを初夏の雨が与えた。

(6) ゆたかな潤いをもえる若葉に初夏の雨が与えた。

　　　　　初夏的雨充分地滋潤著吐翠的嫩葉。

在文學作品或口語裡，時而出現謂語在前主語居後等變序現象。例如：

(7) 「じゃあ，お姉さんはいいの？　一番だから－」
　　「一番だって駄目よ，女はね」

　　　“那，姐姐行吧！　她考第一呀！”

　　　“考第一也白搭！　女的！”

2)　中文的詞序

中文是非常注重詞序的語言。句子中詞和詞之間的語法關係，主要靠詞序或虛詞來表示。因此，詞的排列次序比日語固定得多。一般說來，主語在謂語之前，賓語在動詞謂語之後，修飾語在被修飾語之前，補語在謂語之後。詞在句中的位置不同，會導致概念的改變。例如：

(1)　我幫助弟弟。

(2)　弟弟幫助我。

(3)　幫助我弟弟。

例(1)中的"我"是主語，"弟弟"是賓語；例(2)中的"我"是賓語，"弟弟"是主語；例(3)中的"我"是修飾語"弟弟"是被修飾語。

當然，在一定語言環境中，爲了加強表達效果，也可改成特殊詞序──把敘述的重點提前。使之突出；有的成分後移，以示強調。簡介如下：

① 先說謂語，後說主語。例如：

(3)　<u>多麼雄健有力</u>啊，全國人民前進的步伐！（特殊詞序）

(4)　全國人民前進的步伐<u>多麼雄健有力</u>啊！（一般詞序）

② 借助或不借助虛詞把賓語提至主語或謂語之前。例如：

(5)　我們應當把<u>這個問題</u>仔細研究一下。（特殊詞序）

(6)　<u>這個問題</u>，我們應當仔細研究一下。（特殊詞序）

(7)　我們應當仔細研究一下<u>這個問題</u>。（一般詞序）

③ 狀語提至主語之前。例如：

(8)　<u>不久前</u>，美國一隻登月太空船，收回一台三年前由人造衛星帶去的電視錄影機。（特殊詞序）

(9)　美國一隻登月太空船，<u>不久前</u>收回一台三年前由人造衛星帶去的電視錄影機。（一般詞序）

④ 狀語移至被修飾語之後。例如：

(10)　台灣少棒隊伍走過來了，<u>英姿颯爽，整整齊齊地</u>。（特殊詞序）

(11)　台灣少棒的隊伍<u>英姿颯爽、整整齊齊地</u>走過來了。（一般

詞序)

⑤　定語置於被修飾語之後。例如:

⑿　我喜歡讀文學作品，<u>高爾基寫的</u>。（特殊詞序）

⒀　我喜歡讀高爾基寫的文學作品。（一般詞序）

有關其他詞序問題將結合翻譯要領的具體內容再作說明。

2.　成分換位

成分換位是指譯文的句子成分不按原文句子成分的順序排列，而作適當的調整、變換，即詞序問題。之所以有此必要，是根據日、中文在詞序上的不同時特徵而產生的。日語的詞序與中文的詞序（一般詞序和特殊詞序）恰好吻合，可按原序譯成中文的情況是存在的。例如:

(1)　一番簡単な数学の作業は数えることであろう。

　　　最簡單的數學作業就是數數吧。

(2)　<u>分子相互間の衝突により</u>，それらの速度は方向も大きさもたえず変化する。

　　　<u>由於分子相互間的碰撞</u>，它們的速度在方向和大小上都在不斷地變化。

(3)　<u>大きな船台の上で</u>，重い鉄板がつぎつぎに溶接されて，しだいに船の形ができあがっていきます。

　　　<u>在巨大的船台上</u>，沉重的鐵板一塊一塊地焊接起來，逐漸形成船的形狀。

例(1)原文的詞序與中文的一般詞序相一致；例(2)和例(3)原文

的詞序與中文的特殊詞序相吻合，因此都可按原序譯出。

　　中文的一般詞序是主語位於句首，但為了加強表達效果，可以將表示時間、地點、原因、目的、方法、條件等意義的狀語（日語裡有的是補語），或由"對於…"、"關於…"、"在…之中"、"在…之下"、"包括…在內"、"除…之外"、"如…"等所構成的成分提至主語之前，變一般詞序為特殊詞序（參考上節③）。因此，例(2)和例(3)的"分子相互間の衝突により"（由於分子相互間的碰撞）表示原因，"大きな船台の上で"（在巨大的船台上）表示地點，可譯在主語之前。

　　然而，在很多情況下日、中文在詞序上是不相同的，這就要在不背離原文的內容和語感的前提下，考慮中文在詞序上的表達習慣、語法和修辭，進行成分換位。

1)　習慣性成分換位

　　一個句子所表達的概念是否確切，是否符合表達習慣，往往表現在詞序上。其所涉及的範圍較廣，本文只介紹有關謂語、定語、補語或狀語在習慣上的先後順序。

①　謂語之間的換位

　　為使譯文符合中文的表達層次，有時需要將並列謂語的先後順序進行調整。例如：

(2)　月世界では風やそのほかの音がきこえないので静寂の世界であり，重力の強さは地球上での約1/6にしか過ぎない弱いものである。

　　　　在月球上聽不到風聲及別的什麼聲音，因此是寂靜的

世界。重力的強度很弱，約爲地球上的六分之一。

在並列謂語之間，應先譯重點，使之突出。該例的後一分句有 "地球上での約 1/6 にしか過ぎない" 和 "弱いものである" 並列謂語。按中文的表達層次，應先提出整體的特徵，而後再談具體的內容。故此應調換兩者順序，譯作 "很弱，約爲地球的六分之一"。

(3) 強電流工学においても，電気はそのままの形で利用されるのではなく，熱，光，動力などの形に変換される。

　　　在強電工程學中，也是要把電轉換成熱、光、動力等形態，而不是直接使用。

當並列的兩個謂語一個表示肯定，一個表示否定時，日語多將否定的列前，肯定的置後，如 "…利用されるではなく，…変換される"（不是…使用，而是把…轉換成…）。但中文與其相反，大多將肯定的列前，否定的置後，故而將二者換位譯作 "也是要把電轉換成熱、光、動力等形態，而不是直接使用"。

② 定語之間的換位

當一個名詞帶有幾個定語時，中文的習慣順序一般是：以動詞爲主體的短語居前，其次是表示領屬關係，以後依次是，表示時間，表示地點，表示數量和指示代詞（"這、那、每、各、其他" 等），表示性質之類的最靠近被修飾的名詞。如原文的詞序不符合中文定語的習慣順序，定語之間應進行換位。例如：

(1) 氷河期の様相の中で，今日のわれわれの常識をくつがえす最も顕著な例がアフリカにもある。それはサハラ砂

漠が緑の草原だったということである。

在對冰河期狀態的想像中，在非洲有違背我們現時常識的最為顯著的例子。這就是撒哈拉沙漠地帶曾經是綠色的草原。

譯文中將表示領屬關係的“われわれの”提在表示時間關係的“今日の”之前，譯作“我們現時的”。

(2) サハラとはアラビア語で「不毛」のことだが，現在は不毛のこの大乾燥地帯がかつては湿潤だったことを示す証拠は数多い。

“撒哈拉”是阿拉伯語“不毛之地”的意思，但是現在很多證據表明，這塊不毛之地的大乾燥地帶曾經是濕潤的。

譯文將“不毛のこの”的順序顛倒過來，譯作“這塊不毛之地的”。若按原文的詞序譯成“不毛之地的這塊”就含有別的意義，即表示是“這塊不毛之地”而不是“那塊不毛之地”，但原文並無此含義。因此，作成分換位處理。

(3) 異常な降雨量の増加によって，水位が突然2メートルも上がってきた。

由於降雨量猛增，水位突然上升了二米。

基於中文的習慣順序，譯文將表示性質的定語“異常な”後移，告訴被修飾的名詞“増加”。否則，譯文便是“異常的降雨量的増加”。

此外，以定語句修飾名詞時，偶而也有順序問題。例如：

(4) 雲が水滴の大きい雨雲になると，光が散らされること

が少ないから，遠くからは黒く見える。

　　　雲一經變成大水珠的雨雲，光散射得就少，所以從遠
　　處看上去是黑色的。

　　原文中用"水滴の大きい"（水珠大的）定語句來修飾下位名
詞"雨雲"。若按原文結構譯成中文，譯文爲"水珠大的雨雲"。
這樣一來，大片的雨雲，在譯者筆下就變成"水珠大的"了。這
在邏輯上是講不通的，因此需將形容詞"大きい"（大的）的位置
前提，譯作"大水珠的"。

　　③　補語或狀語之間的換位

　　日語的補語或狀語在句中的位置比較自由，而中文此類成分
在句中的位置一般是：表示時間或表示原因、目的、條件的在前，
表示地點的次之，表示其它意義的再次之，表示程度的緊靠被修
飾語。若原文的詞序與中文詞序不相吻合時，應調整換位。例如：

　　⑴　熱処理で最も技術的に難しいのは焼入である。

　　　熱處理在技術上最難是淬火。

　　原文中有兩個狀語"最も"（最）和"技術的に"（在技術上）
先後排列共同修飾形容詞"難しい"（難的）。而中文裡表示程度
的應緊靠被修飾語，譯文必然應將兩者調換位置而譯作"在技術
上最…"。

　　⑵　私たちはお互いに平素からいろいろ話しあっている。

　　　我們平素相互間無話不談。

　　原文先說狀語"お互いに"（相互間），後說補語"平素から"
（平素），而中文應先說時間再談其它，所以需要將兩者的順序進

行調整。譯成"平素相互間"。

(3) 世の中には，熱を物質のように考えると，容易に説明されることがたくさんある。

　　如果將熱看作是一種物質，那麼世界上很多現象很容易得到說明。

原文的詞序是表示地點的補語"世の中には"（世界上）在前，表示條件的狀語"熱を物質のように考えると"（如果將熱看作是一種物質），中文則應先說條件後說地點，因此譯文調換了兩者的位置。

(4) 石油も石炭と同じく，地球上で大昔に育っていた生物の残骸が分解してできたものと考えられている。

　　一般認爲，石油也和煤一樣，是太古時期在地球上生栖的生物的殘骸經過分解而形成的。

原文先地點"地球上で"而後時間"大昔に"，而中文則應先時間、後地點。爲此，將二者換位，譯作"太古時期在地球上"。

在狀語或補語的順序方面，在一定的語言中並不按上述詞序排列。例如：

(5) ある中学校で生物の時間に，一人の生徒が質問しました。

　　在某中學上生物課時，有一個學生提出疑問。

該句的原文是地點在前，時間在後，譯文同樣可按此詞序譯出。這種情況大多出現在"在××地方，進行××時"，而不是單純"在某時某地"。

2) 語法性成分換位

出自於日、中文在詞序上各自的特點，日譯中時往往需要進行語法性成分換位。此種成分換位的類型較多，範圍頗廣，常見的有以下若干種。

① 主語提前。例如：

(1) 原子核のまわりを電子がまわっている。

　　電子圍繞原子核旋轉。

(2) 2点間を電気量が移動するには，2点間に電位差がなければならない。

　　電流要能在兩點間流動，兩點間必須有電位差。

主語位於句首，這是中文的一般詞序。以上兩句的譯文都將主語 "電子が"（電子）和 "電気量が"（電流）提至句首，就是基於這種理由。

② 謂語提前。例如：

(1) その時代——高温期は世界の大部分の地方で，平均氣温が現在より 2~3 度高がった。

　　那個時期——高溫期，世界大部分地區平均氣溫要比現在高 2~3 度。（謂語 "高かった" 提至狀語 "2~3 度" 之前。因原狀語 "2~3 度" 中譯後成了補語。而中文一般是謂語在前，補語在後。）

(2) この当時はヨーロッパでも暖地性の植物が，ずっと北のほうまで広がっていた。

　　當時，即使在歐洲，生長在溫暖地區的植物也曾擴展

到很北很北的地方。(謂語"広がっていた"提至補語"ずっと北のほうまで"之前。因中文一般是謂語在前,補語居後。)

(3)　固体は一定の形と体積はあるが，気体は一定の形と体積がない。

固體有一定的形狀和體積，而氣體則沒有固定的形狀和體積。(以"ある"或"ない"構成的謂語提至原文主語"形と体積は"和"形と体積が"之前。)

(4)　夏はとてもすずくして,ときどきうぐいすの美しい鳴き声が聞こえます。

夏天十分涼爽,有時能聽到悅耳的鶯啼聲。(可能語態構成的謂語"聞こえます"提到對象語"鳴き声が"之前。因中文的"聽到…聲"是動賓關係。)

(5)　日本は天然資源に乏しい。

日本缺乏天然資源。(謂語"乏しい"提至被支配的補語"天然資源に"之前)

(6)　人間は，仕事ばかり，勉強ばかりしていれば，それでよいというものではありません。時に応じて遊ぶことも必要です。

人，並不是一味地工作和學習就行了，還必須適時地休息。(原文後一句的謂語"必要です"提至該句的句首)

(7)　これは,直接に熱的,または力学的エネルギーとして使われるばあいも多いが,電気エネルギーに変えて使われるばあいも少なくない。

在很多場合，這種能是以熱能或力學能的形式直接利用的，但也有不少情況是將其變成電能來利用的。(總管全句的謂語的補助成分──"ばあいも多い"和"ばあいも少なくない"應移前譯出。)

以上示例只是需要將謂語移前譯出的一部分，並非全部。之所以產生這種情況，其根源在於日語的謂語都排列在句尾所致。此外須知，絕不是謂語都必須提前。當日中文的謂語所處的位置相互吻合時，則無此必要。例如：

(8) 自然は偉大で複雑で，まだわからないことがいくらでもある。

　　　自然界是極其偉大而複雜的，未被揭示的内容尚大量存在。

③　多面性交叉換位。例如：

(1) 植物は自分のからだをつくったり，生活に必要なエネルギーをつくりだす材料を，根から吸收した水と葉からとりいれた二酸化炭素から，すべて自分でつくりだすことができます。

　　　植物可以利用從根部吸收的水分和從葉子吸入的二氧化碳，統由自己製造出維護自己軀體的養分和生存中所需要的能量。

(2) 果てしなくつづく砂漠の上を真上から太陽が情け容赦もなく照りつけている。日中，砂漠の砂は，もし裸足だったら火傷をするくらい熱せられている。

太陽無情地直射著無邊無際的沙漠。中午，沙漠的砂粒熱得很厲害，如果赤著腳，就會把腳燙傷。

如果將以上示例中各句成分的順序與譯文對照起來，定會發現變動較大。從語法的結構順序上考慮，若不進行這種“多面性交叉換位”，勢難甚至不可能使譯文明確、通順。

④ “得”字結構

中文中，動詞、形容詞之後可以帶補語，補語對前面動詞或形容詞起著補充說明的作用。“得”字結構就是補語的一種，大都是用來表示結果或程度的。補語前面必須用“得”字的大致有以下幾種情況：(1)副詞“很”和代詞“怎麼樣”、“這樣”等；(2)重迭形式形容詞；(3)形容詞、動詞前後還有其他詞語；(4)聯合詞組和主謂詞組等。例如：

(1) 最良の工作物とは堅固で安全でかつ廉価に築造され，その利用価値の最も大なるものである。

　　所謂最好的建築物，就是建得堅固、安全、而且造價低廉，使用價值最大。

(2) 勢いよく燃える火事は，そばへよりつけないほど，ものすごく熱いものです。

　　熊熊燃燒的大火烤得令人難以靠近。

(3) 工作機械の一部分である各歯車は正しい嚙合をしているかどうかをつねにたしかめて下さい。

　　齒輪是機床的一個組成部分，要經常檢查它們嚙合得是否合適。

例(1)的狀語 "堅固で安全でかつ廉価に"（得堅固、安全、而且.造價低廉）；例(2)的表示程度的狀語 "そばへよりつけないほど"（得令人難以靠近）；例(3)的形容詞定語 "正しい（噛合をしているかどうか）"（〔噛合〕得〔是否〕合適）均適合於譯成中文的 "得" 字結構，位置後移。

3) 修辭性成分換位

顧名思義，修辭性成分換位，是爲了達到修辭的目的而進行的換位。其中包括日、中文之間和中文本身兩方面。此類修辭屬於句式的選擇，而不是對文字的錘鍊。

① 定語後移。例如：

(1) 電灯や電熱器のような私たちのまわりにある電気器具をしらべてみると，いろんな材料が使われていることに気がつかれるでしょう。

　　如果研究一下我們周圍的電器用具，如電燈和電熱器等，就會發現使用了各種材料。

(2) 私たちは朝起きてから，洗面のさいの用具，歯ブラシ，食事のさいの食卓，食器，はては，はし，スプーン，ナイフなどに至る，まことに数多くの道具や設備のごやっかいにならなければならない。

　　我們早晨起床之後，的確必須依靠著爲數甚多的用具和設備——從洗臉的用具，牙刷到用飯時的飯桌、餐具、筷子、羹匙和刀子等。

日語多用較長的定語來修飾名詞，如照譯成中文會使人感到

冗長費解。為在表達上收到良好的效果，可按中文的特殊詞序，將定語的一部分或全部移至名詞之後。

例(1)的譯文將修飾關係緊密的"私たちのまわりにある"（在我們周圍的）保留在被修飾的名詞"電気器具"（電器用具）之前，而將修飾關係疏鬆的"電灯や電熱器のような"（如電燈和電熱器等）譯在被修飾的名詞之後，這樣前後配合，可使長的定語變得簡短清晰，結構均稱。

例(2)將冗長的定語"洗面のさいの…食事のさいの…などに至る"（從洗臉…到用飯時的…等）後移，這樣可以收到簡潔明快，讀起來自然流暢的效果。

② 狀語後置。例如：

(1) われわれは電気を利用する場合，その導線としてふつう銅線を用いることが多い。

　　　　我們利用電時，多用銅線，作其導線。

(2) 事故が起らないように操作規則をかたく守らなければならない。

　　　　必須嚴格遵守操作規程，以免發生事故。

例(1)的"その導線として"（作其導線），例(2)的"事故が起らないように"（以免發生事故）均為狀語。譯文中將其後置，語義明確，通順。

(3) 大都会のビルの屋上から片田舎の農家の庭先や山の頂上に至るまで，どこへ行ってもアンテナが目につく。

譯文一： 天線到處可見－－從大城市的樓頂到偏僻鄉村農戶的庭

前和山頂。

譯文二：　從大城市的樓頂到偏僻鄉村農戶的庭前和山頂，天線到
　　　　　處可見。

　　狀語後置的原因和作用，與定語後移相似。是符合中文特殊
詞序的，染有修辭色彩。試看例(3)的譯法。譯文一，是將"大都
会…に至るまで"後置，而譯文二則保留在原位，可以說各有千秋。

　　③　賓語譯在原位。例如：

(1)　生物は一匹も見当らない。それにもかかわらず砂漠に
　　　は生物が生存している。

　　　　　生物一個也看不見。盡管如此，沙漠中還是有生物生
　　　　存著。

(2)　合理的な生活態度を，われわれは学ばねばならない。

　　　　（對於）合理的生活方式，我們應當學習。

　　日語句子的賓語在動詞之前，中文句子的賓語通常在動詞之
後。日譯中時按中文的一般詞序，將賓語後置的譯法不再示例。
但在某一特定的情況下，按中文特殊詞序的排列是可以將賓語前
置的（借助或不借助虛詞）。

　　例(1)將賓語"生物は"譯在原位，這樣既表達出用"は"提
示賓語的語感，也符合中文修辭的方式。

　　例(2)原文的賓語"生活態度を"排列在主語"われわれは"
之前，也具有修辭因素，按中文可不借助虛詞將賓語提到主、謂
語之前的規則，理應譯作譯文的形式。

(3)　水のなかの動物は，水にとけた酸素を吸い，水のなか

に炭酸ガスを出します。

水中的動物吸收溶在水裡的氧氣，並把二氧化碳排於水中。

(4) いろいろな生物を，ある決まった基準で分類しておくと，いろいろと便利なことがある。

假如將各種生物按照某一規定的基準分類，就會帶來種種方便。

(5) 生物の類縁関係を基準にした分類のしかたを自然分類という。

以生物的親緣關係爲根據進行分類的方法稱做自然分類法。

(6) 土木技術は，われわれ人間の社会活動をし易くするために，大地に施工された工事に関する技術である。

土木工程技術是爲了使我們人類的社會活動更爲方便，在大地上進行施工的一種技術。

(7) 自然破壊をどうくいとめるか，これが現代の科学の最大の役割であるはずである。

對自然界的破壞，如何加以阻止？應該是現代科學的最大使命。

以上示例都是借助虛詞 "把" "將" "以" "使" "對" 將賓語譯在支配詞——他動詞之前的。無論是借助或不借助虛詞將賓語固於原位，都必須考慮原文的語感和中文的結構規律，而後選擇決定。

習慣、語法、修辭在詞序上的反映，決不局限於以上介紹的内容。一言以蔽之，透徹地理解原文的内容和風格，熔習慣、語法和修辭於一爐，處理好譯文的詞序，是翻譯實踐中應注意的第一環。

實踐材料

秀才集団のモロさ

その第一は，秀才の集まりであることだ。いま日本は，秀才国家になろうとしている。その元凶が大学入試地獄，偏差値病であることはいうまでもない。寺田寅彦は「科学者とあたま」という随想で次のように語っている。

「いわゆる頭のいい人は，いわば足の早い旅人のようなものである。人より先に人のまだ行かない所へ行き着くこともできる代わりに，途中の道端，あるいはちょっとした脇道にある肝心なものを見落とす恐れがある。頭の悪い人，足ののろい人がずっとあとから遅れてきて，わけもなくその大事な宝物を拾って行く場合がある。」

欧米にキャッチアップする段階では，目標は明確で，なすべきことは自明であった。また，欧米の通った道であるから，さしたる難関はなく，秀才のみの集団でよかった。だが，これからは，思いもつかない難関が突如として現われるおそれのある道を進まねばならない。秀才タイプに難関突破が可能だろうか。途端にヘナヘナと腰くだけになってしまわないか。

— 65 —

現在の日本が切望するのは，粒揃いの秀才ではなく，異能，異端の人で，何か大きいことをしでかす可能性を秘めた人材だろう。なぜなら，秀才は世に溢れている。したがって稀少価値はゼロ。企業も秀才を採るのに大した苦労はいらない。むしろ，異能異端の人物に目をつけ，探し出そうと努める時代になるはずである。

　最近，企業の研究所でも，じっくりと基礎研究に取り組みたいという若い人は少なくなり，目標が明らかで，成果のまとまりやすい開発プロジェクトにだけ参加したがるという。威勢のいい掛声を上げて走るプロジェクトの傍らで，一人わが道を行くという耐える心が，めっきり弱くなっているのだろう。これはワイワイ，ガヤガヤ，先生も一緒になりみんなで楽しくという，いまの小学校教育の延長線上の産物ではないだろうか。

　周到な準備をし，覚悟をきめて，長い孤独な冒険に乗り出す人が欲しい。だが，優等生にはこうしたタイプはまずいないだろう。こういった人は，現在の教育では，落ちこぼれ組に入るおそれが強いからである。しかし，こうした素質のある人を，企業はいかに発見し，育てていくか，大きな課題となり，今後の発展の成否がかかっている，と言っても過言ではない。

詞匯

1. しゅうさい	[秀才]	(名)	秀才，知識分子
2. モロさ	[脆さ]	(名)	脆弱性，不堅強

3. あつまり	[集まり]	(名)	集團，集合
4. ずいそう	[随想]	(名)	隨感
5. かたる	[語る]	(他五)	說，談
6. ゆきつく	[行き着く]	(自五)	到達，達到目的
7. かわりに	[代わりに]	(慣)	可是，同時，代替
8. みちばた	[道端]	(名)	路旁，道邊
9. ちょっとした		(連體)	常有的，極普通的
10. わきみち	[脇道]	(名)	岔道
11. かんじん	[肝心]	(名・形動)	重要，關鍵
12. みおとす	[見落とす]	(他五)	忽略過去，看漏
13. のろい	[鈍い]	(形)	遲鈍，笨拙
14. わけない		(形)	輕而易舉，簡單
15. ひろう	[拾う]	(他五)	拾，撿
16. キャッチアップする			
	[catch up する]	(自他)	追趕
17. タイプ	[type]	(名)	類型，打字
18. とたんに	[途端に]	(副)	剛一…，就…
19. ヘナヘナ		(副)	懦弱，軟弱
20. こしくだけ	[腰砕]	(名)	中輟，半途而廢
21. つぶそろい	[粒揃い]	(名)	齊整，一個賽一個
22. いのう	[異能]	(名)	特殊才能
23. いたん	[異端]	(名)	異能，異端
24. しでかす	[仕出かす]	(他五)	幹出來，做出來
25. ひめる	[秘める]	(他下一)	蘊藏，隱藏

26. あふれる	[溢れる]	(自下一)	充滿，溢出
27. とる	[採る]	(他五)	錄用，取，拿
28. めをつける	[目をつける]	(組)	著眼於…，注意看
29. さがしだす	[探し出す]	(他五)	物色，找出
30. じっくり		(副・自サ)	穩當，沉著
31. とりくむ	[取り組む]	(自五)	致力，從事
32. まとまる	[纏まる]	(自五)	解決，歸納起來
33. プロジェクト	[project]	(名)	計劃，項目
34. いせい	[威勢]	(名)	威力，勇氣
35. かけごえ	[掛声]	(名)	喝彩聲
36. かたわら	[傍ら]	(名)	旁邊
37. わがみち	[わが道]	(名)	自己的路
38. めっきり		(副)	明顯地，顯著地
39. ワイワイ		(副)	吵吵嚷嚷
40. ガヤガヤ		(副)	亂亂哄哄
41. のりだす	[乗り出す]	(自他五)	著手，從事，乘車
42. おちこぼれくみ	[落ち溢れ組]	(名)	落後行列
43. そだてる	[育てる]	(他下一)	培養，養育

練習

重點: 成分換位

一、將下列各句譯成中文

(1) やがてこの劇的(げきてき)な地球(ちきゅう)の大変動(だいへんどう)は終わりを告(つ)げるとき

がくる。

(2) 現在の寒冷化の時代を小氷期と見れば，われわれはすでにその時代に突入している。

(3) ウソは人を傷つけることが多い。しかし医者は患者がガンであると知っても，ガンではないということが多い。

(4) 私たちが猿から人間にまで進化してきたのは，飢饉・恐怖といった多くの苦しみであった。

(5) 工作狂は地方的条件により，これに適合するように建設されることが必要である。

(6) 工場では，右手だけ動かして働いている人があるかもしれないが，そんな仕事を長くしていると，体全体の調子がおかしくなってくるのです。体の調子をもとへ戻すには，左手も使わねばならない。

(7) 急激な気温の下降は，また各地に異常気象をもたらさずにはおかなかった。

(8) 私たちが稲を大切にし，米を愛するのも，本当に稲の仕合わせを願っているのではなく，食うために愛しているのである。

(9) 水車は近代になって，電気工学と土木工学の発達によって，気象条件，地理条件よりかなり解放されたのであるが，なお熱機関のようにいかなるところにおいても，たとえば航空用原動機のように，空中において動力をうるというようなことはできない。

⑩　熱機関のエネルギー源である熱エネルギーはおもに，たとえば燃料の燃焼のような化学反応や原子核反応などの発熱反応より得られるが，まれに地熱，太陽の幅射熱のように，はじめから自然界に熱の形で存在するものを利用することもある。

二、將下列短文譯成中文

人工重力

わたしたち人類は，地球上に生命が発生して以来，数億年にわたって，つねに重力の影響をうけながら，進化してきました。もし重力がなかったとしたら，進化の道すじは根本からちがったものとなり，今日私たちは，まるでちがった生活をいとなんでいることになるでしょう。

これまでの宇宙飛行の経験によって，人間は無重力状態のもとでも生活し，働くことができるということが明らかにされましたが。無重力ということは，人間はもとより地球上の生物にとって，その生きかたに反することなのです。

将来，人間が惑星旅行をするようになると，どんなに近いところでも数か月はかかります。この間に人体は無重力になれてしまうかもしれません。装備をふくめた宇宙飛行士のめかたが，地上で 110 キログラムとします。数か月の無重力状態で「なまくら」になったこの宇宙飛行士が，たとえば火星に到着したとすると，自分の重さを，ゼロから急に 55 キログラム以上に感じ

ることになります。これはふべんなことです。

　宇宙空間で生活するのなら，人工重力－遠心力による重力をつくる方がよいのです。このためには，大がかりな回転式ステーションをつくったり，あるいはステーションを二つの部分にわけ，ロープでつなぎ，共通の重心のまわりを回転させたりすることが必要になります。その回転速度によってステーション内のすべての物体の重量がきまります。まわりかたを速くすれば重量はふえるし。おそくすればへり，停止すれば無重量となります。その速度を加減すれば，地球上にいるとおなじ状態で，ステーションのなかでも生活できるというわけです。

　　詞匯

*1.*みちすじ	［道筋］	（名）	道路，道理
*2.*いとなむ	［営む］	（他五）	經營，做
*3.*ふくめる	［含める］	（他下一）	包括，包含
*4.*なまくら		（名・形動）	懶漢，懶洋洋
*5.*えんしんりょく	［遠心力］	（名）	離心力
*6.*おおがかり	［大掛り］	（形動）	大型，龐大
*7.*かいてんしき	［回転式］	（名）	旋轉式
*8.*ステーション	[station]	（名）	站，太空站
*9.*かげん	［加減］	（名・他サ）	調整；情況

第二章

翻譯要領：詞類轉換

　　　1.詞類轉換的因由

　　　2.常見的詞類轉換

實踐材料：設備計劃

翻譯要領：詞類轉換

1. 詞類轉換的因由

　　各種語言都會將能獨立運用的最小的語言單位－－詞，進行分類。中文基本上是根據詞的語法功能（不同性質和不同作用）來分類的。首先分為實詞和虛詞。實詞包括：動詞、形容詞、名詞、代詞、數詞（量詞在內）五類；虛詞包括：副詞、連詞、嘆詞、助詞、介詞五類。日語基本上是根據詞的功能、意義和形態來分類的。首先分為獨立詞和附屬詞。獨立詞包括：動詞、形容詞、形容動詞、名詞、代詞、數詞、副詞、連體詞、接續詞、感嘆詞十類；附屬詞包括：助詞、助動詞兩類。

　　從名稱上來看，有雙方完全相同的，如動詞、形容詞、名詞、代詞、數詞、副詞和助詞；雙方相當的，如連詞相當於接續詞，嘆詞相當於感嘆詞；還有中文中有而日語中沒有的介詞或日語中有而中文中沒有的形容動詞、連體詞和助動詞。即使是名稱完全相同，歸屬於它的詞也不盡一樣。有的大部分相同；有的部分相

同；還有的根本不同。

以形容詞爲例。中文的部分形容詞，如"大""小""好""壞"
"快""慢"等，同於日語的形容詞"大きい""小さい""良い"
"悪い""早い""遅い"等。而中文的另一部分形容詞，如"偉
大""乾淨"等，在日語裡卻劃入形容動詞"偉大だ""きれいだ"。
但日語的部分形容詞，如"欲しい""好ましい"等卻相當於中文
的動詞"希望""喜歡"。這類現象，總地說來是出自於日、中語
各自的特徵。從狹義方面考慮，是與日語詞的形態和活用規則有
關的。例如，"望ましい"和"望む"詞義相同，但前者爲形容
詞，後者是動詞。

"助詞"日、中文均各有之，但歸屬於此類詞的，中文是指
"的、地、得、了、著、過"等，而日語則指"の、が、は、のに
ばかり"等而言的。其中除"的"與"の"相當之外，其他則無
何相同之處。

再如，日語有"形容動詞"，而中文裡根本無此名稱。日語裡
的形容動詞，如"可能"→能夠，"必要"→需要，"大甘"→溺愛，按
詞義則分別相當於中文的能願動詞（動詞的一種）和動詞。"立
派"→優秀，"鋭敏"→敏鋭，"厳か"→莊嚴，相當於中文的形
容詞。"永遠"→永遠，"普通"→通常，相當於中文的副詞。凡
此種種，列舉起來，不一而足。

以上僅就日、中文在詞類劃分上作了一些扼要說明。日、中
文在詞類劃分和歸類上的某些不同以及用詞習慣的差別，在翻譯
實踐中，有時就必須把日語裡原屬某種詞類的詞轉爲中文裡屬於

其它詞類的詞。這就是產生詞類轉換的主要因由。

2. 常見的詞類轉換

詞類轉換的範圍較廣，這裡僅就對翻譯影響較大的幾種情況介紹如下。

1) 動名詞轉換成動詞

日語科技文章多用名詞而少用動詞，中文多用動詞。爲了符合中文的用詞習慣，必要時可以將日語裡的動名詞——具有行爲、動作意義的名詞，轉換成中文的動詞。例如：

(1) 国は，公害の防止に関する基本的かつ総合的な施策を策定し，及びこれを実施する責務を有する。

　　　　國家有責任製定並實施關於防止公害的基本而且綜合性的政策。

譯文中將"公害の防止"譯作"防止公害"，即將動名詞"防止"轉換成動詞。

(2) 電力需要の少ない深夜などには，かなりの余剰電力が生ずる。

　　　　在需電量少的夜間，會產生相當多的剩餘電力。

在日語的複合名詞中如果有動名詞時，往往將動名詞轉換成動詞。因此，例中的"電力需要"可譯成"需電量"。

(3) 一般に，為替相場の切り下げは，その国に輸出増加，輸入減少をもたらし，国際取支を黒字にする効果をもつが，国民の消費が抑制され，労働の安売りをまねく結

果_かにもなる。

譯文一：　一般說來，<u>滙兌價格降低</u>，會給那個國家帶來<u>出口增加</u>，<u>進口減少</u>的好處，具有使國家收支變成順差的效果。但是，國民的消費受到抑制，招致<u>勞動廉價</u>的後果。

譯文二：　一般說來，<u>降低滙兌價格</u>，會給那個國家帶來<u>增加出口</u>，<u>減少進口</u>的好處，具有使國際收支變成順差的效果。但是，國民的消費受到抑制，招致<u>廉價勞動</u>的後果。

　　通過以上兩種譯文可以看出，"為替相場の切り下げ"既可譯作"滙兌價格降低"也可譯作"降低滙兌價格"；"輸出增加"既可譯作"出口增加"，也可譯作"增加出口"；"輸入減少"既可譯作"進口減少"，也可譯作"減少進口"。由此可見，由動名詞構成的偏正結構或由動名詞構成的複合詞，是否要做詞類轉換，這要根據全句的內容意義而定。同時，借此說明類似"労働の安売り"的情況，也可按譯文一或譯文二處理。

(4)　既設電球設備をけい光灯器具に変更または照度の向上を図る際には，とくに照明器具の配光曲線に考慮の必要がある。

　　　　當要把已裝好的普通電燈改裝爲日光燈，或想提高照度時，特別要考慮燈具的光度分配曲線問題。

　　句中的"既設電球設備をけい光灯器具に変更"其中動名詞"変更"既起到名詞的作用，爲他動詞"図る"的賓語，又起到動詞的作用，帶有賓語"既設電球設備を"和補語"けい光灯器具に"。中譯時只有將動名詞"變更"轉換成動詞，而譯爲"…把已

裝好的普通電燈改裝爲日光燈"，否則是不易翻譯的。

2) 形容詞轉換成動詞

日語裡有爲數不多的形容詞具有動詞的詞義，當它們在句中作謂語時，可轉換成動詞。例如：

(1) ある青年はテンポの早い音楽が好ましいし，ある老人は長唄のようにテンポのおそいものを好む。

　　有的青年喜歡節奏快的音樂，而有的老人愛好類似江戶時代流行的長謠曲那種節奏慢的曲調。

原文是由兩個分句構成的並列複合句。前一分句的謂語部分是從句"音楽が好ましい"，其中有具有動詞詞義的形容詞"好ましい"(喜歡)，後一分句的謂語是他動詞"好む"。兩者的詞性不同，詞義一樣，譯文將形容詞"好ましい"轉換爲動詞是完全必要的。

(2) パンダの図案の切手が欲しい。

　　我希望得到熊猫圖案的郵票。

句中的謂語同樣是具有動詞意義的形容詞"欲しい"，按上述道理轉成動詞"希望得到"。

3) 形容動詞轉換動詞

如前項所述，日語裡有一些詞，如"必要""可能だ""好きだ""嫌いだ"等，它們的詞義分別爲"(需) 要""可以""喜歡""討厭"等，這在中文裡應屬動詞。爲此，當這類形容動詞在句中出現時，尤其作謂語時，可轉譯成動詞，位置大多提前。例如：

(1) 人間は，仕事ばかり，勉強ばかりしていれば，それで

よいというものではなく，時に応じて遊ぶことも必要です。

　　　人，並不是一味地工作和學習就行了，還要適時地休息。

(2)　私は日本の秋が大好きだけれど，台風は嫌いだ。

　　　我很喜歡日本的秋天，但是討厭颱風。

以上兩例中作爲謂語的 "必要です" "大好きだ" "嫌だ" 均轉換成中文動詞 "要" "喜歡" "討厭"。

由 "必要" "可能" 構成的慣用語，如 "必要がある" "必要に（と）なる" "可能に（と）なる" 等，通常譯爲動詞，位置提前。例如：

(3)　ロボットをどのように開発していたら人間のためになるかを科学者が考える必要がある。

　　　科學家需要考慮，究竟怎樣研製機器人才對人類有益。

(4)　機械の構成は生物的な制約がないから，生物にはちょっとできない構造も可能になる。

　　　機械的構造因爲沒有像生物體那種製約，所以可以製成生物所難以形成的結構。

示例中的 "必要がある" "可能になる" 分別譯作 "需要…" 和 "可以…"。

以上所講的譯法並不是絕對的，這要依具體情況而定。例如：

(5)　故障を未然に防ぐ予防技術が，これからの機械管理には必要となってくる。

　　　防患於未然的預防措施，在今後的機械管理中至爲必

要。

4) 形容動詞轉換成形容詞或副詞

日語的形容動詞中有一些從形態上看 (不附詞尾だ時)，與名詞相同；從表義上看，近似形容詞，但無詞尾 "い"。如，"困難"、"便利"、"確か"、"容易" 等。當它們構成句子的謂語時，大多轉換成中文的形容詞或副詞，有時適合於將位置提前，有時也可譯在原位。例如：

(1) はかりはいろいろな物の重さをはかることはできても，はかり自身の重さをはかることは困難だ。

　　　秤雖然可以稱各種東西的重量，但難於稱本身的重量。

(2) キリンは首の長くなることが「よいこと」であり，高い木の葉をたべるにも，遠くを見て危険を早く知るにも便利であった。

　　　長頸鹿的脖頸長得很長有其優點，便於食用高大樹上的葉子並且能遙望遠處，盡早發現危險。

(3) 下等な細菌類は生物であることが確かであるが，動物か植物かは判ることが容易なことではない。

譯文一：　低級細菌類確實屬於生物，然而是動物抑或是植物就很難判斷了。

譯文二：　低級細菌類屬於生物是定而無疑的，然而是動物抑或是植物判斷起來就不容易了。

實踐材料

設備計画

　稼動現場に建設する修理工場の規模をどのぐらいの大きさにするか，設備は何を持てばよいか，について考える時，修理工場に機械を搬入して整備，修理を行なう頻度と内容について予測し，修理工場にて可能な整備，修理の内容について決定する必要がある。この時忘れてはならないのが，ある修理を他の会社に依頼することができるか? である。つまり修理工場内で可能な修理と外注で可能な修理の明確化である。

　通常ダム建設工事現場は都市から遠く離れた位置にあり，工事現場であらゆる故障，修理に対処可能な機能を持つことが必要となる。しかし，修理設備を完璧にすることは限られた工事期間しか使用しないのに設備投資金額が大きくなるという点で問題が多い。また，設備の使用頻度についても考える必要があり，一年に数回しか使用する機会がないにもかかわらず高価な設備を購入することはあまり推奨できない。したがって，このような場合は近接する都市などに，どのような修理機能があるか調査し，都市にある修理機能は現場には持たず，現場はその分，部品やコンポーネントを適切に配置しユニット交換で故障に対処し，修理はユニットを都市に送って実施するといった方法を取ることが設備投資を最小にして最大の効果を得るためには必要となる場合が多い。また，この時は都市との往復距離，

期間を考慮して部品，コンポーネントの数量を決定しなければならない。

　このように修理頻度を考え，現場の修理工場で持つべき修理機能と，外注に依頼できる修理機能を明確にし，現場の修理工場にて修理不可能なものについての対処の仕方を機械維持管理体制計画段階で考え，修理に関するシステム作りをすることが肝要となる。この時，工事期間に合わせた投資効果についても検討しなければならない。

詞匯

1. かどうげんば	[稼動現場]	（名）	施工現場
2. せいび	[整備]	（名）	修配，配備，保養，維修
3. いらい	[依頼]	（名・他サ）	委託，依靠
4. かいしゃ	[会社]	（名）	公司
5. がいちゅう	[外注]	（名・他サ）	轉包工作 外部訂貨
6. ダム	[dam]	（名）	水庫，攔水霸
7. こうじげんば	[工事現場]	（名）	施工現場，工地
8. たいしょ	[対処]	（名・他サ）	處理，應付
9. かんぺき	[完壁]	（名・形動）	完善，完整無缺
10. にもかかわらず		（慣）	盡管…（還是），雖然…但是

11.	すいしょう	[推奨]	(名・他サ)	提倡，推奨，讚賞
12.	コンポーネント	[compqnent]	(名)	元件，零件，部件
13.	てきせつ	[適切]	(名・形動)	恰當，適當
14.	はいち	[配置]	(名・他サ)	配置，安排
15.	ユニット	[unit]	(名)	組合件，個體
16.	システム	[system]	(名)	系統，方式，組織
17.	かんよう	[肝要]	(名・形動)	重要，必要
18.	けんとう	[検討]	(名・他サ)	研究，審查
19.	あわせる	[合わせる]	(他下一)	加在一起，配合

練習

重點: 詞類轉換

一、將下列各句譯成中文

(1) 人体を帯電させるには絶縁を完全にすることが必要である。

(2) 道路構造を改造すれば，一応，市民の基本的権利を侵害しないような自動車通行が可能になる。

(3) 私は中学時代では，幾何・物理・化学・生物といった科目が好きだったので，医者を志望した。

(4) 炎は熱平衡状態にならず，一般に時間的にも空間的にも温度変化がいちじるしいので，温度の正確な測定は困難である。

(5) 予防技術の実施により故障発生前に対処可能となり修

理費の低減と休車時間の低減に有効な手段となる。

(6) ある人は米とカボチャを作るのは上手だけれど，それ以外のものを作るのは下手です。

(7) 日本の技術力を一つ一つ見てくると，これは日本の風土，国民性から生まれてきたものだということが明確になる。

(8) 一般の民衆がタバコの害悪に甚だ無関心であるために，また政府もタバコの害悪防止に熱意がないために，タバコを吸う人は毎年百万人ずつ増加しております。

二、將下列短文譯成中文

修理技術

修理作業は迅速，的確でかつ経済的に行なうことが必要となる。このためにメーカーの提供する修理要領書を工場管理者や修理担当者が熟読し，作業の標準化や効率化を図らねばならない。

修理要領書にしたがった修理作業をより効率的に行なうために特殊工具がある。これを使用することにより修理品質をより向上でき，工数を低減し，かつ安全に作業をすることが可能となり，修理作業に特殊工具は必要で設備導入と併せ考えなければならない。

修理をより経済的に行なうためには部品をすべて新品に取換えず旧品を使用し，機能を復元することが必要となる。この

ために旧品が再使用可能か否かを判定する資料を参考にし，なるべく経済的に修理をすることが費用の低減につながる。

一方，ユニット交換システムを導入するのであれば修復したユニットの性能が復元しているかを確認するテストスタンドが必要となる。これはユニット乗換後の機械の機能と装置の寿命を一定に保つためには必要不可欠であり，更に部品を再使用したり，再生使用した場合なテストスタンドは特に必要となる。

詞匯

1. てきかく	[的確]	(形動)	正確，準確
2. メーカー	[maker]	(名)	製造廠
3. たんとうしゃ	[担当者]	(名)	負責人，擔當者
4. はかる	[図る]	(他五)	謀求，企圖
5. とくしゅこうぐ	[特殊工具]	(名)	特殊工具，專用工具
6. かいなか	[か否か]	(慣)	是否
7. なるべく		(副)	盡量，盡可能
8. つながる	[繋がる]	(自五)	連接，聯繫
9. テストスタンド	[test stand]	(名)	試驗台
10. のりかえ	[乗換]	(名)	更換，換乘

第三章

翻譯要領：成分轉譯
　　　1.成分轉譯的由來
　　　2.成分轉譯種種
實踐材料：情報技術を高めた「漢字」
　　　　の存在

翻譯要領：成分轉譯

1. 成分轉譯的由來

　　成分轉譯是指在翻譯實踐中，日語用某一成分所表示的概念，在譯文中需要用另一種成分表達，即指將原文的某種成分轉譯成中文的另一種成分而言的。之所以產生這種轉譯，歸納起來，大致是由以下幾方面的原因所形成的。

1) 詞類的轉換引起的成分轉譯

　　日、中文在詞類轉換中將出現兩種情況；其一，只轉換詞類，句子的成分不變；其二，詞類的轉換，影響句子成分的改變。但多數屬於後者。例如：

　⑴　修理作業に特殊工具は必要で設備導入と併せ考えなければならない。

　　　　專用工具對修理工作至爲需要，因此要與引進設備一併考慮在內。

(2) 現代のせん（尖）端をいく電子機器を理解するために
は，電子回路の知識が<u>必要である</u>。

　　　爲了了解走向時代尖端的電子設備，就需要電子電路
的知識。

(3) 電気エネルギーは，他のエネルギーにくらべて取り扱い
が<u>容易である</u>。

　　　電能與其他的能相比，容易操縦。

例(1)中的"設備導入と"原爲補語，譯文將具有行爲動作意
義的名詞"導入"轉換成動詞而譯作"與引進設備"，其成分依然
是補語。但這種情況爲數不多。

例(2)中的謂語"必要である"是由形容動詞構成的，譯文將
其轉換成中文的動詞"需要"，位置提前譯出。其本身的成分雖然
未變，仍然是謂語，但卻影響了原文的主語部分"電子回路の知
識が"（電子電路的知識）變爲賓語。

例(3)的原文句子結構是一主謂謂語句。其小謂語是由形容動
詞"容易である"構成的，小主語是由動名詞"取り扱い"＋"が"
構成的。譯文將由形容動詞"容易である"構成的小謂語轉換成
中文的形容詞"容易"用作狀語，把由動名詞"取り扱い"＋
"が"構成的小主語轉換成中文的動詞謂語而譯作"容易操縦"。
這樣就由於詞類的轉換而引起成分的轉譯。同時，該句由原來的
主謂謂語句變成了敘述句。

　　　詞類的轉換大多要引起成分的轉譯，這是"成分轉譯"的由
來之一。

2) 結構相同，用詞不一

從句子結構名稱上看，日、中文都有: 主、謂、賓、補、定、狀等相同的句子成分和簡單句、並列複合句、主從複合句等句型。無疑，這對分析句子的結構，理解句子所表達的內容意義起到了積極的作用。但在各種成分中的用詞，日、中文是否一致，是值得研究的課題。試看:

(1)最近では河川は工場廃水や下水の放流によりいちじるしく汚染され，海水の汚濁や大気汚染などとともに重大な公害問題をひきおこしている。

　　　　近來，由於工廠的廢水和污水的排放，江河被顯著地污染，連同海水的污濁和大氣污染等引起了嚴重的公害問題。

將該句的原文與譯文對照起來，不難看出，從句子的成分結構到成分結構中的用詞，除詞序之外，可說是完全一致的。無庸諱言，這種情況大量存在。然而，尚有成分結構相同，成分結構中用詞不一的現象。這種現象確也經常出現。例如:

(2)　東の土地は西の土地より夜あけが早いか。

　　東方地區比西方地區天亮得早嗎?

(3)　最近では，有機肥料の研究とまじめにとりくんだ彼らが，牛糞とわらとを土にまぜて寝かせ，化学肥料をいっさい使わない農業に励んでいた。

　　　　最近，他們認真地從事有機肥料的研究，將牛糞、草和土摻雜在一起進行發酵，致力於在農業上完全不使用化

學肥料。

例(2)的原文爲一主謂謂語句，這是日、中文共有的句型。但在小主語 "夜あけが" 和小謂語 "早い" 用詞上與中文產生了差異。若照原文譯成 "天亮早"，是不通的。因此，就必須將 "矛盾點" 小謂語 "早い" 轉譯成中文的 "得" 字結構（補語），"夜あけが早い" 譯作 "天亮得早"。

例(3)中的主語是由表示人稱的代詞 "彼ら" ＋ "が" 構成的。但它帶有較長的定語 "有機肥料の研究とまじめにとりくんだ"，如按原文成分結構中的用詞照譯成中文，譯文是 "認真地從事有機肥料研究的他們"，聽來很不順耳。原因是，中文不習慣於人稱代詞帶有長的定語所致。因此，就需要作成分轉譯處理，而將定語部分轉譯成謂語，譯作 "他們認真地從事有機肥料的研究"。

"結構相同，用詞不一" 會引起成分的轉譯，這是 "成分轉譯" 的由來之二。

3) 為了邏輯、語法和修辭

在翻譯實踐中，必須注意譯文的邏輯敘理、語法無誤和修辭。爲了達到這三方面的要求，應當根據原文語言的具體內容，採取各種不同的方法。成分轉譯即爲其手段的一種。例如：

(1) ひとつのシリコンのうえに，数百個の IC が同一プロセスでつくりあげられる。ちょうど多軸ボール盤でたくさんのドリルが一度に穴をあけるのと同じように，あるいはそれよりもっと巧妙に！

　　數百個集成電路用同一生產程序製作在一片磁片上。

如同多軸鑽床用許多鑽頭同時鑽許多孔一樣，甚至比這更巧妙！

原文以"多軸ボール盤で"作補語表示行為工具，以"たくさんのドリルが"作主語（謂語部分為"一度に穴をあける"）。按此結構照譯，譯文則是：

"用多軸鑽床許多鑽頭"。

這樣譯來，就在多軸鑽床和許多鑽頭兩者的關係上產生語病，導致邏輯概念不清。事實上，"許多鑽頭"是屬於"多軸鑽床"所有的。因此，為了避免出現語病，而運用"成分轉譯"的手段，將原文的補語轉譯成主語，主語轉譯為補語，譯作：

"多軸鑽床用許多鑽頭"。

(2)　電子工業はわれわれの生活を豊かにし，将来の姿は想像もつかないほど発展するであろう。

　　　　電子工業豐富了我們的生活，將來的形勢會發展得難以想像。

日語以"想像もつかないほど"作狀語，表示程度來修飾動詞謂語"発展する"。從語法角度來看，中文適合於用"得"字結構的補語來表達。因此，以中文的補語代之以日語的狀語而譯作"（發展）得難以想像"。

(3)　事なかれ主義の蔓延，モラルの低下，自己開発の停滞のおそれは，終身雇用制の問題点である。

　　　　終身雇佣制的缺點，是會使"但求無過"的消極主義蔓延，道德觀念低下和個人發展停滞。

原文是一判斷句。譯文則將其主語轉譯成謂語，謂語轉譯爲主語。其目的在於突出原文謂語所敘述的內容意義，具有修辭的意味。

爲了使譯文符合邏輯和不發生語法的錯誤以及達到修辭的目的，而採取成分轉譯，即是作"成分轉譯"的由來之三。

2. 成分轉譯種種

成分轉譯在翻譯實踐中佔有很重要的地位，也較難以掌握和運用。從上述詞的分類和歸類; 結構相同，用詞不一; 邏輯、語法、修辭等不同的角度去觀察日、中文對句子成分的運用，除有其共性之外，其特性也極爲突出。根據兩種語言用詞的不同特點，口譯中文時採取相應的處理方法是十分必要的，成分轉譯也就成爲手段之一。

關於成分與成分之間的轉譯是非常錯綜複雜的，很難規定出一定的範圍。現將最常見的若干種情況列舉如下。

1) 主語的轉譯

① 主語轉譯成賓語

(1) 人間の頭脳の限界を破るために，電子計算機と呼ばれる，高速で正確な情報処理のための機械が生まれたのです。

　　　爲了衝破人腦的界限，而研製出高速而準確地處理信息的機器——電子計算機。

(2) 動力型の機械の急激な発展をもとにして，第一次産業

－ 89 －

革命が起こり,それは社会で働く人人の組織や生活を大きく変えていった。

　　　在動力型機械急劇發展的基礎上，產生了第一次產業革命,它使社會上勞動者的組織和生活發生了巨大的變化。

　主語轉譯成賓語主要是由於謂語爲自動詞而轉譯爲他動詞,這時的主語即轉譯成賓語。以上兩例中的"機械が生まれた"(研製出機器)；"第一次産業革命が起こり"(產生了第一次產業革命) 就是如此處理的。轉譯是出於中文表達上的需要，而不是自動詞都要轉譯成他動詞。在通常的情況下，仍應譯成自動詞，主語也無轉譯的必要。例如:

(3)　太陽からやってくる放射熱が遮蔽されれば,気温が下がる。

　　　若將太陽的幅射熱遮蔽起來，氣溫就會下降。

② 主語譯轉成定語

(1)　わたしたちはこちらの美しい景色に心をひかれた。

　　　我們的心被這裡的秀麗景色吸引住了。

　原文是一帶有賓語"心を"的被動式句。這種句型大多將主語轉譯成賓語的定語。如該句的主語"わたしたちは"就轉譯成賓語"心を"的定語，而譯作"我們的心"。

(2)　岩石は成因によって分類される呼び名が一般的な本質名である。

　　　依據形成原因進行分類的習慣名稱，通常是岩石的本質名。

該句的句型是 "岩石は…呼び名が…本質名である"，是主謂謂語句。但句子成分中的用詞與中文的用詞有所差別，爲使譯文通順，而將主語 "岩石は" 轉譯成定語 "岩石的"。

(3) 物体はその温度を上下すると長さや体積に変化が起こる。

　　　　如果物體的溫度有升降，就會引起長度和體積的變化。

此句同樣是主謂謂語句 "物体は…変化が起こる"。其特點是在以主題 "物体は" 爲主語的後面有指代該主語的指示詞 "その"，這日語用詞嚴密的特徵。但中文用詞簡潔，如按日語的用詞直譯成中文 "如果物體其溫度有升降，…"，顯然既囉嗦又費解。爲此，將 "その" 的詞義刪掉，而將主語 "物体は" 轉譯成定語，譯作 "物體的溫度…"。

(4) 地球上の水の 98 ％は海水である。

　　　　地球上 98 ％的水是海水。

原文是以 "98 ％は" 爲主語，以 "海水である" 爲謂語的判斷句。若照此譯成中文，就會出現 "98 ％是海水" 這種 "是" 字句前後概念不相配合的語病。因此，將原主語 "98 ％" 轉譯成定語，原定語 "水の" 轉譯爲主語而譯作 "98 ％的水"。

③　主語轉譯成狀語

(1) タバコを吸っている人たちの過半数は，できればやめたいと思いながらも禁煙できないのです。

　　　　吸煙的人，大多數都想戒煙，可就是戒不掉。

(2) 人間の多くは，太古狩猟生活をして，鹿やうさぎを

追いかけて，それを殺すことを楽しみとした。

　　　太古時期的人，<u>大多</u>過著狩獵生活，追捕鹿和兔子，把它們殺掉引以爲樂。

日語裡往往將具有數量意義的名詞作句子的主語，如 "過半數は"、"多くは"、"大部分は" 等。中文一般不習慣這樣用詞，因此大多轉譯成狀語。

(3)　<u>粗悪炭の燃焼は</u>多くの研究がされている。

　　　<u>對劣質煤的燃燒</u>作了多方面的研究。

該句原文中的主語 "粗悪炭の燃焼は" 根據全句的語義，適合轉譯成狀語，"對劣質煤的燃燒"。

④　主語與謂語換譯

(1)　義務教育において，<u>第一に避けなければならないことは</u>，「差別」である。

　　　在義務教育中，"差別" <u>是首先應當避免的</u>。

(2)　教育改革にあたって，<u>最も大切なことは</u>文部省を改革することである。

　　　改革教育時，改革文部省<u>至關重要</u>。

(3)　電気が光として私たちの生活に利用されるようになったのは<u>エジソンが炭素電球を発明した 1878 年からのこと</u>である。

　　　<u>從 1878 年愛迪生發明了碳絲燈之後</u>，電才轉換成光而應用在我們的生活之中。

主、謂語換譯多出於判斷句。有時，換譯後句型有所改變。

例(3)原文的謂語部分"エジソンが…からのことである"(…愛迪生…之後)，變成表示時間的狀語從句。換譯的目的是爲了突出原文謂語部分所表示的語義或爲了使譯文通順而採用的一種手段。

2) 謂語的轉譯

① 謂語轉譯成狀語

(1) 高校は今や義務教育化してきたのであるから，職業教育はさらにその上の段階の教育とせねばならないことは明白である。

　　　高中，現在已爲義務教育，顯然職業教育應屬高於高中階段的教育。

(2) 教育改革にはもっと広く民衆の声を反映させねばならないことは原則である。

　　　教育改革原則上應反映出廣大群眾的意見。

(3) ツバメが小枝を折角運んでも風でとばされることはしばしばである。

　　　燕子好不容衒來的小樹枝，常常被風吹跑。

(4) 経済性を別にすれば，システムに設計と信頼度の見地から，一般に，1ユニットに対し，計算機1セットの組合わせが望ましい。

　　　經濟效益另當別論，而從系統設計和可靠性著眼，一般說來，一個機組最好裝配一台計算機。

以上各例中的謂語"明白である"(顯然)，"原則である"(原則上)，"しばしばである"(常常)，"望ましい"(最好)，都適合

轉譯成狀語。當然不限於此，像 "普通である"（通常），"習慣である"（習慣上），"大部分である"（大多），"事実である"（事實上）等等，大半應轉譯成狀語。

② 謂語轉譯成定語

(1) 中国ではお互いに，乾杯した時，<u>さかずきが空になった</u>のを見せるのが，礼儀とされていたのです。

在中國互相乾杯之後，亮以<u>空杯</u>是一種禮貌。

(2) 第四紀学は，氷河期に対する研究から地理学，地質学，考古学，人類学，動物学，植物学，地球化学，地球物理学，気象学などさまざまな科学を総合させた<u>学問が発達した</u>のである。

第四紀學是由對冰河期的研究，綜合了多種學科，諸如地理學、地質學、考古學、人類學、動物學、植物學、地球化學、地球物理學、氣象學等而<u>發展起來的一門學科</u>。

例(1)中的 "さかずきが空になった" 按其結構和用詞是 "杯子變爲空的" 從整個句子來看，只有將其中的謂語 "空になった" 轉譯成定語，而譯作 "空杯" 才合乎中文的表達習慣。例(2)中的 "学問が発達した" 同與例(1)，也需要將謂語 "発達した" 轉譯成定語，譯作 "發展起來的一門學科"。

3) 賓語的轉譯

在翻譯實踐中對賓語的譯法多屬詞序問題（詳見第一章 "成分換位"），也常見下列轉譯情況。

① 賓語轉譯成主語

(1) 　私たちを猿から人間にまで進化させたものは，多くの
苦しみあった。

　　我們從猿進化爲人的歷程，是飽經艱辛的。

(2) 　いよいよ第二学期を終ることになりました。

　　第二學期終於結束了。

例(1)的賓語“私たちを”和例(2)的賓語“第二学期を”均轉
譯成主語，原因是爲了譯文的通順，含有修辭的因素。

②　賓語轉譯成狀語

(1) 　人間が食べられるような消化しやすい栄養物は，自然
界には少量しかないので，人間の食糧のほとんどは，人
間が苦労して作り出さねばならない。

　　人類能食用而且容易消化的營養品，在自然界裡爲數
不多。因而，人類的食糧幾乎都需要人們辛辛苦苦地種植
出來。

原文主句的賓語“ほとんどは”（大部分，幾乎）以及類似
“ほとんど”的一些詞，在中文裡一般不適合構成主語或謂語（參
看主、謂語的轉譯）以及賓語，尤其帶有定語時，多轉譯成狀語。

4)　補語的轉譯

①補語轉譯成主語

(1) 　大脳の中には十数億もの細胞があって，それぞれの細
胞は仕事を分業しているから，「物を見る脳細胞」をとっ
てしまうと，人には物が見えなくなる。

　　大腦中有十數億之多的細胞，不同的細胞分擔著各種

不同任務，因此若將"視物的腦細胞"完全取出，人就不能視物。

句中的"人には"不同於"大脳の中には"，後者表示具體存在的位置，而前者"人には"是以補語的結構表示主語的內容，自然應譯成主語。

(2) みんなでいっしょに歌いましょう。

　　大家一塊唱吧！

日語習慣用代詞"みんな"或名詞"ひとり""ふたり"等，綴以補格助詞"て"表示動作進行的狀態。中譯時，多轉譯成主語。

(3) 大学では，労働しながら勉強する教学制度を研究中である。

　　大學正在研究半工半讀的教學制度。

補格助詞"で"常附以提示助詞"は"表示範圍，但往往具有行爲主體的含義，句中的"大学では"可改寫成"大学は"。因此，可轉譯成主語。

② 補語轉譯成賓語

(1) 植物は日光に向かって緑の葉をひろげ，花は美しく，まばゆい色にかがやいています。

　　植物向著陽光舒展著綠色的葉子，花兒閃現著美麗耀人的色彩。

(2) ブトウ酒なら大丈夫でしょう。それともビールにしましょうか。

　　葡萄酒還可以吧？　要麼，喝啤酒好嗎？

(3)　彼はまだわかいから，人生の経験にとぼしい。

　　　他還很年輕，缺乏人生的經驗。

(4)　この上着はぼくの体にぴったりだよ。

　　　這件上衣很合我的身材。

　　日語中的某些自動詞、形容詞、副詞等，常常要求由補格助詞“に”構成的補語。中譯時多將上述詞譯作他動詞，其補語則需要轉譯成賓語。如“色にかがやいています”(閃現著色彩)；“ビールにしましょうか”(喝啤酒好嗎?)；“経験にとぼしい”（缺乏經驗)；“体にぴったりだよ”(很合身材)。

　　但是，上述譯法並不是絕對的，日語的此類補語有時需要用“對”字予以表達。例如:

(5)　冷淡とは物事に不熱心なことを指す。

　　　所謂冷淡就是指對事情不熱心。

③　補語轉譯成定語

(1)　大気汚染は空気の安定度で大きな影響をうける。

　　　大氣污染受空氣穩定度的影響很大。

　　句中的“安定度で”爲表示原因的補語。若照原文結構中的用詞直譯，譯文則是“大氣污染由於空氣的穩定度而受到很大的影響”。這樣譯法顯然不如將補語“安定度で”轉譯成定語“穩定度的”使譯文更爲貼切。

(2)　日本ではいままで年間平均気温がいちばん低かったのは明治十七年だった。

　　　迄今爲止，日本的年平均氣溫最低的時期是明治十七

年。

原文以補語"日本では"表示地點，但是通觀全句的內容意義，轉譯成定語為宜。

5) **定語的轉譯**

① 定語轉譯成主語

(1) 17世紀になると，人間の蒸気についての知識は，大きな進歩をとげた。

　　到了十七世紀，人類對蒸氣的知識取得了很大的進步。

(2) 火力発電所の燃料には，重油，天然ガス，石炭が用いられるがそれによって自動化の難易が生じる。

　　火力發電廠使用的燃料有重油、天然氣、煤等，由於燃料不同，自動化也就有難易之別。

日語由表示人或名稱的名詞作定語（用格助詞"の"）時，有時隱含著主體的作用。此時要參考中文句子成分的用詞習慣，必要時可將其轉譯成主語。

② 定語轉譯成賓語（偏正結構譯成動賓結構）

(1) 人間の身体の機能は，一言でいえば，生活のための機能と種の保存のための機能であるといえる。

　　人類身體的機能，一言以蔽之，可以說就是為了謀求生存和傳宗接代。

(2) 現在では，各所で石炭燃焼の研究が始められている。

　　現在各地正在著手研究燒煤問題。

以上示例說明，當原文的動名詞需要譯成動詞時，其本身所

帶的定語必然轉譯成賓語。例(1)的 "種の保守" 譯作 "傳宗接代"；
例(2)的 "石炭燃燒の研究" 譯作 "研究燒煤"。

③ 定語轉譯成狀語

(1) 作業および設備が簡略化できるため，かなり<u>大幅なコ
スト低減</u>が可能である。

　　　由於操作和設備都能簡化，所以就可以<u>大幅度地降低
成本</u>。

(2) ラジオ・ページング受信機は，無線によって<u>各個人</u>の
選択呼出しを行なうものである。

　　　無線選呼接收機是通過無線電波對<u>每個人</u>進行選擇呼
叫的一種裝置。

(3) 次に実例をあげ，<u>生物の繁殖としての</u>簡単な解説を
述べる。

　　　下面列舉實列，<u>對生物的繁殖</u>作扼要的說明。

定語轉譯成狀語往往出現在下述兩種情況；其一，原文由動
賓結構構成的複合名詞帶有定語，若需要將複合名詞譯作動賓關
係時，有關的定語須轉譯成狀語。如，例(1)的 "大幅なコスト低
減" 譯作 "大幅度地降低成本"；其二，中文習慣於使用 "對…進
行(作)…" 的表達形式，當原文與這種表達形式相吻合時，可將
有關的定語轉譯成狀語 "對…"。如，例(2)的 "各個人の" 譯作
"對每個人"，例(3)的 "生物の繁殖としての" 譯作 "對生物的繁殖"。

④ 定語的變通

(1) 動物の食物の取り方は，その動物の生活している場

所や食物の種類によって違っている。

　　　動物攝取食物的方法根據其生活的地方和食物種類的

　　不同而異。

　句中的"食物の"原爲複合名詞"取り方"的定語。但因"取

り方"中的"取り"在這種語言環境中適合於譯成動詞，因此"食

物の"就與"取り"構成動賓詞組來修飾"方"，即譯作"攝取食

物的方法"。

6)　狀語的轉譯

① 　狀語轉譯成主語

(1)　ボイラのこれからの燃料としては，従来のような良
　　質の重油だけとは限らなくなる。

　　　今後鍋爐的燃料，不一定只限於以往那種優質重油。

(2)　測定方法として加熱法および冷却法の二種類の方法が
　　ある。

　　　測量方法有加熱法和冷却法兩種。

慣用型"…として(は)"可構成狀語，當其位於句首多轉譯

成主語，這時已無詞義可言，相當於一個助詞。

② 　狀語(句)轉譯成賓語(句)

(1)　どうぞお忘れ物のないようにして下さい。

　　　請您不要忘了東西。

(2)　空気は，化合物であるかのように思う人も多いだろう
　　が次のような理由から混合物であることがわかる。

　　　也許有不少人認爲空氣是一種化合物，但由以下理由

可知它是一種混合物。

以上兩例中的狀語從句"…ように"皆轉譯成賓語從句。

③　狀語轉譯成定語

(1)　油圧機器には利点がいろいろあります。

　　　　油壓機有許多的優點。

(2)　複雑な気象現象を推定するには，一般に実績データが充分に得られない。

　　　　對於推測複雜的氣象來說，一般總難得到充分的實際數據。

例(1)中的"いろいろ"作狀語修飾動詞"あります"，例(2)以"充分に"作狀語修飾動詞"得られない"。若照原文的結構將例(1)譯作"油壓機許多地有優點"，例(2)譯作"…一般總難充分地得到實際數據"，顯然不通。爲此，需要將兩句中的狀語"いろいろ"和"充分に"轉譯成定語，譯成譯文的形式。

④　狀語轉移

(1)　一般に電荷の移動を自由に許す物体を導体という。

　　　　一般說來，允許電荷自由移動的物體叫做導體。

原文以"自由に"作狀語，用來修飾動詞"許す"。如按此結構譯成中文，全句的譯文是"一般說來，自由允許電荷移動的物體叫做導體"。何謂"自由允許"？ 顯然是張冠李戴，事理不通。因此，原文的狀語"自由に"在譯文中轉移過來去修飾"移動"，譯作"自由移動"，這樣就通順了。

7) 被修飾語轉譯成主體

(1) 私たちは先生からいろいろ学びました。また先生を通じてわたしたちに対する<u>日本人民</u>の深い友情を理解することができました。

　　　　我們從您那兒學到很多知識，並且通過您了解到<u>日本人民</u>對我國人民的深厚友誼。

(2) <u>火を手に入れた人間は</u>，こんどは自然の力である風力の利用を考えたのである。

　　　　<u>人類掌握了火</u>之後，接著就想到利用大自然的力——風力。

日、中文在表示主體和修飾語的關係上有時不同。如中文說
"<u>中國人民</u> <u>日本人民的</u> <u>深情厚誼</u>"，而日語卻可說成 "<u>日本人民に</u>
　　　　　1　　　　　2　　　　　　3
<u>対する</u> <u>中国人民の</u> <u>厚い友情</u>"。中文先說主體1，再說修飾語2，
　2　　　　　1　　　　　3
最後說下位的名詞3；日語則可先說修飾語2，再說主體1，最後
說下位的名詞3。以上兩例中的被修飾語 "日本人民" 和 "人間"
之所以可以轉譯成主體，皆出於此。但這種轉譯決不意味著被修
飾的名詞都能這樣翻譯，只有確為修飾語的主體時方可。

在翻譯實踐中需要進行成分轉譯的，決不局限於上述範圍，
以上所列舉的內容只是其中的一部分。泛泛地說，基於 "信" 和
"順" 的標準，成分與成分之間幾乎都可以相互轉譯。這要根據不
同的情況，作具體的處理了。

實踐材料

情報技術を高めた【漢字】の存在

余談になるが，日本語では漢字という複雑かつ膨大の数の象形文字を使うが，かつてはこれが情報技術開発の大きなかべになると見られていた。しかし，いまやかべではなく，情報技術のレベルを高める役割を果たしている。

日本では，ファクシミリが急速に普及しており，その技術水準もひじょうに高い。これは文書を遠隔地に送るのに，漢字が複雑であるため，そのまま映像として送らねばならなかったためである。欧米では，文書はアルファベット26文字で構成されているから，その一つひとつを符号に変えて，信号で送ってやれば，きわめて簡単に文書の内容が送れる。ところが漢字ではそうはいかないため，ファクシミリ技術発達の誘因となった。

音声タイプライタもそうである。欧米ではタイプを打つのは簡単なことであり，打てる人はどこでもいる。だが，和文タイプは特殊な技能で習得に時間を要する。日本ではタイプでなく，しゃべった言葉を聞きとれる装置へのニーズがひじょうに強い。

あるいは手書文字の読みとり装置だが，いま，カタカナ用は普及しはじめており，ひらがな用も市販が始まった。また，漢字をブラウン管に表示したり，インクを噴き出させて書く技術も高度なものを開発してきた。だが，まだ大きな課題がある。手書きの漢字の読みとりである。その技術開発はこれから進む

だろう。

　この音声を聞き分け，手書き文字を読みとるのを「パターン認識」というが，このパターン認識技術では，日本はトップレベルにある。それは，パターン認識が日本人にとって身近なものということもある。つまり，漢字を目で読むのは一種のパターン認識である。これは象形文字を用いている利点といえる。また，碁，将棋といったゲームが，日本ほど浸透している国はほかになく，これらのゲームもパターン認識の鍛煉に寄与するところが大きいと思う。

　しかも，日本人の最大の発明の一つであるカタカナ，ひらがなという表音文字を持っていたことも，ひじょうに幸いした。とりあえず，カタカナを使ってコンピュータを利用することができたのである。漢字だけしか持たない中国は，いったいどうするのだろう。いま中国は，コンピュータ導入に躍起になっているが，表音文字を持たないことが大きな障害になりそうである。

　漢字・仮名まじり文を使う日本は，まず易きから入り，しだいに高度化していくための恰好の条件を持っていたといえる。古い諺だが，「艱難，汝を玉にす」のとおり，カタカナから始まり，漢字をコンピュータに結びつける困難が，日本の情報技術を高めてきた。

詞匯

1. よだん	[余談]	(名)	閒話，離題的話
2. かつて	[嘗て]	(副)	曾，曾經
3. かべ	[壁]	(名)	牆壁，障礙
4. レベル	[level]	(名)	水平，水準
5. ファクシミリ	[facsimile]	(名)	傳真通訊
6. ぶんしょ	[文書]	(名)	文件，公文
7. えいぞう	[映像]	(名)	影像，圖像
8. そのまま		(副)	照原樣，原封不動
9. おうべい	[欧米]	(名)	歐美
10. アルファベット	[alphabet]	(名)	羅馬字母，字母表
11. ゆういん	[誘因]	(名)	起因，原因
12. タイプライター	[type writer]	(名)	打字，打字機
13. わぶん	[和文]	(名)	日文
14. しゅうとく	[習得]	(名・他サ)	學會，學好
15. しゃべる	[喋る]	(自他五)	說，講
16. ききとる	[聞取る]	(他五)	聽見，聽懂
17. ニーズ	[needs]	(名)	要求，需要，必要
18. てがき	[手書き]	(名・他サ)	手寫
19. よみとり	[読取り]	(名)	讀取，讀數
20. しはん	[市販]	(名・他サ)	市場上出售
21. ブラウンかん	[Braun 管]	(名)	陰極射線顯像管
22. インク	[ink]	(名)	墨水

23. ふきだす	[噴き出す]	(他五)	噴出，吹出
24. ききわける	[聞き分ける]	(他下一)	聽出來，聽辨出來
25. パターンにんしん	[pattern 認識]	(名)	圖像識別
26. トップレベル	[toplevel]	(名)	最高級，首位
27. みぢか	[身近]	(名・形動)	近身，身邊
28. ご	[碁]	(名)	圍棋
29. しょうぎ	[将棋]	(名)	將棋
30. きよ	[寄与]	(名・自他サ)	有助於，有用
31. とりあえず	[取り敢えず]	(副)	首先，立刻
32. やっき	[躍起]	(名・形動)	積極,著急,熱衷於
33. しょうがい	[障害]	(名・自他サ)	障礙
34. まじりぶん	[交り文]	(名)	混合表記文字
35. やすき	[易き]	(名)	容易
36. ことわざ	[諺]	(名)	諺語，常言
37. なんじ	[汝]	(代)	(文) 汝，爾
38. たま	[玉]	(名)	寶石

練習

重點: 成分轉譯

一、將下列各句譯成中文

(1) 民族や国家社会の将来を左右するのは青少年ですから，どの国でも青少年の精神教育を行なっています。

(2) 近年は台風発生域が優勢な高気圧帯におおわれること

がしばしばであり，これが台風をできにくくしている。

(3) 気候の変動に影響をあたえる原因となるものとして，もう一つ無視できないものに大気の混濁がある。

(4) 現在は今世紀のはじめにくらべ，大気混濁度は50〜80％増加しているといわれるが，その原因の三分の二は火灰言だと言っている学者がいる。

(5) 工業用ロボットがたくさんならんだ完全な無人工場は，いったいどんなすがたになるのでしょうか。

(6) 両性生殖では，雌雄の別があり，それぞれに卵と精子が生じる。

(7) ある教科の成績の悪い人は，この休み中にできるだけ追いつくように努力して下さい。

(8) 湖沼水の多くは淡水であるが乾燥地域の内陸湖の多くの水は塩分を含んでいる。

(9) 地下水は，水温・水質・水量などの変化が少ないのが特色である。

(10) 若い人たちがタバコを吸わないように心掛けることが大切になります。

(11) 山火事から火をつくる棒を考えついた人人はその後，しばらくして，石と石を打ち合わせて火を出すことを考えました。

(12) 恒星や太陽や電球のように，自分で光を放っているものを発光体という。

⒀ 位置、運動、形状などの状態の変化にともなってエネルギーもいろいろとその形をかえるが，全体としてみるとエネルギーの総和は変りがない。

⒁ 交通機関が常に努力を続けている課題の一つに速度向上があげられる。

⒂ 人間が今まで利用しているエネルギーのほとんどすべては直接または間接に太陽の放射熱であるといえる。

二、將下列短文譯成中文

IC化

現在の社会生活が，10年前と比べ大きく変わっていると感じる人は少ないであろう。だが，われわれの生活を支える身の回りのもの，特に電化製品，たとえばテレビ，ラジオ，時計などの性能が大きく向上していると感じる人は多いのではなかろうか。実はこの性能向上のかぎはICにあるのだ。

特に最近では，ICのほかに，LSIとかデジタル化，マイクロコンピューター (略してマイコン) などの言葉があふれている。小学生でさえも，平気でこれらの言葉を使う時代だ。それほど強く，ICはわれわれの生活の中に入り込んできている。IC化されているものを探すより，されていないものを探す方が大変なくらいだ。今やIC化は当たり前であり，ICなくして電化製品は作れないような感じすらする。では「IC化」とは一体何なのであろうか。

LSIとは，簡単にいえば，トランジスタや抵抗，コンテンサーなどからなる電子回路が集まって，一つになったものと思えばよい。原理的には写真と同じだ。電子回路を非常に大きな紙に書き，これを写真に撮って小さくする。写真と異なるのは，焼き付けるのが紙ではなく，シリコンなどの半導体になされることである。その結果できたICを使うと，次のような特徴が生かせる。

まず小さくなる。これは，大きな特質である。今まですでにあったものは，IC化すれば小さくなる。また同じ大きさならIC化することによって，機能を上げることができる。たとえばLSI時計は，同じ大きさでストップウオッチ機能が付き，日付，曜日が出る。信頼性も向上する。IC化とは，多くの部品からなる電子回路を一つにしてしまうことにある。部品数が減れば，それらの接続も少なくなり，故障は確実に減る。ましてや機械化に比べれば雲泥の差である。

そして，安くなる。これは重要である。もっとも，それは大量生産をした場合に限られる。

詞彙

1. ICか　　[integrated circuit 化]　(名)　　　集成電路化
2. LSI　[large scale integration]　　(名)　　　大規模集成電路
3. テジタルか　　　　[digital 化]　(名)　　　數字化
4. マイクロコンピューター

	[micro computer]	（名）	微型計算機
5. あふれる	[溢れる]	（自下一）	溢出，充満
6. へいき	[平気]	（名・形動）	不介意
7. いりこむ	[入り込む]	（自五）	進入
8. あたりまえ	[当たり前]	（形動）	自然，普通
9. すら		（副助）	甚至，連
10. コンデンサー	[condenser]	（名）	電容器
11. しゃしん	[写真]	（名）	照片，相片
12. とる	[撮る]	（他五）	攝影
13. やきつける	[焼き付ける]	（他下一）	印相
14. シリコン	[silicon]	（名）	硅
15. いかす	[生すか]	（他五）	弄活，留活命
16. ストップウオッチ	[stop watch]	（名）	秒表，跑表
17. ひづけ	[日付]	（名）	年月日，日期
18. しんらいせい	[信頼性]	（名）	可靠性
19. ましてや	[況してや]	（副）	何況
20. うんでいのさ	[雲泥の差]	（組）	天壤之別

第四章

<table>
<tr><td>

翻譯要領: 增詞
　　　　　1. 何謂增詞
　　　　　2. 增詞的類型
實踐材料: 進化と絶滅

</td></tr>
</table>

翻譯要領：增詞

1. 何謂增詞

　　所謂增詞，就是譯文中根據原文的意義增譯出原文字面上沒有出現的詞，以使譯文通順、流暢，即謂之增詞。

　　日語和中文兩種語言在表達同一概念時，在用詞習慣、語法結構、表達方式、邏輯敘理等方面不一定完全相同，有時差別很大。日語已爲概念完整、語句通順、表達無誤的句子，若照譯成中文，往往會令人感到意思不連貫，語句欠通順，苟簡費解。在這種情況下，就需採取增詞的手段予以表達清楚。增譯的詞及其字數要根據具體情況而定。

　　以下列舉第二章的實踐材料 "設備計画" 的第一段來領會一下有關增詞的問題。試看：

　　稼動現場に建設する修理工場の規模をどのぐらいの大きさにするか，設備は何を持てばよいか，について考える時，修理工場に機械を搬入して整備，修理を行なう頻度と内容について予

測し，修理工場にて可能な整備，修理の内容について決定する必要がある。この時忘れてはならないのが，ある修理を他の会社に依頼することができるか？である。つまり修理工場内で可能な修理と外注で可能な修理の明確化である。

　　設置在施工現場的修理工廠，其規模應設計成多大且配置哪些設備爲宜？當考慮這些問題時，就需要對機械搬入修理工廠進行維修的頻度和內容作出估計，並且確定可在修理工廠維修的項目。同時不可忘記，能否將某些修理項目委託其他公司去完成？總之，要明確可在修理工廠內修理的以及可委託外單位的修理項目。

　　在此不足 150 字的譯文中，就增譯出詞義不同，字數不等的"其""這些問題""就""作出""去完成""修理項目"。

　　選此一段文章旨在說明，日譯中時，基於日、中文在行文、造句、用詞等方面有所不同，在不失原義的原則下，爲使譯文符合中文的語言規範，凡屬可通過增詞解決的，即可採取增詞的方法來解決。但是，切莫畫蛇添足，無中生有。

　2.　增詞的類型

　　增詞的類型大致分爲三種：⑴有其義而無其形；⑵原文中某種隱含的意義；⑶爲使譯文語氣貫通，語義完整。現將此三種類型分別示例如下。

1)　有其義而無其形

日語裡，往往爲了行文的簡潔，達到某種修辭的目的而省略

一望可知的成分，形成有其義而無其形的狀態。此時，按中文的表達習慣，大多需要將其增譯出來。例如:

(1) 真空管は真空中，トランジスタは固体内の電子運動を制御したものである。

　　　　真空管是控制電子在真空中運動的，電晶體是控制電子在固體内運動的。

若將省略的成分寫出 (標以括號)，全文則是:

　　　　真空管は真空中 (の電子運動を制御したもので)，トランジスタは固体内の電子運動を制御したものである。

(2) 機械の性能が高まるにつれて，人間のいろいろな機能と関連し，その機能を代用するようになってきた。例えば，電話は耳に，自動車は足に，といった具合である。

　　　　隨著機械性能的提高，就逐步與人的各種機能聯繫起來，並代替了這些機能。例如，電話代替了耳朵，汽車代替了腿腳，等等。

(3) わたしたちの科学・技術の文明は，不幸とか苦悩とかをとりのぞくどころか，ますますふやしているようです。

　　　　我們的科學、科術的高度發達似乎是，不但沒有消除不幸和苦惱，反而使之日益增加。

(4) 他の一つは，半導体技術を中心に，技術進歩が速いために制品がすぐ陳腐化することである。

另一個問題是，由於以半導體技術爲中心，技術的進步異常迅速，產品很快就會被淘汰。

　　例(1)省略了與後面分句相同的謂語部分 "の電子運動を制御したもので"。例(2)省略了並列定語 "代用し" 和 "代用する"，補出來應爲 "耳に代用し" 和 "足に代用する"。例(3)省略了賓語 "それを"，補出來應爲 "それをふやしている…"。例(4)省略了動詞 "して" 補出來，應爲 "半導体技術を中心にして"。省略了的這些成分均應一一譯出。

　　然而，當日語省略的成分與中文的表達習慣相吻合時，自然無增譯的必要。例如：

　　(5)　人間の頭脳は一度に多方面のことを考える能力が弱いが、電子計算機はそのような場合にも正確に処理することができる。

　　　　　人腦同時考慮多種事情的能力是很弱的，但電子計算機即使在這種情況下，也能正確地進行處理。

　　原文在主句謂語 "処理することができる" 前省略了賓語 "それを"，這與中文的表達習慣相同，也就無增譯出來的必要了。

　　(6)　ウシにはウシの，ウマにはウマの，木には木の，石には石の，それぞれに特質があります。

　　　　　牛有牛的，馬有馬的，樹有樹的，石有石的，他們各有各的特性。

　　原文在 "ウシの" "ウマの" "木の" "石の" 之後分別省略了 "特質があり"，用筆很妙。按中文的用詞，可同與原文略去 "特

質"不譯，但需增譯出"他們"一詞。

2)　原文中某種隱含的意義

　　日、中文在用詞上有時相同，有時各異，絕非在任何時候都一一相對。各異之處會表現在很多方面，其中之一是，從中文的角度考慮，日語中的用詞有時詞義隱含。針對這種現象，中譯時就需要將隱含的意義表達出來，否則譯文會使人感到干澀生硬。例如：

　　⑴　皮膜の厚さはプラスチックの熱特性の点からは薄い方が良く，皮膜破損の点からはあまり薄いものは好ましくない。

　　　　薄膜的厚度，若從塑料的熱特性方面著眼，薄一點好；若從薄膜容易破損的角度考慮，不宜太薄。

　　⑵　アメリカでは「信教の自由」という建て前から，教室に十字架は揭げません。また宗教の時間もありません。

　　　　美國從"信仰自由"這一原則出發，教室裡不懸掛十字架。也沒有宗教活動時間。

　　例⑴的"…点からは，…点からは"譯作"從…方面著眼，從…角度考慮"；例⑵的"…建て前から"譯作"從…原則出發"。分別增譯出"著眼""考慮""出發"。

　　⑶　プレオマイシンは土壌中の菌が産生する抗生物質を化学的に処理し，毒性を弱め，制ガン性を高めたものである。

－ 115 －

爭光霉素是把土壤中的菌所產生的抗生物質<u>用化學的</u><u>方法</u>加以處理，減弱其毒性，提高抗癌性的一種藥物。

(4)　わずか百年ぐらいの間に，機械の働きは，<u>動力的には</u>巨大化し，<u>情報的には</u>著しく精密化した。

　　　　僅僅在大約一百年的期間，機器的功能<u>在動力方面</u>已大爲加強，<u>在信息方面</u>顯著地精密化了。

日語在構詞上，常以名詞＋"的"字構成形容動詞，其連用形爲"～的に"。由其表示的狀語隱含的意義是多方面的。中譯時應據情表達出來。"化学的に"可譯作"用化學的方法"，"動力的には"可譯作"在動力方面"，"情報的には"可譯作"在信息方面"。

(5)　コンピューターは，電子工業，<u>その他</u>において広範に用いられるようになりました。

　　　　電子計算機已廣泛地應用於電子工業和<u>其他工業</u>之中。

句中的"その他"，具體到該文中隱含有"其他工業"之義，應予以表達出來。

(6)　工作機械とは，<u>切削，研削その他</u>により切屑を出しつつ<u>金属その他</u>を加工するものである。

　　　　所謂機床，就是用<u>切削、磨削等方法</u>，在除掉碎屑的同時，<u>對金屬等材料</u>進行加工的一種機械。

"切削，研削その他"中的"その他"隱含"方法"之義；"金属その他"中的"その他"隱含"材料"之義，均應一一譯出。

3)　爲使譯文語氣貫通，語義完整

日、中文對比之下，有時會感到日語的用詞過於簡練。若照譯成中文會令人感到殘缺不全。爲此，就需要增譯出虛詞或實詞，以使譯文的語氣貫通，語義完整。此類增詞使用較廣，現從第一章練習二"人工重力"一文中選出一些句子，來說明這類增詞現象。例如：

(1)　わたしたち人類は，地球上に生命が発生して以来，数億年にわたって，つねに重力の影響をうけながら，進化してきました。

　　　　自從地球上出現生命以來，我們人類經歷了數億年的歲月，是隨時都受著重力的影響進化而來的。

譯文中增譯的詞有"自從""的歲月""都""而"。

(2)　もし重力がなかったとしたら，進化の道すじは根本からちがったものとなり，今日私たちは，まるでちがった生活をいとなんでいることになるでしょう。

　　　　如果沒有重力，進化的道路將從根本上發生變化，我們今天會過著完全不同的生活。

譯文中增譯出"將""上""會"。

(3)　無重力ということは，人間はもとより地球上の生物にとって，その生きかたに反することなのです。

　　　　失重對人類自不待言，對地球上的生物都是違反其生活常態的。

增譯出"都"字。

(4)　将来，人間が惑星旅行をするようになると，どんなに

近いところでも数か月はかかります。

　　　將來，人類一旦實現了星際旅行，無論多麼近的地方，至少也需要幾個月的時間。

增譯出 "至少" "的時間"。

(5)　…宇宙飛行士が，たとえば火星に到着したとすると，自分の重さを，ゼロから急に 55 キログラム以上に感じることになります。

　　　…宇航員，一經到達火星，將會感到自己的體重驟然從零變爲 55 公斤以上。

增譯出 "變爲" 一詞。

(6)　このためには，大がかりな回転式ステーションをつくったり，あるいはステーションを二つの部分にわけ，ロープでつなぎ，共通の重心のまわりを回転させたりすることが必要になります。

　　　爲此，就需要建造一個大型的旋轉式太空站，或者把太空站分爲兩部分，用繩索連接起來，使之圍繞著同一重心旋轉。

增譯出 "一個" "起來" "使之"。

(7)　その速度を加減すれば，地球上にいるとおなじ状態で，ステーションのなかでも生活できるというわけです。

　　　若將其速度調整得適宜，與人類在地球上的受力狀態相同，自然就能在太空站裡生活了。

増譯出 "與人類" "受力"。

實踐材料

進化と絶滅

おおむかしから，地球という舞台のうえで，生物たちは，壮大なドラマをくりひろげてきました。そのドラマでは，たえず新しい主人公が，舞台にのぼりました。進化で生じた，生物たちです。しかし，いっぽうでは，数多くのものが，舞台からすがたを消していきました。

そのものたちには，新しい生物を子孫として残したものも，残さずにほろびたものもあります。こうして，新しいものが古いものとたえまなく交代してきました。

生物のある種類がほろびることを絶滅といいます。中生代の終りには，あの恐竜が絶滅しました。中生代はは虫類時代といいますが，は虫類全盛時代の一幕は終ったのです。しかし，それではは虫類がみな絶滅してしまったのではなく，べつのは虫類たちは生きのこり，今日まで，かなり繁栄しています。

ウマは五千万年ぐらいのあいだ，進化と絶滅をくりかえしてきました。ゾウもラクダも，みんなそうです。進化と絶滅をくりかえして，今の生物界がなりたっているわけです。

だが，なぜ絶滅は起こるのでしょう。気候が変わって，しのぎにくくなったり，たべものがなくなったり，すむ場所がとぼしくなったりすることも多いでしょう。病気がはやるというこ

ともありましょう。しかし，もっと強力な生物が進化で生じて，そのものとの生存競争でやぶれるということが，重要な原因のようです。

現代では，文明の進歩が，多くの生物の生存をあぶなくしています。公害とか乱獲とか，原因はいろいろあります。文明の影響で，ある生物がふえすぎたりほろびたりすると，それはほかの生物たちに影響して，絶滅をまねくばあいも多くあります。

絶滅した生物は，二度とわたしたちの手にもどりません。自然をたいせつにし，生物たちを保護するように心がけたいものです。

詞匯

1. ぜつめつ 　　　　[絶滅] 　　　（名・自他サ）絕滅，絕種
2. おおむかし 　　　[大昔] 　　　（名）　　　　上古時代，很古的時候
3. そうだい 　　　　[壯大] 　　　（形動）　　　雄壯
4. ドラマ 　　　　　[drama] 　　（名）　　　　戲劇，劇本
5. くりひろげる 　　[繰り広げる]（他下一）　　展開，開展
6. のぼる 　　　　　[上る] 　　　（自五）　　　登上
7. すがた 　　　　　[姿] 　　　　（名）　　　　姿態，姿勢，面貌
8. けす 　　　　　　[消す] 　　　（他五）　　　熄滅，消除，消失
9. ほろびる 　　　　[滅る] 　　　（自上一）　　滅亡，滅絕
10. たえまない 　　　[絶え間無い]（形）　　　　不斷的，連續的
11. きょうりゅう 　　[恐竜] 　　　（名）　　　　恐龍

12.はちゅうるい	[爬虫類]	(名)	爬行類
13.いきのこる	[生き残る]	(自五)	幸存，生存下來
14.ゾウ	[象]	(名)	象
15.ラクダ	[駱駝]	(名)	駱駝
16.しのぐ	[凌ぐ]	(他五)	忍耐，忍受
17.とぼしい	[乏しい]	(形)	缺乏的，不足的
18.はやる	[流行る]	(自五)	流行，盛行
19.やぶれる	[破れる]	(自下一)	破滅，失敗
20.あぶない	[危い]	(形)	危險的,靠不著的
21.らんかく	[乱獲]	(名・他サ)	亂捕
22.ふえる	[増える]	(自下一)	增加，增多
23.すぎる	[過ぎる]	(接尾)	過分，過於
24.まねく	[招く]	(他五)	招致
25.もどる	[戻る]	(自五)	返回，恢復
26.こころがける	[心掛ける]	(他下一)	留心，注意

練習

重點: 増詞

一、將下列各句譯成中文

(1) われわれが生命現象を知ろとするとき，まず問題になるのは生物体はいかなる物質から構成されているかということである。

(2) 液体が気体に変わるのを気化，逆に気体が液体に変わ

るのを液化，または凝結という。

(3) 石油を原料に新しい合成物質をつくりだす工業もひやく的に発達しました。

(4) 動力型の機械は筋肉の働きに，通信・情報型の機械は神経の働きに該当する。

(5) 生物の分類の基準はいろいろある。人間の立場から，人間に役にたつもの，たたないもの，害になるもの，ならないものというような分類をすることもできる。

(6) 微生物の中には，無気呼吸だけで生活するものがあるが，多くの生物は無気呼吸も酸素呼吸もともに行い，高等な生物では酸素呼吸の方がさかんである。

(7) 物理学はすべての自然科学の中で，最も基礎的なものであり代表的な精密科学といわれている。

(8) 物理学はどういう現象を対象にして研究するのだろうか。

(9) 金星，火星，木星などの惑星は自分で光を出しているのではない。太陽からの光がこれらの惑星の表面にあたって散らされ，それがわれわれの目にはいるから見えるのである。

(10) 自然に生育する植物を見ていると，発芽してしばらくの間は茎を伸ばし，葉をつけて栄養的な成長を続ける。

二、將下列短文譯成中文

ガス

ガスには，石炭や重油を分解してつくる都市ガス，石油からつくられるプロパンガス，そして自然にとれる天然ガスとがあります。石油や石炭からつくられるガスは，その製造のとちゅうで公害を発生させたり，一酸化炭素のような猛毒を成分にもつものもあり，爆発のきけんも大きいガスです。

天然ガスは，この欠点がなく熱量も大きいので，10年ほど前から注目されだしました。しかし埋蔵量が石油に換算して，石油資源の半分ほどと見つもられています。だから，ただ燃やしてしまうだけでなく，有効な利用方法を開発する必要があります。

天然ガスは，大むかしの生物の死がいが海底の地中にうまり，長い年月のあいだに，海や地層の大きな圧力と地球内部の高熱によってかわり，できたものです。ちょうど石炭や石油のできかたと同じです。

最近の都市ガスは，石油からつくられるナフサやプロパンガスと，天然ガスをまぜて，熱量や爆発性，毒性などが調整されてつくられます。

詞匯

1. プロパンガス　　　[propanegas]（名）　　　　丙烷氣

2. いっさんかたんそ[一酸化炭素]（名）　　　一氧化碳

3. もうどく	[猛毒]	(名)	劇毒
4. みつもる	[見積る]	(他五)	估計，估量
5. しがい	[死骸]	(名)	遺骸，屍體
6. うまる	[埋まる]	(自五)	埋藏，埋滿
7. ナフサ	[naphtha]	(名)	石腦油
8. まぜる	[交ぜる]	(他下一)	攙合，攙入

第五章

翻譯要領: 減詞
　　　　 1. 減詞的必要性
　　　　 2. 減詞的類型
實踐材料: モノとココロ

翻譯要領：減詞

1.　減詞的必要性

減詞與增詞恰好相反，是指將原文中某些詞可以省略不譯的問題。任何翻譯技巧的運用，都不是依譯者的主觀意願任意取捨的，而有一定的原則和規律，減詞與增詞也毫無例外。

減詞主要是由於日、中文在表達方法和用詞習慣不同而產生的。在日語的句子中，有些詞是必不可少的，但照原有的用詞譯成中文卻可能是多餘的，或是囉嗦，甚至於文理不通，有時會給人以畫蛇添足的感覺。因此，在既不違反原文，又可使譯文簡潔、緊湊、明瞭的前提下，可將某些詞略去不譯。

以下列舉第一章練習二"人工重力"一文中出現的幾個句子作為減詞的示例。試看：

(1)　もし重力がなかったとしたら，進化の道すじは根本からちがったものとなり，今日私たちは，まるでちがった生活をいとなんでいることになるでしょう。

　　　　如果沒有重力，進化的道路將從根本上發生變化，我
　們今天會過著完全不同的生活。

省略"ものとなり"。

(2)　これまでの宇宙飛行の経験によって，人間は無重力
　状態のもとでも生活し，働くことができるということが
　明らかにされました。

　　　　迄今爲止，太空飛行的經驗已經證實，人類即使在失
　重的狀態下，也可以生活和工作。

省略"ということ"不譯。

(3)　無重力ということは，人間はもとより地球上の生物に
　とって，その生きかたに反することなのです。

　　　　失重對人類自不待言，對地球上的生物都是違反其生
　活常態的。

省略"ということ"不譯。

此外，基於"信"和"順"這一翻譯標準，具體到某一個句
子，在需要省略某一個或幾個詞不譯的同時，往往在其它地方還
需要增詞以及引起成分轉譯等情況。以下仍以本書前文中出現的
句子爲例。請看:

(4)　初夏の雨がもえる若葉にゆたかな潤いを与えた。

　　　　初夏的雨充分地滋潤著吐翠的嫩葉。

此句的譯文是適合將謂語"与える"(給)略去的，但相應地
需要將原文的賓語部分"ゆたかな潤いを"轉譯成謂語部分"充
分地滋潤著"，原文的補語部分"もえる若葉に"轉譯成賓語部分

"吐翠的嫩葉"。

翻譯就是這樣縱橫交錯，盤根錯節，當一個詞、一個成分需要變譯時，往往牽動著其他的詞或成分的變譯。

2. 減詞的類型

減詞概略分為三種，分別闡述如下：

1) 省略原文中重複的詞

此種類型的減詞多出於修辭，以避免用詞重複。例如：

(1) 電車が走っている状態、鳥が空をとんでいる状態、天体が運行している状態など、すべて運動である。

電車行駛，鳥在天空飛翔，天體運行等狀態都是運動。

原文中"狀態"一詞共出現了三次，最後的"狀態"附以副助詞"など"將三者並列起來構成句子的主語，三個"狀態"只譯其一即可。若都譯出，譯文的行文將是什麼樣子？這是可想而知的。

(2) わたしたちの生活は，すべて自然に囲まれた生活ということができる。

我們的生活可以說都是處於大自然的包圍之中。

譯文中略去後一個"生活"。若照原文譯成"我們的生活可以說都是被大自然包圍的生活"，顯然相當囉嗦。

(3) わたしたちが毎日つかっている電気は，たいてい交流がもちいられている。

我們每天使用的電，大多是交流電。

　　原文用兩個同義詞"つかっている"和"もちいられている"，爲避免用詞的重複，中文則可採取減詞的辦法達到修辭的目的。

(4)　生活を楽しく豊かにするには，自然を理解し，自然に対する知識をもち，更に自然を利用することを知らねばならない。

　　　　要想使生活過得愉快、充實，就必須了解大自然，掌握關於自然界的知識，進而去加以利用。

　　原文中有意義基本相同的"理解し"和"知らねばならない"，可將前者"理解し"加上後者中的"ねばならない"譯作"必須了解"，"知る"的未然形"知ら"省略不譯。另有三個"自然"，爲避免用詞的重複，"自然を理解し"譯作"了解大自然"；"自然に対する知識をもち"譯作"掌握關於自然界的知識"；"更に自然を利用する"譯作"進而去加以利用"，略去"自然"不譯，另增譯"去加以"。

(5)　原子力航空機のすばらしい点は，原子燃料をごくわずかつむだけでいつまでも飛びつづける点にある。

　　　　原子能飛機的優點在於只裝載少許核燃料就能長時間連續飛行。

　　使用了兩個"點"字，譯文可將後者略去。

　　以上示例旨在說明爲了使譯文簡潔、明瞭，可省略原文中重複的詞。但是，決不意味著只要原文中出現重複的詞譯文就必須減譯。減與不減要依具體的語言環境而定，應當譯出時必須譯出。

例如:

(6) 健全な遊びは身心を爽快にして，勤労意欲を高めますが，不健全な遊びをやりすぎると，元気がなくなって，働いたり勉強するのがいやになってしまいます。

　　　健康的娛樂活動會使人身心爽快，並能提高勞動熱情，但是，過多的參加不健康的娛樂活動，會使人意志消沉，厭煩工作和學習。

文中出現兩個"遊び"，均需譯出。

2) 省略"冗詞贅語"

日語裡有些表達形式與中文迥然不同。若照譯成中文，可說是格格不入，難以成章。其中的一種是，從中文的角度看來，可謂之"冗詞贅語"。中譯時，只能"割愛"。例如:

(1) 半導体の特性およびその応用に関する説明に入る前に，半導体とは何か? という題で，概括的な説明を行なうことにする。

　　　在說明半導體的特性及其用途之前，先概括地說明什麼是半導體。

譯文省略了，在中文看來是冗詞贅語的"関する""入る""とは""という題で""行うことにする"。若照譯成中文，譯文則是"在進入說明關於半導體的特性和用途之前,以所謂半導體是什麼爲題，進行概括的說明"。

(2) ディジタル用集積回路の話をはじめる前に，まずディジタル回路がむずかしいかということについて簡単にふ

れておく。

在敘述數字集成電路之前，首先簡單地說明數字電路是否很難理解。

此句的表達方式幾乎與例(1)相同，在中文中視爲臃腫的詞語"をはじめる"和"ということについて"，均在省略之列。

(3) 人間の発生を知るには，何よりもまず，人間を発生せしめ，人間と万物とを含んでいる，この宇宙というものについての考え方を明らかにしなくてはならないでしょう。

要想了解人類的起源，首先必須明確關於産生人類以及包括人類和萬物在內這個宇宙的見解。

"何よりも"(比什麽也)是副詞加提示助詞，"まず"(首先)是副詞，當強調"首先"必須如何時，常結合在一起說成"何よりもまず"的字樣。但中譯時，決不能譯成"比什麽也首先"，只能刪去其一而譯作"首先"。"この宇宙というもの"其中的"というもの"是由形式用言加形式體言構成，意在強調"宇宙這樣東西"，是日語中經常使用的一種表達形式，但中文卻較少使用，爲譯文用詞的簡練，此處可以割愛。

(4) 光ファイバーとは何かということはすでに理科教科書にも出ていることである。

光纖維是什麽，也寫進了理科教科書。

日語有一句型"…ということは…ことである"語義是"所謂…是…"。以簡潔精練著稱的中文，多略去不譯。

(5) お天氣というのは，わたしたちの生活ときってもきれ

ない深い関係があり，よい<u>こと</u>，わるい<u>こと</u>にかかわらず，天気はわたしたちのくらしにかかわりの多い<u>もの</u>です。

　　　　天氣與我們的生活有著千絲萬縷的關係，天氣，無論是好還是壞，都與我們的生活關係很大。

只表達某種語氣和只起著語法作用的形式用言或形式體言多省略不譯，如 "というの" "よいこと" 和 "わるいこと" 中的 "こと" "ものです"。

3) 省略不須譯出的詞

出自於日語用詞和語法結構的特點，有些表達形式中的詞是不可缺少的。但在中文看來，往往是多餘的。若照譯成中文，會使譯文拖泥帶水，煩而無當。因此，可省而不譯。這種詞包括有：動詞、名詞、代詞、接續助詞等等。例如：

(1)　気候の変動に影響を<u>あたえる</u>原因となるものとして，もう一つ無視できないものに大気の混濁がある。

　　　　影響気候變動的原因中還有一個不可忽視的是大氣混濁。

(2)　技術革新のテンポの早い現在では，学校で学んだ技術もすぐ古くなって役に立たないことに注目を<u>払わ</u>なければならない。

　　　　現在技術革新的步伐相當迅速，必須注意在學校學到的技術很快就會陳腐而被淘汰。

(3)　測温を蒸気中で<u>行う</u>のは，液体に不純物が混っている

－ 131 －

ため沸騰のときの温度が一定しないためである。

之所以要在蒸氣中測量溫度，是由於液體內混有雜質，沸騰時溫度不穩定的緣故。

(4)　私たちはますます外国の人人と接する機会が多くなり，外国語，特に英語の勉強を考慮に入れる必要がある。

我們與外國人接觸的機會日益增多，所以就考慮學習外語，特別是英語。

　以上4例中分別省略了動詞 "あたえる" "払う" "行う" 和 "入れる"。它們之所以可以省略不譯，是當這一類動詞的賓語或補語等是動名詞並適合於轉譯成動詞時，爲使譯文不拖泥帶水而刪減的。例(1) "気候の変動に影響をあたえる"（影響氣候的變動）；例(2) "…に注目を払わなければならない"（必須注意…）；例(3) "測温を蒸気中で行う"（在蒸氣中測量溫度）；例(4) "…勉強を考慮に入れる"（考慮學習…）。

(5)　宇宙の万物はたえず生成発展しており，生成発展こそ，自然の理法であるといえる。

　　（可以說，）宇宙萬物在不斷地生成發展，唯有生成發展才是自然界的規律。

(6)　多くの山は，もとは平地であったところに噴火や隆起などによって生じたといわれます。

　　（據說，）許多的山本來是平地，由於噴火或隆起等原因而形成。

－ 132 －

例(5)和例(6)可略去表示稱謂、思考的謂語動詞 "いえる" 和 "いわれます"。此類謂語動詞，若只表示作者個人的一種想法而不涉及正文的內容意義或在某種語言環境中，爲使譯文簡練，有時可考慮省略不譯。

　　以下是省略名詞的示例:

(7)　宇宙万物<ruby>一切<rt>いっさい</rt></ruby>は，つねに<ruby>変化<rt>へんか</rt></ruby>し，たえず<ruby>流転<rt>るてん</rt></ruby>しているのです。

　　　　宇宙萬物在經常變化，不斷地變遷。

(8)　<ruby>人為的<rt>じんいてき</rt></ruby>に<ruby>大気汚染<rt>たいきおせん</rt></ruby>を<ruby>起<rt>お</rt></ruby>こさせているものといえば，<ruby>人<rt>ひと</rt></ruby>はだれしも<ruby>工場煤煙<rt>こうじょうばいえん</rt></ruby>とか<ruby>自動車<rt>じどうしゃ</rt></ruby>の<ruby>排気<rt>はいき</rt></ruby>ガスと<ruby>考<rt>かんが</rt></ruby>える。

　　　　談到人爲地造成大氣污染的原因，不論誰都會認爲是工場的煤煙或者是汽車排放的廢氣。

(9)　<ruby>刀<rt>かたな</rt></ruby>で切りあいをする<ruby>時<rt>とき</rt></ruby>に，<ruby>長<rt>なが</rt></ruby>い刀の<ruby>方<rt>ほう</rt></ruby>が<ruby>有利<rt>ゆうり</rt></ruby>であるが，長い刀は<ruby>重<rt>おも</rt></ruby>くて<ruby>自由<rt>じゆう</rt></ruby>に<ruby>使<rt>つか</rt></ruby>えないという<ruby>欠点<rt>けってん</rt></ruby>がある。

　　　　揮刀交鋒時，雖然長刀有利，但長刀的缺點是份量重使用不便。

　　省略名詞多因日、中文在用詞上的不同，如例(7) "宇宙万物一切" 中的 "一切"，在中文看來是多餘的。"宇宙万物" 已經概括了所有的東西，無需再加上一個 "一切"，因而刪去不譯。例(8) "人はだれしも"，這在日語的用詞上是無可非議的，但在中文卻感到重複累贅，爲此可將名詞 "人" 略去不譯。例(9) "…方が…" 是日語常用的一種句型，用來表達事物之間的比較，中文則無此用法，也屬省略不譯之列。

再看代詞的省略：

(10)　ばい菌は小さくて，肉眼では見えないし，方方に広がっていますから，完全にそれを避けることはなかなかむずかしいことです。

　　　細菌微小，用肉眼看不到，而且到處蔓延，要想完全避開是非常困難的。

(11)　自動車や飛行機など，これらに使われるエンジンはほとんど内燃機関である。

　　　汽車和飛機等所使用的發動機幾乎都是內燃機。

(12)　一般に新製品開発に関して，それが革新的であればあるほど，衆議一決ということはありえない。

　　　一般說來，關於新產品的研製，越是革新性的，大家的意見就越不會一致。

日、中文都經常使用代詞指代或概括前面出現的事物。但日語自然科學方面的文章所使用的語句，總的說來，敍理清晰，結構嚴密，所以代詞用得比較頻繁。而中文在於簡潔、精練，在代詞的應用上少於日語（有時也會出現日語的句子裡可不用代詞，而中文卻需要代詞的情況）。因此，凡當將原文的代名詞譯出而感到多餘時，可將其略去不譯。如，例(10)的"それを"；例(11)的"これらに"；例(12)的"それが"均可刪掉不譯。

以下是關於接續助詞"ので、から、と；ば"的不譯：

(13)　日本は何の資源もない国であるので，生きてゆくには知識が頼りなのである。

　　　　日本是缺乏資源的國家，為了生存下去只有依靠知識。

(14)　私たちは外国から原料を買入れて商品を作り，これを外国に売って一億の国民が生きているのですから，もし科学・経済・産業の知識がなかったら，私たちはこの小さな島でとても生きてはゆけません。

　　　　我們是從外國購進原料製成商品並把商品銷售到國外，來維持一億國民之生計的。如果缺乏科學、經濟、產業的知識，我們在這個小島上無論如何也生活不下去。

　　由接續助詞 "から" 和 "ので" 在主從複合句中，表示因果關係時，在多數的情況下，是應該譯出詞義的。但當從句和主句之間因果關係不言自明時，即可省略不譯。如中文 "怕下雨，我還是帶把傘走。" 前者的從句 "怕下雨" 表示前因，後者的主句 "我還是帶把傘走"，表示後果，因果關係十分明確。若說成 "因為怕下雨，所以我還是帶把傘走"，反而顯得累贅。例(13)中的 "ので" 和例(14)中的 "から" 依其所在的語言環境是適合於省略不譯的。

(15)　日本全体の立場から言いますと，若い人たちが勉強してくれるかどうかで，日本の将来は大きく変ってまいります。

　　　　從日本整體的立場而言，青年人學習與否，關係到日本的未來。

(16)　田舎の道を歩けば，時時，とかげを見かけます。それを棒でたたくと，とかげの尾が切れる。

步行在田間的小路上，常常會看見蜥蜴。如果用棒子敲打它，蜥蜴的尾巴就會斷開。

"と"和"ば"是兩個表示條件意義的接續助詞，通常是要譯出詞義的。但中文裡卻有不帶條件字樣可以表達條件意義的說法。如，"乘公共汽車，只需要十分鐘"。類似這種情況，就沒有必要非說成"如果乘公共汽車，只需要十分鐘"不可。例(15)的"と"和例(16)的"ば"就是根據這種道理略去不譯的。

在第一章練習二"人工重力"這篇短文中曾出現過這樣一個句子，"まわりかたを速くすれば重量はふえるし，おそくすればへり，停止すれば無重量となります"。參考譯文是"提高轉速，重量則增加，降低轉速，重量則減少；旋轉停止，則無重量"。原文中有三個"ば"字，但譯文中均皆略去。若照原文譯出三個"如果"，試想譯文將是什麼樣子？ 是可想而知的。

此外，由接續助詞"と"和"ば"構成的一些短語，基本上形成固定的譯法，而無表示條件的字樣。例如：

(1) なぜかというと "這是因為"

(2) …によると "根據…"

(3) …を…にとると "以…為…"

(4) いいかえると "換言之"

(5) …を…とすれば "設…為…"

(6) …によれば "根據…"

(7) いいかえれば "換言之"

(8) 簡単にいえば "簡而言之"

等等。

　日語裡用來表達假定或既定條件意義的詞不只"と"和"ば"，凡屬符合上述情況的均可不譯出詞義。

　關於翻譯中減詞的問題決不只限於上述範圍。在充分表達出原文的內容意義和使譯文簡潔明瞭的前提下，該減掉的詞均可刪去不譯。

實踐材料

モノとココロ

　日本が創造力を高めていくための最も重要な条件は，日本の社会に創造への強い需要が生じてくることである。企業間の熾烈な競争が，なんとしてでも新しい商品を捻り出さないといけないという気持ちを駆り立てて，「競争が発明の母」となっているのはたしかだが，日本が先頭を走る国になると，それだけでは限界がある。日本の社会の中に，生活の中に，欧米追従でない，真の新しい需要，ニーズが生じなければならない。

　つまり，日本独自の新しい文化，新しいライフスタイルを創り出して，それを産業に反映させるのが，日本の創造性を高める原動力になるはずである。

　ここで，文化とは何かをもう一度考えてみたい。それを抜きにしては，これからの工業製品や技術は語れないからである。最近，「モノ」と「ココロ」，「モノ」と「文化」とを対立させる見方も多い。だが，これは対立するものでなく，両立するもの

であり，いわば車の両輪のはずである。

　技術がその国の文化的産物であるからには，工業製品にも，文化や心は，こめられるはずである。日本としては今後，心や文化に深いかかわりを持つ「モノ」の創造を目指していくべきだろう。ではそれは，具体的にどういうことだろうか。

　日下公人氏は『新・文化産業論』で次のように表現しておられる。

　「いい自動車を持ってそれを乗りまわす時，人人が感ずる誇らしさは，戦国時代の武将がいい馬を手に入れてそれを自慢した気持ちにも似ているだろう。また，美人のガール・フレンドを一緒につれて歩く時の得意さにも匹敵しているに違いない。

　だから，人人はスタイルやみばえのいい自動車には高い値段を払って惜しまない。単に走る道具としてではなく，自分の恋人，自分の顔，自分の着物として所得が増加すれば増加しただけ，その一定割合を自動車に注ぎこもうとする。だから，走るという輸送機能についてだけなら，10万円の中古車でもけっこう立派に走るというのに，2000万円，3000万円もの高級車が作られ，それが売れてゆく。それは機械としての価格ではなく，あるファッションやある文化を示す記号としての価格であるに違いない。

　この関係は特別デザイン・特別仕様のスーパー・カーだけでなく一般の量産車にも現われている。自動車は年年新車を発売する。ほんの少し，形や付属品が変わっただけでも，今年誕

生した新しいタイプとしてアピールすれば，消費者はそれに乗る楽しさを考えて，思わず財布のヒモをゆるめる。

　こうした意味で，自動車産業は半分は機械製造業だが残りの半分は文化製造業である。早くいえば文化産業である。」

　つまり，単に機能的だ，便利だというのでなく，人間の知，情，意に働きかける何かを持っているものが心や文化と深いかかわりがあるといえる。人の心にせまり，美しさや楽しさがあり，思わず使ってみたくなるような製品は，いくらでも開発できるはずである。

詞匯

1. ひねりだす	[捻出す]	（他五）	想出辦法
2. かりたてる	[駆立てる]	（他下一）	迫使，驅趕
3. ついじゅう	[追従]	（名・自け）	效仿，追隨
4. ニーズ	[needs]	（名）	要求，必要
5. ライフスタイル	[life style]	（名）	生活方式
6. ぬき	[抜き]	（名）	去掉，取消
7. かたる	[語る]	（他五）	說，談
8. りょうりつ	[両立]	（名・自サ）	兩立，並存
9. こめる	[込める]	（他下一）	裝塡，包括在內
10. かかわる	[関わる]	（自五）	有關，拘泥
11. めざす	[目指す]	（他五）	指向，對著
12. ほこらしさ	[誇らしさ]	（名）	自豪，得意

13. じまん	[自慢]	(名・他サ)	自大，自滿
14. ガール	[girl]	(名)	少女，女孩
15. フレンド	[friend]	(名)	朋友
16. つれる	[連れる]	(他下一)	帶領
17. ひってき	[匹敵]	(名・自サ)	比得上，媲美
18. スタイル	[style]	(名)	式樣，姿勢
19. みばえ	[見栄]	(名)	(外表) 好看，美觀
20. ねだん	[値段]	(名)	價格，價錢
21. はらう	[払う]	(他五)	付 (錢)，拂 (灰塵)
22. おしむ	[惜しむ]	(他五)	愛惜，珍惜
23. しょとく	[所得]	(名)	收入，所得
24. わりあい	[割合]	(名)	比例，比率
25. つぎこむ	[注込む]	(他五)	注入，花掉 (金錢)
26. ファッション	[fashion]	(名)	時興，流行，入時
27. デザイン	[design]	(名・自他サ)	設計，圖樣
28. しよう	[仕様]	(名)	方法，做法，樣式
29. スーパー・カー	[super car]	(名)	超級車
30. ほんの	[本の]	(連體)	僅僅，一點點
31. タイプ	[type]	(名)	類型，打字機
32. アピール	[appeal]	(名・自サ)	受歡迎，引起愛好，號召
33. さいふ	[財布]	(名)	錢包，腰包
34. ヒモ (ひも)	[紐]	(名)	帶，細繩

35.	ゆるめる	[緩める]	（他下一）	放鬆，疏忽
36.	ち	[知]	（名）	智慧，智謀
37.	じょう	[情]	（名）	情感，同情
38.	い	[意]	（名）	意志
39.	はたらきかける	[働掛る]	（自下一）	推動，倡導
40.	せまる	[迫る]	（自五）	逼近，迫近

練習

重點: 減詞

一、將下列各句譯成中文

(1) 若い人たちは元気があるので，タバコを吸ったとしても，今すぐには害が現れないでしょう。しかし統計によると，タバコを二十才以前から吸ったんと，二十才後から吸ったんとでは，死亡率大きく開いてくるのです。

(2) 人間の身体は生物として発達してきたものであるから，その機能は，一言でいえば，生活のための機能と種の保守のための機能であるといえる。

(3) 近代の戦争はそのはなはだしい例で，機械と機械との戦いの中に人間が巻き込まれるという無残な様相を示している。

注: "はなはだしい"（形） 非常的，明確的

"無残"（形動） 殘酷，悲慘

(4) オートハンドの作動の大きさを一口にいうならば人

— 141 —

間が腰を掛けて腕を動かし，品物を移動させるのと同じ
くらいであるということができる。

注：“オートハンド”（名）機械手

⑸　疲れたとき眠くなるということは，人体の健康を保つ
ための生理であるが，自動車を運転している人にとって
は，眠くなるということは，最も危険なのである。

⑹　あなた方の勉強のために，多くの人びとが税金を負
担してくれているのです。

⑺　人間であれば，嬰児として生まれ，親の保護のもとに
幼児から青年へと育って，やがて自立してみずからが親
となり，そして老年となって一生を終えます。人間以
外のすべての生物もその姿は一様ではありませんが，人
間と同じようにつねに変化を続けていることは，これは
事実であるといってよいでしょう。

⑻　人間はその長い歴史を通じて，宗教，科学，道徳，教
育，政治をはじめさまざまな学問や社会の制度などあら
ゆる面において大きな進歩を生んできました。

⑼　太陽系を包含する宇宙全体については，当面のところ
諸説いろいろあります。

⑽　ばい菌は，顕微鏡でなければ見えないくらい小さく，
不潔な所や日当たりの悪い所に好んで住み着きます。

日本語を大切に

江戸時代の有名な国学者本居宣長の弟子に，平田篤胤という人がありますが，彼の書いた本には，「日本語は世界で一番よい言葉だ」と書いております。

なぜかというと，イギリス人やオランダ人がお互に話をしている様子を見ると，さかんに手を振り，体を動かし，顔をいろいろに変えて話をしている。日本人同士のように，静かに話しあうことができない。なぜかというと外国の言葉は不完全なので，身ぶり手ぶりを加えないと，気持が通じないのである。

その上に，外国の言葉は順序が逆になっている。たとえば「水をもってきてくれ」という場合には，水をもってくるのだから，水が先にくるのが正しい。だから急ぐ場合には，

「水・水」

ところが外国語では，

「もってきてくれ，水を」

と，水を最後につける。最後まで聞かなければ，何のことか全然わからない。日本語は，最初の一言で，大体見当がつく。だから外国語は，イギリス語もオランダ語も，みな日本語よりも劣った言葉であると言っております。

しかし明治になると，全く逆な考え方が出てきました。日本語は理論的でない。現在と過去がハッキリしないし，単数と複数の区別もない。あいまいな表現が多くて，科学の研究にふさ

わしくない。それに漢字の数が非常に多く，それを覚えるのに莫大な時間がかかる。

このような日本語に対する批判が高まって，文部大臣森有礼は「日本語を全廃して，英語を日本の言葉とすべきである」と言ったことがあります。

しかし大部分の日本人にしてみると，祖先以来使いなれた言葉ですから，日本語はよくない言葉だといくら非難されても，日本語をすてることはできなかったのです。

ところが最近になって，「日本語はすばらしい言葉である」と大変ほめてくれる人たちが現れたのです。それはイギリスの原子物理学者の人びとです。原子物理学上の，むずかしい問題を考えてゆくと，ある考えが浮び出ようとするが，それが言葉になりにくい。自分の心の中ではこうだと思っても，それをどのように言ったらよいかわからない。あえて，それを言葉として話しても，今度はそれを聞いた人が，何のことだかわからない。そのむずかしいところを，英語でもドイツ語でも言いにくいところを，日本語にするとスラスラと言えるし，聞いた人も，すぐに理解できる。だから日本語は，科学の研究には大変便利な言葉である。一と言っております。この話は，昭和四十一年の十一月四日の読売新聞の夕刊にのっています。

詞匯

1. イギリス	[English]	(名)	英國
2. オランダ	[Holland]	(名)	荷蘭
3. さかん	[盛ん]	(形動)	積極，連續不斷
4. ーどうし	[同土]	(接尾)	彼此之間
5. はなしあう	[話し合う]	(自五)	對話，談話
6. みぶりてぶり	[身振手振り]	(名)	比比劃劃, 比手劃腳
7. けんとうがつく	[見当が付く]	(組)	有頭緒，有眉目
8. あいまい	[曖昧]	(形動)	含糊不清
9. ふさわしい	[相応しい]	(形)	適合的，相稱的
10. すてる	[捨る]	(他下一)	放棄，拋棄
11. ほめる	[褒める]	(他下一)	讚揚，稱讚
12. うかびでる	[浮出る]	(自五)	浮現，出現
13. あえて	[敢て]	(副)	勉強，膽敢
14. ドイツ	[Deulsche]	(名)	德國
15. スラスラ		(副)	流利地，順利地
16. ゆうかん	[夕刊]	(名)	晚報

第六章

翻譯要領：詞義的確定

　　1.詞義選擇與引伸

　　2.科技術語

實踐材料：計算機から脱却していく

　　　　　コンピュータ

翻譯要領：詞義的確定

1. 詞義選擇與引伸

　　詞匯是構成語言的建築材料。詞是構成詞匯的基本要素，是語言中代表一定的意義、具有固定的語音形式、可以獨立運用的最小的結構單位。忽略了詞匯的重要作用，定會在閱讀和翻譯中遇到困難。掌握詞的多寡將直接影響閱讀的速度和翻譯的質量。

　　但是，有人卻持有一種極不正確的觀點，認爲日語漢字多與中文漢字同形（有許多簡化字已非同形）、同義，可不必去記憶。將日語漢字等同於中文漢字，其貽害頗深。

　　學習外語，在記憶詞匯這一環上，非下功夫不可。尤其應當注意的是，在翻譯實踐中如何恰當地確定詞義是一項既重要又艱巨的課題。關鍵性的一詞之謬，宛如千里之堤，潰於蟻穴。有時，雖不致於如此嚴重，但也會涉及到譯文的質量。例如：

　　(1)　家庭用のビデオカメラも当初は高いかもしれない。だ

が，生産が軌道に乗れば急速に安くなるのは間違いない。

句中左右全句意義的關鍵詞是 "当初は"。按辭典裡給予的詞義是 "當初" 和 "最初"，若確定其詞義是 "當初"，譯文將是：

家庭用電視攝影機<u>當初</u>可能也很昂貴，但當生產納入軌道之後，肯定就會迅速地便宜下來。

若將其詞義確定爲 "最初"，譯文將是：

家庭用電視攝影機<u>最初</u>可能也很昂貴，但當生產納入軌道之後，肯定就會迅速地便宜下來。

"當初" 和 "最初" 雖屬一字之差，但句子的意義根本不同。根據全句的內容語義應選用 "最初" 而不是 "當初"。原因是原文的語義是在用某一產品與已研製成功，但尚未投入市場的 "家庭用電視攝影機" 在價格上的對比估計。若選用 "當初" 就會產生時間上的不協調。再看以下一例：

(2)　アメリカで使われている石油の単位 1 バーレル＝ 42 ガロンなどはいくら考えてもわからない。どうして 42 などという半端な数がでてきたのだろうか。このように私たちの身のまわりには，その成立当初の事情を調べてみないとわからないことが案外多いのである。

對美國使用的石油單位 1 桶＝ 42 加侖等，會百思不解。怎麼會出來 42 這樣一個不整不零的數呢？類似這種，不考察<u>當初</u>形成的情況就不得而知的事例，在我們的身邊是多得出人意料的。

從時間概念上，原文是在敘述過去的情況，“當初”的詞義，應當選用“當初”而非“最初”。

日語和中文的一詞多用和一詞多義的現象非常普遍。在確定多義詞的詞義時，應審慎地選擇詞義，稱之為詞義選擇。

詞匯是富有創造性的，隨著社會的前進和生產、文化、科學技術的發展，往往給一個舊詞附以新的意義以及產生新詞，一些陳腐的詞也會從詞匯中消失。加之，辭典裡對詞義的注解大多只是詞的基本意義而不可能適合於各種情況，因此常會遇到某些詞在辭典裡查不到適當的詞義。這時就要通觀全句和聯繫上下文，從該詞的基本含義中進一步推敲、引伸出恰當的詞義來。謂之詞義引伸。例如:

(3) 最適化というのは私たちの日常生活のなかでものごとをもっとも都合よく処理することあるいはもっとも良い状態にしておくことである。

　　所謂最優化就是在我們日常生活中把事物處理得最合理或者使事物處於最佳狀態。

“最適化”一詞是由“最適”（名・形動）加接尾詞“化”構成的。辭典裡對“最適”的詞義注解只是“最適當”和“最合適”，但當前我國無論在電子計算機專業或日常用語中常使用“最優化”一詞。為此，將“最適化”的詞義引伸為“最優化”較為適宜。

(4) 硬化するために過度に急激に冷却させると焼割れを発生し，致命的欠陥となり，そのバランスを保つことが肝要である。

硬化時，過分急冷將發生淬裂，造成致命的缺陷，所以採用緩冷是很必要的。

"バランス"的基本意義是"平衡、均衡、天平、相等、對照表"等，"保つ"的基本意義是"保持、維持、支持"等。若拘泥於兩個詞的基本意義，即使選擇接近該句意義的詞義，譯作"保持平衡"也不能確切地表達出原義。爲此，通觀全句的內容意義而將"バランス"的詞義引伸爲"緩冷"，將"保つ"的詞義引伸爲"採用"，這樣既表達出原文的語義，又符合熱處理專業術語，譯文也通順了。

在常用詞匯中，廣泛地存在詞義選擇和詞義引伸的問題。以下爲同一個詞在不同的語言環境中需作詞義選擇與引伸的示例。

"発達"

(1) 筋肉が発達する。

　　　肌肉發達。

(2) 水力発電の発達に伴い，電気はあらゆる近代的産業の動力として国民経済の各分野でまことに重要なる役割を果している。

　　　隨著水力發電的發展，電作爲一切近代產業的動力在國民經濟的各個領域確實起著重要的作用。

(3) 根は施肥層に多く発達している。

　　　根多向施肥層伸展。

(4) 根は施肥層中に良く発達している。

　　　根在施肥層中生長良好。

(5) 作物根の発達に対する肥料限界濃度を決定する因子を解決する。

分析影響作物根系發育的肥料臨界濃度的決定因素。

"発達" 在以上三個句子中分別引伸爲 "伸展"、"生長"、"發育"。

"する":

(1) 仕事をする。

做工作。

(2) 学校で先生をしている。

在學校當教師。

(3) 物音がする。

有響聲。

(4) 寒気がする。

感到發冷。

(5) 彼は大きな目をしている。

他長著兩隻大眼睛。

(6) バナナはほそ長い形をしている。

香蕉呈細長形狀。

(7) ご飯にしますか，それともウドンにしますか。

（決定）吃米飯還是（決定）吃麵條？

以上示例中的 "する" 分別選擇 "做"、"當"、"有"、"感到"、"長著"、"呈"、"決定"。

(8) 昨年の夏休みのこと，山中湖のほとりのキャンプ

場で，多くの若い男や女が，はでな服装をして踊ってい
ました。

　　去年暑假，許多青年男女穿著華麗的服裝在山中湖畔
的露營地跳舞。

(9)　その青年は知らん顔をして，どこかへ行ってしまいま
した。

　　那個青年佯裝不知，就走掉了。

(10)　森さんはテニスをしています。

　　森先生在打網球。

(11)　明日は野球の試合をする。

　　明天將舉行棒球比賽。

(12)　あるアラブ人がロバを一匹つれて，砂漠の中をはだし
で旅をしている。

　　　有一位阿拉伯人牽著一頭毛驢，赤著腳在沙漠中旅
行。

以上示例中的"する"分別引伸為"穿著"、"佯作"、"打"、
"舉行"。而例(12)則將"旅をしている"譯作"旅行"。

至於由"する"構成的慣用語，其詞義將各有不同，不勝枚
舉，本文不再示例。

2.　科技術語

在科技文章中，為了敘述科技概念要使用許多術語。同一個
詞，在不同的專業中具有不同的詞義。例如，"歪"一詞，在日常

用語中是"歪斜"，"弊病"，在機械、力學中是"變形"，在電子技術中是"失真"、"畸變"，在數學中是"反稱性"。再如"ゲート"在鑄造和化工中是"澆口"，在水利工程中是"閘門"，在機械中是"鉗口"，在電子技術中是"門電路"、"選通電路"、"門脈衝"、"柵極"。

有些術語本來是普通詞，但在某專業中卻用作術語。例如，日語"虫"一詞，本來是"蟲子"的意思，但在計算機中則用作術語，意思是"故障"、"錯誤"。又如，"猫の髭"，本來是"貓頭"的意思，但在半導體中義爲"觸須線"，在儀表中義爲"游絲"。由上述可見，翻譯術語時要根據專業的不同選定詞義是應予以注意的。否則，會造成錯誤或產生笑話。

此外，在確定科技術語的譯名時，尤須注意的一個問題是，應使用國家或有關部門統一規定的名稱，以使科技術語統一化，而避免術語用名的混亂現象。在有關術語標準的書籍裡，凡標以"GB…"（GB 後有批准序號）的，均爲國家規定的統一標準名稱（簡稱國標），各有關部也各有其不同的標準（簡稱部標）。如，"JB…"爲機械工業部標準；"YB…"，爲冶金工業部標準，等等。比如，對內燃機的整機標準，曾作如下的規定：

"㈠　內燃機產品名稱和型號編制規則

GB725 — 65

本標準適用於各種類型活塞式內燃機（以下簡稱內燃機），作爲命定產品名稱和型號的統一規定。

1.　內燃機產品名稱均按其所採用的主要燃料命名，例如柴

油機、汽油機、煤油機等。

……。"

爲此，"石油機関"應譯作"汽油機"而不能譯成"重油機"，"ディーゼル・エンジン"應譯作"柴油機"而不能譯成"狄賽爾內燃機"。再如：

"(二) 內燃機零件部件名稱

GB724 — 65

本標準是關於內燃機零件、部件名稱的統一規定，適用於活塞式內燃機。

標準名稱：氣缸蓋、氣缸蓋襯墊、氣缸蓋罩、氣門、進氣門、排氣門……。"

爲此，"シリンダー・ヘッド"應譯作"氣缸蓋"而不應譯成"氣缸頭"，"シリンダー・ヘッド・ガスケット"應譯作"氣缸蓋襯墊"而不應譯成"汽缸蓋密封墊"，"ボンネット"應譯作"氣缸蓋罩"而不應譯作"機罩"，"弁"應譯作"氣門"而不應譯成"閥"，"吸入弁"應譯作"進氣門"而不應譯成"吸氣閥"，"排氣弁"應譯作"排氣門"而不應譯作"排氣閥"等等。

總而言之，既要進行閱讀和翻譯日語文獻就必須大量而牢固地記憶詞匯。同時確定詞義是翻譯的中心環節之一，一則爲詞義選擇，一則爲詞義引伸。應根據詞的搭配習慣，詞在各種場合的不同應用，詞在不同的科學技術領域，確定出恰當的詞義來。科學技術術語應使用國標或部標統一規定的名稱。

實踐材料

計算機から脱却していくコンピュータ

　エレクトロニクスの頂きをきわめる技術，超 LSI は，当然，コンピュータを大きく変える。それは，これまでの高性能化,大規模化への方向よりも，コンピュータをいっそう小型化する方向に，より強く作用する。つまり，これ以上巨大化を続ければ，マンモスのように，その巨大な食欲を満たすだけのエサが探せなくなる。その結果，コンピュータ産業はジリ貧に陥ることになりかねない。

　したがって，新しいコンピュータ需要を開拓していくのに最大限の努力を投入せねばならない。その方向が二つある。一つは「データ」処理からの脱皮，もう一つが分散処理である。

　いまのコンピュータは，まさしく電子計算機であり，膨大な量の数字のデータを，きわめて短時間に計算処理するのがその主たる役目だ。しかし,そのデータ処理に止まるかぎり，「マンモスのジレンマ」に陥り，いずれ限界がくる。そこで，データでなく文章，図形，さらには画像や音声，物体の認識にまで手を拡げようというのが有力な方向である。つまり，電子計算機から脱皮して，もっと幅広い能力を持った電子頭脳になろうとしている。

　その入口にあるのが，いま人気のワード・プロセッサである。数字でなく文字の処理，つまり文書処理はすでにコンピュータ

の最大の課題になっており，日本では，とくに漢字・仮名まじりの日本文をいかに扱うかに関心が集中している。いま市販されているワード・プロセッサの最も高度なものは，仮名で文章を入れてやれば，漢字にすべき部分が自動的に漢字に変換されて，漢字・仮名まじり文になって出てくるものである。

ただし，厄介なことに，日本語には同音異議の漢字が多い。たとえば，仮名で「キシャ」と打ったとする。これに相当する漢字に，記者，帰社，汽車などがあるが，どれを選べばよいのか。それで「キシャ」の次の語を待つ。それが「スル」であれば，「キシャスル」とつながるのは，帰社であって記者や汽車ではない。このように文のつながりによって，漢字を選ぶことができる。だが，「貴社の記者が汽車で帰社する」となると，これはお手上げだろう。

したがって，コンピュータが間違えれば人間が訂正してやらねばならない。この間違いをゼロにするのは，不可能に近いほと困難である。しかし，正解率を 90 ％から 95 ％，さらに 98 ％へと上げていくのに長い時間は必要としないだろう。数パーセントの間違いの修正であれば，それほど問題はない。

詞彙

（詞義均按辭典的注釋，根據需要自行作詞義選擇或引伸）

1. だっきゃく　　　　　［脱却］　　　（名・他サ）　拋棄，擺脱，逃出
2. エレクトロニクス[electronics]　（名）　　　　　電子學，電子工學

3. ちょう LSI	[超 large-scaleintegration]		
		(名)	超大規模集成電路
4. いただき	[頂（き）]	(名)	頂，上部，頂峰
5. きわめる	[極める]	(他下一)	達到頂點，攀登
6. マンモス	[mammoth]	(名)　(古生物)	猛獁，巨大
7. みたす	[満す]	(他五)	塡滿，充滿，滿足
8. エサ	[餌]	(名)	飼料，誘餌，食物
9. さがす	[探す]	(他五)	尋求，尋找
10. ジリひん	[じり貧]	(名)	越來越窮，越來越壞
11. かねない	[兼ねない]	(連語)	(接連用形) 很有
			可能……
12. データ	[data]	(名)	資料，數據
13. だっぴ	[脱皮]	(名・自サ)	脱皮，轉變
14. まさしく	[正しく]	(副)	的確，確實，誠然
15. やくめ	[役目]	(名)	任務，職責，職務
16. とどまる	[止る]	(自五)	留下，停留，停止
17. かぎり	[限（り）]	(名)（接連體形)	只要…就…
18. ジレンマ	[(徳) Dilemma]	(名)	進退維谷，困境，
			窘境
19. はばひろい	[幅広い]	(形)	廣泛的
20. にんき	[人気]	(名)	人望，人緣，風氣
21. ワード・プロセッサ	[wordprocessor]	(名)	文字處理機
22. ぶんしょ	[文書]	(名)	文書，公文，文件

23.いりぐち	[入口]	(名)	入口，門口，開端，開頭
24.やっかい	[厄介]	(名・形動)	麻煩，難為，照料
25.つながる	[繋がる]	(自五)	連接，聯繫，有關係
26.おてあげ	[御手上]	(名)	服輸，毫無辦法
27.ゼロ	[zero]	(名)	零，完全沒有，毫無價值
28.せいかいりつ	[正解率]	(名)	正解率，正確的解答率

練習

重點：詞義選擇和詞義引伸

一、將下列各句譯成中文

(重點詞："取扱う"，"作る")

(1) 旋盤を取扱うに当たっては，まずインストラクションをじっくりと読んでからにしよう。

注："インストラクション" (名) 説明書

(2) 大氣污染と関連した空気の運動学が衛生工学の分野で取り扱われることが多い。

(3) 長い間われわれはガラスを典型的で，均質な物質として取り扱ってきた。

(4) 理論的に取り扱うときにはばねの一端は大きな剛体で支持され，またそこで滑りも弾性変形もないとみるのが普通である。

(5) 前節において理想的な固体摩擦の場合を取扱った。

(6) 地球のように大きなものでも，それの太陽のまわりの公転運動を考える場合は質点のように取扱える。

(7) 人は「人間の作った理論に人間が支配されている愚かさ」に気がつかない。

(8) 井上さんは小さな電気機械の工場を作りました。

(9) あれは子供たちが作っている野菜です。

(10) 言葉を正しく用いれば多くの協力者を生じ，言葉を誤って用いれば多くの敵を作る。

(11) 日本では，必要に応じて新しい言葉を，いくらでも作ってゆきます。

(12) 笑い顔を作る。

二、將下列短文譯成中文

(科技術語按國際定名，參看第2節 "科技術語")

自動車の心ぞう－機関

自動車の心ぞうとは，自動車にとって一ばん大事な動力を発生させる機関のことです。いまのところ，やはり自動車の機関の多くはガソリン機関です。

この機関は運転台の前にとりつけられています。心ぞうを大切にするために，この上をボンネットでおおっています。ボンネットを開けると機関が顔を出します。ガソリン機関のはたらきはふつう四つの段階にわかれています。

(1) 吸入　シリンダーの頭にべんが二つならんでいます。こ

れらはガソリンと空気とまじった混合ガスをシリンダーの中へ吸いこむ吸入べんと燃えたガスを追い出す役目をする排気べんで機関のまわる力でちょうどよいとき開けたり閉めたりするように作られています。まずこの吸入べんが開いてピストンがさがると、ちょうど私たちが胸を広げて空氣を胸一ぱいに吸いこむときと同じように、シリンダーの中へ空氣を吸いこみます。この空気といっしょにガソリンが霧になってはいって来ます。ピストンが下までさがると、これですっかり吸いこみが終ります。

(2) 圧しゅく　引きつづいてクランクの助けで、今度はピストンがのぼり始めます。このとき両方のべんは閉じていることに注意して下さい。ピストンがのぼって行くにしたがってガソリンの霧と空気とがおしつめられます。

　このようにおしつめるのはなぜでしょう。これは強くおしつめるとガソリンと空気中の酸素とが近づき火がつきやすく、また急に燃えて機関が速くまわり、その上燃えたガスの体積が大きくなるとき、大きな力を出すためです。しかしあまり強くおしつめると温度が高くなり、火をつけないのに自然に火を発し、のぼりつつあるピストンを急にさげ反対にまわそうとし機関を止めてしまうことがあります。これをノッキングといいます。

(3) ばく発　圧縮の終ったころ、電気の火花を飛ばしてガソリンと空気との混合ガスに火をつけます。このとき燃えたガスが膨脹してその力でピストンは急にさげられます。

（4）　排気　おしさげられたピストンはクランクの助けといき
おい，つまり慣性とによって再びあがってきます。同時に排気
べんが開いて，燃えたガスがピストンにおし出されて外ににげ
ていきます。

　この吸入，圧しゅく，ばく発，排気の四つの行程をくりかえ
して機関がまわりつづけるのです。ところでクランク軸は吸入
と圧縮に一回まわり，ばく発と排気に一回まわりますから，ほ
んとうに自動車を動かす力は二回まわる間に一回しかないわけ
です。

　詞匯

1. きかん	[機関]	（名）	發動機, 機關, 組織
2. ガソリンきかん	[gasoline 機関]	（名）	汽車發動機, 汽油 引擎
3. ボンネット	[bonnet]	（名）	機罩, 蓋, 帽
4. とりつける	[取付ける]	（他下一）	安裝, 成立
5. きゅうにゅう	[吸入]	（名・他サ）	吸入
6. シリンダー	[cylindar]	（名）	汽缸, 汽筒, 圓筒
7. べん	[弁]	（名）	閥
8. きゅうにゅうべん	[吸入弁]	（名）	吸氣閥
9. はいきべん	[排気弁]	（名）	排氣閥
10. ピストン	[piston]	（名）	活塞
11. あっしゅく	[圧縮]	（名・他サ）	壓縮

12.	クランク	[crank]	（名）	曲柄，曲軸，彎曲
13.	たすけ	[助（け）]	（名）	幫助，援助
14.	おしつめる	[押詰める]	（自五）	塞，逼，壓縮
15.	ひがつく	[火がつく]	（組）	點火
16.	ノッキング	[knocking]	（名）	爆震，打擊，破壞 頂銷
17.	いきおい	[勢（い）]	（名）	力量，勢力，形勢
18.	にげる	[逃げる]	（自下一）	逃跑，逃避

第七章

翻譯要領：意譯

1.　意譯的所指

　　翻譯的中心問題是如何處理好詞和詞組，成分和句子以達到翻譯標準——"信"和"順"的要求。關於翻譯問題的研究，雖然名稱繁多，究其內容大都是圍繞著上述中心問題而展開的。回顧以前六章中所闡述的成分換位、成分轉譯無非是針對日、中文在成分上出現的差異所採取的不同的處理方法。詞類轉換、增詞、減詞以及詞義選擇與引伸也都是針對日、中文在用詞上的不同特點而採取的對策。這些方法和對策都只能解決翻譯中心問題的某一個側面。但當原文的句子結構（局部或全部）和用詞都與中文不相吻合，差異很大時，就需要採取另外措施——在充分理解原文含義的基礎上，突破原文的用詞界限和語法結構，譯其"神"而棄其"形"，謂之"意譯"。

　　一篇文章中需要意譯的語句多少不一，每有所遇，譯起來頗

不容易。以下列舉在前六章裡出現的需要意譯的幾個實例:

(1) 写真と異なるのは，焼き付けるのが紙ではなく，シリコンなどの半導体になされることである。（第三章練習二)

意　譯:　與照片不同的是，不是印在紙上，而是製作在硅等半導體上。

死　譯:　與照片不同的是，印相不是紙，而是被製作在硅等的半導體上。

(2) 日本が創造力を高めていくための最も重要な条件は，日本の社会に創造への強い需要が生じてくることである。（第五章實踐材料)

意　譯:　日本用來提高創造力的最重要的條件，是日本社會對創造所產生的強烈需要。

死　譯:　日本用來提高創造力的最重要的條件，是在日本社會裡對創造的強烈需要產生出來。

(3) なぜかというと，イギリス人やオランダ人がお互に話をしている様子を見ると，さかんに手を振り，体を動かし，顔をいろいろに変えて話をしている。（第五章練習二)

意　譯:　理由是若看到英國人或荷蘭人相互談話時的姿態，就會發現他們在頻頻地揮手、聳肩、變換著面部的表情。

死　譯:　理由是若看到英國人或荷蘭人相互談話時的姿態，隨時在揮手、晃身、各種各樣地變換著面孔在說話。

(4) 新しいコンピュータ需要を開拓していくのに，最大限の努力を投入せねばならない。（第六章實踐材料）

意　譯：　就必須盡最大努力來爲電腦開拓新的途徑。

死　譯：　爲開拓新電腦需要，就必須付出極大的努力。

(5) まずこの吸入べんが開いてピストンがさがると，ちょうど私たちが胸を広げて空気を胸一ぱいに吸いこむときと同じように，シリンダーの中へ空氣を吸いこみます。

　　（第六章練習二）

意　譯：　首先，進氣門打開，活塞下降，把空氣吸入氣缸內，宛如我們擴展胸部作深呼吸一樣。

死　譯：　首先，進氣門打開，活塞下降，宛如擴展胸部把空氣滿滿地吸入胸部時一樣那樣，把空氣吸入空缸內。

2. 意譯的類別

意譯可分爲局部意譯和全句意譯。示例如下：

1) 局部意譯

所謂局部意譯係指一個句子中只有一部分詞語需要意譯。例如：

(1) 19世紀の天文學者たちは，星の色を数字で表そうといろいろ苦労した。

意　譯：　19世紀的天文學家們爲想用數字表示星體的顏色，曾煞費過苦心。

死　譯：　19世紀的天文學家們爲想用數字表示星的顏色，曾各

種各樣地辛苦過。

(2) 賭けの精神に富んだイギリスには「ゆとり」があって，負けて損をしても，大失敗をしても，涼しい顔をしている。

意　譯：　富於賭博精神的英國人是"拚命"的，不管因失敗而受到損失，還是遭到慘敗，都若無其事。

死　譯：　富於賭博精神的英國人是"拚搏"的，不管因失敗而受到損失，還是遭到慘敗，都作涼快的面孔。

(3) 15～16世紀のころは，一部の地域をのぞいて馬いがいに交通の便がありませんでした。

意　譯：　15～16世紀，除部分地區之外，馬是唯一方便的交通工具。

死　譯：　15～16世紀，除部分地區馬以外沒有交通的方便。

(4) この大学は非常によい大学で，日本では五本の指にはいるほどである。

意　譯：　這所大學是非常好的大學，在日本是屈指可數的。

死　譯：　這所大學是非常好的大學，在日本幾乎是進入五個手指之內。

(5) 私の英語はまったくのブロークンだが，いたしかたない。話に興が乗ってくると，つたない英語がもどかしくなり，文法はメチャクチャ，単語を並べるようなかたちで，とにかく威勢よくしゃべる。

意　譯：　我的英語很蹩腳，但是毫無辦法。談話一有興致，拙

劣的英語真令人著急。語法亂七八糟，<u>羅列了一大堆單詞，不拘好歹鼓足勇氣說下去</u>。

死　譯：　我的英語很蹩腳，但是毫無辦法。<u>談話上如果乘興</u>，拙劣的英語真令人著急。語法亂七八糟，<u>排列單詞那樣的樣子，好歹有勇氣地說</u>。

2)　全句意譯

全句意譯即系整個句子的意譯。例如：

(1)　集積度そのものは驚くべき高い程度のものである。

意　譯：　集成度是高得驚人的。

死　譯：　集成度本身是值得吃驚的程度的東西。

(2)　例えばマイコンを取り上げてみよう。

意　譯：　以個人電腦為例。

死　譯：　例如舉出個人電腦試試吧。

(3)　中国は，必要とあらば何でも取り込み，何でも作りあげていく国である。

意　譯：　對中國這個國家來說，只要有需要，就沒有高不可攀的山巔。

死　譯：　中國是只要有需要，什麼也拿進來，什麼也完成的國家。

(4)　チャンネルまで，触れる変わるフェザータッチになったカラーテレビでは，いまや機械部品，つまりカチャカチャと動く部分がほとんどなくなっている。

意　譯：　採用鍵盤來選擇頻道的彩色電視機，已幾乎沒有嘎噔

嘎噔作響的機械零件了。

死　譯：　甚至如果涉及到頻道變成改變的鍵盤的彩色電視機，
　　　　　現在機械零件也就是嘎噔嘎噔活動的部分幾乎沒有了。

(5)　石油が枯渇して行く方向がある以上，必ず石炭の再登
　　　場がある。

意　譯：　既然石油有走向枯竭的趨勢，那麼煤肯定會東山再
　　　　　起。

死　譯：　既然有石油枯竭下去的方向，一定有煤的重新上台。

　　此外，若按意譯的作用分類，又可分爲：必然性的和修辭性
的兩種。例如：

(1)　日本人は初ものが好きだ。江戸の昔，江戸っ子は女
　　房を質に置いても初かつおを食べたという。

　　　　日本人是喜歡新鮮東西的。據說過去在江戶時代江戶
　　人（東京人）就是把老婆典當出去也得吃剛上市的鰹魚。

(2)　ビクターの技術陣には，松下に頼る子会社意識は毛
　　頭なく，むしろ身内であるがゆえの猛烈なライバル意識
　　を持って頑張ったのである。

　　　　勝利的技術隊伍絲毫沒有以子公司的身份去依賴松下
　　（譯者注：松下是母公司）的念頭，反倒因爲是自家人更
　　加爭強鬥勝。

　　例(1)中的"女房を質に置いても初かつおを食べた"之類的
表達形式只能意譯，別無他策。故而謂之必然性的意譯。

　　例(2)中的"猛烈なライバル意識を持って頑張ったのである"

是可以照原文的用詞和結構譯成"以更強烈的競爭意識在奮鬥"，但爲了達到用詞簡潔、凝練，而譯作"爭強鬥勝"。因此，可稱作"修辭性的意譯"。

　　總而言之，無論是局部意譯和全句意譯抑或是必然性的意譯和修辭性的意譯，都是從不同的角度分類的。但"意譯"的根源則出自於日、中文在用詞和結構的不同，在翻譯實踐中自然產生的一種手段。

實踐材料

「ゆとり」に裏付けられた「賭けの精神」の涵養

　まず，もっと「ゆとり」や「遊び」が欲しい。そこから生じてくる視野の広さ，人間的な幅の広さが，創造性の発揮に不可欠だろう。ゼニの取れる技術への指向が強すぎると問題である。

　亡くなった富士通のコンピュータ育ての親・池田敏雄専務の回顧談に，次のようなものがある。「そのころは計算機が企業になるとか，企業の中の計算機はどうあるべきか，というようなことはまったく頭にない。瞬間瞬間でいちばんいいアイデアを採り入れ，なんとかしてよいものをつくりたい，という純粋な子どもっぽさだけで楽しんでいた」。

　池田氏は，ひじょうに趣味の多い人で，音楽も愛したが，音楽であろうと，コンピュータであろうと，まず感動するところからスタートしなければならないと言う。感動するということは，必ず心の中に「何か」がダイナミックに起こってきた証

拠であり，とにかく素直に感動したときには，それに没入するものである。こういった精神の働きがないかぎり，どのような分野でも，素晴しい花は咲かないものだと断言している。

「ゆとり」といえば，日本には「賭け」においてもゆとりがない。創造的な技術開発に失敗はつきものであり，手痛い失敗への覚悟が必要である。そこには賭けの精神が要求される。

だが，これまで日本では，賭けはさげすまれてきた。大きな賭けで一攫千金を夢みるのは健全な男のすべきことではないという意識が強すぎた。事実，日本で，大きく賭けて一攫千金に成功し，後世に名を残したのは紀伊国屋文左衛門くらいである。そして，この文左衛門は羨ましい存在だが，戯画化して伝えられており，その末路は，江戸幕府の逆鱗に触れたとして断罪の憂き目を見ている。けっして尊敬すべき対象とはされていない。

現在，政府に新技術開発事業団という組織がある。有望な技術開発課題について，開発したいという企業を探し，開発費を政府が負担して技術開発を行なわせる。そして開発に成功すれば，出した開発費を戻してもらう仕組みである。この新技術開発事業団が出資している技術開発の成功率はひじょうに高い。九割ほどであろうか。めったに失敗の例がない。

これは，何かがおかしい。つまり，何か新しいものを生み出す創造的な技術開発は，それほど成功率の高いものではない。これは成功，失敗の判定が甘いか，成功する課題にしか手をつけないかのどちらかだろう。

この点は企業にも似た面があり，日本の企業の技術開発では，大きな失敗の例は少ない。それは結構なことではあるが，反面，「負けられぬ賭け」しかできない小心さゆえの限界とも言える。賭けで大切なのは，大きく負けられる「ゆとり」だが，日本にはそれが欠けている。

詞匯

1. ゆとり　　　　　　　　　　（名）　　　寬裕，餘地
2. うらづける　[裏付ける]　（他下一）　證明，保證，掛裏子
3. かけ　　　　　[賭（け）]　（名）　　　賭博
4. かんよう　　　[涵養]　　　（名・他サ）培養（某種興趣）
5. あそび　　　　[遊（び）]　（名）　　　遊戲，嫖賭
6. ゼニ　　　　　[銭]　　　　（名）　　　金屬貨幣，(老)錢
7. そだてのおや　[育ての親]　（組）　　　養身父母
8. せんむ　　　　[専務]　　　（名）　　　常務董事
9. かいこだん　　[回顧談]　　（名）　　　回憶錄
10. しゅんかん　　[瞬間]　　　（名）　　　瞬間
11. アイデア　　　[idea]　　　（名）　　　理想，意見，想法
12. っぽさ　　　　　　　　　　（接尾）　　接名詞等表示某種傾向很突出
13. スタート　　　[start]　　　（名・自サ）出發(點)，出發的信號
14. ダイナミック　[dynamic]　（形動）　　有力的，有生氣的

15. しょうこ	[証拠]	(名)	證據
16. すなお	[素直]	(形動)	天真，純樸，誠摯
17. ぼつにゅう	[没入]	(名・自サ)	沉入，埋頭，專心致志
18. つきもの	[付物]	(名)	附屬品，離不開的東西
19. ていたい	[手痛い]	(形)	厲害，嚴重，沉重
20. さげすむ	[蔑む]	(他五)	蔑視，鄙視，小看
21. ゆめみる	[夢見る]	(他上一)	做夢，夢見，夢想
22. うらやましい	[羨ましい]	(形)	令人羨慕的
23. まつろ	[末路]	(名)	晚年，(悲慘的) 下場
24. ばくふ	[幕府]	(名)	幕府
25. げきりん	[逆鱗]	(名)	逆鱗
(逆鱗に触れる)			冒犯龍顏
27. だんざい	[断罪]	(名・自サ)	斷罪，判罪
28. うきめをみる	[憂き目を見る]	(組)	遭到不幸，遭難
29. しくみ	[仕組み]	(名)	構造，機構，計劃
30. おかしい	[可笑しい]	(形)	可笑，不正常，奇怪
31. あまい	[甘い]	(形)	寬鬆的，樂觀的
32. てをつける	[手を着ける]	(組)	著手，從事，發生關係

練習

重點: 意譯

一、將下列各句譯成中文

(1)　ラジオやテレビのつまみや自動車のハンドルなどは
輪じくである。そのほか万力や水道のカランなどもえを
まわせばこれが輪になる一種の輪じくである。

注：“つまみ”旋鈕，“ハンドル”方向盤，
　　“万力”老虎鉗，“カラン”龍頭

(2)　競争に敗れれば会社の名誉は地に落ち，肩身が狭い
思いをしなければならない。

(3)　たとえば，走っている電車を考えてみよう。

(4)　部屋の中が暑くないように適当に調節する。

(5)　日本では 19 世紀の前半に識字率が 50 ％に達していた
という。一方，当時の欧州では，文盲のほうが断然
多かった。

(6)　摩擦電気は電気というものの発見された最初の現象で
ありながら，今もってその理由が十分にわかっていない
というのが現状である。

(7)　寒いときに多い病気は風邪です。あらゆる病気のなか
で，風邪ほどかかりやすい病気はありません。

(8)　電子工業はわれわれの生活を豊かにし，将来の姿は想
像もつかないほど発展するであろう。

(9)　われわれが地球上で感じる重力は地球の引力に比べ
てこの遠心力の分だけ小さい。

注：“遠心力”離心力

(10)　世界最小の絵は「美しいカナダ」と題する風景画で，

なんと，幅が0・3ミリだそうだ。それで絵になるのだから，手作業でも想像以上に小さなことができるのだなと感心する。

注: "カナダ" 加拿大 （國名）
"な" (感) 表示感嘆的語氣

二、將下列短文譯成中文

マイコンに無知な人間は、職場がなくなる

オフィス・オートメ化にいかに柔軟に対応できるかどうか，さらに言えば，この変革へのリーダーシップが取れるか否かをめぐって，80年代のビジネスマンの能力は，選別されていく。これは間違いのない事実である。

ところが，コンピュータとかオートメとかいうと，アレルギーを起こす人たちが事務系・営業系には圧倒的に多い。特にいちばん手に負えないのが中年すぎのビジネスマンたち。もっと肩の力を抜いてマイコンに接してもらうといいのだが，コンピュータというと，すぐ二進法とかサイバネティクスとか，そういうふうなむずかしいことを考えましてね。こういうコンピュータ落ちこぼれ族を救済することを考えても，もう駄目じゃないかなあ。

駄目だと切り捨てられるのではたまらない。むずかしく考えずに肩の力を抜いて接すれば，案ずるより産むがやすしである。つまり，コンピュータの基本的な原理やシステムは専門家にま

かせておけばよい。コンピュータが何を可能にし，それによって仕事の環境がどう変化するかをまず知れば，その使い方は，どんどん簡単になっていくのだから，さしたる心配はいらない。

　かく言う私も中年のコンピュータ落ちこぼれ族の一人であるか，昔，コンピュータと格闘した経験がある。昭和 38 年ごろでコンピュータ導入の初期にあたり，プログラミング言語はきわめて幼稚で，最も素朴な機械語に毛の生えたようなものであった。それを使って水中翼船の揚力分布を求めようとしたが，プログラミングは，相当に複雑であった。

　プログラミングした後，デバッグに二ヵ月近くもかかった。その間，毎日コンピュータ・ルームに日参し・ああ，今日もダメかの繰返しであった。二ヵ月後に，もっともらしい演算結果が出た時は，飛び上がるほど嬉しかったのを今でも憶い出す。だが，いまのソフトでこのプログラムを組めば，一時間で出来て，デバッグも一日で終わるのではないだろうか。昔のように毎日，格闘する必要はなくなったようだ。マイコンやオフィス・オートメーション機器の操作が簡単になり，身近な付き合いができるようになったのだから，私たちも気楽に取り組むべきであろう。

詞匯

1. オフィス・オートメか[office automation 化]

(名)　　　　　辦公室的自動化

2. じゅうなん	[柔軟]	(形動)	柔軟，機動靈活
3. たいおう	[対応]	(名・自サ)	對應，適應
4. かどうか		(慣)	是否
5. リーダーシップ	[leadership]	(名)	領導者，主動權
6. かいなか	[か否か]	(慣)	是否，能否
7. めぐる	[回る]	(他五)	旋轉，圍繞
8. ビジネスマン	[business man]	(名)	商人，實業家
9. アレルギー	[allergie]	(名)	過敏，變態反應
10. かかり	[系（り）]	(名)	擔任某工作(的人)
11. てにおえない	[手に負えない]	(組)	難以處理
12. せっする	[接する]	(自サ)	靠近，接觸
13. ぬく	[抜く]	(他五)	拔出，選出
14. サイバネティクス	[cybernetics]	(名)	控制論
15. ふう	[風]	(名)	樣子，狀態
16. おちこぼれぞく	[落ち溢れ族]	(名)	落伍者,落後分子
17. きりすてる	[切り捨てる]	(他下一)	切去，捨去
18. たまらない		(形)	沒有辦法，受不了
19. あんずるよりうむがやすい		(組)	

  [案ずるより産むが易い] 　擔心的事並不見得難爲

20. まかせる	[委せる]	(他下一)	委託，聽任
21. さしたる	[然したる]	(下接否定)	(連體) 了不起
22. かく	[斯く]	(文) (副)	如此，這樣
23. プログラミングげんご		(名)	

	[programming 言語]		程序設計語言
24.けがはえる	[毛が生える]	(組)	長毛
25.すいちゅうよくせん			
	[水中翼船]	(名)	水翼船
26.ようりょく	[揚力]	(名)	浮力，升力，舉辦
27.デバッグ	[debug]	(名)	校正程序錯誤
28.ルーム	[room]	(名)	房間，室
29.にっさん	[日参]	(名・自サ)	每日參拜，每天到
			固定地點去
30.とびあがる	[飛び上がる]	(自五)	跳起，躍起
31.ソフト	[soft]	(名)	(計算機的) 軟件
32.つきあい	[付き合い]	(名・自サ)	來往，陪伴
33.きらく	[気楽]	(名・形動)	輕鬆愉快
34.とりくむ	[取り組む]	(自五)	扭在一起，致力，搞

第八章

```
翻譯要領: 否定式的譯法
       1.對否定式應有的重視
       2.如何翻譯否定式
實踐材料: 石油を超えた最高の資源
```

翻譯要領：否定式的譯法

1. **對否定式應有的重視**

　　日語的否定式可由形容詞 "ない"，形容詞及形容詞型活用的助動詞連用形（く）和形容動詞及形容動詞型活用的助動詞連用形（で）接形容詞 "ない"，以及動詞和動詞型活用助動詞的未然形接否定助動詞 "ない" 或 "ぬ" 等所構成。它用來對人或事物以及對性質、狀態、動作、行爲等進行否定。

　　中文裡表示否定的詞有："不""沒（有）""無""非""未""莫""勿"等。它們都屬於副詞，其中最常用的是 "不" 和 "沒有"。

　　"不" 字可以加在形容詞和動詞的前面表示否定，也能加在個別副詞前頭表示否定。如：

(1)　馬路<u>不</u>平，電燈<u>不</u>明，電話<u>不</u>靈。（加在形容詞前）

(2)　他整天<u>不</u>言<u>不</u>語，<u>不</u>歡<u>不</u>笑。（加在動詞前）

(3)　他跑的<u>不很</u>快。（加在副詞前）

　　"沒有" 用來否定事物的存在，加在動詞前面否定行爲已經發

生，有時可單有"沒"字。如：

⑷　月球上沒有生物吧。(否定事物的存在)

⑸　設計有問題,沒有得到預期的效果。(否定行爲已經發生)

⑹　在中學沒學日語。(單用"沒"字)

"無、非、未、莫、勿"均屬文言詞，多用於書面語，口語裡也經常使用。如：

⑺　無濟於事

⑻　非驢非馬

⑼　未老先衰

⑽　高深莫測

⑾　請勿大聲喧嘩！

日、中文表示否定時，大致如上所述。乍看起來，日語的否定式並不難譯，只要將日語的"…ない"相應地譯成"不、沒(有)、無、非、未、莫、勿"似乎就行了，實際上並非如此簡單。從本書裡已接觸過的否定式中遴選一、二即可窺見。例如：

⑴　ウランなどの原子燃料は少量大きな熱を出すことができる。それに原子燃料は，一度入れておけば，長い間熱を出し続けるので，石炭や石油のようにたえず補給する必要がない。(概論，翻譯實踐範文剖析)

錯誤譯文：鈾之類的核燃料只以少許就可產生大量的熱。而且，裝入一次核燃料就可長時間連續放熱，像煤、石油那樣，丕需要不斷地補充。

正確譯文：鈾之類的核燃料只以少許就可產生大量的熱。而且，

装入一次核燃料就可長時間連續放熱，<u>不像</u>煤、石油那樣需要不斷地補充。

(2) 事故が<ruby>起<rt>おこ</rt></ruby>らないように<ruby>操作規則<rt>そうさきそく</rt></ruby>をかたく<ruby>守<rt>まも</rt></ruby>らなければならない。(第一章，狀語後置)

譯文不佳: 必須<u>不引起</u>事故那樣，嚴格遵守操作規程。

譯文較好: 必須嚴格遵守操作規程，<u>以免發生</u>事故。

(3) ばい<ruby>菌<rt>きん</rt></ruby>は、<u><ruby>顕微鏡<rt>けんびきょう</rt></ruby>でなければ<ruby>見<rt>み</rt></ruby>えないくらい</u>小さく、<ruby>不潔<rt>ふけつ</rt></ruby>な<ruby>所<rt>ところ</rt></ruby>や<ruby>日<rt>ひ</rt></ruby><ruby>当<rt>あ</rt></ruby>たりの<ruby>悪<rt>わる</rt></ruby>い所に<ruby>好<rt>この</rt></ruby>んで<ruby>住<rt>す</rt></ruby>み<ruby>着<rt>つ</rt></ruby>きます。(第五章，練習一)

譯文一: 細菌非常小，<u>如果不用顯微鏡就看不到</u>。它喜歡寄居在骯髒和陽光不足的陰暗角落。

譯文二: 細菌非常小，<u>只有用顯微鏡才能看到</u>。它喜歡寄居在骯髒和陽光不足的陰暗角落。

通過以上 3 例可以看到，翻譯否定式還有一些需要探討的問題，應予以重視。

2. 如何翻譯否定式

為了譯好否定式，一般應注意以下五個方面:

1) 由狀語表示否定

日語裡表示否定的詞語不管是否帶有狀語，其表示方式不變。而中文裡表示否定時，若帶有狀語，則大多由狀語表示。例如:

(1) ラジオは<u>テレビの<ruby>映像<rt>えいぞう</rt></ruby>ほどは</u>，その<ruby>場<rt>ば</rt></ruby>の<ruby>情景<rt>じょうけい</rt></ruby>を<ruby>伝<rt>つた</rt></ruby>えることができない。

収音機<u>不能像電視的影像那樣傳遞現場的景物</u>。

(2) テレビは，<ruby>映像<rt>えいぞう</rt></ruby>の<ruby>働<rt>はたら</rt></ruby>きに<ruby>支<rt>ささ</rt></ruby>えられて，<ruby>言葉<rt>ことば</rt></ruby>では<u><ruby>十分<rt>じゅうぶん</rt></ruby><ruby>伝<rt>つた</rt></ruby>えきれない</u>ことがらを伝えることができる。

電視靠著影像的作用，可以傳遞語言所<u>不能充分傳遞的事情</u>。

(3) <ruby>道<rt>みち</rt></ruby>を<ruby>横断<rt>おうだん</rt></ruby>するときには，<u><ruby>信号<rt>しんごう</rt></ruby>をよく<ruby>見<rt>み</rt></ruby>てから<ruby>渡<rt>わた</rt></ruby>らない</u>と，<ruby>危険<rt>きけん</rt></ruby>です。

横過馬路時，若<u>不看清信號就過</u>，是很危險的。

以上3例中的否定式都帶有狀語，例(1) "テレビの映象ほどは，…伝えることができない"(不能像電視的影像那樣傳遞…)；例(2) "十分伝えきれない"(不能充分傳遞的)；例(3) "信号をよく見てから渡らない"(不看清信號就過)，譯文都是由狀語表示否定的。

但是，上項規則不是絕對的，因爲中文裡的某些副詞作狀語時不能構成否定。如，不能說 "不根本" "不畢竟" "不至少" 等等。每遇這種情況，就由動詞表示否定。例如：

(4) <ruby>豚<rt>ぶた</rt></ruby>は<u><ruby>少<rt>すこ</rt></ruby>しも<ruby>働<rt>はたら</rt></ruby>かないで</u>，いつもおいしいものを<ruby>腹<rt>はら</rt></ruby>いっぱい<ruby>食<rt>た</rt></ruby>べて，<ruby>生活<rt>せいかつ</rt></ruby>の<ruby>心配<rt>しんぱい</rt></ruby>は<ruby>何<rt>なに</rt></ruby>もない。

<u>豬一點也不勞動</u>，飽食終日，無所用心。

總之，日語裡構成否定的詞是位於其他有關句子成分之後，至於它將關聯到哪裡，很難一目了然。在充分理解原文的語義下，要按中文的習慣表達。

2) 肯定在前，否定居後

日、中文都使用肯定和否定並列的敘述形式。當日、中文都以"肯定"爲敘述的中心思想，而"否定"只起補充說明的作用時，日語的排列順序是"否定"在前，"肯定"居後。而中文則"肯定"在後，"否定"居後。例如：

(1) 日本はなぜブラジルやインドより国民所得が多いのか。それは結局資源の多少ではなく，人間の問題です。

　　　日本國民的收入爲什麼高於巴西和印度等國呢？歸根究底，是取決於人的因素，而不在於資源的多少。

(2) 原子はけっして物質の可分性の限界ではなく，自然をつくりあげている質的にことなる無限の階層のひとつとしてとらえるべきである。

　　　原子是構成自然的不同質的無限層次的一個，而決不是物質的可分性的極限。

以上示例的原文都是按"否定→肯定"的順序排列的，而譯文都將其顛倒過來，按"肯定→否定"的順序排列。這完全是基於上述理由的。

但是，當肯定，否定所表示的內容意義不存在主次輕重的區別時，原文中無論"否定"在前，還是"肯定"在前，尤其是爲使語義連貫，就無顛倒順序的必要了。例如：

(3) 社会の文化は，一日も休むことなく，毎日に進歩発展しております。

　　　社會的文化一天也不會停頓，而是每日都在進步、發展。

(4) 豚は少しも働かないで，いつもおいしいものを腹いっ

ぱい<ruby>食<rt>た</rt></ruby>べて，<ruby>生活<rt>せいかつ</rt></ruby>の<ruby>心配<rt>しんぱい</rt></ruby>は<ruby>何<rt>なに</rt></ruby>もない。

豬一點也不勞動，飽食終日，無所用心。

例(3)是"否定"在前，"肯定"居後，例(4)則是"肯定"在前，"否定"居後，譯文均未作詞序的變更。

3) 雙重否定式

日、中文都有"否定＋否定"雙重否定的表達方式。日語的"否定＋否定"大多是由"具有條件意義的否定＋否定"構成，也有由"單純否定＋否定"構成的。其中又分爲組合式和呼應式兩種。例如:

(1)　…なければ｜ならない ⎫

(2)　…なくては｜いけない ⎬ 條件意義的否定+否定,

(3)　…⎡なければ⎤駄目である ⎪ 組合式
　　　⎣なくては⎦

(4)　…ない｜ことはない ⎫

(5)　…ない｜はずはない ⎬ 單純否定+否定, 組合式

(6)　…無理は｜ない ⎭

(7)　…ないと，…ない ⎫

(8)　…なくして…ない ⎬ 條件意義的否定+否定, 呼應式

注: 單純否定＋否定, 無呼應式

中文裡表達"否定＋否定"的方式, 如下:

(1)　⎧a. 這件事是<u>非</u>你去辦<u>不</u>可。
　　　⎨
　　　⎩b. 這件事必須你去辦。

(2) $\begin{cases} a. \text{ 他那樣苦苦哀求，我} \underline{\text{不好不}} \text{答應。} \\ b. \text{ 他那樣苦苦哀求，我} \underline{\text{只好}} \text{答應。} \end{cases}$

(3) $\begin{cases} a. \text{ 聽到這消息，} \underline{\text{沒有}} \text{一個} \underline{\text{不}} \text{興高采烈的。} \\ b. \text{ 聽到這消息，} \underline{\text{個個都}} \text{興高采烈。} \end{cases}$

　　以上 3 組句子中的 a，都是 "否定＋否定" 的句型。這種雙重否定句式，實質上是表示肯定的意義。因此，每組的 a 都可說成每組的 b。所不同的是，b 肯定的語義不如 a 重。

　　通過以上日、中對比即可知，中文究竟用哪種句式才能把日語各種類型的雙重否定的語義恰如其分地表達出來，應根據前後文的具體情況細心加以選擇。例如：

(1) 病気にかかった時には，医者のいいつけをきか<u>なければいけない</u>。

譯文一：　患了病，<u>不能不</u>聽從醫生的意見。

譯文二：　患了病，<u>必須</u>聽從醫生的意見。

(2) 科学的態度を身につけ，科学的方法に慣れるようにし<u>なければならない</u>。

譯文一：　<u>不能不</u>培養科學態度，掌握科學方法。

譯文二：　<u>應當</u>培養科學態度，掌握科學方法。

(3) こんな合金の部品は普通の工具で加工できない<u>こともない</u>。

譯文一：　這種合金零件<u>不見得不</u>能用普通刀具加工。

譯文二：　這種合金零件<u>可以</u>用普通刀具加工。

(4) 百科辞典を開いては，ピカソを絶賛していない<u>ものは</u>

ないだろう。

譯文一： 翻開百科辭典，<u>沒有不對</u>畢卡索讚不絕口的。

譯文二： 翻開百科辭典，<u>個個都對</u>畢卡索讚不絕口。

(5) 優秀な方式であっても，製造技術の進歩を待た<u>ないと</u>，経済的に実現し<u>えない</u>ので，研究，開発は長期的視野に立脚して行わなければならぬ。

譯文一： 即使是一種好方法，若<u>不</u>等待製造技術的進步，<u>就不能</u>實現其經濟效益，對這類方法的研究、開發工作必須立足於長遠的觀點。

譯文二： 即使是一種好方法，<u>還有待於</u>製造技術的進步，<u>才能</u>實現其經濟效益，對這類方法的研究、開發工作必須立足於長遠的觀點。

(6) 空気と水<u>なくして</u>生物の生存はありえ<u>ない</u>。

譯文一： <u>沒有</u>空氣和水，生物<u>就不能</u>生存。

譯文二： <u>有</u>空氣和水，生物<u>才能</u>生存。

4) 否定形式的反問句

日語裡有一種用否定式"ない"＋終助詞"か"構成否定形式的反問句，或用"ない"＋表示推測的詞組"であろう"＋"か"構成表示委婉語氣的否定形式的反問句。

中文裡同樣有否定形式的反問句。如，"這個道理<u>不</u>是十分明白的嗎？"這種否定形式的反問句實質表示肯定意思。因此，該句也可說成"這個道理是十分明白的"。但所不同的是前者的語氣比後者強得多。根據這一理由，上述日語否定形式的反問句，按

其所在的語言環境，可選擇其中之一來進行翻譯。例如：

(1)　尖端的な科学技術を，われわれはもっと学ばならないのではないか。

譯文一：　尖端的科學技術，我們<u>不是</u>更應該學習<u>嗎</u>？

譯文二：　尖端的科學技術，我們更應該學習。

(2)　真空管からトランジスタへ，さらに IC へという変遷について考えてみると，この電子機器の小形化に対する解決が IC の原動力ともなっているの<u>ではないであろうか</u>。

譯文一：　如果考慮一下從電子管到晶體管，進而到集成電路的變遷，可以說解決了電子設備的小型化問題，並且這<u>不</u>也是集成電路的發展動力<u>嗎</u>？

譯文二：　如果考慮一下從電子管到晶體管，進而到集成電路的變遷，可以說解決了電子設備的小型化問題，並且這也是集成電路的發展動力。

　　以上示例都給出兩種譯文，這只是就一個單獨句子而言的。從全文觀點而論，當此類句型在文章中出現時，應恰當地選擇其中的一種譯法。有時此種句型也只能有一種譯法。例如：

(3)　出掛ける前に知らせて下さい<u>ませんか</u>。お願いしたいことがありますので。

　　　　　您出門之前請告訴我一聲，有件事想求您給辦一下。

5)　為修辭而將否定譯成肯定形式

　　這種譯法是爲了達到修辭的目的，而將日語表示否定的字樣，譯成肯定的字樣。之所以可以如此翻譯是由於中文裡否定的字樣

有時能夠用肯定的字樣予以代替，而兩者的意思基本相同。如：

(1) $\begin{cases} a.\ 這本書的內容\underline{不淺}。 \\ b.\ 這本書的內容\underline{深}。 \end{cases}$

(2) $\begin{cases} a.\ 他的意見是\underline{不對的}。 \\ b.\ 他的意見是\underline{錯誤的}。 \end{cases}$

"深" 相對於 "不淺"，"錯誤的" 相對於 "不對的"，這都是以肯定的字樣代替否定字樣的。所不同的是，用肯定字樣時，在語氣上要重於否定的字樣。因此，翻譯時用哪一種形式，並不是任意的，必須由一定的語言環境和表義的需要來決定。例如：

(1) 日本は鉄にはめぐまれない国で，国内の需要にも不足し，外国から輸入して補給しなければなりません。

　　日本是貧鐵國家，不能滿足國內的需要，不得不從國外進口以供所需。

(2) 静かな夜，淋しい旅館で一人泊まります。何の音もしない。ただ時計の音がカチ，カチと聞える。

　　寂靜的夜晚，獨自一人住在淒涼的旅館。萬籟俱寂，唯有時鐘在嘀嗒嘀嗒地作響。

(3) 大昔の地球上にすんでいた生物は，さまざまな痕跡を多数残したが，それを発見し解読することは容易ではない。

　　遠古時，生息在地球上的生物，留下了各式各樣的痕跡，然而要發現它們並加以解釋是很難的。

例(1)的 "めぐまれない" 本義是 "不豐富的"；例(2)的 "何の

音もしない"本義是"什麼聲音也沒有"; 例(3)的"容易ではない"本義是"是不容易的"。爲了取得修辭的效果，而分別譯作"貧"，"萬籟俱寂"，"是很難的"。

有關如何翻譯否定式的問題，除上述五種情況外，尚須注意：日語的慣用型裡有不少是否定的形式，但表示肯定的意義。例如：

(1) 猫がねずみをつかまえて食べる時に，この上なく楽しい極楽に違いない。

　　　貓捉住老鼠美餐時，一定其樂無窮。

(2) 簡単なことなら，一つの問題には一つの答しかない。

　　　若問題簡單，答案只會有一個。

此外，在表示委婉的勸誘、請求或表示願望的句型裡，有時用否定的形式表示肯定的意義。例如：

(3) 一緒にテニスしない。

　　　一起打網球吧！

(4) たばこを買ってくれない。

　　　給我買一包香烟好吧！

(5) 雨がやまないかなあ。

　　　雨該停啦！

實踐材料

石油を超えた最高の資源

日本は天然資源に乏しい。とくに石油をほとんど持たない。それが日本の手枷足枷となっている面は否定しようもない。

高度成長期には，資源のないことが，むしろプラスとして働いた。つまり，国内に資源産業がないのだから，国内産業の保護をいっさい考える必要はなく，世界でいちばん安い資源を買い叩けた。しかし，これは供給過剰期の経済である。資源に関して，需要と供給の関係が逆転しはじめた今後の経済を考えるとき，日本の立場は，これまでのように，それほど楽観的なものでは済まされないだろう。

　「持たざる国」の悲哀を歎く声が出るのも無理はない。だが逆に，資源を持たないことの辛さ，それを克服するための頑張りが，日本をここまで持ち上げてきたともいえる。

　いったい，資源とは何だろうか。それはまず，石油であり，ウランであり，鉄鉱石であり，金鉱である。だが，こうした天然資源は掘れば掘るほど減っていき，いずれなくなる。国の発展の長い歴史からみれば，ほんの一時期の恵みに過ぎない。日本も，かつては黄金の国・ジパングといわれ，世界でも有数の金産出国の時代があった。

　ところで，この金は，現在でも資産価値として確かに大きな意味を持っている。しかし，一方，金は何ものも産んではくれない。これに引き換え日本の工業力，技術力は，常に新しい製品を産み続け，国を成長発展させてきた。とくに「よい品を，廉く，大量に作る」技術力は，実に素晴しい。世界中，それをやりたくてできない国だらけである。

　これこそ，本当の意味での資源ではないだろうか。天然資源

の偏在を歎く声は，新聞に雑誌に充ち満ちている。しかし，資源は偏在しているからこそ資源になる。どこにでもあり，薄く広く分布している太陽エネルギーや海洋エネルギーは，資源とはなりにくい。

　しかも，工業に素晴しい能力を発揮するマンパワーは，いまや日本に偏在している感が強い。これこそ日本の資源ではないだろうか。工業先進国の欧米にはマンパワーの枯渇のきざしが見え，新興工業国は，勤勉ではあるが，能力の面でまだまだ未熟である。このように考えると，資源の面でも，日本はけっして「持たざる国」ではなく，「持てる国」なのである。

　詞彙

1. とぼしい　　　　[乏しい]　　　（形）　　　缺乏，不足，貧窮

2. てかせ　　　　　[手枷]　　　　（名）　　　手銬

3. あしかせ　　　　[足枷]　　　　（名）　　　腳鐐

4. ひていしよ；もない[否定しようもない]

　　　　　　　　　　　　　　　　　（組）　　　無法否定

5. むしろ　　　　　[寧（ろ）]　　（副）　　　莫如，與其…倒不
　　　　　　　　　　　　　　　　　　　　　　　如…

6. プラス　　　　　[plus]　　　　（名・他サ）加，正數，有利

7. いっさい　　　　[一切]（下接否定）（副）全然（不）一點
　　　　　　　　　　　　　　　　　　　　　　　也（不）

8. かいたたく　　　[買い叩く]　　（他五）　　壓價購買

－ 189 －

9. すます	[済ます]	(他五)	做完，辦完，將就
10. もたざる	[持たざる]	(文)(組)	不具備，不具有
11. ひあい	[悲哀]	(名)	悲哀，哀嘆
12. なげく	[歎く]	(自・他五)	悲哀，嘆息
13. つらさ	[辛さ]	(名)	艱辛，痛苦
14. がんばり	[頑張り]	(名)	頑強，堅持
15. もちあげる	[持ち上げる]	(他下一)	舉起，得勢
16. ほる	[掘る]	(他五)	挖，掘
17. へる	[減る]	(自五)	減少，餓
18. めぐみ	[恵み]	(名)	恩惠，實惠
19. ジパング	[義 Zipangu]	(名)	日本國
20. うむ	[産む]	(他五)	生產
21. ひきかえ	[引き換え]	(副)	相反，反之
22. だらけ		(接尾)	滿是，全是
23. みちみちる	[充ち満ちる]	(自上一)	充滿，充斥
24. マンパワー	[man power]	(名)	人力
25. きざし	[兆（し）]	(名)	徵兆，苗頭

練習

重點：否定式的譯法

一、將下列各句譯成中文

(1) ビルデイングの鉄骨，鉄橋，汽船，汽車など，どれを見ても地下資源を使っていないものはありません。

(2)　ああ，ぜひ頼む。急いでやってくれないか。

(3)　橋本君は理科系の学科は不得手ではない。

注："不得手" 不擅長

(4)　法律上は正当な商取引であろうとも，自分がもうけた金だけを，ひとに損させているならば，それはばくちや泥棒と変るところがありません。

注："商取引" 交易；"ばくち" 賭博

(5)　科学・経済・産業の知識がなかったら，私たちはこの小さな島でとても生きてはゆけません。

(6)　何も高い金を使い，多くの時間をかけなければ，よい品がつくれないのではない。

(7)　ピカソの初期の作品がごく普通の絵であって，一般の美術家とさして変らないという考えは何の不思議もないことです。

注："さして…ない" 不怎麼，不太…

(8)　導体と半導体との違いは，電気を伝えるか，伝えないかの違いでなく，伝えにくさの程度の違いなのである。

(9)　一・二・三・四というのは，中国からきたかぞえ方で，本来の日本の数え方ではなりません。

注："かぞえ方" 數數的方法

(10)　水銀を除き一般に流体の熱伝導率は極めて小であるから，上部を熱するときは下部は容易に温まらない。

注: "熱伝導率" 導熱率

二、將下列短文譯成中文

数学について

数学者でない一般の人には，数学が本質的にはもう済んでしまった学問であろうと思っている人が多いようだ。私が東大数学科に入学してから初めて母校を訪れた時である。生物の先生が私に聞いた。

「君，微積分のあと数学では何をやるのかね。一体何かやることがあるのかね。」

もちろん，こういう質問の意味は，何一つやることはあるまいということではない。数学の体系の中の基本的なものは済んでしまって，あとは細かい問題しか残っていないのではないだろうか，という意味だと思う。このごろはコンピューターの活躍や数学の啓蒙運動で，このような誤解は少なかろうと思うが，それでもこの種の考え方は残っているではあるまいか。

ところで，数学者から見た数学はこの考えの正反対である。一点を中心としてだんだん広がっていく円のように，数学は進歩すればするほど大きな新しい問題が出現する。それについての新しい方法，新しい概念がまた新しい分野を呼び起こす。進歩すればするほど，数学の生命力が大きく豊かになるというのが，すべての数学者に共通した気持ちではないだろうか。

詞匯

1. すうがくか　　　　[数学科]　　（名）　　　　数學專業
2. おとずれる　　　　[訪れる]　　（自下一）　　拜訪，訪問
3. いったい　　　　　[一体]　　　（副）　　　　一般說來，究竟
4. こまかい　　　　　[細かい]　　（形）　　　　細小，零碎，詳細
5. けいもううんどう[啓蒙運動]　（名）　　　　啓蒙運動，普及新
　　　　　　　　　　　　　　　　　　　　　　　知識
6. せいはんたい　　　[正反対]　　（名・形動）正相反，恰恰相反
7. えん　　　　　　　[円]　　　　（名）　　　　圓，圓形，金錢
8. よびおこす　　　　[呼び起こる]（他五）　　喚起，引起
9. きょうつう　　　　[共通]　　　（名・自サ）共同，通有
10. きもち　　　　　　[気持（ち）]（名）　　　　心情，感情

第九章

```
翻譯要領: 被動式的譯法
          1. 日、中文被動式的異同
          2. 被動式譯法概述
實踐材料: 理論と現実
```

翻譯要領：被動式的譯法

1. 日、中文被動式的異同

被動式（也稱被動語態）是相對主動式（也稱主動語態）而言的。在有些主謂語句中，主語是受動者，即動作的支配對象，這種形式爲被動式；主語是施動者，即動作的發出者，這種形式是主動式。

日語和中文都有被動式。以前，無論日語或者中文只有在表示受到損害或發生不如意的事情時才使用被動式。後來，被動式的傳統用法被突破而擴大了使用範圍，但總的看來，日語被動式的使用範圍要比中文廣泛得多。因此，日、中文在被動式的使用上既有其一致之處，又有其相異之點。例如：

(1)　ちょうどバスから下りたところをにわか雨に降られた。

　　　剛下公車，就被驟雨淋著了。

(2)　近年は台風発生域が優勢な高気圧帯におおわれることがしばしばであり，これが台風をできにくくしている。

（第三章練習一）

　　近年來，颱風發生地區常常受佔優勢的<u>高氣壓帶所控</u><u>制</u>，所以使颱風很難形成。

(3)　土木技術は，われわれ人間の社会活動をし易くするために，大地に<u>施工された</u>工事に関する技術である。（第一章示例）

　　土木工程技術是爲了使我們人類的社會活動更爲方便，在大地上<u>進行施工</u>的一種技術。

(4)　現在は今世紀のはじめにくらべて，大気混濁度は50~80％増加しているといわれるが，その原因の三分の二は<u>火山灰</u>だと言っている学者がいる。（第三章練習一）

　　據說，現在與本世紀之初相比，大氣的混濁度增加了50~80％。有學者說，其3分之2的原因，是<u>由火山灰所造成的</u>。

　　例(1)是表示發生不如意事情，日、中文均用被動式；例(2)的"高気圧帯におおわれる"（受高氣壓帶所控制），日、中文一致都可用被動式；例(3)的"施工された"，從中文考慮在該句的語義下不適合用被動式，而需要用主動式，因此譯作"進行施工"，日、中文在使用被動式上產生了差異；例(4)的"火山灰だ"用的是主動式，從中文的角度出發，此處適合於用被動式表達，因而可譯作"由火山灰所造成的"，這又是另一種差異。

2.　被動式譯法概述

　　根據上述日、中文被動式在使用上的異同，現將被動式的譯

法概述如下。

1) 譯成帶被動字樣的被動式

總的說來，日語的被動式凡符合中文被動式表達習慣的均可
譯成被動式。被動式主要在於強調受動者的語義。中文表示被動
意義的字，在應用性文體的文章中常用"被"、"由"、"受"、"被
…所"、"爲…所"等。例如:

(1) 太陽からやってくる放射熱が遮蔽され気温が下がる。

　　　來自太陽的輻射熱被遮蔽，氣溫下降。

(2) 水素原子は最も簡単な原子で，1個の正電荷とこれと
　　つり合う1個の負電荷すなわち電子とから構成される。

　　　氫原子是最簡單的原子，由一個正電荷和與其電量相
　　等的1個負電荷，即電子構成的。

(3) トランジスタの特性を示すパラメータは，ほとんど温
　　度に影響される。

　　　表示晶體管特性的各參量，幾乎都受溫度的影響。

(4) 地球全体が寒冷化し，けっして地球が氷に閉ざされて
　　しまったわけではないが，それでも陸地の約三分の一は
　　氷河に覆われていた。

　　　整個地球寒冷化，決不意味著地球完全被冰所封閉。

雖然如此，大約3分之2的陸地卻爲冰河所覆蓋。

例(1)的"遮蔽され"譯作"被遮蔽"；例(2)的"…正電荷と…
負電荷すなわち電子とから構成される"譯作"由…正電荷和…
負電荷，即電子構成的"；例(3)的"温度に影響される"譯作"受

溫度的影響"；例(4)的"氷に閉ざされてしまった"譯作"完全被冰所封閉"，"氷河に覆われていた"譯作"爲冰河所覆蓋"。分別使用表示被動意義的字"被、由、受、被…所、爲…所"表達的。

　　諸如此類的被動式均適合於譯成中文帶被動字樣的被動式，並且從語義上強調了句子的受動者（主語）。

　　尚需說明一點，日語的被動式可以帶有賓語，這是日語用詞造句的一大特點。中譯時可譯成帶被動字樣的被動式。例如：

(5)　銀河系は<u>天の川で輪廓を作られた</u>大きな扁平円盤である。

　　　　銀河系是<u>由天河勾劃出輪廓的</u>一個大扁平圓盤。

　　句中的被動式動詞"作られた"帶有賓語"輪廓を"。順便說明，日語被動式的施動者，如果是由自然現象所引起的某種事態等，可用"で"表示。如句中的"天の川で"（由（被）天河）。

2)　譯成不帶被動字樣的被動式

中文裡關於被動式的使用有一種情況，即受動者（受事主語）如果是無生命的事物，而且不出現施動者，或者即使受動者是有生命的，而且不出現施動者，只要不發生歧義，均可不用"被"字。如，"衣服弄髒了"，"文章發表了"，"犯人已經押到"等。因此。凡日語的被動式符合此項條件的，都可考慮譯成這種不帶被動字樣的被動式。例如：

(1)　西遊記は中国で有名ですが，江戸時代に<u>西遊記は日本に輸入され</u>，二百年前には日本語に<u>ほん訳されて</u>，<u>出版されています</u>。

西遊記是中國的名著，江戶時代傳入日本，二百年前已譯成日語並出版發行。

(2) きわめて明るい流星は火球とよばれている。

極亮的流星稱爲火球。

(3) 商業の始まりは，物物交換であって，お互い利益があってこそ，物と物とは交換されるものです。

原始的商業是以物換物，只有雙方都有利才物物相換。

以上示例中的受動者"西遊記は"、"流星は"、"物と物とは"都是無生命的事物，並且都未出現受動者，所以被動式動詞"輸入され"、"ほん訳されて"、"出版されています"、"よばれている"、"交換される"均可譯作不帶被動字樣的被動式"輸入"、"譯成"、"出版發行"、"稱爲"、"相換"。

此外，日語的句子中使用被動式動詞的連體形作定語時，只要不引起歧義也可不譯出"被"字來。但若不譯出被動字樣，會產生歧義，必須譯出。例如：

(4) 発表されている代表的な試験を以下に紹介する。

下面介紹已經發表的具有代表性的試驗。

(5) 展示室には，今使われているフルミの一万回線の通信ケーブルがあった。

在展覽廳陳列著現在還在使用的鋁製一萬個電路的通訊電纜。

例(4)中的"発表されている"（已經發表的）；例(5)中的"使われている"（還在使用的），均無譯出"被"字的必要。

(6) 　<u>呼出された</u>人は早速電話で呼出者と連絡することがで
　　きる。

　　　　<u>被呼叫的</u>人可以立刻用電話與呼叫者進行聯繫。

　該句中的"呼出された"若不譯出"被"字，將分辨不清"呼
出された人"與"呼出者"之間的關係。

3)　被動式譯成主動式

　日語被動式的使用範圍廣於中文的被動式，每當日語的被動
式不適合譯成中文的被動式時，可變譯成主動句。例如：

(1) 　科学が進んでいろいろのもが<u>発明されても</u>,大勢の人た
　　ちは，必ずしも幸福にはならない。

　　　　由於科學的進步而<u>發明了</u>各種東西，但社會大眾未必
　　能得到幸福。

(2) 　1932 年に中性子が発見され,原子核は陽子と中性子か
　　ら構成されていることが<u>明らかにされました</u>。

　　　　1932 年<u>發現了</u>中子，<u>弄清了</u>原子核是由質子和中子構
　　成的。

這種變譯除將被動式動詞譯成主動式外，原文的主語需轉譯
成賓語。

(3) 　人間は，<u>つくられた</u>ものであるけれども，また，つく
　　るものでもあると<u>考えられている</u>。

　　　　<u>一般都認為</u>，人類是被創造出來的，同時也是創造者。

(4) 　地球が誕生してから現在は至るまで，45 億年以上経
　　過している<u>といわれている</u>。

　　　　據說，地球從誕生到現在已經過 45 億年以上。

　　以上示例均係不出現施動者的句型。即使出現施動者的被動式，有時也可考慮譯成主動式。例如：

(5)　金属の歴史は化学によって作り出された。

譯成主動式：化學創造了金屬的歷史。

譯成被動式：金屬的歷史是由化學創造的。

　　兩者的譯文均很通順。不同的是譯成被動式含有突出受動者（主語）的語氣，翻譯時應結合上下文的關係與語感酌情選擇。

4)　主動式譯成被動式

　　日語被動式的應用範圍雖廣於中文的被動式，但也會出現日語用主動式敘述的內容，中文卻需要用被動式表達的情況。這時就需要將日語的主動式譯成中文的被動式。例如：

(1)　同じ大きさの力が作用しても，作用した物体が違えば生ずる加速度が違う。

　　　　即使有大小相同的力作用，若受到作用的物體不同，則產生的加速度也不一樣。

(2)　いくら頭がよくても，体が丈夫でも，金があっても，良心に恥じるような行為を重ねれば，必ず死ぬのがこわくなり，毎晩恐ろしい夢にうなされます。

　　　　無論頭腦多麼聰明，身體如何健壯，怎樣有錢，倘若經常幹出受良心譴責的勾當，必然怕死，每天夜裡會被惡夢所魔繞。

例(1)若不將後者的"作用した"（主動式），譯成被動式"受

到作用的”，則全句的語義就模糊不清了。

例(2)中的“良心に恥じる”是主動式，原義是“良心上羞愧”，這在中文裡是講不通的。綜觀全句，可譯成被動式“受良心譴責”。再則，“夢におなされます”中的“うなされます”（作惡夢）並非被動式，但含有被動的意義，加之與“夢に”搭配在一起，即可譯爲“被惡夢所魔繞”。

實踐材料

理論と現実

あるお母さんはアメリカ式育児法の理論を学んで赤ん坊をうつむけに寝かせ，買物に行って帰ってみたら，赤ん坊は死んでいた。ふとんに口や鼻が押えられて，窒息したのである。私たちが現在理解している「理論」というものは，必ずしも正しいものではない。

今から約五十年前のこと，ヨーロッパに新しい学問として「栄養学」が生まれ，人間の日常の食物に含まれる栄養について科学的に研究されることとなった。

栄養学は直ちに日本に輸入されて，日本人の食物について科学的研究が始められた。ところで東北の農民は，冬には大根の乾葉を野菜の代用として食べていたのであるが，分析してみると何も栄養分を含んでいない。故に栄養学者は忠告した。

「大根は根を食べるもの。大根の葉も新鮮なら栄養はあるが，干してひからびて黄色になった大根乾葉には何の栄養もないの

だから，食べるのはやめなさい」

　しかし百姓たちは，学者の忠告などに耳を貸さず，長い慣習を改めようとはしなかった。彼らは言った。

「大根乾葉は体が暖まる」

　それから何年かたってビタミンＤが発見された。これが欠けるとクル病になる。ただし太陽の光が人間の体にあたると，体内にビタミンＤができる。北欧のように冬が長く，太陽の光がほとんどささない国国にクル病が多いのもこのためとわかった。

　栄養学者たちは早速日本のクル病とビタミンＤの関係について調査を始めた。

　冬が長く，日射量の少ない山陰地方に若干のクル病が発見された。だが東北地方は山陰よりも冬が長く日射量が乏しいのに，クル病は全くない。しかも農民たちの食事は粗悪で，卵・牛乳・バターなどビタミンＤの含んでいる食物はほとんど食べてはいないのである。どうも不思議だと，さらに調査をすめると，大根乾葉にビタミンＤが豊富にあることが判明した。

　理論通りにならないこと，筋の通らないことが正しい場合もあり，理論通りにしたがうことが間違いであることもある。なぜなら，一段と複雑な現実は，それが理論されるまでは「矛盾していて筋が通らない」としか思えないから。

　現実を知るためには，必ずしも理論を必要としない。砂糖が甘いのを知るためには，なめてみればよい。理論はいらない。予防注射によって命を救われた人もいれば，死んだ人もいる。

人は「人間の作った機械に人間が使役されている愚かさ」を笑う。その笑って得意になっている人自身が「人間の作った理論に人間が支配されている愚かさ」に気がつかない。

　理論には二種類あると思う。一つは一未知のものを探求する理論であり，もう一つは既知のものを後進者に伝える理論である。前者の理論はいかに立派に見えても「そうかもしれない」という可能性を暗示するだけであって，現実によって証明されないうちは，まだ真実と思ってはならないものである。つまり，正しい認識は実践から生まれる。後者の理論とは，学校で学生を教育する場合の理論である。人類が何千年にわたって築きあげた文化を，学校はわずか数年で学生に伝えるのだから，一つ一つの理論について十分に実験し吟味している暇がない。故にこの場合には「何か反証でもない限り，理論的に証明されたことは正しいのだ」と見なされる。

詞匯

1. あかんぼう	[赤ん坊]	(名)	嬰兒，幼稚的人
2. うつむけ	[俯け]	(名)	臉朝下，趴俯
3. ねかせる	[寝かせる]	(他下一)	使睡覺，使躺下
4. ふとん	[寸団]	(名)	被褥，座墊的總稱
5. ヨーロッパ	[Europa]	(名)	歐洲
6. だいこん	[大根]	(名)	蘿蔔
7. ゆえに	[故に]	(接)	因此，所以

8. ほす	[干す]	(他五)	曬，把…弄乾
9. ひからびる	[干からびる]	(自上一)	乾透
10. みみをかす	[耳を貸す]	(組)	聽別人說話，傾聽
11. ビタミン	[vitamine]	(名)	維生素
12. クルびょう	[cours 病]	(名)	佝僂病，軟體病
13. さす	[射す]	(自五)	照射
14. たまご	[卵]	(名)	雞蛋，蛋類
15. バター	[butter]	(名)	乳油，黃油
16. すくう	[救う]	(他五)	拯救，挽救
17. なめる	[嘗める]	(他下一)	嘗試，體驗
18. しえき	[使役]	(名・他サ)	指使，使役
19. とくい	[得意]	(名・形動)	得意，得意忘形，驕傲
20. きがつく	[気がつく]	(組)	注意
21. きずきあげる	[築き上げる]	(他下一)	締造，建設
22. ぎんみ	[吟味]	(名・他サ)	玩味，仔細研究
23. ひま	[暇]	(名)	時間，閒暇
24. …ないかぎり	[…ない限り]	(慣)	只要不…，只要沒有
25. みなす	[見なす]	(他五)	看做，認爲

練習

重點：被動式的譯法

一、將下列各句譯成中文

(1) 人間がつくられたものというのは，人間の体が天から
与えられたというか，自然がつくってくれたというか，と
にかく，自分自身でつくり出したものではないというこ
とである。

(2) 「美しさ」の中には，自分自身で感ずる主観的な美しさ
と，社会から，またはある集団から「これは美しいのだ」
と規定された美しさがある。

(3) 濃厚な雲の場合には太陽から来る光はすっかり拡散さ
れてしまって，少しも雲を通して観測者の眼に達するこ
とがない。

(4) 銀河系内には約千億個の星と，星間に散布されたガス
や塵などの物質とがある。

(5) すべての実測された流星の速度は毎秒15kmから72km
の範囲であって，特に遅いものでは毎秒25km，速いも
のでは毎秒65kmぐらいものが多い。

(6) 夏の終りの頃の夜，鎖につながれた王女のアンドロメ
ダ座が北東の空高く上ってくる。

注："アンドロメダ座" 仙女座

(7) よく知られているように地球上の位置は経度と緯度を

与えれば正しく示すことができる。

(8)　太陽はわれわれの毎日の活動を規制し，農作物は季節の循環にあわせて植えられている。

(9)　犬の子は，少しでもゆすると目をさまし，人間の子は，ゆすられるといい気持で眠る。

注：“ゆする”（他五）搖晃；“目をさます”醒來

(10)　初期には，平たい地上世界が，巨大な亀か何かの背に支えられ，水や山で取りかこまれているというような宇宙観があった。実験的科学家は稀れでしかも孤立していたから，自然科学の諸問題はだいたい純粋な思考で探究され，宗教的信仰に強く色づけされた。

二、將下列短文譯成中文

コロナ

人類に文化が芽生えてずっと，人間は地球上の熱と光の源なる太陽の恩恵を直観的に認めてきた。太陽は原始宗教でしばしば神格化された。ほとんど 4000 年も前に英国では太陽の位置にもとづいて大きな石が円形に並べられた。また西半球ではインカ帝国で太陽のための大宮殿が建造された。

天界における最も美しい光景の一つはコロナとよばれる太陽からまわりに拡がった大気外層だといえる。不幸にして，いつもは地球大気のために拡散された日光のきらめきに隠されて，普通にはコロナを見ることはできない。ただ月が地球と太陽と

— 206 —

の間にきて，皆既日食の起るときにだけ，コロナの美しい全姿を眺め得るのである。そのときコロナは真珠色の白っぽい光で輝き，その全光は大体満月の光に匹敵する。

　コロナの光は複雑であって，長年の間充分な説明が与えられなかった。ある特定の波長の輝線が現われることからコロナには何か未知の元素があって発光していていると考えざるを得ないと思われた。しかし後にこの謎の手懸りは意外にも温度の問題であることが判った。太陽の中心の温度は数百万度であるが，温度は外側にいくほど降下し表面では6000°以下になっているので，太陽の外側の大気はもっと低温であろうと考えたのは自然のことであった。これが驚きのもとであった。コロナでの原子はあたかも100万度の高温であるかのように振舞う。謎とされていたコロナ輝線の光は鉄・ニッケル・カルシウム・アルゴンなどのごくありふれた原子から発するものであることが分ったがその9個ないし15個の電子，すなわち負電荷がもぎとられたために変装していて識別つかなかったのである。この天文学上の謎はスェーデンの若い物理学者エドレンによって解明された。これほど姿のみだれた原子を起させたコロナの高温については，ほかの各方面の独立した証拠で確かめられた。

　詞匯

1. コロナ　　　　　　　[corona]　　　（名）　　　　　日冕

2. めばえる　　　　　　[芽生える]　　（自下一）　　萌芽，發芽

3. ずっと		(副)	一直，長時間
4. みとめる	[認める]	(他下一)	看到，斷定，承認
5. インカ	[Inca]	(名)	印加 (原秘魯王國的印地安人)
6. ひろがる	[拡がる]	(自五)	擴大，擴展
7. ふこうにして	[不幸にして]	(組)	不幸的是，遺憾的是
8. きらめき	[煌めき]	(名)	閃爍，輝耀
9. かくす	[隠す]	(他五)	隱藏，藏起來
10. ながめる	[眺める]	(他下一)	眺望，注意看
11. しろっぽい	[白っぽい]	(形)	帶白色的，發白的
12. ひってき	[匹敵]	(名・自サ)	匹敵；相當
13. きせん	[輝線]	(名)	輝線，明線，亮線
14. てがかり	[手懸]	(名)	線索，抓手
15. ふるまう	[振舞う]	(自五)	動作，行動
16. ニッケル	[nickel]	(名)	鎳
17. カルシウム	[calcium]	(名)	鈣
18. アルゴン	[argon]	(名)	氬
19. ありふれる	[有り触れる]	(自下一)	常見，司空見慣
20. もぎとる	[挽取る]	(他五)	擰掉，扭取
21. へんそう	[変装]	(名・自サ)	化裝，改變
22. スェーデン	[Sweden]	(名)	瑞典
23. エドレン		(人名)	愛德林
24. みだれる	[乱れる]	(自下一)	不整齊，散亂，紊亂

25. しょうに　　　　　　［証拠］　　　（名）　　　　　　證據
26. たしかめる　　　　　［確かめる］　（他下一）　　　弄清，查明

第十章

翻譯要領：連接式及其附加成分的譯法

1. 連接式的作用及譯法

日語的連接式是由接續助詞 "て" 接在動詞、形容詞、助動詞的連用形 (五段動詞的音便形) 之後構成的。其作用較爲龐雜，中譯時要根據情況以不同的文字來表達。但是，此連接式在表義上有時並不十分明確，甚至會出現可此可彼的現象。因此，要結合前後文來斟酌，加以判斷。以下就其作用及譯法作扼要說明。

1) 表示並列、對比或添加，多譯成 "並且"、"而" 等，或不譯出。例如：

⑴ 健全な遊びは身心を爽快にして，勤労意欲を高めますが，不健全な遊びをやりすぎると，元気がなくなって，働いたり勉強するのがいやになってしまいます。

　　健康的娛樂會使人身心爽快並且促進勞動的積極性，過多地參加不健康的娛樂活動，會使人意志消沉而厭惡工作或學習。

(2) 君たちの中には，郷里から遠くはなれて東京に働きに来た人が多いと思います。

　　　我想，你們當中多數人是遠離家鄉而到東京來工作的。

(3) あの山は高くてけわしい。

　　　那座山高而險峻。

(4) 化学変化においては元の物質は消滅して，新物質は生成する。

　　　在化學變化中，原來的物質消失，新物質生成。

2) 表示動作先後連續發生，多譯作"之後"、"再"、"然後"，在一定的語言環境中也可不譯出詞義。例如：

(1) 今日学校に着いて，しまった，ノートを忘れたと，気がついたけれど，もうおそい。

　　　真糟糕，今天來到學校之後才發現忘了帶筆記本，但是已經晚了。

(2) 歯をみがいて，御飯を食べる。

　　　刷牙之後再吃飯。

(3) 葉が出て，花が咲いて，実がみのる。

　　　長葉，開花，結果。

3) 表示原因、理由，多用"由於"、"因為"等表達。例如：

(1) 鉄材は重くて，飛行機には不適当だ。

　　　由於鋼材重，所以不適合用於製造飛機。

(2) タバコをやめる途中で，時にニコチンの鬼にごま化されて失敗することがあるのです。

在戒煙過程中，有時<u>因</u>受尼古丁魔鬼的<u>折磨</u>，而失敗。

4) 表示方式、方法，多用 "着" "地" "起來" 等表達，或不必譯出。例如:

⑴ 多くの若い男や女がはでな服装をして踊っています。

許多青年男女穿著華麗的服装在跳舞。

⑵ ある雨上りの日でした。郊外の鋪装していない道を，若いお母さんが小さな子供を<u>つれて</u>歩いていたのですが，子供がぬかるみにすべって転んだのです。

有一天雨過初晴。一位年輕的媽媽<u>帶著</u>一個小孩子步行在郊外的土路上。小孩子因道路泥濘而滑倒了。

⑶ 何の効果も見られない結果をみて，彼はそれ以上の実験をあきらめていたが，その後，ふと<u>よろこんで</u>ふたたび実験をしてみた。

看到沒有取得任何效果，他就不想再繼續實驗下去了。但是以後，又突然<u>高興地</u>作起實驗來。

⑷ 煉瓦やブロック・人造石のようなものを<u>積み重ねて</u>，大きな建物をつくることができる。

將磚、預製板和人造石等建築材料<u>堆砌起來</u>可以建造高大的樓房。

⑸ <u>急いで行って</u>みると，その人はもう出かけていた。

<u>趕去</u>一看，那個人已經出去了。

5) 表示相逆的關係，多用 "卻" 字表達。例如:

⑴ 彼はタバコも<u>吸わないで</u>，肺がんになったのはどうい

－212－

うわけだろう。

　　他煙也<u>不吸</u>卻得了肺癌，是什麼原因呢?

(2)　何度(なんど)も失敗(しっぱい)して，まだこりない。

　　失敗了幾次，<u>還不（却不）</u>接受教訓。

6)　用 "ては" 的形式表示假定或確定條件（有的語法家把 "ては" 看作由 "て" 與 "は" 複合衍生而成的獨立的接續助詞）。中譯時，可用 "如果" "若" 等表達。例如:

(1)　タバコを吸いながら<u>でなくては</u>勉強(べんきょう)ができません。

　　<u>如果不</u>吸著煙，就讀不下去。

(2)　試験(しけん)と落第(らくだい)を武器(ぶき)に<u>しては</u>，学生(がくせい)を脅迫(きょうはく)して勉強(べんきょう)させるのはいい方法(ほうほう)ではありません。

　　<u>若將</u>考試和留級<u>作為</u>武器來強迫學生學習，並不是好方法。

2.　連接式附加成分譯法概要

　　有一些用言可以附加在連接式 "て" 的後面使用。附加在 "て" 後面的用言大多失去原有的基本詞義，賦予不同的作用，另有新的語義。這種結構經常出現在句子之中，譯起來並不容易，應予以重視。現將最常見而又較難譯的 20 種形式和譯法扼要介紹如下。

1)　【～ている】

　　以 "～ている" 構成的形態有的語法書稱其為 "進行式"，有的稱之為 "持續體"。其主要作用和譯法有:

① 表示動作的持續

動作的持續是指動作已經開始但尚未結束，處於動作的過程正在進行的一種狀態。多譯作 "著" "正在" 等。例如：

(1) おや，クモが巣をはっていますね。

嗬，蜘蛛正在織網呢！

(2) ごらんなさい。植物は日光に向かって緑の葉をひろげ，花は美しく，まばゆい色にかがやいています。

請看，植物向著陽光展開綠色的葉子，花兒閃著絢麗的色彩。

② 表示結果的存留

接瞬間動作的自動詞，表示動作瞬息結束以後其變化的結果持續存留下來的狀態。多譯作 "了" 等。例如：

(1) 橋本さんは上海に行っています。

橋本先生去上海了。

(2) 夜はもう明けている。

天已經亮了。

③ 表示經歷或過去的事實

接在動作動詞之後，表示句中主體以往的經歷或過去的事實。多譯作 "過" "曾" 等。例如：

(1) わたしは高校時代に富士山に登っている。

我在高中時期爬過富士山。

(2) 松下さんは，小学校も卒業してはおりません。

松下先生連小學也不曾畢（過）業。

④　表示單純狀態

有爲数不多的動詞，如"そびえる""すぐれる""くっつく""まわる"等，當著重表示"現在存在的狀態"時，即爲單純狀態。多譯作形容詞。例如：

(1)　西洋人は眼と眉毛とがくっついている。

歐美人眼和眉毛靠得較近。

(2)　この道は曲っている。

這條路彎彎曲曲的。

⑤　表示反覆或習慣

表示動作的反覆或習慣，一般公認的事實。有時可譯作"都"字。例如：

(1)　当時の小僧さんの生活は，朝六時頃に起きて，夜は七時か八時まで働いている。

當時小學徒的生活，都是早晨六點起床，一直勞動到晚上七、八點鐘。

(2)　ばくちを打ったり，泥棒をした場合には，誰かが千円もうければ，誰かが千円損をしている。

賭博或盗竊，如果弄到一千元，必然有人損失一千元。

2)　【～てよい，～ていい】

"～てよい"或"～ていい"具有允許、同意的語氣，可譯爲"可能""可以"等。例如：

(1)　大地を良導体と見てよい。

可以把大地看作良導體。

(2) テープ・レコーダーを一日貸していただいて<u>いい</u>です
か。

能把録音機借給我用一天嗎?

3) 【～てもよい，～てもいい】

"～てもよい" 和 "～てもいい" 具有允許與讓步的含意。(前項的 "～てよい" 和 "～ていい" 則無)。因此，多譯作 "也可以" "也行" 或 "也未嘗不可"。例如:

(1) あたたかくなったから，もうオーバーはしまっ<u>てもよ</u>
<u>い</u>でしょう。

暖和起來了，把大衣收起來<u>也可以</u>。

(2) 人に届けさせるか，あるいは郵便で送っ<u>てもいい</u>。

派人送去，或者用郵寄<u>也未嘗不可</u>。

4) 【～てよかった】

"～てよかった" 表示人的 "滿意" "高興" "慶幸" 等心情。多譯作 "真幸運" "真是太好了" 等。例如:

(1) こんな新しい家が見つかっ<u>てよかった</u>ねえ。

<u>真幸運</u>啊! 找到這樣一棟新房子。

(2) 同級生に会え<u>てよかった</u>。

能與同班同學會面<u>真是太好了</u>。

5) 【～てすむ】

"～てすむ" 表示如何做就可以之意。多譯作 "即可" "就可以了"。例如:

(1) 第一の特長は，原子力発電なら，必要な燃料が非常に

少くな<ruby>て<rt>す</rt></ruby>すむということである。

　　　第一個優點是核能發電只需要很少的燃料即可。

(2)　原子力発電は, 火力発電のように大量の燃料を輸送したり, たくわえたりしなく<u>てもすむ</u>のである。

　　　核能發電不用像火力發電那樣輸送和儲備大量的燃料<u>就可以了</u>。

6)　【～てたまらない】

"～てたまらない" 表示程度之甚。多譯作 "…不得了" "得很" "…得受不了" 等。例如:

(1)　昨夜は徹夜をしてしまって, それでどうもきょうは眠く<u>てたまりません</u>。

　　　昨晩熬夜, 因此今天實在睏<u>得不得了</u>。

(2)　この部屋は寒く<u>てたまらない</u>。

　　　這個房間冷<u>得受不了</u>！

(3)　早くお茶をいれてくれ, のどが乾い<u>てたまらない</u>。

　　　快點沏茶來, 我渴<u>得要命</u>。

7)　【～てはだめだ】

"～てはだめだ" 表示禁止的語氣, 其原意是 "如果…可不行", 可以與 "てはいけない" 換用。多譯作 "不准…" "不要…" 等。例如:

(1)　タバコを吸っ<u>てはだめだ</u>。

　　　<u>不要吸煙</u>。

(2)　あぶないから, そんなことをし<u>てはだめだ</u>。

危險，<u>不准幹</u>那種事。

8) 【～ては困る】

"～ては困る"是由說話者的立場表明禁止或忠告。多譯作
"可不能""可不行呀"等。例如：

(1)　約束を守ってくれなく<u>ては困ります</u>。

　　　你<u>可不能</u>不守信用啊！

(2)　いくら勉強したといっても，言葉だけの知識では指導
　　　性も創造性を発揮することができなく<u>ては困る</u>。

　　　　無論怎樣說用功，若只是字面知識而不能發揮指導作
　　　用和創造性<u>可不行呀</u>。

8) 【～てはいけない，～てはならない】

"～てはいけない"和"～てはならない"均表示"禁止"或
"不允許"的語氣，前者多用於口語、後者多用於書面語。多譯作
"不准""不能"或"不可"等。例如：

(1)　タバコを吸っ<u>てはいけない</u>。

　　　<u>不准</u>吸煙。

(2)　そんな頭の固いことを言っ<u>てはいけません</u>。

　　　<u>不能</u>說那種頭腦頑固的話。

(3)　「禁煙開始の日」は仕事の忙がしい日であっ<u>てはならな
　　　い</u>。

　　　開始戒煙的時間<u>不可</u>選擇工作很忙的日子。

10) 【～てならない】

"～てならない"不同於"～てはならない"。"てならない"

多接在表示感情、感覺之類的中心詞之後，表示感受之深。多譯作 "總覺得" "非常" "得很" "…得不得了" 等。例如：

(1) 私は空飛ぶ円盤も宇宙人も見たことはありませんが、いるような気がし<u>てならない</u>のです。

　　　我沒有看見過空中飛碟，也不曾遇到過外星人，但<u>總覺得</u>是有的。

(2) 嬉しく<u>てならない</u>。

　　非常高興。(或 "高興<u>得不得了</u>")

(3) 喉が乾い<u>てならない</u>。

　　口渴<u>得很</u>。

11)【～ても始まらない】

"～ても始まらない" 表示一種勸告或禁止的語氣。多譯作 "也無用" "用不著" "無濟於事" 等。例如：

(1) 怒って<u>始まらない</u>。

　　生氣<u>也無用</u>。

(2) 今となってそんなことを言っ<u>てもはじまらない</u>。

　　事到如今，那種話再說<u>也無濟於事</u>。

12)【～てもよさそうなものだ】

"～てもよさそうなものだ" 含有責怪、埋怨的語氣。多譯作 "本來可以" "本來應該" 等。例如：

(1) そのノートを貸してくれ<u>てもよさそうなものだ</u>。

　　你<u>本來是可以</u>把那本筆記本借給我的啊！

(2) 困難苦労を恐れずに勇気を出して進ん<u>でもよさそうな</u>

ものだ。

你<u>本來應該</u>不怕艱難困苦，拿出勇氣去進取的啊！

13) 【～て（も）差支えない】

"～て（も）差支えない"與"てもいい"相近，都是表示容許的語氣。多譯作"不妨""可以"等。例如：

(1) 熱を一種の重さのない物質のようなものであると想像<u>してもさしつかえない</u>。

<u>不妨</u>將熱想像爲一種沒有重量的物質。

(2) 写真の中心は現像であ<u>るといってさしつかえない</u>。

<u>可以</u>說照片的中心問題是顯影。

14) 【～て（も）かまわない】

"～て（も）かまわない"也表示容許的語氣，往往可以與"て（も）いい""て（も）差支えない"換用。多譯作"都可以""也沒關係"等。例如：

(1) いくら<u>食べてもかまわない</u>が，おなかをこわさないように気をつけて下さい。

吃多少<u>都可以</u>，不過要注意別吃壞了肚子。

(2) 今日は一年に一度のお目出たい元旦ですから沢山飲ん<u>でもかまわない</u>。

今天是一年一度的元旦佳節，多喝一<u>些也沒關係</u>。

15) 【～てはじめて】

"～てはじめて"表示限於在某種條件下才能確認某一事實。多譯作"只有，…才（能）…""…之後，才…"。例如：

(1) このことは一見当然のようにみえるが，実験によって<u>はじめて</u>確かめられることである。

　　　　這一結論乍看起來似乎是必然的，但是<u>只有</u>透過實驗<u>才能</u>證實。

(2) フッ素は石墨と赤熱におい<u>てはじめて</u>反応する。

　　氟和石墨在赤熱<u>之後</u>，<u>才</u>發生反應。

16) 【～て仕方がない】

“～て仕方がない”接在表示感情、感覺的中心詞之後表示感情或感覺的強烈。可與“としようがない”換用。多譯作“…得不得了”“非常”“十分”等。例如：

(1) 今年の夏は暑く<u>て仕方</u>がない。

　　今年夏天熱<u>得不得了</u>。

(2) この頃，ビールが飲みたく<u>て仕方がない</u>。

　　最近幾天，<u>非常</u>想喝啤酒。

17) 【～てほしい】

“～てほしい”是用來向對方表示希望的用語，同於“～てもらいたい”。兩者都可後續“と思う”，是一種習慣的客氣說法。“～ていただきたいと思います”爲其敬語形式。多譯作“希望”“但願”等。例如：

(1) ここを整地して，ドブ川にはふたをし，子供の遊び場に<u>して欲しい</u>（と思う）。

　　　　希望把這塊地平整一下，把水溝蓋上，以作孩子們的遊戲場地。

(2) 今年もあと僅かで暮れようとしておりますが，この一年の自分のあり方を振りかえり，やがて訪れる新年を一層有意義なものとするために，それぞれ<u>考えていただきたいと思います</u>。

今年已近歲暮，<u>但願你全面地回顧一下</u>這一年中自己的情況，以便使即將到來的新的一年更有意義。

18)【～てくる】

"～てくる"是表示由原來不存在或不顯著的狀態，逐漸形成新的情勢。用以說明"事物由過去發展到現在的"趨向。多譯作"起來""越來越…（起來）""不斷在""開始"等，有時可不譯出。例如:

(1) アンズを前に置けば，自然につばが<u>わいてきて</u>，口がすっぱくなってくる。

如果把杏子擺在前面，唾液會自然而然地<u>溢出</u>，嘴發<u>起酸來</u>。

(2) 私たちはますます外国の人人と接する機会が多くなり，外国語，特に英語は必要になっ<u>てきます</u>から，英語を自由に話し，また読めるように，一層勉強してほしいと思います。

我們與外國人接觸的機會逐漸多起來，外國語，特別是英語<u>越來越</u>需要。因此希望你更加努力學習，以便能流利地說話和順利地閱讀。

(3) 統計によると，タバコを二十才以前から吸った人と，

二十才後から吸った人とでは，死亡率が大きく開いてくるのです。

　　　據統計，20 歲以前吸煙的人與 20 歲以後吸煙的人相比，死亡率<u>不斷在擴大差距</u>。

(4)　仕事をしすぎて疲れ<u>てくる</u>。

　　　做太多工作了，<u>開始累了</u>。

19)　【～ていく (ゆく)】

"～ていく"的基本詞義是表示事物不斷發展下去。多譯作"（下）去""越來越""不斷""出來"等，有時可不譯出。例如：

(1)　幸福がほしいなら，困難苦労を恐れずに，耐え<u>てゆか</u>ねばなりません。しかし無駄な苦労や悩みなど，<u>捨ててゆか</u>ねばなりません。

　　　如果渴望幸福，就必須不懼怕艱難困苦地<u>堅持下去</u>。但是，無味的困苦和煩惱等，<u>應當摒棄</u>。

(2)　休みが一日一日と縮まっ<u>てゆく</u>のが，辛くて辛くて，何か寿命の縮まるような思いです。

　　　假期一天一天地<u>越來越</u>縮短，令人覺得壽命在無情地縮短。

(3)　私が君たちに期待したいのは，異質的なものを理解し<u>ていく</u>能力を高めてほしいということです。

　　　我對大家所期待的是，希望你們<u>不斷地</u>提高理解異質事物的能力。

(4)　日本では，必要に応じて新しい言葉を，いくらでも作っ

ていきます。

　　日本，根據需要，新的詞語無論多少都能創造出來。

20) 【～ておく】

　　"～ておく" 的含義是 "將狀態繼續保持下去" 或 "事前做好" 的語感。但中文裡缺乏與其相對應的語感，因此不易找出固定的對譯詞語，只能根據全句的整體內容，適當地予以表達。例如：

⑴　人間の心臓を取り出して，リンゲル氏液という栄養剤の液に入れて暖かくしておくと，心臓はビクビクと鼓動を打っています。(狀態的持續)

　　如果把人的心臟取出，浸於林格氏營養液中，使之保持著溫暖，心臟會哆哆嗦嗦地跳動。

⑵　現在の社会の繁栄ばかりでなく，つぎの世代のために，資源や自然環境がどのように保護されなければならないかを考えておくことが必要である。(事前做好)

　　要預先考慮應該如何保護資源和自然環境，這不僅是為了現在的社會繁榮，而且也是為了子孫後代。

⑶　ヨーロッパでは一般に，男の人が何事か女と相談する時は，部屋のドアをあけておく。それが礼儀とされています。(狀態的持續)

　　在歐洲，一般情況下，男人因事與女人交談時，一直將房門開著。這是一種禮節。

以上所述的譯法只是最基本的情況，根據語句的具體環境，需要變譯者極多，不應受其束縛。

實踐材料

楽しさの作り方

　諸君は誰でもこの夏休みを，有益にしかも楽しくて送りたいという気持には変りないと思います。そこで今日は「楽しさの作り方」について話しましょう。

　楽しいことを二つ重ねては，いっそう楽しくなってくる。たとえば，餅はおいしい。あんこもおいしい。そこで餅の中にあんこを入れ，一緒にたべるとさらにおいしくなる。食事をするのは楽しい。友だちと話しあうのも楽しい。そこで食事をしながら友だちと話しあうと，さらに楽しくなってくる。

　美しい景色を見るのは，楽しいことです。だが自分ひとりで，美しい景色を眺めても，そんなに楽しいものではない。ハイキングなどで友だちと，一緒に楽しく話しながら，食事しながら美しい景色を眺めれば，楽しさはずっと強くなる。仮にこれを幸福の複合効果と名づけましょう。

　幸福の複合効果とよく似て違うものに「幸福の連続効果」というものがあります。それは一つ楽しみのあとに別な楽しみをつなげるものです。たとえば，お菓子をたべるのもおいしくて，お茶を飲むのもおいしいけど，お菓子をたべてからお茶を飲むと，いっそうおいしくなる。──といったようなものです。お茶とお菓子をかきまぜて，一緒にたべたのではおいしくない。バレーボールをして，おなかをすかせてからサンドイッチをた

べるのは楽しい。しかしこの二つを一緒にして，バレーボール
をしながらサンドイッチをたべたのでは，ちっとも楽しくない。

　幸福の連続効果には，順序が大切です。たとえば，お酒の
好きなお年寄の方に，日本酒でも出してあげると，喜んでくれ
ますが，それよりもまず，お風呂に入れてあげて，あがってか
らお酒を出すと，いっそうよい気分になって，喜んでくれるも
のです。しかしこの順序を逆にして，まずお酒を飲ませ，次に
風呂に入れると，脳溢血で死んでしまうかもしれない。スキー
は楽しいものですが，雪の降る山道を 10 キロもすべってから，
宿屋について温泉につかる気持は，まるで天国にいるようです。
しかしこの順序を逆にして，まず温泉で体を十分に温めて，次
に寒い山道を 10 キロもすべったら，こごえ死にしてしまうかも
しれません。

　夏休みの使い方でも同じことが言えるでしょう。八月の中頃ま
でうんと遊んで，サァその後から勉強しようと思っても，そう
はいかない。それは温泉で体を温めてから，寒い山道を歩こう
というようなものです。それよりも先にある程度勉強して，そ
の後で遊ぶほうが，はるかに賢明な夏休みの使い方です。

　どうか諸君がこの休みを，それぞれ有効に利用して，勉強に
も体育にも効果をあげ，九月には元気で登校してもらいたいと
思います。

詞匯

1. かさねる [重ねる] (他下一) 重疊起來，反覆
2. もち [餅] (名) 粘糕，年糕
3. あんこ [餡] (名) 豆餡兒
4. ハイキング [hiking] (名・自サ) 徒歩旅行，郊遊
5. かりに [仮に] (副) 假設，暫時
6. かきまぜる [掻き交ぜる] (他下一) 攪拌，攪和
7. バレーボール [volleyball] (名) 排球
8. サンドイッチ [sandwich] (名) 三明治，夾肉麵包
9. としより [年寄] (名) 老年人
10. ふろ [風呂] (名) 浴池，澡盆
11. きぶん [気分] (名) 情緒，心情
12. スキー [ski] (名) 滑雪
13. すべる [滑る] (自五) 滑 (冰、雪等)，滑倒
14. やどや [宿屋] (名) 旅店，旅館
15. つかる [浸かる] (自五) 浸，泡
16. うんと (副) 很多，使勁兒，非常
17. けんめい [賢明] (形動) 高明，明智

練習

重點：連接式及其附加成分的譯法

一、將下列各句譯成中文

⑴　この激動の時代に，建設的な発展をとげるためには，創意工夫の能力が非常に大切になってきます。

⑵　近年は乞食をほとんど見かけなくなりましたが，戦前には乞食がきたない着物を着て，道ばたにすわり，通行人におじぎをして一銭か二銭のお金をもらっていました。

⑶　大脳は一種の蓄電池としての作用を持っていて，その電気は神経を伝わって流れてゆきます。

⑷　こうなってしまっては，もう悔いても始まらぬことだ。

⑸　試験によい点をとるための丸暗記は，かえって創造的な能力をゆがめるおそれがあります。だから，理論の基礎となるようなものは決して軽く扱わないようにして，よく勉強し，味わってほしいと思います。

注："ゆがめる"歪曲；"味わう"體會，玩味

⑹　ほたるの光はまったく熱がないと言ってもよいくらいでエネルギーのほとんど全部が光になっている。

注："ほたる"螢火蟲

⑺　真夏の太陽で地面が熱せられると，水蒸気がどんどん蒸発して，上昇気流となり，入道雲をつくるのですが，上空は温度が低いため，水滴が冷やされて，氷の粒になります。

注："入道雲"積雨雲

－ 228 －

(8) 痛くてならない時はこの薬を飲みなさない。

(9) さびしい夜の田舎道を自分一人で歩いている。誰も通らない。だが何か自分のうしろにいるような気がしてならない。

(10) 釣ってきた魚を池に生かしておく。

二、將下列短文譯成中文

雨粒の一生

　ある雨の日，一つ小さな雨粒が空から降ってきた。この雨粒は，たくさんのなかまの雨粒といっしょに山の斜面に落ちた。落ちた雨粒は地面にすいこまれたなかまとわかれ，斜面をくだって，そこの小川に流れこんだ。小川は方方からの水を集めて，しだいに大きな川になった。川はしだいに山をおりて，広い平野に出て，そこをゆるやかに流れていった。はじめの雨粒は，この川を運ばれて，とうとう海にまでやってきた。

　ある日，この粒は海の表面から空気の中に蒸気していった。蒸気して水蒸気になったので目には見えなっだが，空気といっしょにだんだん高いところへのぼっていった。しばらくのあいだ空中にふわふわしてから，風に吹かれて北のほうへ流れていった。そして北からやってきた冷たい空気の上にのしあげられて，もっと高いところにあがっていった。高いところにあがって冷たくなった。今までは水蒸気で見えなかったが，ひえたのでもう一度小さい小さい水滴になって，見えるようになった。

そのまわりにも，同じようななかまの粒がかぞえきれないほど
たくさんできた。そしてみんないっしょになって雲になり，空
に浮かんでいた。

　雲の中のいくつかの粒がなにかの理由で大きくなり，落ちは
じめた。落ちる間にまわりの小さい雲粒をつけていっそう大き
さを増し，雨粒となって地上に落ちてきた。

　こんどは森の中へ落ちた。雨粒は地面にしみこんで，木の根に
吸われた。吸われた水は根から幹へ，幹から枝へ，枝から葉へ
とのぼっていった。葉にのぼってきたときにはもう天気がよく
なっていた。水は葉の表面にある小さな穴からまた空中へ蒸
発していった。そして高いところにのぼって雲になり，こんど
は寒いところで雪になって降ってきた。きれいな6角の小さい
結晶になって，静かにちらちらと降ってきた。

　一つの雨粒からはじめたこの話は，こうつづけていけばきり
がない。空から地面へ，地面から空へと，水の粒はたえず旅行を
くりかえしている。これから雨と雪と雲の話をするのにも，ど
こからはじめてもよいのである。

　詞匯

1. なかま	[仲間]	（名）	伙伴，同類
2. すいこむ	[吸い込む]	（他五）	吸入，吸進
3. くだる	[降る]	（自五）	下降，由上游到下游

4. へいや	[平野]	(名)	平野，平原
5. ゆるやか	[緩やか]	(形動)	緩慢，寬鬆，舒暢
6. とうとう		(副)	終於，到底
7. ふわふわ		(副・自サ)	輕飄飄，心神不定
8. のしあげる	[伸し上げる]	(他下一)	迅速上升，使…向上爬
9. かぞえきれない	[数え切れない]	(連語)	數不勝數，數之不盡
10. つける	[付ける]	(他下一)	粘，沾，塗
11. しみこむ	[染み込む]	(自五)	滲入，浸滲
12. ちらちら		(副)	紛紛，霏霏
13. きりがない	[切がない]	(組)	無止境的，沒完沒了

第十一章

翻譯要領：幾個指示詞的譯法

1. 指示詞的作用及其所指

　　指示詞的作用及其所指往往不爲人所重視，因此對原文常常誤解。實則指示詞在篇章結構中起著極爲重要的作用，不容忽視。

　　指示詞的關鍵所在，是使詞與詞、句子與句子以及段落與段落聯繫起來的重要手段之一。具體地說來，指示詞所指代的內容可以是一個詞、一部分詞語、一個句子、一段或幾段文章，有時旨在限定修飾下位的體言。由此可見，苟不能準確理解它所指代的內容和恰當地翻譯，則不可能把前後的關係準確而清楚的表達出來。試看以下示例：

(1)　磁石の上に厚紙またはガラス板をのせ，その上に細かい鉄粉をふりまき静かに厚紙またはガラス板をたたくと，鉄粉がある曲線にそって並ぶ。これは鉄粉の粒が誘導によっておのおのの小さい磁石となり，それがたがいに引き

<ruby>合<rt>あ</rt></ruby>うためである。

　　如果在磁鐵上放置一塊紙板或玻璃板，在板上撒上細小的鐵粉並輕輕地敲打紙板或玻璃板，鐵粉將沿著某種曲線排列。這是因爲鐵粉的顆粒由於感應都變成一個一個的小磁鐵而相互吸引的緣故。

句中的"その"指代"厚紙またはガラス板"；"これ"指代"鉄粉がある曲線にそって並ぶ"；"それ"指代"おのおのの小さい磁石となり"。

(2)　<ruby>私<rt>わたし</rt></ruby>たち<ruby>人間<rt>にんげん</rt></ruby>は，<ruby>個人<rt>こじん</rt></ruby>としては<ruby>実<rt>じつ</rt></ruby>に<ruby>無力<rt>むりょく</rt></ruby>な<ruby>弱<rt>よわ</rt></ruby>いものです。<ruby>自分<rt>じぶん</rt></ruby>ひとりでは<ruby>何<rt>なに</rt></ruby>もできまん。<ruby>紙一枚<rt>かみいちまい</rt></ruby>，<ruby>釘一本<rt>くぎいっぽん</rt></ruby>さえ<ruby>作<rt>つく</rt></ruby>れないのです。人間ひとりひとりは，<u>このように</u>無力であるのに，人間の<ruby>社会<rt>しゃかい</rt></ruby>は<ruby>高度<rt>こうど</rt></ruby>なものとなり，しかも<ruby>日日<rt>ひび</rt></ruby>に<ruby>発展<rt>はってん</rt></ruby>しているのはなぜでしょうか。

　<u>それ</u>は<ruby>組織<rt>そしき</rt></ruby>の<ruby>力<rt>ちから</rt></ruby>です。人間は個人としては無力であっても，組織を作って<ruby>協力<rt>きょうりょく</rt></ruby>して<ruby>働<rt>はたら</rt></ruby>くことにより，<ruby>驚<rt>おどろ</rt></ruby>くほど<ruby>強<rt>つよ</rt></ruby>くなれるのです。

　　我們人類，一個人的力量的確是微弱的。靠自己一個人是亮無作爲的，那怕是一張紙，一根釘也做不出來。人類每個人盡管如此無能，人類的社會卻進化成高級的社會，並且在日新月異地發展，這是什麼緣故呢？

　　這是集體的力量。人類，一個人雖然是無能力的，但組織起來，協力共事，其能力將是無窮的。

第一段的"このように"中的"この"指代前3句整個內容；

第二段開頭的"それ"只指代上一段中最後一句"人間ひとりひとりは…なぜでしょうか"的內容。

(3) 日本の歴史は，海外の文物の吸収の歴史であった。文化，文明，宗教，なんでも貪欲に取り込んできた。宗教といえば，結婚式は神道あるいはキリスト教で，お葬式は仏教で，社員への訓示は儒教の言葉を引用して，あらゆる宗教や道徳律を，場合に応じて使いこなす柔軟性，多面性を日本人は持つのである。

このようになんでも取り込むのは，西洋文化や西洋流学問の洗礼を受けた人人には奇妙にえるかもしれない。

日本的歷史是吸取海外文物的歷史。文化、文明、宗教，無論什麼都貪婪地吸取。以宗教來說，結婚儀式是神道或基督教，葬禮是佛教，對公司職員的訓示則引用儒教的話語。日本人根據不同的情況，具有熟練運用所有宗教和道德的靈活性的多面性。

如此這般，什麼都吸取的精神，可能使受過西洋文化和西洋流派學問洗禮的人感到驚奇。

第二段一開始出現的"このように"中的"この"，不僅指代，更確切地說是"概括"了第一段的全部內容。在段落與段落之間起到了聯繫的作用。

(4) この批難に対して，ある会社の社長は，このように答えた。「日本の品質がよいのは，製造中に品質を造り込んでいるからだ。コストが安く，しかも品質のいいものが

できるのであって，厳重に検査しているからではない」

　　　　對於這種非難，某公司的經理作了如下的回答：“日本的產品之所以質量優良，是因爲在製造過程中對質量作了嚴格的要求。是生產出的產品成本低，質量高，而不是靠嚴格地檢查”。

　　原文開頭的“この”顯然是指代未曾抄錄的某一內容，自不待言。“このように”中的“この”並非指代前面的內容，而是指代下文引號的內容。

(5)　ある専門家は，マイコンをネジにたとえる。このネジはあらゆる機械にあらわれ，どんな小さな機械でも 10 個や 20 個は使われている。

　　　　某專家把微型電腦比作螺釘。這種螺釘將會出現在所有的機械上，無論多麽小的機械都可使用上 10 個或 20 個。

　　句中的“この”並不指代前文中的任何詞語，在名詞“ネジ”兩次出現的情況下，只起到限定修飾後一個“ネジ”的作用。旨在說明是“這種”而非其它。

2.　指示詞的詞義

　　以「こそあど」四個假名爲頭音並具有指示性質的詞概括起來叫「こそあど」系詞匯，屬於該系的詞匯有代詞、連體詞和副詞。按它們所起的不同作用分爲近稱、中稱、遠稱和不定稱。指自己身邊的用近稱；指對方身邊的用中稱；指自己和對方身邊以外的用遠稱；指不確定的事物、場所或方向用不定稱。

こそあど系詞匯表

詞類＼稱		近　稱	中　稱	遠　稱	不定稱	句中成分
代詞	事　物	これ (這)	それ (那)	あれ (那)	どれ (哪)	按附於的助詞可構成： 主、賓、補、定語
	場　所	ここ (這裡)	そこ (那裡)	あそこ (那裡)	どこ (哪裡)	
	方　向	いちら (這個)	そちら (那個)	あちら (那個)	どちら (哪個)	
連　體　詞		この (這個)	その (那個)	あの (那個)	どの (哪個)	定　語
		こんな (這樣的)	そんな (那樣的)	あんな (那樣的)	どんな (哪樣的)	
副　　詞		こう (這種)	そう (那樣)	ああ (那樣)	どう (哪樣)	謂語、狀語

　　上表列出日語的全部指示詞，在學習日語的啓蒙時期均作此說明。但指示詞的作用和所指遠非如此簡單，其詞義更非這樣單純。

　　日語的指示詞雖然有 20 多個，但是在文章裡最常使用的有"これ、それ、この、その、これら、それら"等，其詞義，也屬多義。中譯時，應根據它們所指代的內容和中文的表達習慣酌情譯作"該""其""此""這""它""這個""這種""這些""它們"等。有時爲使譯文表達得更加明確，可將它們所指代的實際內容具體譯出或另選其他恰當的詞義。例如：

　　(1)　コンピューターは数字の計算に驚くべき能力を発揮しますが，その計算方法はわれわれの十進法のやり方とは

全く違った方法「二進法」を採用していますので，今日はこの「二進法」について話をしたいと思います。

　　電子計算機在計算數字上發揮著令人驚訝的能力，其計算法是採用"二進制"，而與我們的十進制完全不同。現欲就此"二進制"予以說明。

指示詞"この"適合譯作"此"字。

(2)　私たちの十本の指は，最も初歩的な計算機だったのです。この十本の指から，そろばんや算木が発明されたのです。

　　我們的 10 個手指是最原始的計算機。根據這 10 個手指，發明了算盤和日本式的運算工具。

"この"在該句的語言環境中，可譯作"這"字。

(3)　3 という数字をコンピューターに送ると，機械の中では，それが自動的に二進法の数 11 となって現れるようになっています。

　　若將 3 這個數字輸入電腦，在機器中它會自動地表示爲二進制的 11。

此例中的"それ"適合譯作"它"字。

(4)　ある部族の男は，顔にさまざまな傷をつけて，異様な顔にしてしまう。そのような男がその部族では美男子であると思われている。

　　有個部族的男子在臉上刺上各種傷痕，將臉弄成奇形怪狀。這樣的男人在該部族裡被視爲是美男子。

前面的"その"可譯爲"這"字; 後面的"その"可譯爲"該"字。

(5) 原子は，すべて正電気をおびた原子核と，そのまわりをまわっているいくつかの負電気をおびた電子とからできている。

　　原子都是由帶正電的原子核和繞其周圍旋轉的若干個帶負電的電子所組成的。

句中的"その"在這裡適合於譯作"其"字。

(6) 生物の生活には，各生物に適した温度があり，これよりも温度が高くても低くても生活しにくくなる。

　　在生物的生活中，有適合各種生物的溫度。無論是比這種溫度高或低，生物都難以生活。

"これ"適合譯作"這種"。

(7) 誤差とは何をいうのだろうか。誤差はどのような場合に生じるのだろうか。いま，これらのことを調べてみよう。

　　誤差指的是什麼，它又是在什麼情況下產生的，現在就來研究一下這些問題。

指示詞"これら"可譯作"這些"。

(8) 酸素を捕集したビンの中に杉バシなどの燃えさしを挿入して，それらがまばゆい光を放って燃え上るのを観察する。

　　將燃燒過杉木筷子等的餘燼插入收集了氧氣的瓶內，觀察它們發出耀眼的光和燃燒的現象。

句中的“それら”指代“杉バシなどの燃えさし”，可譯作“它們”。

(9)　金属資源には限りがあり，その精錬や加工には，大量のエネルギーを消費する。

　　　　金屬資源是有限的，並且金屬的提鍊和加工要消耗大量的能量。

“その”是指代前句的“金屬”，爲使譯文的語義清晰，就可將它的詞義具體化而譯爲“金屬”。

(10)　陸上は，水中に比べて気温や湿度などの変化が著しい。そのため，陸上の生物は，それらに応じたいろいろなしくみをみなえている。

　　　　陸地上氣溫，濕度等的變化比水中顯著。爲此，陸地上的生物具備著適應這些條件的各種構造。

　　後句中的“それら”是指代前句中的“気温や湿度など”。譯文中表達爲“這些條件”。

　　尤應注意的是，日語裡有時用表示單數的指示詞指代前文中出現的幾個名詞或由幾個事物所修飾的一個名詞。這時爲使概念完整，可將其譯成表示複數意義的詞語。例如：

(11)　恒星や太陽や電球などが見えるというのは，それから出た光がわれわれの目にやってきて網膜を刺激するからである。

　　　　恒星、太陽和電燈等之所以能爲人所見，是因爲從它們本身發出的光映入我們的眼簾，而刺激了視網膜。

⑿　自動車や鉄道車両のような複雑な機械になると，その振動性能を解析的に厳密に求めることはむずかしくなる。

　　像汽車和火車之類的複雜機械，按解析方法嚴密地求出它們的振動性能是很困難的。

　例⑾的指示詞"それ"指代"恒星や太陽や電球など"，是以單數指代三個名詞，例⑿的指示詞"その"雖指代一個名詞"機械"，但"機械"有"自動車や鉄道車両のような"的修飾語。按上述理由可分別譯成表示複數的"它們本身"和"它們的"。

　尚須說明，包括指示詞在內的一些詞語或句子，如果需要意譯的，指示詞的譯法則另當別論。不必譯山時，也可略去不譯。例如：

　　これまでの技術，その代表としての機械は，鉄でできた手足，筋肉を持ち，原動機，モーターの心臓を持っていた。その機械がやった仕事は，人を運び，部屋を暖め，あめいは冷やし，洗濯をし時を刻む。これは一言でいえば，生活を近代化するものであり，まさに文明の域に属するものだろう。

　　以機器爲直到目前爲止的技術代表，它具有用鋼鐵製作的手足和肌肉，並以原動機和電動機爲心臟。這類機械，可以用作交通工具、調節室溫、洗濯和計時。一言以蔽之，是使生活現代化之物，的確應屬文明的範疇。

　第1個"その"處於需要意譯的範圍內，而略去不譯；第2個"その"可譯作"這類"；爲使譯文簡潔，語義通順，而略去

"これ"爲使語義完整，增譯出"它"字。

實踐材料

幾何級数的（きかきゅうすうてき）に増大（ぞうだい）するマイコンの記憶量（きおくりょう）

最近（さいきん），技術進歩（ぎじゅつしんぽ）のスピードがひじょうに速（はや）く，なかでも特（とく）に注目（ちゅうもく）されているものに，半導体（はんどうたい）メモリーがある。これは記憶装（きおくそう）置（ち）としてコンピュータに組（く）み込（こ）まれるが，電訳機（でんやくき），音声合成装（おんせいごうせい）置（ち），マイコン応用製品（おうようせいひん）にも使（つか）われ，半導体産業（さんぎょう）の中心技術（ちゅうしんぎじゅつ）の一（ひと）つとなっている。このメモリーの記憶容量（ようりょう）が，70年代（ねんだい）には，二年間（にねんかん）で四倍（よんばい）のペースで拡大（かくだい）してきた。

一つの信号（しんごう）を記憶する単位（たんい）を1ビットと言（い）い，1000ビットを1Kビットと表現（ひょうげん）する。さらに，その記憶された情報（じょうほう）を自由（じゆう）に変（か）え，しかも必要（ひつよう）な情報を自在（じざい）に取（と）り出（だ）せるシステムのものをRAM（ランダム・アクセス・メモリー）と呼（よ）ぶが，この1KビットのRAMが4Kビットになるのに二年（にねん），さらに16Kになるのに二年である。いまは16KRAMの全盛期（ぜんせいき）であるが，進歩（しんぽ）は止（と）まらず，次（つぎ）の64KRAMのテスト・マーケティングは，すでに昭和五十四年（わごじゅうよんねん）から始（はじ）まっている。

この半導体メモリーの記憶容量の増（ふ）え方（かた）は倍，倍であるから，マージャンの点数（てんすう）の数（かぞ）え方（かた）と同（おな）じ。ただし，一度（いちど）に両翻（リャンファン）つく。16Kから32を飛（と）ばして64K，128を飛ばして256Kになる。この256Kからが，いよいよ超（ちょう）LSIである。

だが，二年で四倍の進歩のスピードは，今後（こんご）はやや遅（おそ）くなっ

ていくようで，256KRAM の普及は，80 年代半ばだろう。そして，その次が 1024K だが，これがほぼ 1000 なので，1 メガビットという。この 1 メガビット・メモリーの開発，実用化が 80 年代の目標であり，これが達成されると，めでたく満願成就というわけである。1K ビット RAM が普及したのが，74 年頃であるから，まさに 10 数年で三ケタの技術進歩である。

　この 1 メガビットのメモリーとは，およそどれくらいの記憶容量を持つかといえば，あの複雑な漢字を一万字ほども憶え込めるのである。また，英和辞典なら，まるまる一冊くらいは記憶できるという。それが，小指の先ほどの小片，一つのチップに入ってしまうのである。

　しかも，この半導体メモリーは，1K ビットから 4K，16K と容量が急拡大しても，量産が軌道に乗った後の価格は，いずれも一個 1000 円から 2000 円であった。ということは，容量当たりの価格は，4 分の 1，16 分の 1 に下がってきたことを意味する。

　だが。1 メガビット RAM は超 LSI になり，格段に高度の技術と設備を要するようになるので，1000 円でできる保証はない。それでも量産に入れば，それほど高くはならないだろう。80 年代後半には，電訳機やホームコンピュータなど身近な製品にも使われる。漢字が一万字も入るのだから，簡単な国語辞典の電子化も可能になるだろう。

詞彙

1. スピード　　　　　　[speed]　　　（名）　　　　速度，迅速
2. メモリー　　　　　　[memory]　　（名）　　　　存儲器
3. ビット　　　　　　　[bit]　　　　（名）　　　　(計算機) 比特

　　　　　　　　　　　　　　　　　　　　　　　　(二進位數)

4. RAM (ランダム・アクセス・メモリー)

　　　　　　　　[random access memory]

　　　　　　　　　　　　　　　（名）　　　　隨機存取存儲器

5. テスト・マーケティング　[test marketing]

　　　　　　　　　　　　　　　（名）　　　　新產品試銷

6. マージャン　　　　　[麻雀]　　　（名）　　　　麻將 (牌)
7. やや　　　　　　　　[稍]　　　　（副）　　　　稍微，略微
8. メガ　　　　　　　　[mega]　　　（造語）　　　(公制計量) 百萬
9. めでたい　　　　　　[目出度い]　（形）　　　　值得祝賀的, 圓滿的
10. まんがん　　　　　　[満願]　　　（名）　　　　(佛) 結願
11. ケタ　　　　　　　　[桁]　　　　（名）　　　　(數) 位數
12. まるまる　　　　　　[丸丸]　　　（副）　　　　全部，完全
13. あたり　　　　　　　[当たり]　　（造語）　　　平均，每
14. かくだん　　　　　　[格段]　　　（副）　　　　特殊, 特別, 格外
15. ホーム　　　　　　　[home]　　　（名）　　　　家庭

練習

重點: 指示詞的譯法

一、將下列各句譯成中文

(1) 物体に力が働くと，その方向に加速度を生じる。

(2) タバコ専売公社が政府に納める金は何千億円という多額なもので，この金は国民のために有益に使われていることでしょう。

(3) 言葉とは，われわれが頭の中にさまざまな構築物を創造してゆく材料であり，また言葉とはこの創造的構築物のイメージを人びとに伝える唯一の道具でもある。

注: "イメージ" 圖象，形象

(4) 理論的な言葉だけをならべると，それを聞く人たちは何か数学か経済学の講義を聞いているようで，面白味がなく，時に眠くなる。そこで話に色どりをそえ，興味がわくように，その中に感情的な言葉をはさむことは，決して悪いことではない。

注: "色どり" 色彩; "興味がわく" 發生興趣

(5) 感情的な言葉は，万葉集の歌のように，それを読み，それを歌って，その美しさを味わえばよい。

(6) そもそも半導体とは何か。これはその字の意味するように電気抵抗の値が良導体と絶縁体の中間に位する固体物質を総称したことばである。

(7) 旋盤の構造や寸法を決定する段階では，従来の機械や最新の傾向どを十分調査した上，これらと比較対照し，これに独創性を加味して目的に適うものを採用することが大切である。

(8) 電気を，何かとりとめのないようなものとして感じている人もあるかもしれない。それは，いろいろな現象をばらばらにみるからである。

注："とりとめ"要領

(9) 石油や石炭からつくられるガスは，その製造のとちゅうで公害を発生させたり，一酸化炭素のような猛毒を成分にもつものもあり，爆発のきけんも大きいガスです。天然ガスは，この欠点がなく熱量も大きいです。

(10) 「火」の源ともいうべき石油，石炭はそれらのもつ化学エネルギーを容易にまた大量に熱エネルギーに変換することができ，その利用によって現在の社会が維持されているといっても過言ではない。

二、將下列短文譯成中文

電子の次に来る「光」の時代

コンピュータに関して，もう一つの大きな話題 C&C（コンピュータ・アンド・コミュニケーション）で，通信との密着である。これは分散処理やコンピュータの大衆化に不可欠で，分散されてそれぞれの現場に来たコンピュータも，膨大な情報が

ストックされた中央の大型コンピュータに結びつかねばならない。大衆化すればするほど，情報の伝達量は幾何級数的に増える。

　その膨大な情報伝達を担う80年代の新技術が光通信である。これは髪の毛ほどの太さのガラスの糸の中に光を通し，その光に情報を載せる。情報を送るのは，これまで電波であった。この電波では，周波数が高いほど多くの情報が載せられる。

　光も，ごく周波数の高い電磁波である。たとえば，可視光線の周波数はテレビ電波のおよそ100万倍。したがって，光に載せると伝送容量が桁違いに増える。私は，ある電線の研究所に光通信について取材した際，展示室でそれを実感として味わった。そこには，今使われているアルミの一万回線の通信ケーブルがあった。それは直径がおよそ30センチもあり，その中に，電線が一本一本ピッシリと詰まっている。それが髪の毛ほどの光ファイバー二本に取って代わられるという。これは，まさにインベンションであり，かつ最大級の技術革新といえる。

　光ファイバーの大きな問題点は，伝送損失であった。つまり，ガラスから光が洩れて，しだいに弱まり，遠くまで伝わらない。だが，この問題はほぼ解決されてきた。現在は，銅やアルミより伝送損失が少ないものが開発されている。長距離の公衆回線に用いると，中継点をかなり減らすことも可能になっている。いまでは逆に，伝送損失の少ないことが，光通信のメリットになってきている。

いま，光通信システムは，変電所，放送局，鉄鋼工場などで採用されはじめたばかりだが，いずれ，コンピュータをつなぐ信通ネットワークの主役になる。そして，この光通信にエレクトロニクス開連業界がこぞって熱い目を向けている。それは，光通信が次期の電子技術の革新，オプト・エレクトロニクスの先駆であるためだ。オプトとは光の意味であり，光は電子より応答のスピードがきわめて速く，また作動に必要なエネルギーも小さい。将来は，光集積回路から光計算機に発展して，すべてが光から電子に代わる可能性さえ秘めている。

詞匯

1. C&C (コンピュータ・アンド・コミュニケーション)

　　　　　　　[computer and communication]

		(名)	計算機和通訊
2. みっちゃく	[密着]	(名・自サ)	緊密結合
3. ストック	[stock]	(名・他サ)	儲存，庫存
4. になう	[担う]	(他五)	擔負，承擔
5. しゅうはすう	[周波数]	(名)	頻率
6. かしこうせん	[可視光線]	(名)	可見光
7. けたちがい	[桁違い]	(名・形動)	相差懸殊
8. しゅざい	[取材]	(名・自サ)	取材，採訪
9. あじわう	[味わう]	(他五)	嘗，品滋味
10. アルミ	[aluminium]	(名)	鋁

11. ビッシリと		(副)	密密麻麻，滿滿地
12. つまる	[詰まる]	(自五)	擠滿，塞滿
13. インベンション	[invention]	(名)	發明
14. もれる	[洩れる]	(自下一)	漏，漏出
15. ちゅうけいてん	[中継点]	(名)	交換中心
16. メリット	[merit]	(名)	優點，價値
17. ネットワーク	[network]	(名)	通訊網
18. こぞる	[挙]	(自五)	(文) 畢至，咸集
19. オプト	[opto]	(名)	光
20. おうとう	[応答]	(名・自サ)	響應，應答

第十二章

翻譯要領： 數字增減的譯法

　　　　　 1. 中文的表達法

　　　　　 2. 日語的表達法

實踐材料： 力と加速度

翻譯要領：數字增減的譯法

　　日語裡，當單純表示數字而不涉及增減時，其表達方式與中文相同。因此，翻譯時按原文的數字譯成中文即可。例如：

(1)　日本の自動車生産は，1979 年にはついに 1000 万台を超えた。メーカーの生産高（卸価格）はほぼ八兆円であり，販売高は軽く十兆円を超すだろう。

　　　日本汽車的生產量在 1979 年終於超過 1000 萬輛。製造廠的產值（批發價格）差不多為 8 兆日元。銷售價格很輕鬆地突破了 10 兆日元。

(2)　自動車関連産業は，日本の全産業の三割を占めるというのも納得がいく。

　　　與汽車有關的工業佔日本全部工業的十分之三也是可以理解的。

(3)　回線の増加率を 10 ％とすれば 10 年間で 2.6 倍，15 年間で 4.2 倍の回線が必要となるわけである。

設線路的增長率每年爲 <u>10 %</u>, 10 年內需要 <u>2.6 倍</u>, 15 年內需要 <u>4.2 倍</u>的線路。

由以上各例可以說明, 無論是整數、分數、百分數還是倍數, 只要不涉及增減問題, 均按原文數字譯出。但是, 一經有增減問題出現, 即應按照日、中文不同的表達習慣處理。

1. 中文的表達法

數字的增加或減少要注意下列用詞和概念:

△增加 (增加了) 二倍－－即過去爲一, 現在爲三;

△相當於過去的二倍－－即過去爲一, 現在爲二;

△超額百分之八十一－－即原來是一百, 實際爲一百八十;

△減少到百分之八十一－－即原來是一百, 現在是八十;

△減少 (降低了) 百分之八十一－－即原來是一百, 現在是二十:

△不能用 "降低×倍" 或 "減少×倍", 只能用 "降低百分之幾" 或 "減少百分之幾"。原因是, 若說成減少一倍就意味著一減去一等於零, 如果 "減少 (或降低) ×倍" 就不可理解了。

2. 日語的表達法

日語裡, 表示數字增加時有兩種表達方法: 一種是表示純增數, 另一種是表示增後的結果。

1) 表示純增數

原文在數詞之後無格助詞 "に" 而直接修飾相當的動詞等則表示純增數, 可譯作 "增加"、"增加了" 或 "增長" 等。例如:

⑴ 電子部品・材料メーカーの五十四年度の業績をみる

と，売上高では前年より 22 ％増，経常利益では 55 ％も
増えている。

　　　看一下電子零件、材料製造廠 1979 年度的情況，銷售
額比前年增長 22 ％，在經常營利方面也增加 55 ％。

(2)　日本の船舶建造量が四分の一増えた。

　　　日本船舶製造量增加了四分之一。

(3)　当時の VTR の生産台数は，年間 13 万 6 千台にすぎな
かった。ところが，その後の伸びは驚異的であった。昭
和五十二年には，一拳に 76 万台，五十三年には 147 万
台，そして五十四年は 200 万台を超えて 212 万台に達し
た。四年間で 15.6 倍もの伸びです。

　　　當時錄放影機的生產台數，年產量只不過是 13 萬 6 千
台。可是，其後的發展是異常驚人的。1977 年一躍達到 76
萬台，1978 年 147 萬台，1979 年超過 200 萬台，達到 212
萬台。四年中竟增加了 15.6 倍。

2)　表示增後的結果

　　原文在數詞之後有格助詞 "に" 來修飾，此格助詞 "に" 則
表示增後的結果，即包括基數在內，義爲 "增加到"。但按中文的
表達習慣，多用純增數來表達。此時，需將日語的倍數減一，即
可譯爲 "增加（了）×倍。或譯爲 "爲（原來的）×倍" 等。例如：

(1)　VTR の驚異的な成長の秘密は，輸出の拡大である。輸
出の伸びだけを見ると，四年間で 21.5 倍にもなる。

　　　錄放影機飛速增長的秘密，是出口量的擴大。如果只

看輸出的增長率，四年間爲原來的 21.5 倍（或 "增加了 20.5 倍"）。

(2) コンデンサーの極板間の距離を二倍にし，また，極板が面積を二倍にすれば，電気容量はもとの四倍になる。

　　　若將電容器極板之間的距離加大一倍，並且使極板的面積擴大一倍，則電容量爲原來的四倍（增大三倍）。

(3) 1980 年代には，コンピュータ・システムのコストのなかで，ソフトウェアの占める割合は 80 ％以上になるといわれている。

　　　據估計，八十年代軟件在計算機系統的成本中所佔的比例將達到 80 ％以上。

(4) 1978 年度の輸出入貿易総額は新中国成立当初の 1950 年の 18 倍に達した。

　　　1978 年度進出口貿易總額比新中國成立初期的 1950 年增長了 17 倍。

日語有時不用格助詞 "に" 表示增後的結果。在譯法上既可譯成增後的結果，也可譯成純增數。例如:

(5) 12cm を 15cm とすれば 1.56 倍の抗力を発揮する。また 24cm とすれば 4 倍の抗力を発揮する。

　　　如將 12 公分加大爲 15 公分，阻力可爲原來的 1.56 倍；若加長爲 24 公分，則阻力可爲原來的 4 倍。（增後的結果）

　　　如將 12 公分加長 3 公分，阻力可增加 56 ％；若加長 12 公分，則阻力可增加 3 倍。（純增數）

注：因中文不習慣說 0.56 倍, 故換算成 56%。

此外, 當增加的倍數很大, 一倍之差而無足於輕重, 尤其表示大約×倍時, 可按原文的數字譯出。例如:

(6) 光も，ごく周波数の高い電磁波である。たとえば，可視光線の周波線はテレビ電波のおよそ 100 万倍になる。

　　　　光也是頻率極高的電磁波。例如, 可見光的頻率是電視電波的大約 100 萬倍。

日語裡, 表示數字減少時, 同樣有兩種表達方法, 即表示純減數和表示減後的結果。

1) 表示純減數

原文在數詞之後無格助詞 "に" 而直接修飾相當的動詞等表示純減數, 可譯作 "減少" "減少了" 等。例如:

(1) 作りはじめてからの累積の生産量が二倍になれば，コストは 30%ほど下がるという。二倍になるたびに三割ずつ下がっていく。

　　　　據說, 從投產開始累積的生產量增加一倍, 則成本就下降 30%左右。以後每增加一倍, 成本就下降 30%左右。

(2) 価格競争のために「部品は，たたけるだけたたく」というのが組立てメーカーの本意であり，円高にでもなると，20%から 30%もの値引きの要請がくる。

　　　　出自於價格的競爭, 組裝廠的願望是 "對零件, 能壓價就壓價", 如日元的比值增高, 就會提出降價 20%~30%的要求。

2)　表示減後的結果

　　原文在數詞之後有格助詞“に”來修飾相當的動詞，此格助詞“に”表示減後的結果，義爲“減少到”，“降低了”等。但按中文的表達習慣多用純降低數來表達。此時，應注意數量的換算，可譯爲“減少”、“降低了”等。例如：

(1)　当時の中級車の価格 1000~1500 ドルが，みるみるうちに大幅に下がっていった。最初は 850 ドルで売り出したが，1916 年には 360 ドルにまで下がっている。

　　　當時中擋車價格爲 1000~1500 美元，此後不久就迅速地大幅度下降。最初的實際售價爲 850 美元，到了 1916 年就降低到 360 美元。

(2)　半導体素子について，四，五年でコストが 10 分の一に低減する可能性はきわめて高い。

　　　半導體元件在四、五年內，成本降低百分之九十的可能性極大。

實踐材料

力と加速度

　　噴私ガスの速度はかなり速いのですが，いちどに噴射する量が少ないと，反作用はそれほど大きくなりません。つまり，ガスを噴射する時間がみじかいと，ロケットは，わずかの速度しかえられないのです。しかし，何分間もつづけてガスを噴射すると，かなりの速度にたっします。つぎに，そのわけを話しましょう。

ゴムまりをおしてころがしていくと、だんだん速くなりますが手をはなすと、おなじ速さになります。このように速さがましていくことを加速度で速くなるといい、その動きかたを加速度運動といいます。おなじ速さの運動は、等速運動です。この実験でわかるように、物体に力がはたらいているあいだは運動が速くなって加速度運動をします。

　もちろん、ゴムまりは、おしたほうへころがっていき、力のはたらく方向へ加速度運動をします。そして、強くおしていくほど速くなり、加速度が大きくなります。

　加速度の大きさは、ふつう、一秒のあいだにどれだけ速くなるかであらわします、たとえば、ゴムまりをおなじ力でおしていったとき、おしはじめてから一秒たって秒速一メートルになり、二秒たって二メートになったとすると、この加速度を毎秒毎秒一メートルといいます。一秒ごとに、秒速が一メートルずつ速くなるということです。そして、おす力が二倍になれば一秒ごとにます速さも二倍になり、力が三倍になれば加速度も三倍になる……というふうに、加速度はふえていきます。つまり加速度は、はたらく力の大きさに比例するわけです。

　ところが、おなじ力おしても、ゴムまりより重い野球のボールだと、ゴムまりのように速くなりません。加速度が小さいのです。つまり加速度は、物体が重くなるほど小さくなるということになります。

　たとえば野球のボールの質量がゴムまりの二倍だとすると、

加速度は，ゴムまりのときの二分の一になります。まえには毎秒毎秒一メートルの力でも，毎秒毎秒五十センチメートルしかだせません。質量が三倍になれば加速度は三分の一です。つまりおなじ力のとき，加速度は質量に反比例するのです。

　以上のことをまとめると「物体は，力がはたらいているあいだは加速度で速くなる。加速度は力の大きさに比例し，物体の質量に反比例する」ということになります。この法則もニュートンが発見したもので，《力の法則》といいます。

詞匯

1. ふんしゃガス　　[噴射ガス]　（名）　　　　噴氣

2. いちどに　　　　[一度に]　　（副）　　　　一下子，同時

3. ロケット　　　　[rocket]　　（名）　　　　火箭，噴氣，裝置

4. わずか　　　　　[僅か]　　　（副）　　　　稍微，一點點

5. ゴムまり　　　　[gom 毬]　　（名）　　　　橡皮球

6. おす　　　　　　[押す]　　　（他五）　　　推，按，壓

7. ころがす　　　　[転がす]　　（他五）　　　滾動，推動

8. はなす　　　　　[離す]　　　（他五）　　　使…離開，隔開

9. たつ　　　　　　[経つ]　　　（自五）　　　(時間) 經過

10. ごと　　　　　　[毎]　　　　（接尾）　　　毎

11. ずつ　　　　　　　　　　　　（副助）　　　接數量詞表示　　　　　　　　　　　　　　　　　　　　"平均" 之義

12. ふう　　　　　　[風]　　　　（名）　　　　樣子，狀態

13. やきゅう　　　　[野球]　　　（名）　　　　棒球
14. ボール　　　　　[ball]　　　 （名）　　　　球

練習

重點:　數字增減的譯法

一、將下列各句譯成中文

(1)　1978 年の輸出を商品構成別に見ると，農業・副業生
産物が 27.6 ％に下がり，軽工業・紡績工業製品が 46.7 ％
に増え，重工業製品が 25.5 ％に増えた。

(2)　この家庭用情報機器は，現在，一台 20 万円もするが，
量産に入れば 10 万円以下になるとされている。

(3)　身長が 10 倍になると体重は 1000 倍になり，足の断,
面積は 100 倍になる。

(4)　この当時の輸送は馬車であるが道路も悪かったので買
主の手に入るときには 50 ガロンのバーレルの石油が大体
1/5 減ってしまったのである。

注:“バーレル”桶

(5)　三峡ダムによる洪水調整により，洪水量の 70 ％低
減し，洪水の被害を防止する計画である。

(6)　酸素は地かくの組成中 46.5 ％で第一位を占めていて，
第 2 位のケイ素の 28 ％の二倍に近い存在となっている。

(7)　いま使っている撮像管は最も小さなものでも，直径も
長さも葉巻の 1.5 倍ほどの大きさがある。

注：“葉巻”雪茄煙

(8)　地下水というものは随分あるようにみえるけれども，みんなが 10 年も使えば，半分に減ってしまうでしょう。

(9)　それらは小型な機械ながら，よく 200~300m の掘進能力があり，回転も従来200~400であったものが800~1500 R/min となった。

注：“R/min”轉／分

(10)　日本の長期エネルギー需給の見通しの中で，石炭は現在約 8 千万トンの需給が, 5 年後には 1 億 2 千万トン, 10 年後には 1 億 6 千万トン,更に 15 年後には 2 億トンになるものと想定されておる。

注：“見通し”預料，推測

二、將下列短文譯成中文
「技術による革新」こそ重要

「技術革新」とは何か。これは「技術上の発明」ではなく，「技術による革新」である。技術自体が画期的である必要はなく，極端にいえば，技術はなんでもいい。その技術が普及することによって，大きな市場が開け，経済活動を強く刺激し，社会や生活をガラリと変えるほどの大きな経済的，社会的影響力が生じること，それが技術革新——技術による革新である。

もっとも，どうでもいいような技術がこれほど大きな影響力を持つことは考えられず，なにかしらの画期的な性格は必要だ

ろう。マイコン，超LSIは，トランジスターの延長線上にある技術には違いないが，この画期的な性格を十分に持ち合わせている。それは，とてつもない速さで性能が向上し，価格が下がっていることである。

　あるマイコン技術者が述懐しているが，九年前，マイコンチップが，初めて日本に輸入された頃，一つが二十数万円もしていた。小指の先ほどの部品にすぎないが，まるで宝石である。それでも引く手あまたで，数十個ずつ入荷したものが，あっという間に売れていったという。ところが，いま，マイコンは数百円のものがある（79年の日本の生産個数は1500万個を超える）。LSIから超LSIへの進歩は，先に述べたように，集積度が100倍，したがって性能も100倍である。一般に，エレクトロニクス技術の進歩は，五年で10倍，十年で100倍になる。かつて，これほどまでに急速な技術進歩，あっただろうか。たとえば機械技術をみれば，航空機や鉄道のスピードアップや大型化の技術進歩は，最も進歩の大きい時期でも，十年で五割増か，せいぜい2倍増程度だろう。

　戦前，特急つばめ号の平均速力は時速69.6キロであった。昭和三十五には，東京・大阪間が六時間半になり，平均86キロになった。三十九年には新幹線の登場で，これが一挙に平均時速171.7キロになったが，戦前からみると三十年かけて2.5倍の進歩である。十年単位でみれば，三割強のスピードアップに過ぎない。

では，マイコン，超 LSI に代表される半導体技術が，なぜ経済活動を強く刺激し，社会や人間の生活を大きく変えるほどの強烈な影響を持つのだろうか。それを詳しく述べるのが本書の大きな狙いの一つである。

詞匯

1. かっきてき　　　　　[画期的]　　　（形動）　　　劃時代的
2. なんでもいい　　　　　　　　　　（組）　　　什麼都可以
3. ガラリと　　　　　　　　　　　　（副）　　　突然
4. なにかしら　　　　　　　　　　　（副）　　　某種, 不知爲什麼
5. もちあわせる　　[持ち合わせる]（他下一）　　現有，現存
6. とてつもない　　　[途轍もない]（形）　　　不合道理的, 空前的
7. じゅっかい　　　　　[述懐]　　　（名・自他サ）述懐, 談感想
8. ひくてあまた　　　[引く手あまな]（組）　　　引來很多人
9. あっというまに　[あっという間に]（組）　　　刹時間, 轉瞬間
10. スピードアップ　　[speed up]　　　（名）　　加速, 提高效率
11. ねらい　　　　　　[狙い]　　　　（名）　　　目標，目的

第十三章

翻譯要領：こと、もの、の、ところ的語義及 四者的慣用語

　　"こと、もの、の、ところ"這四個詞以及由它們爲中心構成的慣用語在文章裡廣爲應用，但能譯得詞能達意並不那麼簡單。本章就其譯法扼要介紹如下。

1. こと、もの、の、ところ的語義

　　"こと、もの、の、ところ"此四詞中，除"の"外，其他三者本爲名詞，但在廣泛的日本語言生活中往往失掉名詞的實質意義，語法上稱作形式體言（亦稱作"形式名詞"）。從翻譯的角度出發，可不作嚴格的區分。

　　通常，以"こと"表示"事"；以"もの"表示"人"或"物"；以"の"表示"事""人"或"物"；以"ところ"表示"場所"或"時間"等。但這裡所謂的"事""人""物""場所""時間"

等，又往往缺乏固定的獨立意義。因此，就要根據它們所處的語言環境，恰當地翻譯或略去不譯。

1) 譯出詞義

こと：

⑴ 酸素と他の元素との化合物を酸化物といい，酸素が他の物質に作用する<u>こと</u>を酸化，酸化が急激に起って熱と光をだす<u>こと</u>を燃焼という。

　　　氧和其他元素的化合物叫做氧化物。氧作用於其他物質的現象稱爲氧化，發生劇烈氧化而產生熱和光的現象稱做燃燒。

⑵ こういう<u>こと</u>はやや誇張した話だろう。

　　　這種說法也許稍有誇張。

⑶ たいていの人は，肺が一昼夜にかなりの量の電気を受けている<u>こと</u>を忘れている。

　　　一般人都忘記了肺一晝夜要接受相當數量的電這一事實。

⑷ オオカミの尾の状態は，特に多くの<u>こと</u>を「物語っている」。

　　　狼尾巴的狀態，特別能表示出許多情況。

⑸ みんなは，大火事のときに，あんな<u>こと</u>をいうのは非常識だと考えました。

　　　大家都認爲，在發生大火之際，說那樣的話太不懂事理。

⑹ 製図に習熟して，他人の意志を正しく理解するととも

に，自分の考えを明瞭に発表できるようになる<u>こと</u>は，技術者としてまず身につけねばならぬ大切な<u>こと</u>である。

　　　熟悉製圖在正確理解他人意向的同時，也能確切地發表自己的見解，<u>這是</u>一個技術人員必須首先掌握的一項極為重要的<u>技能</u>。

以上六例中共出現 8 個 "こと"，按它們所在的語言環境，分別譯作 "現象" "說法" "這一事實" "情況" "話" "技能"。

もの:

(1)　ローマ時代の食器らしい<u>もの</u>はヨーロッパ各国の博物館に陳列されている。

　　　羅馬時代的類似餐具的<u>器皿</u>，現在陳列在歐洲各國的博物館內。

(2)　比較的抵抗の小さい<u>もの</u>を半導体，大きい<u>もの</u>を絶縁体と便宜的に区別しているにすぎない。

　　　將電阻比較小的<u>物質</u>稱為半導體，電阻比較大的<u>物質</u>叫做絕緣體只不過是為了便於區分而已。

(3)　中国にはおびただしい数の河川があり，あらゆる<u>もの</u>の水源になっている。

　　　中國有為數眾多的河流，都成為一切<u>用水</u>的水源。

(4)　鳥がいろいろ硬い<u>もの</u>をのみこむのは，生理的な要求からである。

　　　鳥吞食種種硬<u>東西</u>是由於生理上的需要。

(5)　ポンプは，電動機とか内燃機関のような原動機から機
械的エネルギーを受けとって，これによってポンプを動か
して液体を吸い込み，さらに液体にエネルギーを与える
<u>もの</u>である。

　　　泵是從電動機或內燃機之類的原動機獲得機械能，由
此機械能來帶動泵，將液體吸入，進而將能量傳給液體的
<u>一種裝置</u>。

以上五例中共出現 6 個 "もの"，按它們所在的語言環境，分
別譯作 "器皿" "物質" "用水" "東西" "一種裝置"。

の：

(1)　化学変化では，熱の発生や吸収をともなう<u>の</u>が普通で
ある。

　　　化學變化，一般伴有放熱和吸熱現象。

(2)　酸素の化学的性質は非常に活発な元素であって，金
属のなかでこれと直接化合しない<u>の</u>は貴金属ぐらいであ
る。

　　　氧從化學性質上來說是一種極活潑的元素。在金屬中，
不直接和氧化合的<u>物質</u>，只有貴重金屬。

(3)　過去の生物のうち，化石として残っている<u>の</u>は少数に
すぎず，また掘り出された<u>の</u>は，さらにその一部にすぎ
ない。

　　　古生物中形成化石殘留下來的<u>只</u>是少數，而所挖掘出
來<u>的</u>更是其中的一小部分。

(4) 　実際の演算時間に影響を与える<u>の</u>は,その他にもある。

　　　其他方面也存在著影響實際運算時間的<u>因素</u>。

以上四例中共出現 5 個 "の", 按它們所在的語言環境, 分別譯作 "現象" "物質" "的" "因素"。

ところ:

(1) 　自由席の車両の乗降口の前には乗客が行列をつくって待っているが, 指定席の<u>ところ</u>にはほとんどいない。(表示場所)

　　　在不對號的車廂門前, 乘客在排隊等待上車, 而在對號入座的<u>車廂門前</u>, 幾乎無人排隊。

(2) 　<u>いまのところ</u>, 物理法則や化学法則だけでそう簡単にわりきれないところがたくさんある。(表示時間)

　　　<u>現在</u>, 有許多問題僅用物理和化學定律還不能簡單地解釋清楚。

(3) 　本展望にはそれらのことについて筆者の知る<u>ところ</u>を述べかつ論じてみたい。(表示範圍)

　　　本文試就這些問題論述筆者之<u>所見</u>。

(4) 　まだまだ地震を予知して被害を食いとめる<u>ところ</u>まではきていない。(表示程度)

　　　還遠沒有達到預報地震, 控制災害的<u>地步</u>。

(5) 　時間の<u>ところ</u>は何とか都合してあげよう。(表示 "關於…方面")

　　　<u>關於</u>時間, 我盡力給你安排。

以上五例中出現的"ところ"按其所在語言環境，分別譯作"車廂門前""現在""所""地步""關於"。

2) 略去不譯

こと：

(1) 外界の酸素の量は一定であり，もし変化するとしても，減ることはあっても増加することはない。

外界氧氣的量是一定的，即使發生變化，也只有減少，不會增加。

(2) エレクトロニクス技術は省エネルギーにも多大に貢献することを，日本のすべての企業が体験し，証明した。

日本所有的企業都體驗到並證實了電子技術在節能方面也作出了巨大貢獻。

(3) かつて，水は空気のように無限に存在するものと考えられていたが，現在では使用量の激増により不足するようになった。

過去曾經認爲水同空氣一樣，取之不盡，而如今隨著使用量的劇增而感到不足了。

の：

(4) 汽車の走るのを見て人人が考えたことは，なんとかこの蒸気の力で普通道路を自由に走る車ができないかということである。

看到奔馳的火車，人們進而考慮能否利用這種蒸氣動力設法製作出可以在普通道路上自由行駛的車呢。

(5) 世間で一般に言う<u>ところ</u>の 「自由」 とは 「したいこと
　　をしてよい」 という意味のようです。

　　　　社會上一般所說的"自由"似乎是"爲所欲爲"的意思。

　　以上示例中的 "こと、もの、の、ところ" 之所以略去不譯
主要是由於它們在句中只起到語法作用而缺乏實質的意義。

　　此外，"こと、もの、の、ところ" 與斷定助動詞（である、
だ、です）結合起來，接在敘述句或描寫句謂語之後以加強判斷
語氣時，可譯作 "是…的"。但當用這種句型所表示的內容不適於
譯作 "是…的" 時，可略去不譯。另外，各自尚有其獨特的表義。
例如:

(1) 広域防災の必要性は風水害に限らず，突然おそってく
　　る震害についてもいえる<u>ことである</u>。

　　　　大範圍防災的必要性應不限於風災和水災。對於突然
　　襲來的震災，可以說也<u>是</u>很重要<u>的</u>。

　　注: 在這種加強判斷語氣的情況下，按全句的語義有時可譯
作 "就是" 的字樣。例如:

　　　　水の最もいちじるしい性質の一つは，非常に多くの
　　物質を溶かして水溶液をつくる能力をもっている<u>ことで</u>
　　<u>ある</u>。

　　　　水最顯著的性質之一，<u>就是</u>具有溶解許多物質形成水
　　溶液的能力。

(2) 元素とは，物質を構成する原子の種類を示す<u>ものであ</u>
　　<u>る</u>。

－ 267 －

所謂元素<u>就</u>是表示構成物質的原子種類<u>的</u>。

(3) 当時の人びとには，鉄道が社会にとってどれほどたいせつなものなのか，わからなかった<u>のです</u>。

鐵路對社會起著多麼重要的作用，當時的人<u>是</u>不知道<u>的</u>。

(4) 生産の向上は大いに歓迎されるとしても，それにともなう大気汚染は何とかして防がなければならない<u>ところである</u>。

生產的發展固然值得歡迎，但是隨之而來的大氣污染<u>是</u>必須設法防止<u>的</u>。

以上四例中“ことである”“ものである”“のである”“ところである”均適合譯作“是…的”。

⑴ 熱はエネルギーの一種であるから，化学反応のさいに熱を発生するということは，化学変化によって反応系はエネルギーを失う<u>ことである</u>。

熱<u>是</u>能的一種，所以在化學反應時產生熱就<u>是</u>反應系通過化學變化失去能。

⑵ よいこと，わるいことにかかわらず，天気はわたしたちのくらしにかかわりの多い<u>もの</u>です。

天氣，無論是好還是壞，都與我們的生活有很大關係。

⑶ 実はテレビ，ラジオ，時計などの性能向上のかぎは IC にある<u>のだ</u>。

實際上，電視、收音機、鐘錶等性能提高的關鍵在於

集成電路。

(4) 人が目的地により早く到達し,あるいは物をその必要とされる場所により短時間で輸送することは人類の不断に要望する<u>ところである</u>。

　　人要更快地到達目的地或者在更短的時間內把貨物運送到目的地，這是人類長年所迫切的願望。

以上四例中的 "ことである"，"ものです"，"のだ"，"ところである" 均可略去不譯。

以下就它們各自獨特的表義示例說明：

"ことである"

"ことである" 可表示爲了某種目的需要作什麼或表示 "勸告" 或 "要求"。可譯作 "必須" "應該" "要" 等。例如：

(1) 機械を長持ちさせたければ,手入れをよくする<u>ことである</u>。

　　如果想使機械能持久耐用，就必須經常檢修。

(2) 健康を取りもどすには,何も考えずによく眠る<u>ことです</u>。

　　爲了恢復健康，就應該什麼也別去想，好好睡眠。

(3) 病とたたかう勇気をもつ<u>ことだ</u>。

　　你要有和疾病鬥爭的勇氣。

"ものである"

"ものである" 可表示事物的常理、常態，可譯作 "自 (顯) 然" "必然" "應該" "可能" "一定" 等。例如：

(1)　年をとると身体が弱くなるものです。

　　　到了老年，身體自然會衰弱下來。

(2)　コンピュータに無知な人間は，職場がなくなるものだ。

　　　對電腦無知的人必然要失掉工作崗位。

(3)　欧洲ではマイコンの普及による失業不安が大きな問題になるものである。

　　　在歐洲由於微型電腦的普及而帶來的失業不安，可能成爲一個嚴重問題。

(4)　かりたものは返すものだ。

　　　借來的東西一定要還。

用"動詞過去時た＋ものだ"的形式，可表示以懷念的心情回憶往事（常與副詞"よく"呼應使用）；用"形容詞或形容動詞＋ものだ"或"動詞過去時た＋ものだ"，可表示發現意外事實或新注意到某一事實而感到驚訝、感慨、欽佩等。例如：

(5)　子供の時分はよく母と野良で働いたものだ。(表示回憶往事)

　　　兒童時期經常和媽媽一起在田間勞動。

(6)　時のたつのは早いものですね。（表示感慨）

　　　時間過得真快呀！

(7)　これだけの研究を短期間によくもやりとげたものだ。

（表示欽佩）

　　　這麼大量的研究工作在短時間裡完成，真不簡單！

用"動詞＋たいものだ"可表示說話人想要實現願望的迫切

心情，可譯作"很想…""真想…"。例如：

(8) ぜひ一度日本へ行ってみたいものだ。

真想去一次日本。

"のである"

"のである"有時附在前句表示因由，而後句爲結果。反之，有時前句表示結果，而後句附以"のである"表示因由。這時的"のである"多譯作"因爲"或"由於"。例如：

(1) この辺は昔海だったのだ。したがって，今でも貝の化石が多く発見されている。

(因爲) 這一帶古時曾經是海，所以至今已發現許多貝殼化石。

(2) エレクトロニクスで数を取扱う場合には，ほとんど2進法を使う。2進法はきわめて簡明であり，能率がよいのである。

在電子學裡，處理數字一般都採用二進制，因爲二進制級其簡明而且效率高。

"ところである"

"ところである"是一個很複雜的謂語附加成分，其語義將根據謂語的時態不同而不同。

1) （用言現在時連體形）ところである

表示行爲、動作即將開始的瞬間或強調事物的性質、狀態。按其在句中的作用可分別譯作"正（要）""剛（要）""（即）將""恰好是""顯然"等。例如：

(1)　今日も新幹線で広島の現場に<u>行くところだ</u>。

　　今天也正要乘新幹線去廣島現場。

(2)　今後の技術開発で，とくに注意しなければいけない問
　　題点は次に<u>述べるところである</u>。

　　　今後在開發技術方面，應予以特別注意的問題即將在
下面闡述。

(3)　ここはリニア IC のもっとも得意と<u>するところである</u>。

　　這恰好是線性集成電路所最爲擅長之處。

(4)　消費者は品質，性能への要求が厳しく，より高度なも
　　のへの指向は<u>強いところです</u>。

　　　消費者對質量和性能的要求非常嚴格，對高檔產品的
需求顯然來越強。

2)　（動詞進行式ている）ところである

用以強調行爲、動作正在繼續或某種狀態的持續以及程度。
可譯作“正在”或靈活翻譯。例如:

(5)　それほど強く，IC はわれわれの生活の中に入り込んで
　　<u>きているところである</u>。

　　　集成電路正在如此之深地進入我們生活之中。

(6)　雷は電気であるとわかっている現代でも，雷に対する
　　恐怖は誰しも多少は抱<u>いているところであろう</u>。

　　　當今，即使已經知道雷即是電，但是不管是誰，對雷
也還多少懷有恐懼的心理。

3)　（動詞過去時た）ところである

表示行爲、動作剛剛結束的瞬間。可譯作"剛剛"。例如:

(7) 飛行機は今，飛び立ったところだ。

　　飛機現在剛剛起飛。

2. 四者的慣用者

由"こと"、"もの"、"の"、"ところ"四者爲中心構成的慣用語形式繁多，並且各有其獨特的表義。現僅就在就文章中經常出現而在翻譯上又較難處理的部分介紹如下。

こと:

1) 用"こと"結束的句子，一般表示需要、應該、要求、命令，多譯作"要""必須""應該"等。例如：

(1) このくすりは食後にのむこと。

　　此藥要在飯後服。

(2) 配線図や仕様書をよく見て工事内容を熟知すること。

　　必須仔細看配線圖和說明書，熟悉施工內容。

2) （動詞連體形）ことがある

可譯作"有時""常常"。例如:

(3) 鳥は遠くの川岸に餌を探しに飛去り，しばしば帰っていないことがある。

　　鳥飛到遠方的河岸去尋找食餌，常常去而不返。

3) （動詞過去時）ことがある

可譯作"曾經… (過)"。例如:

(4) 古い雑誌の口絵に，黒くこんもりとした山と山が落ち

くぼんだ底に，白いひとすじの川の流れのある風景，私は見たことがある。

　　　我曾經在一日舊雜誌的卷首插圖上，看到一幅在濃郁蒼翠的山間峽谷裡，有一條白色河流的風景畫。

4)　（用言連體形）ことが多い

可譯作"大多""往往""得多"。例如：

(5)　われわれが実際に研究する場合に，未発見の事実におそらく成り立つであろうと考えられる仮定を立て，それを目じるしとして実験を進めることが多い。

　　　我們在實際研究時，大多對未發現的事實提出一個可能成立的假定，以此為目標進行實驗。

5)　（連體形）ことから

由"こと"＋格助詞"から"（表示原因）而構成。可譯作"因此""由於…所以…"。例如：

(6)　金属は固体の状態においても電気が流れることから，イオン結合や共有結合とは別な結合状態にあると思われる。

　　　一般認為，金屬即使處在固體狀態，也有電流流動，因此它處於與離子鍵、共價鍵不同的耦合狀態。

6)　（連體形）ことが大きい

可譯作"大多""大半"與"ことが多い"近似。例如：

(7)　工業用水は他の諸国が地表水を主として使用するのに対して，日本は地下水に依存することが大きい。

在工業用水方面，日本與一些主要使用地表水的國家不同，大半依靠地下水。

7)　（連體形或體言の）こととて

由"こと"＋接續助詞"とて"構成，表示原因、理由，可譯作"因爲""由於"。例如:

(8)　休み中のこととてうまく連絡がつかなかった。

　　　因爲在休假中，沒有能很好地取得聯繫。

8)　（動詞連體形）{ こととする / ことにする }

兩者的用法基本相同，均表示動作的主體所做的某一決定，或使事態作某種變化。根據全句的表義可譯作"決定""擬""暫且""予以"等，或省略不譯。例如:

(9)　昔の人たちはこの物質を熱素と呼んでいた。ここではこれを熱量と呼ぶことにしよう。

　　　古時候的人把這種物質叫做"熱素"。這裡決定稱其爲"熱量"。

(10)　力が物体に動いたとき，働き方から見ると，どのような要素があるだろうか。次にこの問題について説明することにしよう。

　　　當力作用於物體時，從作用的方式來看，有那些要素呢？以下擬就此問題加以說明。

(11)　以下の議論では機械部分品は剛体であるとし，摩擦や重力の影響は考慮しないことにする。

在下面的討論中，把機械零件視爲剛體，<u>暫且</u>不考慮摩擦和重力的影響。

⑿　コンピュータはPGMの超高精度の制御装置とは無縁のものではないか。この点に関しては，後章で詳述する<u>こととする</u>。

電腦與精密感應導彈這種超高精密度的控制裝置有什麼關係呢？關於這一點將在下章<u>予以</u>詳述。

⒀　測定値の誤差は，測定器具・測定の条件・方法・測定者などによって生じる。次にそれぞれこれらのことを述べ<u>ることにしよう</u>。

測量的誤差是由測量工具、測量條件、方法及測量的人等因素所產生的。以下就這些因素分別<u>予以</u>論述（或"以下就分別談談這些問題"）。

9)　（動詞連體形） $\left\{\begin{array}{l}\text{ことになる}\\ \text{こととなる}\end{array}\right.$

兩者的用法基本相同，均表示事態的客觀變化，或由於某種原因，具備某種條件而必然形成某種結果。一般可譯作"決定""就（是、會、要）""必然"等。不宜譯出時，可省略不譯。例如：

⒁　機械の軽量化を計るため，一部の部品にプラスチック製品が使われる<u>ことになった</u>。

爲了減輕機械的重量，一部分零件<u>就決定</u>採用塑料製品。

⒂　新幹線網の整備によって主要幹線の優等旅客の大部

分は，新幹線に<ruby>転<rt>てん</rt></ruby>移することとなる。

　　由於新幹線網的建設，主要幹線的大部分頭等旅客就
會轉移到新幹線。

(16)　その<ruby>作業<rt>さぎょう</rt></ruby>はとうてい<ruby>人手<rt>ひとで</rt></ruby>でできることではなく，ずべ
て<ruby>大形計算機<rt>おおがたけいさんき</rt></ruby>の<ruby>助<rt>たす</rt></ruby>けを<ruby>借<rt>か</rt></ruby>りることになる。

　　這種工作是人力所不及的，<u>必然</u>全部借助大型計算機
來完成。

10)　（用言連體形）ことに（は）

可譯作 "…的是" "…得很"。例如:

(17)　<u>おもいろいことに</u><ruby>地球<rt>ちきゅう</rt></ruby>の<ruby>大気中<rt>たいきちゅう</rt></ruby>の<ruby>酸素<rt>さんそ</rt></ruby>は，<ruby>植物<rt>しょくぶ</rt></ruby>によっ
てつくられたものにもかかわらず，この大気は植物にとっ
てはあまり<ruby>都合<rt>つごう</rt></ruby>がよくない。

　　<u>有趣的是</u>，地球上大氣中的氧雖然是由植物製造出來
的，但是這種大氣對於植物卻並不那麼合適。

(18)　<u><ruby>奇妙<rt>きみょう</rt></ruby>なことには</u>，<ruby>人間<rt>にんげん</rt></ruby>は<ruby>約<rt>やく</rt></ruby>一<ruby>昼夜<rt>いっちゅうや</rt></ruby>しか<ruby>純粋<rt>じゅんすい</rt></ruby>な<ruby>酸素中<rt>さんそちゅう</rt></ruby>に
いることができない。

　　<u>奇怪得很</u>，人在純氧中大約只能生存一晝夜。

11)　（用言連體形）ことには（同一用言終止形）が…

可譯作 "…是…，但…"。例如:

(19)　<u><ruby>調<rt>しら</rt></ruby>べることには<ruby>調<rt>しら</rt></ruby>べた</u>が，<ruby>証拠<rt>しょうこ</rt></ruby>になるものはでてこな
かった。

　　<u>調查是調查了</u>，但沒有得到確切的證據。

もの:

1) （用言連體形）ものがある

用來加強肯定的語氣。大多譯作"確實是""的確是"。例如：

(1)　トランジスタから IC までその技術（ぎじゅつ）の進歩（しんぽ）は目覚（めざ）ましいものがある。

　　　從晶體管到集成電路，其技術的發展的確是很驚人的。

(2)　零下数十度（れいかすうじゅうど）になると，鉄でも非常（ひじょう）にもろくなるものがある。

　　　一到零下幾十度，鐵也確實變得很脆。

(3)　動物（どうぶつ）によっては生活史（せいかつし）のうえで，2種類（しゅるい）の生殖法（せいしょくほう）を行（おこ）なうものがある。

　　　有的動物在其生活史中，曾以兩種生殖法繁殖。

注：該例中的"ものが"是主語，"ある"是謂語，不屬補肋成分。

2) （句子）ものではない

可譯作"不會""不是""不要""不准""不應該"等。例如：

(4)　天気（てんき）は私（わたし）たちの思（おも）うとおりになってくれるものではない。

　　　天氣是不會按照我們的意願而變化的。

(5)　実験（じっけん）の成果（せいか）は，行（おこ）なう時間（じかん）に正比例（せいひれい）するものではない。

　　　實驗的成果並不是和所進行的時間成正比。

ところ：

1) （動詞過去時た）ところ

含有以下兩種意義：(1)表示就在一瞬間進行的行爲、動作，

一般可譯作"就在當時"、"正當"、"緊接著"；(2)相當於接續助詞
"が"，表示順態接續或逆態接續。例如：

(1)　カボチャの根を切断したところ，オシログラフのスク
　　　リーンに波形が現れた。

　　　　　切斷南瓜根部的當時，在示波器螢光瓶上便顯示出波
　　　形。

(2)　測定温度がどんどん下がって絶対温度零度というとこ
　　　ろに近づいたところ，抵抗率が急激にゼロになるという
　　　現象につき当たった。

　　　　　測定溫度迅速下降，正當接近絕對溫度零度時，遇到
　　　電阻率突然降到零這一現象。

(3)　米食をやめ，タンパク質と野菜の多いものに改良した
　　　ところ，かっけ患者がでなかった。（表示順態接續）

　　　　　停止米食，改吃含蛋白質多的食物和蔬菜，腳氣病患
　　　者未再出現。

(4)　接木したところ，皆枯れてしまった。（表示逆態接續）
　　　　　進行了嫁接，可是都枯死了。

2)　（動詞過去時た）ところで

其一，表示轉折、讓步，可譯作"即使…也…"；其二，表示
某一行爲終了後立即出現的動作、狀態，可譯作"在…了時"等。
例如：

(5)　そんなにあせったところで，すぐには解決できない。
　　　　　即使那麼著急，也不能馬上解決。

－ 279 －

(6) 素粒子という言葉ができたのは1932年のことです。原子をつくりあげる三つの構成要素——電子・陽子・中性子——がでそろった<u>ところ</u>で，これらを総称する名前としてできたわけです。

　　基本料子這一術語是在 1932 年定名的。是在構成原子的三要素——電子、質子、中子，全部出現<u>了</u>的時候，作爲它們的總稱而命名的。

3) 　（動詞連體形）ところ $\begin{cases} では \\ によれば \\ によると \end{cases}$

三者表示的意義相同，均可譯作 "據…（所）"。例如:

(7) 科学者のみる<u>ところでは</u>，将来は，光集積回路から光計算機に発展して，すべてが光から電子に代わるようになる。

　　<u>據</u>科學家們推斷，未來將從光集成電路向光計算機發展，一切都由光來取代電子。

(8) 多くの物理の実験によってたしかめられた<u>ところによれば</u>これらはともに実情に合緻しないことがわかっている。

　　<u>根據</u>很多物理實驗證實，這些都不符合實際情況。

(9) 記録にのこっている<u>ところによると</u>ギリシャの哲学者が歯車を研究したというのが，もっと古いようである。

　　<u>據</u>記載，希臘的哲學家研究齒輪好像更早。

4) （動詞等連體形）ところ $\begin{cases} に \\ へ \\ を \end{cases}$

　它們所表示的內容意義同於 "〜ところである"。按動詞等的時態分別表示行爲、動作即將開始，正在繼續或剛剛結束的瞬間等。可分別譯作 "正、剛（要）" "正在" "剛剛" 等。例如：

⑽　一般にラジオやテレビのように，いままでトランジスタの応用が十分研究しつくされていた<u>たところに</u>，IC がはいてゆくのは，かなり困難な仕事である。

　　一般來講，像收音機和電視機那樣，至今使用的是剛剛研究得十分詳盡的晶體管，在這種時候，要採用集成電路是相當困難的。

⑾　水害の被害がまだ残っている<u>ところへ</u>またひどい病虫害にみまわれた。

　　<u>正當</u>水災還未被克服的時候，又遭到嚴重的蟲害。

⑿　お忙しい<u>ところを</u>わざわざお出迎えくださって，恐れ入ります。

　　<u>在</u>百忙中特承前來迎接，實不敢當。

實踐材料

数字で表せないステーキの味

　赤い星といっても，赤っぽさの加減はいろいろである。白い星といっても，心もち黄がかっているものから，わずかに青み

がかっていると思えるものまで，千差万別である。色なんて連続的に変わるものだ。星の色は，いったいどうしたら客観的に測れるものだろう。

　星の光を，量と質という面からみれば，明るいとか暗いとかいうのは量的にみたもので，今日の光電的な測光技術では100分の1等級以上の精度で星の明めさをきめられる。

　それに対して色というのは，光の質だ。質を測るのが難しいのは，なにも色に限ったことではない。ステーキの量は何グラムと表せるが，うまさは数字ではちょっと表せない。人間の身長や体重など量的なことは容易に数で表せるが，質を示すとなると大変だ。

　19世紀の天文学者たちは，星の色を数字で表そうといろいろ苦労した。星の色を0（白）から10（赤）までの11段階に分けて表そうというオストホフの色数も，その1つだが，連続的に変わる星の色を示すのにあまり適当でなく，今は使われていない。その他にも有効波長を使うなどいくつかの方法があった。

　しかしよく考えてみると，星の色は質的なものとはいうものの，ステーキのうまさというような質とはだいぶ違う。ステーキのうまさにはたくさんの因子があって，それを例えば1つの数字で測ることなど，どんな食通でもできそうに思えない。

　しかし星の色というのは，細かいことをいいだせばきりはないが，星の表面の温度できまってしまうものだ。3000度くらいから数万度まで星の温度が連続的に変わるのにつれ，赤から青

白いところまで星の色も連続的に変わるが，もとをただせば表面温度 (T) によっているだけだ。そう考えれば星の色に関する限り（焼き物の色や染め物の色では通用しないが）見かけは質だが本質的には温度が低いか高いかという量の問題だ。つまり星の色は，1つの数で量的に測れるし，表せるはずのものだ。

詞匯

1. ステーキ	[steak]	（名）	牛排，牛肉扒
2. あかっぽさ	[赤っぽさ]	（名）	（顔色）紅
3. かげん	[加減]	（名）	程度，情況
4. こころもち	[心もち]	（副）	稍微，有點
5. きがかる	[黄がかる]	（自五）	發黃色,略帶黃色
6. あおみがかる	[青みがかる]	（自五）	發青色,略帶青色
7. かぎる	[限る]	（自他サ）	限定
8. うまさ	[甘さ]	（名）	香，好吃
9. ちょっと…ない		（慣）	難以…
10. オストホフ		（人名）	奧斯特霍夫
11. いんし	[因子]	（名）	因素
12. しょくつう	[食通]	（名）	對於喝内行的人，美食家
13. きりはない		（組）	無止境
14. あおじろい	[青白い]	（形）	青白色的
15. ただす	[質す]	（他五）	追究

16.かぎり	[限り]	(名)	以…爲限，只限於…
17.やきもの	[焼き物]	(名)	陶瓷
18.そめもの	[染め物]	(名)	印染 (的紡織) 品
19.みかけ	[見掛]	(名)	外觀，外表

練習

重點: "とこ、もの、の、ところ" 的語義及四者的慣用語

一、將下列各句譯成中文

(1) われわれは，大気と水とにおおわれた地球の表面で，太陽からの光が注いでいるところで生活しているのです。

(2) これから，地学現象と生物現象とについて調べることにしよう。

(3) このアンドロメダ座の大星雲は，銀河系の外側にある別の世界であって，われわれの銀河系とほぼ同じような大きさと構造をもったものである。

注: "アンドロメダ座" 仙女座

(4) これらのことから見るところによれば，星には一生があり，長い年月の間に誕生し，成長し，衰微していくという経路をたどっているものと考えられる。

(5) 天然水中の生物がいなくなれば，われわれの食物として重要なタンパク質源の供給が減り，これにかわるものが見出されないかぎり，人類にも一般動物にも重大な結

果を及ぼすことになる。

(6)　新幹線は 15 番線から 19 番線までのプラットホームを使っている。乗客は 16 番線に入っているところだ。

注:"プラットホーム"月台

(7)　そのためには，酸素が必要です。酸素を使って食物を分解したりするのです。

(8)　光の色が波長によって決まるというのは，純粋な光についてだけいえることである。

(9)　化学反応を能率よくおこなわせるには，できるだけ反応の速さをはやくすることがのぞましい。

(10)　あるとき実験用のアサギを商人から買いいれ，実験室においたところ，このアサギを尿が清く澄んでいることに気づいた。ふつう，草食性であるアサギの尿は濁っているものである。

注:"ウサギ"兔;"清い"清徹;"澄む"澄清:"濁る"混濁

二、將下列短文譯成中文

実力の時代

科学技術の分野では，先見性や技術開発は技術競争の原点であり，競争上優位に立つための前提条件であります。

これからの技術革新には，常に古いものをどんどん新しくしていこうとする努力が必要となります。そのためには自分なりに努力し，実力を蓄えることが大切なことです。

これからの時代は，どこの学校を出たからなどということは

通じなくなってきつつあります。学校の看板がものをいうのではなくて，そこでどれだけの知識と教養と実力を蓄積したかが問題であります。

いわゆるハダカの実力がものをいう時代なのです。学校の"卒業証書"だけを尊重するという学歴に対する特権的な評価，つまり学歴尊重は薄れてきつつあります。

ソニーでは，まずハシゴを取り外すこと，学歴というハシゴなしで，どうやって上に登っていけるか，それを考えるのが大事だといっています。

ハダカの人間の実力こそが大切だと大悟徹底したとき，その人の真の値うちというものがでてくるのです。

学校を卒業して社会人となったとき，各人はそれぞれの個性的な能力の持ち主として一線に並びます。それから 3 年~5 年と歳月がたつにつれ，実にさまざまの力を蓄えていくのです。それを，ひとつひとつの自家薬籠中のものとしたものが本当の実力者となって大きく成長していくのです。

　　詞匯

1. せんけんせい　　[先見性]　　（名）　　　　預見性，遠見

2. げんてん　　　　[原点]　　　（名）　　　　起點，基點

3. たくわえる　　　[蓄える]　　（他下一）　　儲蓄，儲備

4. つうじる　　　　[通じる]　　（自・他サ）　通過，通曉

5. かんばん　　　　[看板]　　　（名）　　　　招牌，幌子

6. ハダカ	[裸]	（名）	赤裸裸
7. うすまる	[薄れる]	（自下一）	減弱
8. ソニー	[SONY]	（名）	新力（日本電器公司名）
9. ハシゴ	[梯子]	（名）	梯子，階梯
10. とりはずす	[取り外す]	（他五）	摘下，卸下
11. だいごてってい	[大悟徹底]	（自・自サ）	徹底醒悟
12. ねうち	[値打ち]	（名）	價值
13. もちぬし	[持ち主]	（名）	物主，所有人
14. じかやくろうちゅうのもの [自家薬籠中の物]		（組）	囊中之物，自己獨特的知識

第十四章

翻譯要領: 順譯和斷譯
　　　　　 1. 順譯
　　　　　 2. 斷譯
實踐材料: 往復機械の振動

翻譯要領：順譯和斷譯

　　科技語體的文章經常使用長句，這是科技語體的一大特徵。不同類型的長句自然會有不同的特點。中譯時，針對著不同類型長句的不同特點，在表達上採取相應的措施是必要的。"順譯" 和 "斷譯" 即為其中的兩種。

1. 順譯

　　有時，日語的某些句子雖然很長，句子結構也很複雜，但其整個句子的層次排列，邏輯敍理等與中文的表達習慣相吻合，並且內容的關聯性較強，這時即可採取順譯 (也可稱為順序表達)，即按照原文的句子結構依次譯出。但是，在局部的語法結構中，若需要成分換位，成分轉譯、增詞、減詞等等，仍需分別處理。這是長句翻譯中最易處理的。例如：

　　(1)　30 何年か前に私が読んだ本に，科学の将来が人間にとって幸福をもたらすか，不幸をもたらすか，というこ

とを論じたものがあるのを思い出す。

記得我在 30 幾年前讀過的書中曾論及：未來的科學是會給人類帶來幸福呢？還是不幸呢？

(2) このほか，汽船や飛行機の夜のゆききのため灯台や航空灯台，街路を明るくし交通の安全をはかる街灯や，赤や青の信号灯，新聞社の屋上にある電光ニュース，写真を，写すために使う写真電球，特に熱を多く出してものをかわかすために使う赤外線電球，胃の中を写す医学用の米粒くらいの電球など，電灯の用途は数限りなくある。

此外，如，輪船和飛機在夜晚航行用的燈塔、航空標塔，照亮道路以求交通安全的路燈以及紅綠燈，報社屋頂上的電光新聞、照相用的攝影燈，發出特別大的熱量為烘烤物品使用的紅外線燈，醫學上拍攝胃裡情況所使用的米粒大小的燈泡等等，電燈的用途無窮無盡。

(3) アマチュア無線とは電波を利用して互に通信を行うことであるが，一般の通信事業や放送事業のように電波を利用して事業を営むもの，その他事業のために通信を行うものではなく，無線技術に対する興味によって，自分自身で電波を発射して，通信を行ったり種種の研究を行うことである。

所謂業餘無線電就是利用電波相互進行通訊，它不是像一般的通訊和廣播那樣利用電波經營事業，不是為其他事業進行的通訊，而是人們由於對無線電技術感興趣而自

己發射電波來進行通訊或者進行各種研究。

(4) わたしたちも，これから生物を学んでいくのであるが，ただ事実を覚えるだけでなく，そのような事実がいかにして発見されたか，また，いまある事実からはどのような仮説が立てられるか，その検証の方法は何かというように，自分自身が研究者のひとりである，という考えかたに立って，自由自在に想像をめぐらし，考えを進め，いきいきとした学習の態度を身につけたいものである。

　　　我們今後也將學習生物，然而並不僅是記憶事實，而是要研究那些事實是怎樣發現的？從現在的某一事實出發可建立什麼樣的假說？其驗證方法是什麼？這樣，自己站在一個研究人員的立場上，使自己的想像力自由馳騁，深入思考，養成生動活潑的學習態度。

　　以上 4 例均屬長句，例(4)的字數長達 170 多個印刷單位，語法結構都較複雜，但其層次排列、邏輯敘理與中文的表達習慣相吻合，並且內容緊湊、語氣連貫，因而可採取順譯法予以翻譯。

　2.　**斷譯**

　　一篇文章決不可能都是長句，也不可能盡是短句。大多是長、短句的結合。長、短句各有其特點和長處。長句的結構複雜，但敘事具體，說理嚴密；短句的結構簡單，短小精悍，簡潔易懂。究道長句好，還是短句好，這要從實際出發，根據表達的需要而定，有時也取決於筆者的用筆。

從語言的實際情況考慮，中文的特點主要靠詞序和虛詞來表示各種語法關係，如果譯文的句子太長，往往不易將各種語法關係和語義表達清楚。因此，為使譯文的語句簡練，眉目清晰，可在相對獨立意義較強的成分或複合句之間斷句，即斷譯。斷譯可說是翻譯長句的一種重要手段。

斷譯之處大多出現在長而複雜的並列謂語、並列複合句、由形式體言“こと、もの、の”構成的主語從句、一些狀語從屬句和多重（多層）複合句等等句型之中。例如：

(1)　知能ロボットでむずかしいのは，「環境に適応する」こと，つまり，「経験によって」行動をかえるということと，「関心をもつ」こと，つまり，動くものとか，色や形が周囲のものとあきらかにちがうものなどが目に入ったら，こんどはそれをくわしくながめることです。

　　　智能機器人最難完成的是“適應環境”，也就是據情來改變行動。另一個是“具有感覺”，即當活動之物或顏色、形狀明顯地與周圍物體不同的東西等映入眼簾時，它能仔細地察覺。

原文的主語是“のは”，其謂語是劃有橫線“──”的兩個“こと”。兩個並列謂語之後，各帶有由“つまり”導出的明確語（句），而使謂語部分複雜化。為使譯文的語義清晰，適合於在第一個謂語最後部分斷譯，用句號“。”分隔。這種譯法往往需要在後句中增譯出可指代主語的詞語，如譯文中增譯了“另一個”。

(2)　反省とは，かかげた未解決のことがらを研究して自動

化にとり入れてさらに高度のものとすべきかどうか，そ
れが単に自動化のための自動化に終ることはないか，自
動化が本来目的としていた経済性の向上にもとることは
ないか，人間工学的に見て合理的，といえるであろうか，
ということにあると考えられる。

　　　所謂重新考慮，就是要研究懸而未決的問題。考慮是
否需要進一步提高自動化的程度；是否存在單純追求自動
化的現象；是否達到實現自動化而提高了經濟效益的目的；
從人類工程學方面來看，是否合理等。

　句中的並列謂語是"研究して"和"考えられる"。後者帶有
既長而又複雜的補語"自動化にとり入れて…ということにある
と"，因此在第一個謂語"研究して"處斷句，譯成一個獨立的句
子，用句號"。"分隔。第二個謂語"考えられる"部分同樣譯成
一個獨立的句子，但其中的 4 個並列的"…か"適合於用分號"；"
分隔。這樣來變長爲短，既不失於語義的完整，又可取得層次分
明的效果。

(3)　第一次産業革命が動力型の革命であったのに対して，
電子計算機の出現による第二の技術革新は，情報型の革
命といってよいであろう。

　　　第一次産業革命是動力型革命。反之，由電子計算機
的出現所引起的第二次技術革新，可說是信息型革命。

(4)　一般には，工作機械は原動機によって駆動され，かつ
手持ち型でないものと解されており，また主として木材を

加工するものは，「木工機械」として区別している。

　　　一般將機床理解爲是靠原動機驅動，並且不是手提型的機器。此外，以加工木材爲主的機床叫做"木工機械"以示區別。

以上示例均爲並列複合句。例(3)是由關聯詞語"に対して"關聯的，例(4)是由關聯詞語"また"關聯的。但從它們的兩個分句之間的表義來分析，關聯性並不緊密，故可作斷譯處理，用句號分隔。若照原作譯作並列複合句，用逗號"，"分隔，實不如斷譯成獨立的句子看來清晰。乍看起來，只不過是區區逗號"，"與句號"。"之別，但其作用則迥然不同。標點符號在書面語中是不可缺少的有機部分，不可輕視。

(5)　ものを切断・加工するには，機械力が必要であり，溶解・燒入れをするには，熱が必要である。

　　　進行切割，加工需要機械力；進行熔化，淬火需要熱量。

(6)　熱を機械的仕事に変える装置を熱機関といい，熱は一般に燃料の燃燒により発生されるが，化学プロセス中に発生した熱でも，地熱，太陽熱のように自然界に存在する熱でも利用することができ，また最近は核反応による原子エネルギーも用いられるようになった。

　　　把熱變成機械能的裝置稱作熱力機。熱通常是依靠燃料燃燒產生的；但也可利用在化學過程中產生的熱和地熱、太陽能之類自然界的熱。另外，最近也已應用起核反應產生的原子能了。

例(5)是一個平行的並列句，兩個分句中已用逗號，又無關聯詞語把並列關係表示出來，因此需用分號分隔，以示層次。

例(6)是由三個分句組成的並列複合句，但在內容意義上較爲鬆散，可化整爲零斷譯成三個獨立的句子。

(7) 人が目的地により早く到達し，あるいは物をその必要とされる場所により短時間で輸送することは人類の不断に要望するところである。

　　　人要更快地抵達目的地或者在盡短的時間内把貨物托運到站，這是人們長年的迫切願望。

(8) 鳥や昆虫がとびかい，クモが規則ただしい巣をはり，ライオンやネコが爪をとぐのは，みな食物をとって生きるためです。

　　　鳥兒、昆蟲飛來飛去，蜘蛛編織規整的網，獅子、貓將爪子磨利，所有這些都是爲了攝食生存。

例(7)和例(8)分別以"…ことは"和"…のは"構成的較爲複雜的主語從句，可採取斷譯法，譯成用逗號分的並列句。

此外，即使是一個句子成分，只要獨立性很強，參看全句的内容表義，有時也可斷譯爲一個句子。例如：

(9) 金属材料を中心とした材料に関する技術開発の問題が他の工業技術上の開発課題の基盤を支えるものとして重要な課題であることは，今日よく認識されているところである。

　　　開發以金屬材料爲中心的技術是一個很重要的課題。

它是研究其他工業技術的基礎，這一點現在已深爲人們所認識。

從全句的表義來看，原文主語從句的主語部分"金屬材料を中心とした…の問題が"適合於斷譯成一個獨立的句子，用句號"。"分隔開來。而"…ことは…"部分增譯一個"它"字以指代"…の問題が"的内容，並將"こと"譯作"這一點"斷譯成一個由逗號"，"分隔的並列句，即"它…，這一點…"。

(10)　自然に生育する植物を見ていると，発芽してしばらくの間は茎を伸ばし，葉をつけて栄養的な成長を続けるが，だんだんと今までの葉芽の代わりに花芽をつけるようになり，生殖的な活動へと移行してしまう。

　　　看看自然界生長的植物，發芽以後不久就伸出莖幹，長上葉子，進行一段時間營養性的成長。但是，逐漸就不像原先那樣長葉芽，而是開始長花芽，轉向生殖性活動。

(11)　魚は人間にとって，獣よりはるかに関係が遠いので，魚を殺してもあまり残虐性と結びつかない。

　　　魚對人來講，較之獸類關係更遠。因此，殺魚談不上殘酷。

例(10)是由接續助詞"が"關聯的表示轉折的狀語從句。例(11)是由接續助詞"ので"關聯的表示原因的狀語從句。譯文均在從句和主句之間斷譯，分別譯成兩個獨立的句子。如果照原文譯成中文，似嫌句子較長，層次也欠清晰。

以下示例爲多重複合句的斷譯。斷譯的地方多在上述各種句

型的斷譯之處。斷譯後的句子可能是二個、三個不等。例如：

⑿　私たちは外国から原料を買入れて商品を作り、これを
外国に売って一億の国民が生きているのですから，もし
科學・経済・産業の知識がなかったら，私たちはこの
小さな島でとても生きてはゆけません。

　　　我們日本是從外國外買進原料製成商品，並把商品賣
到外國以求一億國民的生計的。因此，倘若缺乏科學、經
濟、產業的知識，我們日本人在這個小島上將無法生存下去。
上例在表示原因的狀語從句 "から" 處，斷成兩句。

⒀　構成している元素の種類が少ないにもかかわらず、化
合物の種類が多く，いたがって構造，性質も多様なこと
は，ちょうど英語のアルファベット 26 文字でも，多数の
組みあらわせによって，単語や文章がつくられるのに
似ている。

　　　儘管構成元素的種類很少，但化合物的種類卻很多。
所以，化合物的結構、性質也是多種多樣的。這恰好與英
語雖只有 26 個字母，但也能通過大量的字母組合構成單詞
或文章相類似。

譯文在並列主語從句 "…種類が多く" 和 "…構造，性質も
多様なことは" 處均作斷譯處理，共斷譯成三句。

⒁　個個の分子は，原則として，肉眼でも顕微鏡でも見る
ことができないが，いろいろの間接的な方法によって，
成分となっている原子の種類や数はもちろん，そのなら

び具合，相互の距離や中で働いている結合力の大きさなどまで，さらに詳しく調べることができる。

原則上說來，一個一個的分子無論用肉眼抑或用顯微鏡都不可能看到。但是，利用各種間接的方法，就可以更爲詳盡地查清它們的排列情況、相互間的距離以至在其間起著作用的結合力的大小。而作爲其組成成分的原子種類和數量就更不待言了。

根據原文的結構和表義，可以在表示轉折關係的狀語從“が”處斷譯，並將具有插入句含義的“…種類や数はもちろん”移至最後譯成一個獨立的句子。經此處理共斷譯成三句。

(15) 内臓の疾患を断層写真を撮ることによって診断しようとするとき，見出された異状が癌であるかどうかの判断は最終的には医師がくだすわけで，この場合は撮影されたフィルムとそれに関する定量的情報を提供するまでの段階が計測であり，誤診を犯す確率を小さくするように装置を考案したり，情報処理のアルゴリズムを選ぶのが計測の課題である。

欲通過斷面拍片來診斷內臟的疾病時，所見異常狀況是否是癌症，最終應由醫生作出判斷。在這種情況下，提供拍攝的膠片以及與此有關的定量信息的步驟就是計測。爲了縮小誤診的機率，設計裝置，選擇信息處理的算法，就是計測的課題。

原文中出現的並列句“…医師がくだすわけで”，“…段階が

計測であり"各自的內容都較複雜，兩句之間在表義上又較疏鬆，與下文也不甚緊密。爲使譯文簡練，兩者均用句號"。"分隔，斷譯成兩個獨立的句子。全句共譯成三句。不然的話，逗號滿目，層次難分，讀來費解。

除上述句子需要斷譯外，在定語的翻譯上有時也需要斷譯，這種斷譯只是將表示定語的"的"字略去不譯即可。定語的斷譯大多出現在鏈鎖式或表示時間、場合、地點、數量、原因、目的以及不符合中文表達習慣的定語之處。斷譯後會產生成分轉譯等情況。例如：

(1) その物質の化学的な性質をたもつ最小粒子を，分子という。

　　　保持該物質化學性質的最小粒子叫分子。

(2) 反応熱は反応のさいの結合エネルギーの変化と結びつけて解釈することができる。

　　　反應熱可以與反應時鍵能的變化結合起來加以解釋。

例(1)中的"その物質の化学的な性質をたもつ"是鏈鎖式定語，譯文譯作"保持該物質化學性質的"，只出現一個"的"字。例(2)中的"反応のさいの"是表示時間的定語，可譯成"反應時"。

(3) 日本における電子工業は，毎年その生産額は増加し，最も重要な工業の１つとなっている。

　　　在日本，電子工業生產額逐年增加，已成爲最重要的工業部門之一。

(4) 動物によっては生活史のうえで，2種類の生殖法を行な

－ 298 －

うものがある。

　　　有的動物在其生活史中具備<u>兩種</u>生殖法。

　　例(3)的"日本における"是表示地點的定語；例(4)的"2 種類の"是表示數量的定語，均可不譯出"的"字。

(5)　<u>実船による</u>実験は困難がきわめて多いので，いま広く採用されるのは試験水槽における模型実験である。

　　　<u>由於用真船做實驗</u>困難極大，所以現在廣泛採用在船模試驗池裡進行模型實驗。

(6)　一般に物質が溶解するときにはその状態が<u>変化するための</u>エネルギーとして熱を吸収する。

　　　一般，物質熔化時吸收熱。這種熱能是<u>用來改變物質狀態的</u>。

　　例(5)中的"実船による"是表示原因的定語；例(6)中的"<u>変化するための</u>"是表示目的的定語，均可不譯出"的"字。

(7)　生物の生活は，光・水・温度・士<u>などの</u>自然環境と深い関係がある。

　　　生物的生活與光、水、溫度、土<u>等</u>自然環境有著密切的關係。

(8)　19 世紀のはじめになって，イギリスのドルトンは，実験の結果，<u>幾種類かの</u>基礎的粒子すなわち原子の存在を推定した。

　　　到了 19 世紀初葉，英國的道爾頓通過實驗，推斷出<u>幾種</u>基本粒子即原子的存在。

例(7)中的"光・水・温度・土などの"，因中文不習慣用"等的"的說法，除不得已而外，一般要斷譯。例(8)中的"幾種類かの"需要斷譯，否則不符合中文的表達習慣。

(9) もちろん，時計が<u>自分の</u>好みなら，買うのは自由である。

　　當然，表只要自己喜歡，可任意選購。

該例中的"自分の"在此語言環境中應斷譯，否則不通。定語的斷譯往往富有修辭作用。例如:

(10) <u>われわれの身のまわりの</u>日常生活にあらわれる<u>あらゆる自然現象</u>も，<u>地下を遠くはなれた</u>宇宙の中で<u>起こる</u>現象も，すべて物理学の対象になっている。

　　　在我們身邊日常生活裡出現的一切自然現象和遠離地球的宇宙中所發生的現象，都是物理學研究的對象。

原文中共出現九個定語，而譯文中只譯了 4 個"的"字。若照譯出九個"的"字，就不成體統了。

有待說明，以上所論述的定語斷譯有的並不是絕對的，切莫機械地處理。

實踐材料

往復機械の振動

機械に生ずる振動にはいろいろあるが，二つに大別すれば，その原因が機械それ自身の内部にあるものと外部にあるものとに分けられる。前者はその原因となるべきものを除けば振動は減少し得るもので，そのよい例として往復内燃機関，蒸気機關，

タービン，電動機などの振動がある。往復機械は大質量を有するピストン，コンロッドなどよりなるピストン・クランク機構を含み，これら大質量の高速周期的運動による不平衡力と気筒内燃焼ガス圧または蒸気圧の周期的変化が組み合わさって機関自身および基礎の振動の原因をつくっている。こうして発生した振動は機械のフレームから基礎に伝達される。そして自動車なら，機関から車体に伝えられた振動は乗心地を悪くする原因となるが，この振動は適当な方法をこうじることにより，その原因となる不平衡力をかなりうまく平衡させることができて，振動を減らすことができる。しかしクランク軸などに伝達された振り振動は過大な振動応力をその軸内に発生して破壊の原因となりその防止が重要となるが，上で述べた方法のみでこれを解決することは困難で他の方法として，生じた振動エネルギーを他物体の弾性，慣性抗力または摩擦を利用した減衰器で吸収・散逸することも考えられている。これは振動を本質的に防止しようとするものでなく補助的手段であるが軽視できぬ方法である。

　振動現象およびその防止または減少を数学的に解析する手段としてニュートンの運動の法則を応用するが，そのさい，たとえばクランクやコンロッドとくに後者においてはそうであるが，それらを含んだ力学系の解析的取扱いを簡単化するため。目的とする結果の近似の程度にしたがってそれらをできるだけ簡単な等価力学系におきかえることも大切な問題である。

詞匯

1. じょうききかん　　　[蒸気機関]　　（名）　　　蒸氣機
2. タービン　　　　　　[turbine]　　　（名）　　　渦輪機，汽輪機
3. ピストン　　　　　　[piston]　　　　（名）　　　活塞
4. コンロッド　　　　　[connecting rod]（名）　　連桿
5. クランク　　　　　　[crank]　　　　（名）　　　曲軸，曲柄
6. きとうない　　　　　[気筒内]　　　（名）　　　氣缸内
7. くみあわせる　　　　[組み合わせる]（自五）　　交雜在一起, 合在
　　　　　　　　　　　　　　　　　　　　　　　　一起
8. フレーム　　　　　　[frame]　　　　（名）　　　構架，機架
9. のりごこち　　　　　[乗心地]　　　（名）　　　乘坐（車船時）的
　　　　　　　　　　　　　　　　　　　　　　　　感覺
10. こうじる　　　　　　[講じる]　　　（他上一）　謀求，採取
11. へらす　　　　　　　[減らす]　　　（他五）　　減少
12. もじりしんどう　　　[捩り振動]　　（名）　　　扭轉振動
13. かんせいこうりょく
　　　　　　　　　　　　[慣性抗力]　　（名）　　　慣性阻力
14. げんすいき　　　　　[減衰器]　　　（名）　　　阻尼器
15. さんいつ　　　　　　[散逸]　　　　（名・自サ）耗散，散失
16. かいせき　　　　　　[解析]　　　　（名・他サ）分析，解析

練習

重點: 順譯和斷譯

一、將下列各句譯成中文

(1) 私たち人間は，犬や猫や猿と違って，いろいろのことを考え，また，その考えを言葉で表して，お互いが知恵をもってつき合いながら，さまざまのものをつくり出してきているのである。

注: "つき合う" 互相交流

(2) 力織機などの作業機の発明により徐々にはじまりつつあった産業革命は，蒸気機関の発明をうながすとともに，それによる水車からの解放によって，加速度的進行をおこしたのである。

注: "力織機" 動力織布機

(3) 蒸気機関は，今日では汽車以外にほとんど使われていませんが，同じ水蒸気を使う蒸氣タービンは，火力発電所や大型汽船などのように，大きな動力を必要とする場所でさかんに使われています。

(4) 経験が重要な要素であることは，工学全般についていえることであろうが，殊に土木工学については，その歴史的経験からみても，人間の社会活動とともに何千年来行なわれてきた土木工事が，近来まではほとんどすべて，経験の積重ねの上に築かれ，継承されてきたという事

実があり，また工事を実施する対象が，それぞれに違う
という事情もあって，経験が極めて大きな要素である。

(5) 機械，車両，船舶，航空，電気などの各方面の技術は，
その進歩の歴史において使用材料に関する技術の新しい
進展を踏み台として新しい発展を遂げた例を多く含んで
おり，また今後の工業技術の飛躍的な進歩には新しい材
料の性能，新しい製造，加工方法の開発が重要な鍵を
握るものとして期待される場合が多い。

注：“踏み台”墊腳石

(6) 夜でも快適に仕事をするには，光が必要であり化学反
応を促進するにも，電気エネギー必要とすることが多い。

(7) 当時は宝石なみに扱われていた「こはく」が，それを
こすると，その近くの軽い物体を引きつけるようになる
ことが注目されていたし，それとは反対に，こすったり
しないのに，鉄片を引きつける，ある種の鉱物の存在が
わかっていたのである。

(8) 電池に豆電球をつなげば光り，電熱器のスイッチを
入れると，だんだん暖かくなるから電気があるというこ
とはわかるが，しかし電気がどんな形をしているか目で
見ることはできない。

(9) 人間は地球の上で，いちばん賢い動物であるにちがい
ないが，どうかすると，その賢い人間が，自分自身でつ
くり出したものによって，自分自身を滅ぼしてしまう，

いちばんの大ばか者になる恐れがないとはいえないのである。

注: "賢い"聰明的 "大ばか者"大笨蛋

⑽　近年における生命科学の進歩はまことに目ざましく，その成果を学ぶにつけても，現存の進化した生物はあたかも造物主が理想的に企画，設計したものであるかのように思われるが，現実には数十億年にわたる世代のくりかえしの間の無秩序な変異と，その時代時代の環境による自然とうたによってなしとげられたものであることを知れば，自然の摂理の偉大さに心うたれるとともに，生体系はわれわれ化学者にとってもかけがえのない知識の宝庫ということができよう。

注: "とうた"淘汰　"なしとげる"完成

　　"摂理"神意　　"心うたれる"被感動

　　"生体系"生物系　"かけがえ"代替

二、將下列短文譯成中文
化　　学

化学は自然科学の一分科で，物質の特性，並びにそれらの特性によって直接に規定される諸現象を研究する学科である。ここで物質というのは，物理学で用いられるものよりもふつう少し狭い意味で，多くの場合，地球上で比較的容易に実現される温度，圧力などの物理的条件のもとで安定ないし準安定な熱的

集合状態をなして現存する原子の集団をさしている。また、ここで特性というのは、その物質が本性としてもっている固有の性質をさし、それらの性質はその物質が形づくる物体のありかた、形、大きさ、などにほとんど無関係に一定している。次に直接に規定される諸現象といっているのは、いろいろな事情のもとで起る物質の変化や、諸物質の間の相互作用、とくに諸物質間の反応などをさしている。物理学における物性論なる分科もこのような対象を研究する。量子物理学が形づくられてからは、それまで化学のほうでだけ扱われていたこれらの対象が、すべて物理学の研究対象に含まれることになったので、対象の点では、物理学と化学とが重なってしまった。けれども、物理学と化学とが歴史的発達の上でもっていた区別は今日でも研究の仕方の上に多少とも残されて生きているし、今後も持ち続けられるであろう。それは、化学が対象をその属性でとらえるのに対して、物理学はこれをさらに下位の構成要素なる原子核と電子とから成る系に分解して、それら要素の運動によって究明しようとする点にある。これによって、化学が諸物質の個性を所与のものとして記述的に扱う部面を受けもつ傾向があるのに対し、物理学が普遍性をたどって機構に分け入る面を受けもつという両学科の性格の違いも、もたらされている。

　化学の主要な分科としては、取り扱う化学種の種別にしたがって、無機化学と有機化学に分れ、隣接学科との親縁関係と対象の特異性とから物理化学、生物化学、地球化学、界面化学、核

化学，放射化学，放射線化学など，また，技術学的なものとして分析化学，工業化学，農芸化学，薬化学，医化学，その他がある。

詞匯

1. なす　　　　　　［成す］　　　（他五）　　　形成，構成

2. かたちづくる　　［形づくる］　（他五）　　　形成

3. ありかた　　　　［在り方］　　（名）　　　　應有的狀態

4. なる　（是文語斷定助動詞なり的連體形）　這種，這樣的，即…

5. かさなる　　　　［重なる］　　（自五）　　　重疊，重複

6. とも　　　　　　　　　　　　　（接尾）　　　（表示限度）至…，
　　　　　　　　　　　　　　　　　　　　　　　最…

7. もちつづける　　［持ち続ける］（他下一）　　持續，繼續存在

8. とらえる　　　　［捕える］　　（他下一）　　抓住

9. しょよ　　　　　［所与］　　　（名）　　　　給與，所與

10. たどる　　　　　［辿る］　　　（他五）　　　追尋，循著

11. わけいる　　　　［分け入る］　（自五）　　　深入分析

－ 307 －

第十五章

翻譯要領：分譯和解譯

　　句子的組合，語法的結構帶有民族的特色，這在以前有關章節中針對不同的內容分別已有所論述。現就敘事的層次而言，從邏輯和修辭兩方面分析，日、中文往往也各不相同。在日語裡已爲邏輯層次通達，修辭無誤的結構，有時在中文的角度看來，卻相形見絀。爲使譯文順理成章，在不違反原義的前提下，針對原文某些特定的結構可分別採用 "分譯" 或 "解譯"。

1. 分　　譯

　　說話作文章一般都應開門見山，突出主幹。一開始就要使聽者或讀者能夠抓著敘述的中心要領，然後再層次分明地闡述其他內容，譯文也必當如此。因此，當原文的語法結構和表達方式與此不相吻合時，即可採用分譯法先將表示中心意義的詞句譯出，而後再譯非主幹的內容。例如：

　　(1)　人間の頭脳の限界を破るために，電子計算機と呼ばれ

る，高速で正確な情報処理のための機械が生まれたので
ある。

直　譯：　爲了衝破人腦的界限，產生了叫做電子計算機的，高速
而準確的進行信息處理的機器。

分　譯：　爲了衝破人腦的界限，產生了叫做電子計算機的機器，
用來高速而準確地處理信息。

　　分譯的譯文是將修飾關係緊密的定語"電子計算機と呼ばれ
る"譯於被修飾語"機械"之前，而把修飾關係疏鬆的另一定語
"高速で正確な情報処理のための"譯在被修飾語"機械"之後。
將以上兩種譯文相比，何取何捨，不言自明。

(2)　化学反応の速さをはやめるためには，反応物質の濃度を
高くすることと，反応温度を上げて活性化状態をつくる
分子の割合をふやすことなどの方法がある。

　　　　爲加快化學反應的速度有兩種方法：一種是，提高反
應物質的濃度；另一種是，提高反應溫度以增加構成活性
狀態的分子比例。

　　在作分解時，難免要增譯必要的詞語。該句的譯文增譯"兩
種"，"一種是"和"另一種是"。

(3)　今日ではたんに見たいと思う物が見えるばかりでなく
楽に見え気持ちよく見え，見ていても疲れなく，仕事が
愉快にできるような照明が要求されている。

　　　　現在對照明的要求是，不僅能看到想看的物體，而且
能輕鬆、舒適、長時間不感覺疲倦、愉快地從事工作。

在將定語作分譯處理時，有時會產生成分轉譯。將該句的譯文與原文對照起來，即可發現成分轉譯之處甚多。

(4) このほか考慮すべき点は，ダムを設けた場合，希望した水量が溜まるかどうかの点から，水が集まってくる流域の地形，ダム地点の地質状況および，池として水面で占められる区域（池敷）の地形，地質などの選定が大切な問題である。

　　　此外，尚需考慮以下重要問題：從築壩後是否能蓄到所要求的水量這一點著眼，來選擇匯水區的地形，壩址的地質條件以及庫面所佔區域（庫址）的地形、地質條件等。

該句的主幹是 "このほか考慮すべき点は…選定が大切な問題である"（是一謂語從句），冗長的定語 "ダムを設けた場合，…地形，地質などの" 是 "選定" 的具體內容。為使譯文的行文明快，可採用分譯法先將主幹部分譯出 "此外，尚需考慮以下重要問題：" 而後再譯羅列的具體事實。

以上是定語需要作分譯處理的例子，以下再試舉幾個其他語法結構適合於採用分譯的示例。例如：

(5) X線は医学における診断や工学における材料の非破壊検査など，外からわからない内部の状態を調べることに広く使われている。

　　　X 射線廣泛地用於探查由外部難以得知的人體或某些物體的內部狀態，諸如醫學上的診斷以及在工程學上對材料作非破壞性的檢查等。

(6)　一般に流域から貯水池に集まってくる水量は，流域の
地形，地質，面積，形状，コウ配，流域における草木の
茂りぐあいなど流域の特性と，水の給源である降雨の
量や雨の降り方などに支配される。

　　　一般說來; 從流域匯集到水庫的水量受下列諸條件的
　　影響: 流域的特性——流域的地形、地質、面積、狀況、坡
　　度以及流域的植被情況等; 水源——降雨量與降雨狀況等。
　　例(5)中的 "医学における診断や工学における材料の非破壊
検査など" 系一獨立語，用來表示羅列的具體事實。雖與定語不
同，但從語義上考慮確有類似之處。從全句的表義斟酌，適合於
分譯。

　　例(6)雖長，但爲一被動式的簡單句，主語 "…水量は," 謂
語 "支配される"，表示被動主體的補語 "…特性と降雨量や雨の
降り方などに"。但該補語所包括的內容十分龐雜，勢難用通常的
格式表達，故運用分譯，以使譯文層次分明，通順易懂。其中劃
有 "——" 的地方同樣採用了分譯。詳見譯文。

　　尚須說明，適合於作分譯的，決不局限於上述內容。反過來
講，長的定語或以 "…など" 表示列舉時也不一定都適合於按分
譯翻譯。應從全句乃至上下文的內容意義上進行斟酌、推敲。

2. 解　　譯

　　所謂解譯，簡而言之，就是將原文中某種句子從原有位置解
析出來，譯在恰當的地方，以符合中文的邏順序。具體說明如下:

日語主從複合句的組成形式分爲兩種。一種是分立句，從句和主句先後平行排列; 另一種是包孕句, 從句寓於主句之中。例如:

(1)　温度が上がると, 気体の圧力はふえる。(分立句)

　　溫度上升，氣體的壓力增大。

(2)　気体の圧力は, 温度が上がるとふえる。(包孕句)

　　溫度上升，氣體的壓力增大。

　　中譯時，日語的包孕句若在語義上不符合中文的邏輯順序，應將從句由主句中抽出，譯在恰當的地方。在一般的情況下，賓、補語從句譯在主句之後，狀語從句提置主句之前，但還有變通的譯法。例如:

(3)　経験を積んだ猟師は, 森の中のふみ荒された草, 折れた木の枝, あるいは落ちている毛から, いつ, どんなけものが森の小道を通ったか, 目的のけものあるいは鳥がどこにいるかを知る。

　　　　富有經驗的獵人，根據樹林裡被踩壞的草叢、折斷的樹枝或者脫落在地上的毛，就能辨別出在什麼時候，有什麼野獸經過了這種林叢小道，以及追捕的野獸或飛禽在什麼地方。

(4)　今日では誰でも, 雷雲の電気はわれわれが実験室の中で知っている電気とおなじものだと思っています。

　　　　今天誰都會認爲，雷雲的電同我們在實驗裡所了解的電是相同的東西。

例(3)是包孕句型的賓語從句，例(4)是包孕句型的補語從句，

均按常規由主句中抽出，譯在主句之後。但這種譯法並不是絕對
的，在某種語言環境中尚可變通。例如：

(5) われわれは，分子・原子・電子・陽子・中性子などが
どのようにして物質を構成しているかを学んだ。

譯文一： 我們已經學過，分子、原子、質子、中子等是如何構成
物質的。

譯文二： 分子、原子、質子、中子等是如何構成物質的，我們已
經學過。

譯文一是按常規譯的。而譯文二則強調了賓語從句的語義，
主句部分帶有補充說明的意味，只有確有必要時方可採用。

(6) 今日の生産技術の進歩は，あまりに急速なので，その
発展をどのように予測したによいかは，なかなか困難な
問題だと思う。

譯文一： 當前生產技術的進步異常迅速，因此我認爲如何預測它
的發展速度是非常困難的問題。

譯文二： 當前生產技術的進步異常迅速，因此如何預測它的發展
速度，我認爲是非常困難的問題。

譯文一是常規譯法。譯文二則只把補語從句的謂語部分“な
かなか困難な問題だ”解析出來，譯在主句謂語“思う”之後。
這樣可使行文更爲通順。

以下是包孕句型的幾種狀語從句的譯法。

(7) 粘度は絶縁油が絶縁材料てあるとともに変圧器の冷却
材料であるから重要な性質である。

— 313 —

絕緣油既是絕緣材料同時也是變壓器的冷却材料，所以粘度是它的重要性質。

(8) 仕事の量は力が大きいほど，また動く距離が長いほど大きくなる。

力越大並且移動的距離越遠，功的量也就越大。

(9) 氷は温度がのぼるにしたがってだんだん水になる。

隨著溫度升高，冰逐漸融化爲水。

(10) 金属の抵抗は温度がのぼると大きくなる。

溫度升高時，金屬的電阻增大。

以上各例均屬包孕句型的狀語從句。例(7)是原因從句，例(8)是程度、度量從句，例(9)是方式從句，例(10)是條件從句。這些示例都適合於從主句中移出，譯在主句之前。

但是，不等於說凡屬這一類型的從句都應如此翻譯。實則，應譯成其他形式的尚多。例如：

(11) そればかりでなくきわめて重要なのは，エレクトロニクス製品の普及度がさらに高まるため，他の産業にも大きな影響を及ぼすことにある。

不僅如此，更爲重要的是，由於電子產品進一步普及，而對其他工業也產生了很大的影響。

(12) 鉄は温度がのぼれば長さがのびるし，つめたくなればちぢみます。

鐵，溫度升高則伸長，變冷則收縮。

例(11)的 "エレクトロニクス製品の普及度がさらに高まるた

め”爲包孕在主句中的原因從句；例⑿的“温度がのほれば”和“(温度が) つめたくなれば”是包孕在主句中的條件從句，均譯在原位而未提至主句之前。原因是它們與被修飾的下位語句緊密相關不能分隔。此外，有的包孕句型的狀語從句還應譯在主句之後的適當地方。例如：

⒀　病室は，一本の針が地に落ちただけでもはっきり聞えるほど静かである。

　　　　病房很静，就是有一根針掉在地上，也能聽得到。

　　該句中的“一本の針が地落ちただけてもはっきり聞えるほど”是包孕在主句中表示程度的狀語從句。按全句的語義，應譯在主句的主、謂語之後。總之，包孕句型的狀語從句，根據全句的語義，翻在前，譯於後或原位不動。

實踐材料

石油化学製品

　石油化学製品は一般に石油から製造される化学製品であると考えられている。この言葉はまた，石油が幾多の美しく，実用的でありかつ近代的な物質であるプラスチック，合成繊維あるいは合成洗剤など，化学技術によってつくりだされ，われわれの日常生活に欠くことのできぬものの母体であるという概念を人人に与えている。

　これらの製品を与える石油化学工業は，工業的な定義づけでいえば石油または天然ガスを原料として化学製品を製造する工

業とするのがより一般的である。しかし実は石油化学製品といっ
てもそれは石油や天然ガスからしかつくれないというものでは
ない。逆にいままでの化学製品が石炭，動植物油脂，糖蜜，農
作物を原料として製造されていたものを，石油や天然ガスにそ
の原料転換を行なうものが，実は石油化学工業の役割の大きな
部分を占めるのです。たとえばエチルアルコールは糖蜜やサツ
マイモから発酵法によって製造されているが，石油化学工業で
は石油を分解して得られるエチレンから合成されるし，ベンゼ
ンは従来石炭乾留の際の副生ガス中からとり出されていたが，
石油化学方式ではガソリンの改質装置や石油化学原料ガスを
得るたるの分解装置から出てくる軽質油から溶剤を使用して抽
出される。同じ化学物質を製造するのに石油化学工業と名づけ
られて特に重要視される理由は従来他の原料によって得られて
いたものが石油や天然ガスにその原料をおきかえることによっ
て，化学製品がより豊富に，より安定した低価格で得られると
いう利点によるものである。発酵法で得られるエチルアルコー
ルはサツマイモや糖蜜のでき不できや価格によって，またベン
ゼンはコークスの副産物であるため製鉄業やコークス需要のい
かんによってその量が制約を受け，したがって価格も安定しに
くい。しかるに石油は国際的に量，価格とも安定した原料とい
い得るし，そのとり扱いも流体であるために至極簡便であるな
どの利点が石油を化学製品の原料として重視するようになった
理由である。

詞匯

1. いくた　　　　　　　[幾多]　　　　（副）　　　　許多，無數
2. プラスチック　　　　[plastic]　　　（名）　　　　塑料，塑膠
3. ていぎづける　　　　[定義づける]（自下一）　賦與定義
4. とうみつ　　　　　　[糖蜜]　　　　（名）　　　　糖蜜，糖漿
5. エチルアルコール　[Athyl alkohol]　（名）　　乙醇，酒精
6. サツマイモ　　　　　[薩摩芋]　　　（名）　　　　甘薯，紅薯
7. エチレン　　　　　　[Athylen]　　（名）　　　　乙烯
8. ベンゼン　　　　　　[benzene]　　（名）　　　　苯
9. せきたんかんりゅう[石炭乾留]（名）　　　　　　煤乾餾
10. ふくせいガス　　　　[副生 gas]　　（名）　　　　副產品煤氣
11. かいしつそうち　　　[改質装置]　　（名）　　　　重整裝置
12. ぶんかいそうち　　　[分解装置]　　（名）　　　　裂解裝置
13. ちゅうしゅつ　　　　[抽出]　　　　（名・他サ）萃取，提取，獲取
14. しする　　　　　　　[視する]　　　（接尾）　　　看做…
15. りてん　　　　　　　[利点]　　　　（名）　　　　優點，好處
16. コークス　　　　　　[Koks]　　　　（名）　　　　焦炭
17. しかるに　　　　　　　　　　　　　（接）　　　　然而，可是
18. しごく　　　　　　　[至極]　　　　（副）　　　　極爲

練習

重點: 分譯和解譯

一、將下列各句譯成中文

(1)　光電子の運動エネルギーは, 光の波長が長くなるだけ小さくなる。

(2)　半導体, 特にトランジスタの発達に伴って, その小型軽量であること, 消費電力の少いこと, 構造上機械的条件にも有利であることなどの特長は, 設計上の問題点解決に大きく役立つようになった。

(3)　X線の透過力は波長が短く, 光子のエネルギーが大きいほど強い。

(4)　高圧小銀灯は効率がすぐれている, 光束が大である, 光源が小さく輝度が大である, 寿命が長いなどの特長が認められ, 急速の発展をなした。

(5)　動物と植物は空気がないとしたら生きることができないだろう。

(6)　電子工業はわれわれの生活を豊かにし, 将来の姿は想像もつかないほど発展するであろう。

(7)　電気エネルギーは, スイッチによって, その供給する量を調節することができるなど, 他のエネルギーにくらべて取り扱いがきわめて容易である。

(8)　磁石が鉄を引きつける力のあることは今では誰でも

知っています。

(9) 生物の分類の基準は，人間の立場から人間に役にたつもの，たたないもの，害になるもの，ならないものというような分類をすることができる。

(10) 元素のスペクトル線が，同位元素が存在するたために変位を生ずることになる。

二、將下列短文譯成中文

火力発電所

火力発電所を構成する機器は非常に数も多く種類も多岐にわたっており，これをそれぞれに検討することは紙数の面からも到底不可能であろう。火力プラントに使われる機器を大別すればボイラー，タービン，発電機および変圧器の主機とこれらに付属する補機および発電所運営管理上必要な燃料設備，用水関係設備，非常電源設備，通信設備などのいわゆる補機と称されるものの二つとなる。

われわれは発電所を計画する場合の詳細な機器仕様の決定にさきがけて需給上の問題，電力系統上の問題あるいは経済性などについて検討し，仕様の基本となる諸要素を決定する必要がある。特に主機については国内外においてすでに開発されたいくつかの型式の中からその実績などを考慮して決める方が機器の信頼度，経済性などの面からいっても有利となる場合が多い。

火力プラントの経済性の面からは，一般に容量が大きくなれ

ばなるほど熱効率の面でも建設費の面でも有利となる場合が多く，経済性を強く追求する場合には運用面で許される範囲において大容量で新建設機種が採用される傾向にある。

詞匯

1. たき	[多岐]	(名)	複雑，多方面
2. わたる	[互る]	(自五)	涉及 (到)
3. とうてい	[到底]	(下接否定語)	(副)無論如何也…
4. プラント	[plant]	(名)	成套設備
5. ボイラー	[boil]	(名)	鍋爐
6. ほき	[補機]	(名)	副機
7. うんえい	[運営]	(名・他サ)	經營，管理
8. しよう	[仕様]	(名)	規格，方法
9. さきがける	[先駆ける]	(自下一)	率先，搶先
10. じっせき	[実績]	(名)	實際效果,實際成績
11. しんらいど	[信頼度]	(名)	可靠性

第十六章

翻譯要領：合譯和混譯

　　在翻譯實踐中應切實樹立 "全文觀點"，即注意整體與部分的聯繫。如果以全文爲整體，各段和各句就是它的部分；以段爲整體，句子就是它的部分。進而言之，假如以句子爲整體，句中的詞、詞組、成分就是它的部分。全文、段落、句子、詞、詞組、成分，依次而下皆有其内在的聯繫，切莫 "只見樹木，不見森林"。

　　現就一個段落中的句子和句子之間的關係而言，必然是彼此關聯的，決不是互不相關的。原文中，思想内容與表達這一思想所使用的語言形式是統一的，當然不同的作者會有不同的風格和筆觸。中譯時，自不待言，必須保持其内容與中文表達形式的統一。爲此，在處理句子與句子之間的關係就産生了 "變譯"。針對不同的内容結構，變譯的方式也各不相同，其中就包括有 "合譯" 和 "混譯" 兩種。

1. 合　譯

斷譯是變長爲短，合譯則是變短爲長。乍聽來。似乎有所矛盾，實則都是爲了達到 "思想內容與表達這一思想所使用的語言形式統一" 這一目的而採取的不同手段。

日語的文章往往在一個句子之後接連著一個短句（有時也較長）。從語法句子結構上看，是用句號隔斷的兩個獨立的句子。但從兩者所表達的意義上考慮，則關聯性十分密切。若按原文的句子結構照譯成兩個獨立的句子，而會感到語義鬆散，不夠緊湊。這時，可將前後句合譯成一個句子或各種類型的複合句。例如：

(1)　高品質の品を低コストで生産する技術力には，定評ができた。しかし，それだけではない。昭和40年代に入って日本は，消費者のニーズを探り，それに応えて機敏に新製品を企画し，開発していく力を備えるようになった。

　　　對於低成本生產出高質量產品的技術力量，已有定評，但還遠不止於止。進入60年代之後，日本便探尋消費者的需求，據情積極地規劃、研製新產品，並貯備了開發的力量。

以上摘錄了原文中相連的三個獨立的句子。中間一句 "しかし，それだけではない"，是承前句的語義而書出的，但卻寫成一個短句。譯文將其並入前句，合譯成具有轉折意義的主從句，會使行文更加鏗鏘有力。

(2)　熱力学第二法則，次のようにいい表わすこともできる。外部に何も影響を与えないで，熱を低温の所から高温の所に運ぶことはまできない。

熱力學第二定律也可表述如下：<u>不給外部任何影響，熱就不能從低溫傳向高溫處</u>。

這樣譯來可使譯文緊湊完整，語義貫通。再看以下均皆適合於合譯的示例。

(3) 現代では，文明の進步が，多くの生物の生存をあぶなくしています。<u>公害とか，乱獲とか，原因はいろいろあります</u>。

現在，文明的進步危及許多生物的生存，<u>如公害、胡亂捕捉等等，原因很多</u>。

(4) 水のもつエネルギーは，その狀態によって三つの形で表すことができる。<u>すなわち，位置エネルギー，圧力のエネルギーおよび運動のエネルギーである</u>。

譯文一： 水所具有的能量，根據其狀態可用三種形式表示，<u>即位能、壓力能和動能</u>。

譯文二： 水所具有的能量，根據其狀態可用<u>位能、壓力能和動能</u>三種形式表示。

(5) こうした意味で，自動車產業は半分は機械製造業だが殘りの半分は文化製造業である。早くいえば文化產業である。つまり，<u>單に機能的だ，便利だというのではない</u>。

在這個意義上，汽車工業是半機械製造業，半文化制造業。提早一點說的話，是"文化產業"，<u>而不單純是機能和方便</u>。

類似以上示例需要合譯的句子，舉不勝舉。此外，日語科技

文献中還經常出現前句表示列舉，而後各句則表示列舉的内容，語法結構各爲獨立的句子。對原文的這種語言形式可按中文的表達習慣，將表示列舉的前句用冒號"："，表示列舉内容的各句之間用逗號"，"或分號"；"隔開，進行合譯。例如：

(6) 腕と手を働かせる作業は非常に多く，この動作を分析してみると次の五つに分けられる。

① 腕を水平の左右に回して物を動かす。

② 腕を伸したり縮めたりして物を動かす。

③ 腕を上げたり下げたりする。

④ 品物をつかむ。

⑤ 品物をひっくりかえす。

靠胳臂和手做的工作非常之多。若將它們的動作加以分析，可分爲如下五種：

① 水平地左右轉動手臂，移動物體，

② 伸縮手臂，移動物體，

③ 舉放手臂，

④ 抓物件，

⑤ 翻轉物體。

(7) 合成材料の主体をなすプラスチック材料の鉄道線路や土木施工における特長としては，つぎのような点を指摘することができる。

① 機能特性の選択範囲が広い。

② 静的動的な荷重に対して適度の強さ，抵抗がある。

③ 絶縁性がすぐれている。

④ 軌道での耐久性がよい。

⑤ 潤滑および耐摩性がよい。

⑥ 建設・保守が容易で省力化ができる。

作爲合成材料主體的塑料材料，在鐵道線路和土木施工中表現出的優點，可指出以下幾點：

① 功能特點的選擇範圍廣；

② 對靜載荷、動載荷有適宜的強度、抗力；

③ 絕緣性能良好；

④ 用作軌道耐久性好；

⑤ 潤滑及耐磨性強；

⑥ 建築、維修簡便且省力。

2. 混 譯

"原文的思想內容與表達這一思想所用的語言形式是統一的，譯文必須保持內容與中文語表達形式的統一"，在這一原則下，往往會出現需要"混譯"的現象。所謂混譯就是爲了使譯文既不歪曲原文，又能敘理清晰、層次分明、語義完整，有時就需要突破句子與句子的界限，將原文中上一句的某一部分內容移至下一句，或者將下一句的某一部分內容併入上一句中，甚至有時需要將上句的部分內容與下句的部分內容合併成一個獨立的句子，諸如此類的譯法稱之爲"混譯"。例如：

(1) 酢酸は古くから木酢からの回收などにより作られてき

た歴史の古い製品であり，その工業的合成法も数多く開
発されている。

　　　　醋酸是歴史悠久的一種産品。最早是採用叢大醋中回
收等方法製作的，而後又發明了許多醋酸工業合成法。

原文前一分句的定語部分"古くから木酢からの回収などに
より作られてきた"（最早是採用叢木醋中回收等方法製作的），
從語義上考慮，與後一分句的內容意義緊密關聯，有對比關係。
爲使譯文敍理清晰，層次分明，除將"酢酸は歴史の古い製品で
あり，"譯成一個獨立的句子"醋酸是歴史悠久的一種産品。"外，
而將該定語部分移至後句，作混譯處理。

(2)　地下資源としての石炭や石油には限りがあって燃料と
　　　して使うことがそういつまでも続けられないという心
　　　配があるのに対して，原子力の燃料のウランなら，まだ
　　　相当長い間利用できるということである。

　　　　煤和石油的地下資源是有限的，用作燃料擔心不能如
此長期繼續下去。反之，原子能燃料——鈾還能在今後相
當長時間內加以利用。

原文是以關聯詞語"に対して"（反之）關聯的併列複合句。
中譯時，多將其移至後句譯出。

(3)　従来は単に「話し，聞く」ことが電気通信サービスの
　　　主体であったが現在ではさらに「見る，書く処理する」
　　　というように，より人間の感覚に合致した情報を伝達し，
　　　また人間の知的な活動の分野にまで，その方面を急速に

^{かくだい}
拡大しつつある。データ通信，画像通信などはそのよい
^{れい}
例である。

　　　以前，電信業務只是以 "説、聽" 爲主，而現在則進
一步發展爲 "看、寫、處理"。從而傳遞更加適合於人類感
覺的信息，甚至正在朝著人類智慧活動的領域迅速擴展，
如數據和圖像通訊等即爲典型的事例。

　根據原作的內容意義，依照語義的疏鬆或緊密，可在前句 "…
というように" 處斷譯成獨立的句子。前句的後部分 "より人間
の感覚…拡大しつつある。" 移至後句，與 "データ通信…" 混譯
成一個句子。

(4)　シリンダーの頭にべんが二つならんでいる。これはガ
ソリンと空気とまじった混合ガスをシリンダーの中へ
吸いこむ吸入べんと燃えたガスを追い出す役目をする排
気べんで機関のまわる力でちょうどよいとき開けたり
閉めたりするように作られている。

　　　気缸蓋上並排著兩個氣門：一個是進氣門，一個是排
氣門。進氣門將汽油和空氣的混合氣體吸入氣缸內，排氣
門則起著把燃燒過的氣體排出去的作用。利用發動轉動的
力，兩個氣門都能在恰好需要時候進行開閉。

　該原文的表達形式，語法結構與中文的表達形式，語法結構
差別較大。譯文首先將後句的兩個謂語 "吸入べんと" 和 "排気
べんで" 變譯成兩個短句併入前句，譯作 "氣缸蓋上並排著兩個
氣門：一個是進氣門，一個是排氣門。" 進行混譯，以求語義的通

順完整。其次，又在後句中的"排気べんで"處斷句，以使句子簡潔。其他變譯之處不予贅述。

　(5)　ニワトリの雄は，美しい色の羽をしています。この色はニワトリにどう見えるかわかりませんが，人間にはめだった色に見えます。

　　　　公雞有著色彩美麗的羽毛，不知道這種顏色在雞的眼裡如何看待。但是，在人看來，卻是很鮮艷的。

從語義上分析，後句的"この色はニワトリにどう見えるかわかりません"（不知道這種顏色在雞的眼裡如何看待），與前句"ニクトリの雄は，美しい色の羽をしています"（公雞有著色彩美麗的羽毛）更相關聯，爲此可混譯成一句。後句的下餘部分另譯成一個獨立的句子。

　(6)　一例を挙げれば，いま鉄鋼プラントでは，製御技術がプラントの死命を製するといわれている。コンピュータを駆使したコントロール技術である。

　　　　試舉一例。現在，鋼鐵企業的控制技術是利用電子計算機操縱的控制技術。人們認爲，它掌握著企業的命脈。

原文是兩個句子。前句中的"一例を挙げれば"的獨立意義較強，可斷譯成一個獨立的句子"試舉一例。"前句的所餘部分適合與後句混譯成另兩個獨立的句子。若照原文的語法結構，譯文必然是"如果舉一個例子，現在在鋼鐵企業裡，可以說控制技術掌握著企業的命脈。使用電子計算機的控制技術"。這樣的譯文語義零亂，前言不搭後語，實不可取。

(7) 人間が動物をかうようになったのは，いまから1万年以上も前のことで，最初にかわれたのは犬でした。のちに牛やブタ，ヤギ，ヒツジなどもかいましたが，これらは肉を食べたり，乳をしぼったり，毛皮をとるためでした。

　　人類開始飼養動物是距今一萬多年以前的事情。最早飼養的是狗，其後也飼養牛、豬、山羊、綿羊等。飼養這些動物是為了食肉、擠奶或獲取毛皮。

　原文的前後兩句都是由並列複合句構成的。前句為“…のは…ことで，…のは犬でした。”，後句是“…などもかいましたが，これらは…とるためでした”。但從語義上考慮，前句的前一個分句“人間が動物をかうようになったのは，いまから1万年以上も前のことで，”獨立意義較強可譯成一個獨立的句子“人類開始飼養動物是距今一萬多年以前的事情。”。前句的後一個分句“最初にかわれたのは犬でした”（最早飼養的是狗）與後句的前一個分句“のちに牛やブタ，ヤギ，ヒツジなどもかいましたが，”（其後也飼養牛、豬、山羊、綿羊等）語義相聯，適合於混譯成一個獨立的句子。後句的後一個分句，自然就另譯成一個獨立的句子。經此混譯，譯文就構成三個獨立的句子了。

實踐材料

アナログとディジタル

連続的に変わる量のことをアナログ量といいます。これに対して，規則正しく不連続に変わる量のことをディジタル量と呼び

ます。たとえば自動車の速度は停止状態の0から最高速度まで連続的に変ります。しかし自動車に乗る人の数は，けっして連続的に変わることはできません。1人，2人……というように，かならず1人を最小単位としてかぞえられます。前者はアナログ量であり，後者はディジタル量の典型的ものといえましょう。

　自然界の多くの量は，アナログ的に，つまり連続的に変化します。水の流れ，風のそよぎ，星の運行，すべて連続的に変わる量として考えてよいでしょう。もっとも非常に微少な世界にはいって，1個分子，1個原子が問題となってくるときは自然界の量といえども，ディジタル的に，つまり不連続的に変わると思わなければなりません。なぜなら，その場合は1個の分子や原子が最小単位となって変化が行なわれるからです。

　さて，連続的なアナログ量であっても，これをディジタル的に表示する場合がしばしばあります。たとえば「時間」は連続的に変化するものの代表のように考えられ，また時計は時間をアナログ的に表示しているのですが，最近の電光時計は，「分」を単位として時間をディジタルに表示しています。つまりある1分間のあいだは表示の文字は変化せず，1分ごとに文字が入れ替わって新しい時刻を示します。おなじく時間の例でいえば，列車の発着時刻は，「分」を単位にディジタル化されて時刻表に記されています。このように，アナログ量をディジタル量に変えることを量子化と呼びます。

　わたしたちのみのまわりにあるものについて考えてみても，

人間がアナログとディジタルとをうまく使い分けて暮している
ことがよくわかります。たとえば計算尺はアナログですが，算
盤はディジタルです。ラジオの音量は連続的に変えられますが，
照明の（電灯の）明かるさは不連続的にしか変わりません。人
間の身体はアナログ的に育つものですが，既製のシャツは cm
を単位にディジタル化されてそろえてあります。一般にディジ
タル化という考え方のなかには，一種の標準化，簡素化，統一
化の考え方があり，そこにアナログ的なものをより取扱いやす
く変形しようという人間精神のはたらきを感じることができま
す。

詞匯

1. アナログ	[analog]	（名）	模擬，模擬設備
2. ディジタル	[digital]	（名）	數字
3. きそくただしい	[規則正しい]	（形）	有規律的
4. かぞえる	[数える]	（他下一）	數，計算
5. そよぎ	[戦ぎ]	（名）	微微搖動
6. いえども		（接助）	雖然，即使…也
7. しばしば	[屢屢]	（副）	屢屢，常常
8. でんこうとけい	[電光時計]	（名）	電子錶
9. はっちゃく	[発着]	（名・自サ）	出發和到達（車）開到
10. いれかわる	[入れ替る]	（自五）	替換，交換

11. きする	[記する]	(他サ)	寫下來, 記錄下來
12. くらす	[暮らす]	(自・他五)	度日, 過日子
13. そだつ	[育つ]	(自五)	發育, 成長
14. きせい	[既製]	(名)	做好的, 現成的
15. シャツ	[shirt]	(名)	襯衣, 襯衫
16. かんそか	[簡素化]	(名)	簡便化

練習

重點: 合譯和混譯

一、將下列各句譯成中文

(1) エレクトロニクスの進歩は, すべての産業を変えていく。したがって, 80 年代の技術革新の拡がりは非常に大きい。つまり, 他の産業への波及効果がきわめて大きいといえる。

(2) まず小さくなる。これは大きな特質である。今まですでにあったものは, IC 化すれば小さくなる。また同じ大きさなら IC 化することによって, 機能を上げることができる。

(3) 石油の主成份は炭化水素でずが, ほかに, いおう, ちっ素, 酸素もふくみます, いおうは, 石油公害の中心となるものです。

注: "いおう" 硫黄 "ちっ素" 氮

(4) アリストレスは真空を否定したが, その論拠はこうで

あった。物体の速度は力に比例し，媒体の抵抗に反比例するので，もし空気がなければ投げた石の速度は無限大になければならないから。

注：“アリストレス”（人名）亞里士多德

(5) トンボの卵が育てば，トンボになります。ウマの子はかならずウマです。ウマからウシが生まれることはありません。

注：“トンボ”蜻蜓

(6) その一つが，先に述べたワード・プロセッサだが，その他にも，80年代には新しい機器が次次に生まれる。たとえば，インテリジェント複写機。これは複写機にマイコンやメモリ，つまり「頭」が付け加えられたもので，単純な複写だけでなく，画像の記憶ができる。それを遠隔地に送ることもできる。

注：“インテリジェント”有才智的，多功能的

(7) トランジスタが発明されて，それの小型，軽量，小電力，安定，長寿命などの場所によって，超小型回路技術が生まれた。マイクロモジュールとか，薄膜混成回路などがそれであるが，複雑な回路もそんなに場所や電力を要しないで，機器とすることができるようになった。

注：“マイクロモジュール”微型組件

(8) 大むかしから，地球という舞台のうえで，生物たちは，壮大なドラムをくりひろげてきました。そのドラムでは，

たえず新しい主人公が，舞台にのぼりました。進化で生じた生物たちです。

注："ドラム"戯劇

(9) 原子番号が増すにつれて，少しずつ元素の性質が変わり，第VII族 A で最も陰性が強くなる。すなわち，電子を得て陰イオンになりやすい。

注："イオン"離子

(10) 鉄道の果すべき使命を輸送形態でみると次の三つに大別される。

1) 都市間の高速・大量旅客輸送，
2) 中都市・大都市の通勤通学ビジネス交通，
3) 生産地と消費地帯を結ぶ大量・高速貨物輸送。

注："ビジネス"公務

二、將下列短文譯成中文

金属について

金のごとく天然に金属として存在するものもあるが，これは全く例外であり，酸化物や硫化物の形で金属元素は鉱石の中に含まれている。したがって金属を得ようとすればまず化学の助けを借りなければならず，金属の歴史は化学によって創り出された。そして人類は，銅のように鉱石が入手しやすく，しかも還元が容易で，かつ比較的低い温度で溶解する金属から順に文明の進歩に役立てできた。

銅は軟かい，加工性の良い金属であるから，さまざまに加工されていた。しばしば青銅時代という表現が用いられるが，もっとも古い金属は不純の銅というべきである。B. C. 3700年頃と推定される金属棒は9.1％のすず，89.9％の銅，それに少量のひ素を含み，今日の青銅とあまり組成が変わっていない。

　銅に比べて鉄は硬く，農耕，狩猟，あるいは武器としてB. C. 2000年頃から広く用いられているが，B. C. 4000年頃と推定される古墳から，全く錆化した鉄の球が発見されている。これがいん鉄より得たものか，鉄鉱の露頭が山火事によって還えされたものか，それとも鉱石より製錬したものかは不明であるが，鉄のように高融点の金属が数千年から利用されていたことは驚異というべきであろう。そしてB. C. 5000年頃にはすでにatomが考えられ，万物が皆この素からなるとして古代錬金術が栄え，万有還金を信じて合金の研究が行なわれた。この手法が後世の化学および物理学の発達を促したが，二十世紀後半になり，錬金術師の夢であった元素の変換の道が核物理学者によって拓かれたわけである。このように金属学はもっとも古い歴史をもち，もっとも新しい学問の一翼を担っている。

　　詞匯

1. さんかぶつ　　　　［酸化物］　　（名）　　　　氧化物

2. たすけ　　　　　　［助け］　　　（名）　　　　幫助，援助

3. にゅうしゅ　　　　［入手］　　　（名・他サ）　取得，得到

4. じゅん　　　　　　[順]　　　　　　（名）　　　順序，次序

5. すず　　　　　　　[錫]　　　　　　（名）　　　錫

6. B. C.　　　　　　[before christ]　（名）　　　公元前

7. ひそ　　　　　　　[ひ素]　　　　　（名）　　　砒

8. しょうか　　　　　[錆化]　　　　　（名・自サ）銹蝕

9. いんてつ　　　　　[いん鉄]　　　　（名）　　　隕鐵

10. ろとう　　　　　　[露頭]　　　　　（名）　　　（地質）露頭

11. やまかじ　　　　　[山火事]　　　　（名）　　　山水（爆發）

12. さかえる　　　　　[栄える]　　　　（自下一）　繁榮，興盛

13. ばんゆうかんきん[万有還金]　　　（名）　　　萬有還原

14. ひらく　　　　　　[拓く]　　　　　（他五）　　開拓，開僻

第三部分

注釋和參考譯文

此第三部分按第二部分的章次順序書列以下內容:

*1.*實踐材料的重點注釋; *2.*實踐材料的參考譯文; *3.*練習一的參考譯文和注釋; *4.*練習二的重點注釋和參考譯文。

第 一 章

1. 實踐材料的重點注釋

(1) "人のまだ行かない所へ行き着き"到達人所不曾到過的境地。須將自動詞 "行き着く" (到達) 移至補語 "…所へ" 之前

(2) "…肝心なものを見落とす恐れがある"。其中謂語的補助成分 "恐れがある" (有可能) 應提前, 而譯作 "有可能忽略掉…珍貴之物"。

(3) "わけもなくその大事な宝物を拾って行く場合がある" 其中 "場合がある" (有時) 同與注(2)的 "恐れがある" 要提前, 而譯作 "有時卻能輕而易舉地拾到那珍奇之寶"。

(4) "だが, これからは, 思いもつかない難関が突如として現われるおそれのある道を進まねばならない"。句中有較長的鏈鎖性的定語 "思いもつかない…おそれのある" 來修飾名詞 "道"。

爲使譯文在表達上取得較好的效果，而將定語後置譯成"然而，在今後的征途上可能突然出現意想不到的難關"。

(5) "途端にヘナヘナと腰くだけになってしまわないか"按全句的意義，可將狀語"ヘナヘナと"譯成"得"字結構，而譯成"不會剛一涉足就懦弱得夭折了嗎？"

(6) "…切望するのは，粒揃いの秀才ではなく，異能，異端の人で，…人材だろう"。原文表示否定的謂語在前，表示肯定的謂語在後。但全文敍述的中心點在肯定部分，爲此譯文有必要進行換位，譯作"…迫切期望的是具有特殊天才和開拓精神的人物，…而不是平平庸庸的秀才。"

(7) "周到な準備をし，覚悟をきめて，長い孤独な冒険に乗り出す人欲しい"。若按原文結構譯作"現在渴望以求的是那種有充分思想準備，下定決心從長期而獨立的開拓性研究的人才"，確有修飾語隸屬不當的問題。關鍵是定語"長い孤独な"應改譯成狀語，所以應譯成"現在渴望以求的是那種有充分思想準備，下定決心，長期而獨立地從事開拓性研究的人才"。有關成分轉譯的問題，詳見第三章。

2. 實踐材料的參考譯文

秀才集團的脆弱性

首先是秀才成群。現在，日本將要變成一個"秀才"之國。其罪魁禍首顯然是地獄式的大學入學考試和偏差值病。寺田寅彦在《科學家和頭腦》這篇隨感中是這樣說的：

"所謂頭腦聰明的人，就好比是腳步敏捷的旅行者。他可以比別人先期到達人們所不曾到過的境地。可是，卻有可能忽略掉旅途道旁或岔路上的珍貴之物。頭腦笨拙的人，腳步遲緩，遠遠地落在後邊，有時卻能輕而舉地拾到那珍奇之寶。"

在追趕歐美的時期，目標明確，應做些什麼是很明顯的。又因為是走歐美走過的道路，所以沒有什麼重大難關，只依靠眾多的秀才即可。然而，在今後的征途上可能突然出現意想不到的難關。"秀才們"能將其突破？ 不會剛一涉足就懦弱得夭折了嗎？

現在，日本迫切期望的是具有特殊天才和開拓精神的人物，是能幹出一番大事業的人才，而不是平平庸庸的秀才。這是由秀才充塞於世，毫無稀者為貴的價值。企業錄用秀才已經不需費力。此後該是努力物色和尋求奇才、異能人物的時代了。

最近，就是在企業的研究所裡，願意潛心於基礎研究的青年人也頗少見。據說他們只樂於參加那些目標明顯，容易取得研究成果的項目。除大哄大嗡進行的課題之外，堅持走個人獨創道路的精神，明顯地減弱了。這不就是包括教師在內，吵吵嚷嚷、亂亂哄哄皆大歡喜的現行小、中、大學教育的產物嗎？

現在渴望以求的是那種有充分思想準備，下定決心，長期而獨立地從事開拓性研究的人才。但是，在"優秀生"當中，這種類型的人頗不多見。因為這一類型的人，在現行的教育下，多被埋沒於落後行列之虞。可是，企業部門如何去發掘並培養具有這樣素質的人才，確實是一個重大課題。說它關係到今後發展的成敗，也並不過分。

3. 練習一的參考譯文和注釋

(1) 地球的這種戲劇性的大變動宣告結束的日子不久即將到。

"この劇的な"和"地球の"兩個定語應進行邏輯性的換位，譯作"地球的這種戲劇性的"。

(2) 如果將現在的嚴寒季節看作是小冰河時代，則我們已經進入這個時代。

用"將"字把賓語部分"現在の寒冷化の時代を"譯在支配詞"見れば"之前；相應之下，補語"小氷期と"則置於支配詞"見れば"之後。經詞序的調整，而譯作"如果將現在的嚴寒季節看作是小冰河時代"。此外，"その時代に突入している"之後而譯作"已經進入這個時代"，作語法性的換位。

(3) 謊言常常會傷害人，但是醫生即便明知病人患的是癌症，卻往往說不是癌。

原文有兩個總管全句的謂語補助成分"ことが多い"，譯文應將它們移前譯出。爲避免用詞重複，可分別譯作"常常…"和"往往…"。

(4) 我們從猿進化到人，曾歷盡艱辛——飢寒和恐懼。

譯文可將定語"飢饉・恐怖といった"移至被修飾語"多くの苦しみであった"之後，作修辭性的換位，即譯成"曾歷盡艱辛——飢寒和恐懼"。

(5) 根據地區的條件，建築物必須建造得與其相適應。

譯文可用"得"字將動詞"建設される"的狀語部分"これに適合するように"後置而譯作"建造得與其相適應"。

(6) 在工廠裡，也許有人只可用右手操作。但是，這種工作如果長期持續下去，體形將變得異常。爲了使身體恢復原狀，左手也必須使用。

該句的譯法重點，除需要將總管全句的補助成分"かもしれない"(也許)應移前譯出外，主要是有關賓語的譯法。"そんな仕事を長くしていると"譯作"這種工作如果長期持續下去"，"体の調子をもとへ戻すには"譯作"爲了使身體恢復原狀"；"左手も使わねばならない"譯作"左手也必須使用"。

(7) 氣溫急劇下降，必然使各地區氣象異常。

"急激な気温の下降"中的兩個定語要作邏輯性的換位處理，譯作"氣溫急劇下降"。

(8) 我們愛護稻子，珍惜米穀，實際上也是爲了食用，而不是祈望稻穀幸福。

原文有表示否定的謂語"本当に稲の仕合せを願っているのではなく"和表示肯定的謂語"食うために愛しているのである"。爲表達出敍述的中心在於肯定的內容而將兩者換位，譯作"實際上也是爲了食用，而不是祈望稻穀幸福"。

(9) 近代以來，隨著電子工程技術和土木工程技術的發展，水輪機雖不那麼受氣候和地理條件的限制，但仍不如熱力機那樣，於在任何地方都能得到動力，例如不能像飛機的發動機，在空中就可以發出動力。

在一般的情況下，主語譯在句首是正常的。爲強調時間和方式狀語"近代になって，電気工学と土木工学の発達によって，"

（近代以來，隨著電子工程技術和土木工程技術的發展，）而譯在句首。同時，可使主語“水車は”和謂語部分“気象条件，地理条件よりかなり解放されたのであるが”緊湊、清晰，即譯作“水輪機強雖不那麼受氣候和地理條件的限制，”。

⑽　熱力機的能源——熱能，主要得自於放熱反應，例如燃料燃燒之類的化學反應和原子核反應等。有時也利用自然界固有的熱能，諸如地熱、太陽的輻射熱等。

本句的譯法特點是，爲了取得修辭效果而將定語部分“たとえば…原子核反応などの”(例如…原子核反應等) 譯在被修飾的名詞“発熱反応”之後。另一個是把狀語“地熱、太陽の輻射熱のように”(諸如地熱，太陽的輻射熱等) 譯在被修飾的動詞“利用する”之後。

4.　練習二的重點注釋和參考譯文

1)　重點注釋

(1)　“わたしたち人類は，地球上に生命が発生して以来”。自然界的規律是地球上出現生命之後，始有人類，按此邏輯順序，譯文應將主語“わたしたち人類は”(我們人類) 與表示時間的狀語從句“地球上に生命が発生して以来”(自從地球上出現生命以來)，進行順序調整，譯作“自從地球上出現生命以來，我們人類”。

(2)　“今日私たちは”。雖可按原序譯作“今天我們”，但根據全段的內容意義和該句應有的語感，似應將兩者的位置調換一下，而譯作“我們今天”。

(3) "人体は無重力になれてしまうかもしれません"。其中總管全句的補助成分 "かもしれません" (也許) 要提至主語 "人体は" (人體) 之前，而譯作 "也許人體會完全習慣於失重"。

(4) "装備をふくめた宇宙飛行士のめかた"。名詞 "めかた" (體重) 帶有兩個並列定語，一個是 "装備をふくめた" (包括裝備的)，另一個是 "宇宙飛行士の" (太空人的)。對此有兩種譯法：1.譯作 "包括裝備在內，太空人的體重"，2.譯作 "太空人的體重包括裝備在內。後者將部分定語移至被修飾的名詞之後，但具有補充，注釋的含義。

(5) "数か月の無重力状態で「なまくら」になったこの宇宙飛士"。其中有兩個並列的定語："…になった" 和 "この"。應將兩者的位置調換，譯成 "這位在幾個月的失重狀態下已經變得 "懶洋洋" 的太空人"。

(6) "…をつくる方がよいのです"。其中 "方がよいのです" (最好) 是總管全句的補助成分，應提前譯出，譯成 "最好是創造出…"。

(7) "その速度を加減すれば" (若將其速度調整得適宜)。譯文除用 "將" 字把賓語 "速度を" 譯在動詞之前，並使用了 "得" 字，以表示動作的結果。

2)參考譯文

人工重力

自從地球上出現生命以來，我們人類經歷了數億年的歲月，

是隨時都受著重力的影響進化而來的。如果沒有重力，進化的道路將從根本上發生變化，我們今天會過著完全不同的生活。

迄今爲止，宇宙飛行的經驗已經証實，人類即使在失重的狀態下，也仍然可以生活和工作。但失重對人類自不待言，對地球上的生物都是違反其生活常態的。

將來，人類一旦實現了星際旅行，無論多麼近的地方，至少也需要幾個月的時間。在此期間，也許人體會完全習慣於失重。假設太空人的體重包括裝備在內，在地球上爲 110 公斤，這位在幾個月的失重狀態下已經變得 "懶洋洋 " 的太空人，一經到達火星，將會感到自己的體重驟然從零變爲 55 公斤以上。這是很不適應的。

假若在宇宙空間生活，最好是創造出人工重力——由離心力而形成的重力。爲此，就需要建立一個大型的旋轉式太空站，或者把太空站分爲兩部分，用繩索連接起來，使之圍繞著同一重心旋轉。站內所有物體的重量將取決於其旋轉速度。如快轉速，重量則增加；降低轉速，重量則減少；旋轉停止，則無重量。若將其速度調整得適宜，與人類在地球上的受力狀態相同，自然就能在太空站裡生活了。

第 二 章

1. 実践材料的重點注釋

　　(1) "…頻度と内容について予測し，修理工場にて可能な整備，修理の内容について決定する必要がある"。需要對…的頻度和内容作出估計，並且確定可在修理工廠維修的項目。

　　可將形容動詞的連體形 "可能な" 轉換成動詞，譯作 "可在修理工廠…"；"必要がある" 爲句子的主、謂語，合起來譯作動詞 "需要"。

　　(2) "つまり修理工場内で可能な修理と外注で可能な修理の明確化である" 總之，要明確可在修理工廠内修理的以及可委託外單位的修理項目。

　　句中有兩個形容動詞的連體形 "可能な"，均可轉譯成動詞 "可" 字；"明確化である" 爲句子的謂語，其中 "明確化"（動名詞）可譯作動詞 "要明確"，位置前提。

　　(3) "工事現場であらゆる故障，修理に対処可能な機能を持つことが必要となる" 工地現場就需要具備可以排除一切故障和進行修理的能力。

　　動名詞和形容動詞 "対処可能な…" 均需轉譯成動詞，譯作 "可以排除…"；"必要となる" 譯作動詞 "需要…"，位置前提。

　　(4) "…についても考える必要があり" 還必須考慮…。"必要があり" 的譯法同於注(1)。

　　(5) "このような場合は…といった方法を取ることが設備投

資を最小にして最大の効果を得るためには必要となる場合が多い"在這種情況下，爲了以最少的設備投資而獲得最大的效益，常常需要採取以下方法：…。

　　該句爲一長句，在"このような場合は"之後有一個很長的並列成分，通過慣用型"といった"作名詞"方法"的定語。譯文可將它們譯在被修飾的名詞之後，用冒號"："隔開，以取得修辭的效果。此外，還有三點値得注意：*1.* "必要となる"譯作動詞"需要"位置前提；*2.*總管全句的謂語補助成分"場合が多い"（常常）前提；*3.* "…を得るためには"（爲了獲得…）是一表示目的意義的狀語，前提。按中文的邏輯順序，譯作"爲了…常常需要…"，作多面性交叉換位。

　　(6)　"機械維持管理体制計画段階で"在制訂機械維修管理體制時。

　　日語的科技文章中往往將幾個詞集合在一起構成複合詞。其中若包含有動作意義的名詞時，可適當地考慮將其譯作動詞。如該複合詞中"計画"，此處適合於譯作"制訂"，位置提前。

　　(7)　"修理に関するシステム作りをすることが肝要となる"建立一套有關修理工廠的體系是至關重要的。

　　"肝要となる"同於"必要となる"的譯法，但此句的語言環境適合譯在原位。

2. 實踐材料的參考譯文

設備計劃

設備在施工現場的修理工廠，其規模應設計成多大且配置哪些設備爲宜？當考慮這些問題時，就需要對機械搬入修理工廠進行維修的頻度和內容作出估計，並且確定可在修理工廠維修的項目。同時不可忘記，能否將某些修理項目委託其他公司去完成？總之，要明確可在修理工廠內修理的以及可委託外單位的修理項目。

通常，水庫建設工地都位於遠離城市的地方，因此工地就需要具備可以排除一切故障和進行修理的能力。但是，修理設備只在有限的工期使用而置備得非常完善，勢必會增加設備的投資，在這方面會產生不少矛盾。此外，還必須考慮設備的使用頻度，盡管在一年內只有幾次的使用機會卻購入昂貴的設備，是不能提倡的。因此，在這種情況下，爲了以最少的設備投資而獲得最大的效益，常常需要採取以下方法：調查鄰近城市等地具有什麼樣的修理能力；凡城市裡擁有的，現場就不必配置；現場只適當地配備那部分零件和部件；通過更換組合件來排除故障；修理時則將組合件送往城市。同時，還必須考慮工地與城市間的往返距離和期限，來決定儲備零件和部件的數量。

這樣考慮修理頻度，明確現場修理工廠所應具備的以及可依賴受托單位的修理能力。在制訂機械維修管理體制時，要把在現場修理工廠不能修理的處理方案考慮在內，建立一套有關修理工作的體系是至關重要的。同時，還必須研究工程期間總的投資效益。

3. 練習一的參考譯文和注譯

(1) 爲了使人體帶電，必須完全絕緣。

謂語"必要である"轉成動詞"必須"，位置前提。

(2) 改造道路結構，大體上不要侵犯市民的基本權利，汽車可以通行。

由形容動詞"可能"＋"になる"構成的謂語"可能になる"可轉作動詞"可以"；主謂結構的複合名詞"自動車通行"中的動名詞"通行"也轉作動詞，轉譯成"汽車可以通行"。

(3) 因爲我在中學時代喜歡幾何、物理、化學、生物等學科，所以想當一名醫生。

形容動詞"好きだった"適合於轉換成動詞"喜歡"，位置前提。

(4) 火焰不能形成熱平衡狀態，通常，溫度隨時間、空間的變化很顯著，所以很難確切地測定。

由形容動詞"困難である"構成的謂語可轉換成副詞"很難"。相應之下，構成主語的動名詞"測定は"也要轉換成動詞。經此轉換，主、謂語部分"温度の正確な測定は困難である"即譯成"很難確切地測定"。爲使譯文的用詞簡潔，定語"温度の"承前文的語義，可略去不譯。

(5) 由於預防措施的實施，在故障發生之前就能及時處理，所以對降低修理費用和減少停車時間，是一種行之有效的方法。

原文"修理費の低減と休車時間の低減"中有兩個動名詞"低減"，在此語言環境中均適合於轉換成動詞，可譯作"降低修理費

用和減少停止時間"。

(6)　有人善於種植稻子和南瓜，但不善於種植其它作物。

原文句中由形容動詞構成的兩個謂語"上手だ"和"下手です"，均適合於轉成副詞，位置前提，即"善於…"和"不善於…"。

(7)　如果一一地去考察日本的技術力量，就會歸結爲，他們是來源於日本的風土和國民性。

原文的謂語"明確になる"可譯作動詞"就會歸結爲…"。

(8)　一般市民對吸煙的危害性極不關心，同時政府對防止吸煙的危害也無熱情，因此吸煙的人每年遞增百萬人。

原文中的"無関心である"可譯作動詞"不關心"；"害惡防止"中的"防止"也可譯作動詞，即"防止危害"。

4.　練習二的重點注釋和參考譯文

1)　重點注釋

(1)　"修理作業は…行なうことが必要となる"修理工作必須進行得…。

"必要となる"適合於轉譯成動詞"必須"，位置前提。

(2)　"…，かつ安全に作業をすることが可能となり"可以…，而且安全操作。

"可能となる"轉換成動詞"可以"，位置前提。

(3)　"修理作業に特殊工具は必要で"專用工具對修理工作至爲需要。

"必要で"（需要）雖應轉譯成動詞，但可譯在原位。

(4) "…設備導入と併せ考えなければならない"…要與引
進設備一併考慮在內。

複合名詞"設備導入"中的動名詞"導入"應轉譯成動賓詞
組，即譯成"引進設備"。

2) 參考譯文
修理技術

修理工作必須進行得迅速、正確而且經濟。爲此，對製造廠
所提供的修理要領書，工廠管理人員和修理人員必須熟讀，以期
使作業標準化和效率化。

爲了按照修理要領書更有效地從事修理工作，備有專用工具。
使用專用工具可更加提高修理質量，減少工時，而且操作安全，
專用工具對修理工作至爲需要，因此要與引進設備一併考慮在內。

爲了節省修理費用，不是把機件全部換成新的，而是要使用
舊機件，恢復其功能。爲此，就要參考有關技術資料，確定舊機
件能否再使用。盡量節約，這是關係到減低費用的問題。

再則，如果具備組合件交換裝備，就需要試驗台來驗証修復
的組合件的性能是否已經復原。這是確保組合件更換後的機械性
能和裝置壽命所必不可少的。進而言之，機件的再使用或再生使
用時，試驗台則更爲需要。

第 三 章

1. 實踐材料的重點注釋

(1) "情報技術を高めた「漢字」の存在"

"漢字"的存在與信息技術的提高。

此系本篇文章的標題。譯文是爲了使標題通順和醒目，參照原標題的用詞、結構和統觀全文的內容意義而譯出的。譯文作了多處的成分轉譯，這樣譯法是否得當，尚可研究，但總比按原文譯作"提高了信息技術的"漢字"的存在"略高一籌。

(2) "膨大の数の象形文字"應轉譯成"數量龐大的象形文字"，而不能按原文照譯成"龐大數字的象形文字"。這從中文的角度看來，搭配不當。

(3) "かつてはこれが情報技術開発の大きなかべになると見られていた"以前總是把它看作是發展信息技術的巨大障礙。譯文是將主句的被動態謂語"見られていた"譯成主動態，補語從句的主語"これが"則轉譯成賓語，以使譯文通順。

(4) "日本では，ファクシミリが急速に普及しており"日本的傳真通訊正在迅速普及。其中原文的補語"日本では"轉譯成定語。此處並不是非轉譯不可，也可照原文譯作"在日本，傳真通訊…"。

(5) "欧米では，文書はアルファベット 26 文字で構成されているから"歐美的文件是 26 個字母組成的。原文的補語"欧米では"適合於轉譯成"文書は"的定語，譯作"歐美的文件"。

(6) "漢字ではそうはいかない" 中文卻不行。

句中的補語 "漢字では" 含有輕微假定之義，可轉譯成主語。

(7) "日本ではタイプでなく，しゃべった言葉を聞きとれる装置へのニーズがひじょうに強い" 日本迫切以求的是能聽懂語言的裝置，而不是打字。

"日本では" 同於注(6)，應轉譯成主語；原文的主語和謂語 "ニーズがひじょうに強い" 合在一起譯作 "迫切以求的"；"…装置への" (定語)，轉譯成謂語。若不作上述各種轉譯，譯文則是 "在日本不是打字，對能聽懂說話的裝置的需要非常強"。這樣的譯文顯然不合要求。

(8) "だが，まだ大きな課題がある。手書きの漢字の読みとりである"。但是，還有一個重大課題，就是讀出手寫的漢字。

譯文是將兩個各自獨立的句子合譯成一個句子。前句譯成主語部分，後句譯成謂語部分，這在修辭上會取得一定的效果。關於 "合譯" 的譯法，將述之於第 16 章。

(9) "日本人の最大の発明の一つであるカタカナ，ひらがなという表音文字を持っていたことも，ひじょうに幸いした" 片假名和平假名是日本人的最大發明之一，有了這種注音文字是非常幸運的。

句中有一較長的定語 "日本人の…という"，其中尚有同位語 "日本人の最大の発明の一つである" 和本位語 "カタカナ，ひらがな"。為避免譯文中出冗長的定語，而將本位語轉譯成主語，同位語轉譯成謂語，譯成二個分句，即 "片假名和平假名是日本人

的最大發明之一"。

⑽ "いま中国は，コンピュータ導入に躍起になっている"
現在中國正在積極地引進計算機 。

譯文將謂語"躍起になっている"轉譯成狀語"積極地"，相
應之下需將由複合名詞"コンピュータ導入"＋"に"構成的補
語中的"導入"轉譯成動詞謂語"引進"，"コンピュータ"（計算
機）即爲實語。

⑾ "漢字・仮名まじり文を使う日本は"日本使用漢字與假
名混合表記的文字。

譯文的特點是將被修補語"日本は"轉譯成主體。

⑿ "艱難，汝を玉にす"艱難困苦，玉汝於成。

此系中國的諺語。

2. 實踐材料的參考譯文

"漢字"的存在與信息技術的提高

談幾句閑話。日語中使用漢字這種複雜且又數量龐大的象形
文字，以前總是把它看作是發展信息技術的巨大障礙。但是，現
在它卻起著提高信息技術水平的作用，而並不是一種障礙。

日本的傳真通訊正在迅速普及，其技術水平也很高超。這是
由於漢字極其複雜，爲了把文件傳送到遠處，不得不直接傳輸圖
象所致。歐美的文件是由 26 個字母組成的，所以如果將其一個一
個地變成符號用信號傳遞，就可以很簡單地傳送文書的內容，但
是，漢字卻不行，因此就形成了傳真技術發展的起因。

語音打字也是如此。在歐美打字是極簡單的事情，能打字的人比比皆是。然而，日語打字則是一種特殊技能，需要一定的時間才能掌握。日本迫切以求的是能聽懂語言的裝置，而不是打字。

或者是一種能讀出手寫文字的裝置。現在，使用片假名的已開始普及，使用平假名的也在開始出售。此外，還一直在研制技術更高的裝置，這種技術就是用陰極射線顯像管顯示漢字或噴墨書寫。但是，另有一個重大課題，就是讀出手寫的漢字。此項技術的開發今後將會有所進展。

分辨語音和讀出手寫文字均稱作"圖像識別"。這種圖像識別技術，日本居於最先進的地位。對日本人來說，圖像識別是一種近身之物，即用眼睛看視漢字就是一種圖像識別。可以說，這是使用象形文字的優點。同時，日本是圍棋、象棋活動開展得最普遍的國家。我認為，這類活動對鍛練識別圖像也有很大的幫助。

片假名和平假名是日本人的最大發明之一，有了這種注音文字是非常幸運的。首先，使用片假名可以利用計算機。只有漢字的中國究竟怎麼辦呢？現在中國正在積極地引進計算機，但沒有注音文字似乎會產生很大障礙。

日本使用著漢字與假名混合表記的文字，可以說這是一種優越條件－－先從易處著手，逐漸向高級發展。古諺語云"艱難困苦，玉汝於成"，從片假名入手把漢字與計算機結合起來的困難，提高了日本的信息技術。

3. **練習一的參考譯文的注釋**

⑴　左右民族和國家社會未來的是青少年，因此任何國家都對青少年進行精神教育。

補語“どの国でも”轉譯成主語“任何國家”；定語“青少年の”轉譯成狀語“對青少年”。

⑵　近年來，颱風發生地區常常受佔優勢的高氣壓帶所控制，所以使颱風很難形成。

謂語“しばしばであり”轉譯成狀語“常常”。

⑶　影響気候變動的原因，還有一個不可忽視的現象是大気混濁。

省略動詞“あたえる”（給），將動名詞“影響”譯作動詞，補語部分“気候の変動に”轉譯成賓語；將狀語“…原因となるものとして”譯成全句的主語，即將“気候の変動に影響をあたえる原因となるものとして”譯成“影響氣候變動的原因”。將補語部分“もう一つ無視できないものに”轉譯成主語“還有一個不可忽視的現象”；主語部分“大気の混濁が”轉譯成謂語“是大気混濁”。

⑷　據說，現在與本世紀之初相比，大気的混濁度增加了50~80％。有學者說，其3分之2的原因，是由火山灰所造成的。

被修飾語“學者”轉譯成修飾語“言っている”的主體；“原因の三分の二は”應譯作“3分之2的原因”，主語轉譯爲定語。

⑸　把許多工業用機器人排列起來的完全無人的工廠到底會是什麼樣子呢？

“工業用ロボットがたくさんならんだ”（把許多工業用機器

人排列起來的)，是將由自動詞"ならんだ"構成的謂語譯作他動詞，主語"工業ロボットが"即轉譯賓語"把…工業用機器人"；"たくさん"原是副詞狀語，此處需轉譯成"工業用ロボット"的定語，否則語句不通。

⑹　兩性生殖有雌雄之別，分別產生卵子和精子。

補語"両性生殖では"轉譯成主語；主語"卵と精子が"轉譯成賓語。

⑺　某門學科成績不好的人，在這次假期中盡可能要努力趕上來。

該句的謂語"努力して下さい"在與狀語"追いつくように"的搭配下，適合於轉譯成狀語，而狀語則可轉譯成謂語，即譯成"要努力趕上來"。

⑻　湖沼水大多是淡水，而乾燥地區內陸湖的水大半含有鹽分。

原文中前一分句的主語"多くは"應轉譯成狀語，其定語"湖沼水の"相應地轉譯爲主語。後一分句"多くの水"中的定語"多くの"可轉譯成狀語來修飾謂語"含んでいる"，譯作"大半含有鹽分"。

⑼　地下水的特點是水溫、水質、水量等方面變化甚小。

主語"地下水は"轉譯成小謂語"特色である"的定語，"特色である"轉譯成主語，譯作"地下水的特點"。

⑽　重要的是注意不要讓年青人吸煙。

該句譯文是將原文的謂語"大切になりなす"轉譯成主語，

主語轉譯成謂語； 主語部分的狀語從句 "若い人たちがタバコを 吸わないように" 轉譯成動詞 "心掛ける" 的賓語從句 "不要讓 年青人吸煙"。

(11) 人們從山火聯想到了取火的木棒之後，過了不久，又想 出使石頭與石頭相互碰撞取火的辦法來。

本句是將被修飾語 "人人" 轉譯成修飾語 "山火事から…考 えついた" 的主體並將時間狀語 "その後" 併入其中以示修辭面 譯成 "人們從山火聯想到…之後"。

(12) 類似恒星、太陽和電燈那樣，自身能發光的物體叫作發 光體。

原文的補語 "自分で" 轉譯作主語 "自身"。

(13) 隨著位置、運動和形狀等狀態的變化，能量也可以變成 各種形態。但從整體來看，其總和是不變的。

原文的狀語 "いろいろと" 轉譯成定語，修飾名詞 "形" 譯 成 "各種形態"。

(14) 提高速度是交通部門長期不懈研究課題之一。

譯文是將原文主、謂語 "速度向上があげられる" 譯成 "提 高速度" 作句子的主語，補語部分 "…一つに" 轉譯成謂語。

(15) 從前人類所利用的能，可以說幾乎都是直接或間接利用 太陽的輻射熱。

原文是以 "ほとんどすべては" 構成主語，適合於轉譯為狀語。

4. 練習二的重點注釋和參考譯文

1) 重點注釋

(1) "現在の社会生活が，10 年前と比べ大きく変わっているると感じる人は少ないであろう"大概很少有人會感到現在的社會生活與 10 年前相比已經發生了巨大的變化吧！

該句適合於將被修飾語 "人は"轉譯成主體；謂語部分 "少ないであろう"譯作 "大概很少有"。

(2) "…と感じる人は多いのではなかろうか"很多人會意識到，…。

此句的譯法同於上句，即將被修飾語 "人は"轉譯成主體。

(3) "IC なくして電化製品は作れないような感じすらする"甚至感到，沒有集成電路，電氣製品就無法製造。

將動名詞 "感じ"譯作動詞，其定語部分 "…作れないような"轉譯成賓語。

(4) "…焼き付けるのが紙ではなく，シリコンなどの半導体になされることである"。"…不是印在紙上，而是製作在硅等半導體上。

此句適合於 "意譯"（詳見以後有關章節）。按原文的結構譯文是 "印相不是紙，而是被製作在硅等的半導體上。

(5) "そして，安くなる。これは重要である"再者，重要的是造價便宜。

譯文可將原文兩個各自獨立的句子合譯成一個句子。後句"これは重要である"轉譯成主語 "重要的"；前句 "そして安くなる"轉譯成謂語 "再者…是造價便宜"。這和上文中的 "まず小さ

くなる。これは，大きな特質である” 合譯成 “首先是小型化，
爲其最大的特點” 的譯法基本相同。可取得語義聯貫，句型簡潔，
前後呼應的效果。

2)　參考譯文

集成電路化

大概很少有人會感到現在的社會生活與 10 年前相比己經發生
了巨大的變化吧！ 但是，很多人會意識到，維持我們生活日用
品，特別是電氣製品，例如電視、收音機、鐘錶等其性能已經顯
著提高。實際上，提高其性能的關鍵在於集成電路。

特別是最近，除集成電路之外，還湧現出 “大規模集成電路”，
“數字化”，“微型計算機 (簡稱微機)” 等詞語。現在是連小學生
都習以爲常地使用這些詞語的時代。集成電路就是如此地深入到
我們的生活之中。找尋沒有集成電路化的東西，比起找尋集成電
路化的東西要難得多。現在，集成電路已很普遍，甚至感到沒有
集成電路，電氣製品就無法製造。那麼，所謂集成電路化究竟是
什麼呢？

所謂大規模集成電路，簡而言之，可以看作是晶體管和電阻、
電容等組成的電路集中成一個整體。在原理上與照片相同。把電
路畫到非常大的紙上，將其拍成照片而使之縮小。與照片不同的
是，不是印在紙上，而是製作在硅等半導體上。使用這樣製成的
集成電路，就會產生如下的特徵。

首先是小型化，爲其最大的特點。以往的裝置如果集成電路

化，就都能縮小體積；而且，假如大小相同，由於集成電路化，也可以提高性能。例如，大規模集成電路手錶，同樣大小，卻可附有秒表的機能，並可帶日曆，星期幾，可靠性也會提高。所謂集成電路化，就是把許多元件組成電路集約爲一個整體。器件數量一經減縮，它們之間的連接也就變少，故障必然就會減少。況且，與機械化相比，實屬天壤之別。

再者，重要的是造價便宜。當然，這只限於批量生產的情況。

第 四 章

1. 實踐材料的重點注釋

(1) "地球という舞台のうえで，生物たちは，壮大なドラマをくりひろげてきました"生物在地球這個舞台上，就上演了一齣壯觀的戲。

譯文中增譯出"就"和"一齣"，以使語氣貫通。

(2) "進化で生じた，生物たちです"這就是因進化而湧現的生物群。

原文承前句省略掉主語。為使語義完整，譯文中增譯出主語"這"字；另增譯了"而"字，是為了語氣貫通。

(3) "いっぽうでは，数多くのものが，舞台からすがたを消していきました"另一方面，許多生物卻從舞台上銷聲匿跡了。

原文的前句和此句有轉折之義，故而增譯"卻"字，以示表明。"すがたを消していきました"的直譯是"消失了面貌"，將其譯作"銷聲匿跡"，賦以修辭色彩。

(4) "そのものたちには，新しい生物を子孫として残したものも，残さずにほろびたものもあります"這些生物中，有的一代一代地繁衍下來，也有的就此而絕種。

日語中有一慣用型"…ものもあれば，…ものもある"既有…，也有…。文中的"…残したものも"其後省略了謂語"あれば"，應予以譯出。"新しい生物を子孫として残したものも"適合作"意譯"處理，而譯作"有的一代一代地繁衍下來"。關於

"意譯"請參看第七章。

(5) "中生代ははヰ類時代といいますが、はヰ類全盛時代の一幕は終ったのです"中生代雖稱之爲爬行類時代，但爬行鼎盛時期已宣告結束了。

譯文中增譯了"已宣告"一詞，意在通順。

(6) "しかし，それではは虫類がみな絶滅してしまったのではなく，べつのは虫類たちは生きのこり，今日まで，かなり繁栄しています"然而，這絕不意味著爬行類就因此而全部絕滅，其它爬行類還是繼續生存下來，直到今天仍然相當繁盛。

譯文中增譯出"這""就""而""還是""繼續""仍然"等詞。

(7) "気候が変わって，しのぎにくくなったり，たべものがなくなったり，すむ場所がとぼしくなったりすることも多いうでしょう"大概多是因爲氣候變化而難以忍受，斷絕了食物或者缺少棲居之地。

增譯出"大概"和"而"字。

(8) "病気がはやるということもありましょう"恐怕也有因爲疾病流行而造成的。

爲使語義通順完整，而增譯出"而造成的"。

(9) "しかし，もっと強力な生物が進化で生じて，そのものとの生存競争でやぶれるということが，重要な原因のようです"不過，其重要原因似乎是，由於進化會出現生命力更強的生物，在與這些生物的生存競争中而被淘汰的緣故。

在全文觀點下，爲使上下文的語義連貫，可增譯一個"其"

字，指代"絕滅"之意。另增有"會""而"和"緣故"。

實踐材料的參考譯文

進化和絕種

從遠古以來，生物在地球這個舞台上，就上演了一齣壯觀的戲。在這場戲中，新的主角不斷地登上舞台，這就是因進化而湧現的生物群。但另一方面，許多生物卻舞台上銷聲匿跡了。

這些生物中，有的一代一代地繁衍下來，也有的就此而絕種。生物就是這樣，不斷地以新代舊，新舊交替。

某種生物的滅亡稱之為絕種。中生代的末期，恐龍就絕了種。中生代雖然名為爬行類時代，但爬行的鼎盛時期已宣告結束了。然而，這絕不意味著爬行類就因此而全部絕滅，其它爬行類還是繼續生存下來，直到今天仍然相當繁盛。

馬在五千萬年之間，重複著進化和絕種，大象和駱駝也都是如此。進化和絕種的演變，始而形成了現今的生物界。

那麼，為什麼會發生絕種呢？大概多是因為氣候變化而難以忍受，斷絕了食或者缺少棲居之地。恐怕也有因為疾病流行而造成的。不過，其重要原因似乎是，由於進化會出現生命力更強的生物，在與這些生物的生存競爭中而被淘汰的緣故。

當今，文明的進步正在危及著許多生物的生存。原因很多，如公害、亂捕等等。由於文明的影響，當某種生物繁殖過盛或者絕種時，大都會影響到其他的生物，導致消亡。

絕種的生物，不會再度復現。寄望於愛護自然，保護生物。

3. 練習一的參考譯文和注譯

(1) 我們要想知道生命現象，首要的問題是要了解生物體是由什麼物質構成的。

增譯出動詞"要了解"，否則譯文不通。

(2) 液體變成氣體稱爲氣化，反之，氣體變成液體叫做液化或凝結。

原文"液体が気体に変わるのを気化"之後省略了"といい"（補格助詞"と"和動詞"いう"的連用形），譯文中應予以譯出，譯作"稱爲"。

(3) 以石油爲原料生產新合成物質的工業也飛速地發展起來了。

"石油を原料に"中省略了"して"，應將其增譯出來而譯成"以石油爲原料"。

(4) 動力型機器相當於肌肉的作用；通訊和信息型機器相當於神經的作用。

原文是一並列複合句，前一分句在"…筋肉の働きに"之後省略與後一分句相同的謂語"該当する"的連用形"該当し"。譯文應予以增譯。

(5) 生物有多種分類基準。從人的立場考慮，也可分爲對人有用的、無用的，有害的、無害的。

"人間の立場から"實爲"人間の立場から考えると"的略語，成爲日語的一種修辭手段。但從中文的角度來看，似應將其表達出來爲宜，故而譯作"從人的立場考慮"。

⑹　微生物中有的只靠無氧呼吸來生活，但多數生物都是既進行無氧呼吸也進行有氧呼吸，高等生物則多爲有氧呼吸。

爲使譯文通順，可增譯"來""都""則"三字。

⑺　物理學在所有的自然科學中，是一門最基礎的學科，稱之爲具有代表作的精密科學。

爲了與"所有的"一語相對應，可增譯"一門"一詞；將其有隱含意義的"代表的な"譯作"具有代表性的"。

⑻　物理學是以什麼現象爲對象來進行研究的呢？

譯文中可增譯"來"和"進行"。

⑼　金星、火星、木星等行星其本身並不發光。從太陽發出的光照射在這些行星的表面再進行散射，而後映入我們的眼簾，才爲人所見。

前句中加譯出一個"其"字，以避免語義不暢。後句的"太陽からの光"可譯作"從太陽發出的光"，將隱含的意義譯出；另外，尚增譯了"再進行""而後"，以表示行爲先後的順序。

⑽　看看自然界生長的植物，發芽以後不久就伸出莖幹，長了葉子，進行一段時間營養性的成長。

增譯"就"字是爲了語氣貫通；"続ける"譯作"進行一段時間"是爲了語義完整；將"栄養的な"譯作"營養性的"是把隱含的意義表達出來。

4.　練習二的重點主釋和參考譯文

1)　重點注釋

(1) "石炭や重油を分解してつくる都市ガス"將煤和重油分解而製成的城市用煤氣。

增譯"用"字。

(2) "石油や石炭からつくられるガスは,その製造のとちゅうで公害を発生させたり，一酸化炭素のような猛毒を成分にもつものもあり，爆発のきけんも大きいガスです"從石油或煤中提取的燃料氣，在製作的過程中會產生公害，有時在成分中含有一氧化碳之類的劇毒氣體，這種燃料氣也是一種爆炸危險生很大的氣體。

爲使譯文語氣連貫，可增譯"會""氣體"和"一種"；"きけんも大きい"譯作"危險性很大"，增譯"性"字，以使語義的邏輯性更強; 該句主句的語法結構是:

$$\cdots ガスは\begin{cases}\cdots もつものもあり, \\ \cdots ガスです。\end{cases}（並列謂語）$$

由於後一個謂語"…ガスです"距離主語"…ガスは"較遠，爲使譯文敍事清晰明確，對後一個謂語增譯出指代主語的"這種燃料氣"。

(3) "10年ほど前から注目されだしました"大約在十年前就引起了人們的注意。

增譯出"人們的"以使語義完整通順。

(4) "石油に換算して"將其換算成石油。

原文中的"換算して"是他動詞"換算する"的連接式，因承前而省略了賓語"天然ガスを"，這是日語用詞簡潔的特徵。譯

文則需補譯出來，否則語義不整。但爲避免用詞的重複而譯作"其"字，這也可體現中文修辭的特點。

(5) "…。しかし埋蔵量が石油に換算して，石油資源の半分ほどと見つもられています。だから…"…。但是將其換算成石油，估計埋藏量也只有石油資源的一半左右。因此…。

通過前言和後語，可以看出該句的語義，對"天然氣"的估計隱含著不是多而是少的意思。因此，增譯出"也只有"一語。

(6) "ただ燃やしてしまうだけでなく"不能僅僅是把它燒掉。

其中的動詞"燃やす"是他動詞，文中省掉賓語"天然ガスを"，譯文補譯作"把它"。

(7) "有効な利用方法を開発する必要があります"要研究出有效的利用方法。

增譯"出"字。

(8) "海や地層の大きな圧力と地球内部の高熱によってかわり，できたものです"受到海和地層的強大壓力以及地球內部的高溫作用，而產生變化所形成的。

譯文中增譯了"作用""而產生""所"。

(9) "…ナフサやプロパンガスと，天然ガスをまぜて，熱量や爆発性，毒性などが調整されてつくられます"，把…石腦油、丙烷氣和天然氣摻混在一起，並對熱量、爆炸性、毒性進行調節而製成的。

譯文中增譯出"在一起""進行"和"而"，此種增譯皆出自於使譯文的語氣貫通或語義完整。

2) 參考譯文

燃 料 氣

燃料氣中有，將煤或重油分解而製成的城市用煤氣，由石油中提取的丙烷氣和天然採取的天然氣。從石油或煤中提取的燃料氣，在製作的過程中會產生公害，有時在成分中含有一氧化碳之類的劇毒氣體，這種燃料氣也是一種爆炸危險性很大的氣體。

天然氣沒有上述的那些缺點，而且熱量也很大，所以大約在十年前就引起了人們的注意。但是將其換算成石油，估計埋藏量也只有石油資源的一半左右。因此，不能僅僅是把它燒掉，而是要研究出更有效的利用方法。

天然氣是上古時代生物的遺骸被埋藏在海底的地下，長年累月受到海和地層的強大壓力以及地球內部的高溫作用，而產生變化所形成的。這恰好和煤、石油的形成過程相同。

最近的城市用煤氣是將從石油中提取的石腦油、丙烷氣和天然氣摻混在一起，並對熱量、爆炸性、毒性進行調節而製成的。

第 五 章

1. 實踐材料的重點注釋

(1) "日本が創造力を高めていくための最も重要な条件は，日本の社会に創造への強い需要が生じてくることである"日本用來提高創造力的最重要的條件，是日本社會對創造所產生的強烈需要。

譯文中可省略形式體言"ことである"；謂語部分"日本の社会に創造への強い需要が生じてくることである"適合於作"意譯"處理（見以上譯文），否則譯文將是"在日本社會裡對創造的強烈需要產生出來"關於"意譯"詳見第七章。

(2) "…なんとしてでも新しい商品を捻り出さないといけないという気持ちを駆り立てて…"…就迫使他們感到無論如何非推出新產品不可。

譯文中可略去形式用言"という"不譯。

(3) "「競争が発明の母」となっているのはたしかだ"競爭乃是發明之母"確實如此。

譯文中刪去形式體言"の"不譯。

(4) "日本の社会の中に，生活の中に，欧米追従でない…"在日本的社會生活中，不是效仿歐美…。

原文中"中に"重複了兩次，可刪掉一個不譯，以使譯文簡潔。

(5) "ではそれは，具体的にどういうことだろうか"那麼，具體說來該當如何呢?

根據這個句子所處的語言環境（承接前句的意義）可略去作主語的代詞 "それは" 不譯。

(6) "「いい自動車を持ってそれを乗りまわす時，…」"「當駕駛著個人擁有的豪華汽車到處兜風時，…」

可略去 "それを" 不譯。若按原文的用詞和結構翻譯，譯文是 "擁有漂亮的汽車坐著它兜風時，…"當然是可以的，但用詞總不夠簡潔。

(7) "…，人人が感ずる誇らしさは，戦国時代の武将がいい馬を手に入れてそれを自慢した気持にも似ているだろう" … 人人都會產生一種自豪感。這恐怕也和戰國時期的武士因得到一匹駿馬而爲之驕傲很相似。

原文中的 "それを自慢した気持" 可譯作 "而爲之驕傲"，其中的 "気持"（心情）一詞，按譯文的譯法只能捨去不譯。

(8) "走るという輸送機能についてだけなら，10万円の中古車でもけっこう立派に走るというのに，…"僅就運輸機能而言，雖說價值 10 萬日元的半新不舊的車就跑得蠻好。

爲使譯文簡潔、爽目，可略去 "走るという" 和 "なら" 不譯；將語義幾乎相同的 "けっこう"，"立派に" 略去其一而譯作 "蠻好"。

(9) "2000万円，3000万円もの高級車が作られ，それが売れてゆく"製造出價格高達 2000 萬、3000 萬日元的高級車也會暢銷無阻。

爲避免用詞重複略去一個 "日元"。"…高級車が作られ，そ

れが売れてゆく"是並列複合句，後一分句的主語"それが"即指代前一分句的主語"高級車が"。若照譯成中文，譯文是"製造出…高級車，它也會暢銷無阻"，顯然囉嗦。莫如省略代詞主語"それが"不譯，顯得清楚、明快。

⑩　"自動車は年年新車を発売する"年年有新型汽車銷售。

按原文照譯，譯文是"汽車是年年賣新型車"，這樣譯是完全可以的。但是，不如省掉主語"自動車は"不譯而譯作"年年有新型汽車銷售"，語義更爲鮮明。

⑪　"今年誕生した新しいタイプとしてアピールすれば…"也拿來作爲今年推出的新產品以廣招徠，…

句中的"アピールすれば"原義是"如果受歡迎"。但是，綜觀其前言和後語，可譯作"以廣招徠，免去表示條件的字樣。

⑫　"…自動車産業は半分は機械製造業だが残りの半分は文化製造業である"…汽車工業是半機械製造業，半文化產業。

譯文可省略定語"残りの"(其餘的)，以求前言後語的對稱。

2. 實踐材料的參考譯文

物質與精神

日本用來提高創造力的最重要的條件，是日本社會對創造所產生的強烈需要。企業間如火如荼的競爭，就迫使他們感到無論如何非推出新產品不可。"競爭乃是發明之母"，確實如此。一旦日本處於世界領先地位，僅此就有了限度。在日本的社會生活中，不是效仿歐美，而必須產生真正新的需要和要求。

總之，創造出日本獨特的新文化、新生活方式，並使之在產業上反映出來，這該是提高日本創造性的原動力。

　　在這裡，想再度研究一下所謂文化究竟是什麼。因爲撇開這個問題，就很難談論今後的工業品和技術。最近多有這樣的看法，就是把“物質”與“精神”，“物質”與“文化”對立起來。但是，它們並不是對立的，而應該是並存的，可以說是一車之兩輪。

　　技術既然是一個國家的文化產物，那麼文化與精神也應當在工業品上反映出來。對日本來說，今後的方向就應該走向，所創造的“物質”要與精神、文化密切結合的途徑。那麼，具體說來該當如何呢？

　　日下公人先生在《新文化產業論》一書中作了以下的論述：

　　“當駕駛著個人擁有的豪華汽車到處兜風時，人人都會產生一種自豪感。這恐怕也和戰國時期的武士因得到一匹駿馬而爲之驕傲很相似。同時，一定也可以和帶著漂亮的女朋友一起漫步的得意神情相媲美。

　　因此，人們對於式樣新穎、外觀漂亮的汽車是不惜付出高價來購買的。這不單單是作爲一種交通工具，而是當作自己的戀人、自己的顏面、自己的服裝來看待的。收入越多，就越想把更多的錢花在汽車上。所以，僅就運輸機能而言，雖說價值 10 萬日元的半新不舊的車就跑得蠻好，可是製造出價高達 2000 萬、3000 萬日元的高級車也會暢銷無阻。這並不是按機械論價，無疑是以表示一種時髦和某種文化標誌論價的。

　　這種現象不僅表現在特殊設計、特別式樣的超級車上，而在

一般批量生產的車上也表露出來。年年有新型汽車銷售。即便是車型或部件略有一點改變，也會來作爲今年推出的新產品以廣招徠。消費者一想像坐上這種汽車的樂趣，就會不由自主地解囊而購之。

就此意義而言，汽車工業是屬於半機械製造業，半文化產業。提早說來，就是"文化產業"。

總之，具有啓迪智慧、激勵情感和意志的產品，可以說都與精神和文化密切相關，而不單純是機能性的和於人方便的。換發精神，產生美感和愉快，讓人不加思索就樂於使用的產品，就應當盡情開發。

3. 練習一的參考譯文和注釋

(1) 年青人身強力壯，即使吸煙所受之害恐怕也不會立刻顯現出來。但是，據統計，二十歲以前吸煙的人和二十歲以後吸煙的人，死亡率相差很多。

文中略去接尾詞"たち"(們)，表示原因的接續助詞"ので"(因爲) 和兩個補格助詞"から"(從)。"…によると"爲一慣用型，不須譯出表示條件的字樣。

(2) 人類的身體是作爲一種生物發展起來的。一言以蔽之，其機能就是爲了謀求生存和傳宗接代。

文中可略去接續助詞"から"，表示稱謂意思的謂語"といえる"；省略兩個"ための"中的一個和三個"機能"中的兩個；"一言でいえば"(一言以蔽之) 爲一慣用型，形成固定的譯法，無表

－ 373 －

示條件的字樣。

(3) 近代戰爭就是一個明顯的實例，它描繪出一幅人類被捲入機器與機器搏鬥之中的悲慘景象。

文中可省略代詞 "その" 和形式用言 "という"。

(4) 機械手的工作範圍，簡而言之，是與人坐下來，揮動胳臂，移動物品的情況相同。

文中可省略謂語部分的 "ということができる"（可以說）。

(5) 疲乏時困倦欲睡，乃是爲了保持人體健康的生理現象，但是對於正在駕駛汽車的人來說，困倦欲睡則是最危險的。

文中可略去兩個 "ということ" 不譯。

(6) 爲了你們的學習，許多人是要負擔稅金的。

原文使用 "多くの人びと"，但中文不能用 "許多的人們"，只能說 "許多人"。因此，譯文應略去一個 "人" 字。

(7) 以人類而論，胎育成嬰兒降生於世，在雙親的愛護之下從幼兒成長爲青年。不久即可自立，自己也生兒育女，而後到了老年，了卻一生。人以外的一切生物雖然情況並不一樣，然而與人類相同，在不停地變化，此系事實。

"人間であれば" 可譯作 "以人類而論"，免去表示條件的字樣。後句中的 "その姿は" "ことは" "といってよいでしょう" 均可省略不譯。

(8) 人類累經漫長的歷史，在各個方面都取得了巨大的進步，如宗教、科學、道德、教育、政治以及各種學問、社會制度等等。

原文中的代詞 "その" 是指代主語 "人間は"。譯出時會感到

用詞累贅，略去不譯爲好。

⑼　關於包含太陽系在内的整個宇宙，當前是眾說紛紜。

"当面のところ"和"諸説いろいろ"，在中文看來用詞重複，因此各略去其中之一，譯作"當前"和"眾說紛紜"。

⑽　細菌非常小，只有用顯微鏡才能看到。它喜歡寄居在骯髒和陽光不足的陰暗角落。

原文"不潔な所や日当りの悪い所"中有兩個"所"，可略去前面的一個，譯作"骯髒和陽光不足的陰暗角落"。

4.　練習二的重點注釋和參考譯文

1)　重點注釋

⑴　在第二段裡有兩個"なぜかというと"，前者可譯作"理由是"，後者可譯成"這是因爲"，均無表示條件的字樣。這樣譯文可避免用詞的重複。

⑵　"顔をいろいろに変えて話している"變換著面部的表情。

此部分詞語適合於"意譯"，按原文的用詞和結構，譯文是"各種各樣地變換著面孔在說話"顯然不通。關於"意譯"詳見第七章。

⑶　"だから外国語は，イギリス語もオランダ語も，みな日本語よりも劣った言葉である"因此，外國語，無論是英語還是荷蘭語，都遜於日語。

此句雖然可照原文譯作"因此，外國語，無論是英語還是荷蘭語都是遜於日語的語言"，但總嫌用詞邏嗦，莫如將"言葉であ

る”略去不譯，顯得簡潔。

(4) “しかし明治になると”可是到了明治時期。

(5) “それに漢字の数が非常に多く，それを覚えるのに莫大な時間がかかる”而且漢字的數字繁多，記憶起來要花費很多時間。

譯文中省略由代詞構成的賓語“それを”。

(6) “「日本語を全廃して，英語を日本語とすべきである」”「應當廢棄日語，代之以英語」。

該句完全可以譯作“應當廢除日語，以英語代替日語”，但從修辭方面考慮，在這樣一個短句中“日語”出現兩次，似嫌贅餘。莫如用文語詞語“代之以”，即可省去一個“日語”。

(7) “しかし大部分の日本人にしてみると”但是，在絕大多數日本人看來。

原文中雖用有接續助詞“と”，但不適宜譯出表示條件的字樣。

(8) “祖先以来使いなれた言葉ですから，日本語はよくない言葉だといくら非難されても，日本語をすてることはできなかったのです”因為日語是祖祖輩用慣了的語言，不管如何對其非難，也不能摒棄。

原文中使用了兩個“言葉”和兩個“日本語”。為避免用詞的重複，譯文中只譯一個“言葉”(語言)，略去一個；“日本語”，一個譯作“日語”，另一個譯作“其”字。但在句子成分上都有所轉譯，這是常見的。

(9) “あえて，それを言葉として話しても，今度はそれを

聞いた人が，…" 即使勉強說出，聽者…。

該句的譯文是承前句的語文而譯的。其中作了較多的減譯，以求譯文的簡潔、凝煉，達到修辭的目的。前句的語義是 "…但卻不知如何將其言之於唇外才好。"

⑽ "そのむずかしいところを，英語でもドイツ語でも言いにくいところを，日本語にすると…" 這種比較難的，即使用英語抑或用德語都是難表達的地方，假如換作日語…。

原文用了兩個 "ところ"，可刪去一個不譯，譯成譯文的形式式。

2) 參考譯文

珍惜日語

江戶時期有名的語言學家本居宣長的弟子中有一人名叫平田篤胤。在他的著作中曾寫到："日語是世界上最完美的語言"。理由是，若看到英國人或荷蘭人相互談話時的姿態，就會發現他們在頻頻地揮手、聳肩、變換著面部的表情，而不能像日本人那樣，彼此之間文靜地交談。這是因為外國語不夠完整，如果不加上身勢手勢，就很難表達情感。

再者，外國語的詞序與日語相反。例如，說 "水をもってもてくれ"（拿水來！），因為是拿 "水" 來，所以先說 "水" 是正確的。因此在緊急時刻，只說 "水・水" 就能領會是什麼意思。

但是，外國語卻要說成：

"もってきてれ，水を"（拿來，水！）

"水"字放在句尾。如不聽到最後，則全然不知何意。日語根據說的第一個詞，就大體上有了個眉目。因此說，外國語，無論是英語還是荷蘭語，都遜於日語。

可是，到了明治時期，卻提出來完全不同的看法。認爲：日語缺乏理論性。現在時態和過去時態含混不清；單數和複數也無區別；在表達上多有曖昧之處，不適科學研究。而且漢字的數量繁多，記憶起來要花費很多時間。

爲此，對日語的這種責難越來越甚，文部大臣森有曾鼓吹；"應當廢棄日語，代之以英語"。

但是，在絕大多數日本人看來，因爲日語是祖祖輩輩用慣了的語言，不管如何對其非難，也不能摒棄。

然而近來，卻有人在大加讚賞："日語是最美好的語言"。此話出自於英國的原子物理學家們之口。據云，當思考原子物理學上的難題時，雖想表達出某種思想，但很難用語言表達。盡管自己心中想的是如此，但卻不知如何將其言之於唇外才好。即使勉強說出，聽者亦不知其所示爲何物。這種比較難的，即使用英語抑或用德語都難表達的地方，假如換作日語，不僅可以流暢地講清，聽者亦能即刻理解。此言載於 1966 年 11 月 4 日《読売新聞》的晚刊。

第 六 章

1. 實踐材料的重點注釋

(1) "脱却していく"的詞義可引伸爲"脱穎而出的"。

(2) "マンモス"的詞義應選用"猛獁"。

(3) "エサ"的詞義應選用"食物"。

(4) "ジリ貧に陥ることになりかねない"原義是"有可能陷入越來越壞"，此處可引伸爲"可能會每況愈下"。

(5) "「データ」処理からの脱皮"可譯作"從'數據'處理中解脱出來"。"データ"的詞義選用"數據"，"脱皮"的詞義引伸爲"解脱出來"。

(6) "まさしく"的詞義可引伸的"名符其實"。

(7) "電子計算機から脱皮して"可譯作"從電子計算機脱胎出來"。爲避免與注(5)的用詞重複，此處的"脱皮して"引伸爲"脱胎出來"。

(8) "手を拡げる"可譯作"範圍擴大"。其中的"手"字引伸爲"範圍"，並作成轉譯。

(9) "…長い時間は必要としないだろう"本可譯爲"不需要很長的時間"，但爲修辭起見，可譯成"指日可待"。

2. 實踐材料的參考譯文

從計算機脱穎而出的電子計算機

攀登電子學頂峰的技術——超大規模集成電路，必然將使計

算機大爲改觀。與以前趨向於高性能化、巨型化的方向相比，它在使計算機更加微型化方面起著極大的作用。也就是說，照巨型化發展下去，將會像猛獁一樣，尋求不到足夠的食物，以滿足其極爲旺盛的食欲。其結果，計算機工業可能會每況愈下。

因而，就必須盡最大努力來爲計算機開拓新的途徑。其方向有二：一則是從"數據"處理中解脫出來；再則是分散處理。

現在的電子計算機是名符其實的電子計算機。其主要任務是將數字龐大的數據，在極短的時間內進行計算處理。但是，只要局限於這種數據處理，必將陷入與猛獁相同的困境，遲早要達到極限。因此，不再限於數據處理，而是把範圍擴大到大有發展前途的識別文章、圖形，進而識別影像、聲音，以至識別物體。即將由電子計算機脫胎出來，轉變爲功能更多的電腦。

首先開發的是現在受人歡迎的字處理機。它是文字的處理，而不再是數字的處理，即文件的處理已經是電子計算機的最大課題。日本所特別關心的問題集中在，如何處理用漢字和假名混合表記的日語文章。現在出售的最高級的字處理機，是用假名把文章輸入，凡應爲漢字的部分自動變換成漢字，然後以漢字和假名混合表記的形式輸出。

但是，麻煩的日語中有很多同音異義的漢字。例如，用假名打出"キシャ"，與其相應的漢字有"記者"、"帰社"、"汽車"等。選擇哪一個詞好呢？那就得等"キシャ"的下一個詞。下一個詞若是"スル"，那麼與"キシャスル"有關係的是"帰社"，而不是"記者"或"汽車"。這樣就可以根據句子成分的聯繫來選擇漢

字。然而，像"貴社の記者が汽車で帰社する"（貴社的記者乘火車返社）這種句子，那就束手無策了。

因此，如果計算機發生錯誤，則必須由人來訂正。要想使其完全無誤，幾乎是不可能的。但是，準確度從 90 ％提高到 95 ％，進而提高到 98 ％是指日可待的。只修正百分之幾的錯誤，是不成問題的。

3. 練習一的參考譯文和注釋

(1) 當使用車床时，首先要詳細閱讀說明書。

"取扱う"的詞義選擇"使用"。

(2) 與大氣污染有關的空氣運動學大多放在衛生工程學中進行研究。

"取り扱う"的詞義引伸爲"研究"。

(3) 長期以來，我們一直將玻璃當作典型的均勻性物質來看待。

"取り扱う"的詞義選用"看待"或"對待"。

(4) 在理論上作處理時，通常認爲，彈簧的一端用大的剛體支撐，這樣就既不滑動又無彈性變形。

"取り扱う"的詞義選擇"處理"。

(5) 上一節裡討論了理想的固體摩擦。

"取り扱う"的詞義引伸爲"討論"。

(6) 甚至像地球那樣大的物體，在研究其圍繞太陽公轉運動時，可以將其視爲質點。

"取り扱う"的詞義引伸爲"視爲"。

(7) 人並沒有意識到自己的愚蠢——人類在爲自己創建的理論所束縛。

"作る"的詞義引伸爲"創建"。

(8) 井上先生創辦了一個小電機廠。

"作る"的詞義引伸爲"創辦"。

(9) 那是孩子們種植的蔬菜。

"作る"的詞義引伸爲"種植"。

(10) 正確地使用語言, 會獲得許多協助者, 錯誤地使用語言, 會樹立許多敵人。

"作る"的詞義引伸爲"樹立"。

(11) 日本將根據需要創造出大量的新詞。

"作る"的詞義引選擇"創造"。

(12) 假做笑臉。

"作る"的詞義選擇"假做"。

4. 練習二的重點注釋和參考譯文

1) 重點注釋

(1) "機関"本義爲"發動機, 機關, 組織"等, 此處應選用"發動機"。

(2) "自動車の心ぞうとは, 自動車にとって一ばん大事な動力を発生させる機関のことです"所謂汽車的心臟是指汽車產生動力的最重要的部分——發動機而言的。

該句適合於"意譯"（詳見第七章）。按原文的用詞和結構譯文則是"所謂汽車的心臟，對汽車來說，是產生最重要動力的發動機"。

　　⑶ "ガソリン機関"按"GB725－65"的規定應譯作"汽油機"。

　　⑷ "心ぞうを大切にするために"爲了保護心臟。

　　"大切"的本義是"要緊、重要、保重、愛惜、珍視"，本文中可引伸爲"保護"。

　　⑸ "ボンネット"在此處是指蓋在發動機上的罩子，因此應譯作"發動機罩"。

　　⑹ "機関が顔を出します"發動機便露出來。

　　"顔を出す"的本義是"出頭，出面"，這裡可譯作"露出來"。

　　⑺ "はたらき"的本義是"勞動，作工，作用，效用，功勞，效力，功用，機能，才幹，智慧"。此處可引伸爲"工作過程"。

　　⑻ "段階"的本義是"等級，階段，步驟"。此處應選用"步驟"。

　　⑼ "吸入"的本義是"吸入"，但在有關汽油機等工作過程的步驟中，應譯作"進氣"。

　　⑽ "シリンダー"按"GB724－65"的規定，應譯作"氣缸"而不是"汽缸"。

　　⑾ "シリンダーの頭"按"GB724－65"的規定，應譯作"氣蓋"而不是"汽缸頭"。

　　⑿ "ベン"〔弁・瓣〕一般詞義是"花瓣"，作爲機械類術語

爲 "閥, 活門"。按 "GB724 − 65" 的規定應譯作 "氣門"。

⒀ "吸入べん" 和 "排気べん" 按 "GB724 − 65" 的規定應譯作 "進氣門" 和 "排氣門"。

⒁ "追い出す" 的本義爲 "逐出, 驅逐, 解雇", 此處適於引伸爲 "排出去"。

⒂ "シリンダーの頭にべんが二つならんでいます。これらはガソリンと空気とまじった混合ガスをシリンダーの中へ吸いこむ吸入べんと燃えたガスを追い出す役目をする排気べんで機関のまわる力でちょうどよいとき開けたり閉めたりするように作られています。"

後句的語法結構是:

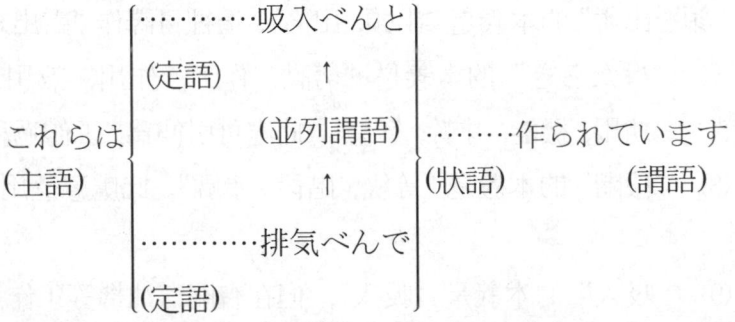

此兩句可以譯作 "氣缸蓋上並排著兩個氣門: 一個是進氣門, 一個是排氣門。進氣門將汽油和空氣的混合氣體吸入氣缸內, 排氣門則起著把燃燒過的氣體排出去的作用。利用發動機轉動的力, 兩個氣門都能在恰好需要的時候進行開閉。"

根據原文的語義, 考慮到譯文在表達上的需要, 是按 "混譯" 處理的。關於 "混譯" 的譯法, 詳見後文有關章節。

⒃ "ピストンが下までさがると"該句的直譯是"如果活塞下降到底下"，但這不能將具體的情況表達清楚。按國家標準"GB1883 － 80"往復活塞式內燃機名詞、術語的規定，應譯作"活塞降到下止點"。

⒄ "胸を広げて空気を胸一ぱいに吸いこむときと同じように"宛如我們擴展胸部作深呼吸一樣。

此部分詞語適合於採用"意譯"。

⒅ "クランクの助けで"在曲軸的帶動下。

"助け"的本義是"幫助，援助，救濟"，這裡應引伸爲"帶動"。

⒆ "ガソリンの霧と空気とがおしつめられます"呈霧狀的汽油和空氣便被壓縮。

該句的死譯是"汽油的霧和空氣被壓縮"。

⒇ "ノッキング"俗稱"爆震"，按"GB1883 － 80"的規定，應譯作"爆燃"。

2) 參考譯文

汽車的心臟—— 發動機

所謂汽車的心臟是指汽車產生動力的最重要的部分 —— 發動機而言的。目前，汽車的發動機大多仍然是汽油機。

發動機安裝在駕駛室的前面。爲了保護心臟用發動機罩蓋在上面。打發動機罩，發動機便露出來，汽油機的工作過程一般分爲四個步驟。

⑴ 進氣　氣缸蓋上並排著兩個氣門：一個是進氣門，一個

是排氣門。進氣門將汽油和空氣的混合氣體吸入氣缸內，排氣門則起著把燃燒過的氣體排出去的作用。利用發動機轉動的力，兩個氣門都能在恰好需要的時候進行開閉。首先，進氣門打開，活塞下降，把空氣吸入缸內，宛如我們擴展胸部作深呼吸一樣。汽油和吸入的空氣一起呈霧狀進入氣缸。活塞降到下止點，吸氣完全停止。

⑵ 壓縮　吸氣之後緊接著曲軸的帶動下，活塞開始上升。請注意，這時兩種氣門都關閉著。隨著活塞的上升，呈霧狀的汽油和空氣便被壓縮。

爲什麼要這樣進行壓縮呢？這是因爲一經強力壓縮，汽油和空氣中的氧相互靠近，從而容易點火，並能急劇燃燒，以使發動機快速運轉，而且燃燒氣體的體積變大時，就能產生出巨大的力。但是，如壓縮過度，往往會出現溫度升高，不點火便自行發火，使正在上升的活塞驟然下降，曲軸欲反向旋轉，而導致停車。這種現象稱之爲爆燃。

⑶ 爆發　壓縮結束時，迸發出電火花，使汽油和空氣的混合氣體點火。這時，燃燒的氣體膨脹，在這種膨脹力的作用下，活塞急劇下降。

⑷ 排氣　壓下去的活塞通過曲軸旋轉慣性的帶動而再次上升。同時，排氣門打開，燃燒過的氣體被活塞壓出汽缸，排到外面。

進氣、壓縮、爆發、排氣這四個行程反覆進行，發動機即能連續運轉。但是，曲軸在進行進氣和壓縮時轉動一轉，爆發和排氣時也轉動一轉，所以每轉動兩轉，真正開動汽車的力僅有一次。

第 七 章

1. 實踐材料的重點注釋

(1) "「ゆとり」に裏付けられた「賭けの精神」の涵養" 培養氣度大的賭博精神。

原文是本篇文章的標題，若按其用詞和結構譯成 "被 '余地' 所證明了的 '賭博精神' 的培養"，既不能表達出原文的本義，讀者甚至譯者本人也難理解所云爲何物。通讀文章的全文之後始知，作者以生動、形象的 "賭博精神" 來比喻要在創造性的技術開發中不怕失敗，進行拚搏。按翻譯標題的原則精神，可譯作 "培養氣度大的賭博精神" 爲好。

(2) "まず，もっと「ゆとり」や「遊び」が欲しい" 首先，最需要的是賭徒的拚搏精神。

該句如按原文去譯，譯文則是 "首先更希望寬餘和賭徒。" 這種死譯的譯文如同天書，無法使人理解。參照全文的內容意義，可意譯成 "首先，最需要的是賭徒的拚搏精神" 爲宜。

(3) "そこから生じてくる視野の広さ，人間的な幅の広さが，創造性の発揮に不可欠だろう"。由此可以開擴眼界，廣爲接觸，這是發揮創造性所不可缺少的。

原文的主語部分 "そこから生じてくる視野の広さ，人間的な幅の広さが" 只能譯其 "神" 而棄其 "形"，作意譯處理，否很難譯通。

(4) "ゼニの取れしる技術への指向が強すぎると問題である"

倘若過於面向能獲取經濟效益的技術，其前景是不妙的。

　　句中的"問題である"是可以照譯成"是有問題的"，譯文將其譯成"其前景是不妙的"，實爲修辭性的意譯。

　　(5)　"…というようなことはまったく頭にない"諸如此類的問題是胸無成竹的。

　　按原文照譯成中文，譯文是"這樣的事情頭腦裡完全沒有"。兩種譯文相比之下，優劣自分。

　　(6)　"…という純粹な子どもっぽさだけで楽しんでいた"這純屬是一種堅韌的幻想。

　　此譯文是統觀文章的全文內容而意譯出來的。也可譯作"這純屬是天真的孩子氣十足的期望"。

　　(7)　"音楽であろうと，コンピュータであろうと，まず感動するところからスタートしなければならない"不管是音樂還是計算機必須首先起步於靈感。

　　假如將原文的後一部分"まず…しなければならない"照譯作"必須首先從感動的地方作出發點"，試想如何？

　　(8)　"素晴しい花は咲かないものだ"難以獲得豐碩的成果。

　　本句的原義是"難以開放鮮艷之花"，但在本篇描繪科研能否取得成果的文章中，可以意譯成譯文的字樣。

　　(9)　"「ゆとり」といえば，日本には「賭け」においてもゆとりがない"。談到"輸得起"是指日本要在"賭博"中也有大的氣度。

　　文中有兩個"ゆとり"，按該句的前言後語，前者的詞義引伸

爲 "輸得起"，後者的詞義引伸爲 "氣度"。全句作必然性的意譯。

⑩ "大きな賭けで一攫千金を夢みるのは，健全な男のすべきことではないという意識が強すぎた" 日本人有一種很強的觀念，即在大賭注的賭博中，夢想一攫千金，不應是君子之所爲。

將譯文與原文對照起來，即可知該句作意譯處理的必要性。尤其用文言詞語 "不應是君子之所爲" 來表達 "健全な男のすべきことではない" 的語義，更爲貼切有力。

2.　實踐材料的參考譯文

培養氣度大的賭博精神

首先，最需要的是賭徒的拚搏精神。由此可以開擴眼界，廣爲接觸，這是發揮創造所不可缺少的。倘若過於面向能獲取經濟效益的技術，其前景是不妙的。

已故富士通的計算機開拓者池田敏雄常務董事，在回憶錄中曾寫了這樣一段話："當時，計算機能否發展成企業，企業中的計算機又當如何？ 諸如此類的問題是胸無成竹的。隨時隨地都在採納最好的建議，千方百計也要開發出理想的產品，這純屬是一種堅韌的幻想。"

池田先生的愛好是多方面的，其中也包括音樂。他說，不管是音樂還是計算機必須首先起步靈感。所謂靈感，一定是心中產生了一種什麼有生氣的東西。總之，當出現這種純樸的靈感時，要理頭於其中。可以斷言，只要缺乏這種精神作用，無論在任何領域也難以獲得豐碩的成果。

談到"輸得起"是指日本要在"賭博"中也有大的氣度。在創造性的技術開發中，失敗是在所難免的，需要有遭受挫折的思想準備。這就要求有"賭博"的精神。

但是，迄今在日本賭博一直是受到鄙視的。日本人有一種很強的觀念，即在大賭注的賭博中，夢想一攫千金，不應是君子之所為。以大賭注一攫千里留名後世的有紀伊國屋文左衛門之流。這位文左衛門給人留下了可羨慕的形象，但那是被戲劇化了的。其下場是由於觸犯了江戶幕府的龍顏而遭到懲處。他絕不是應該受到尊敬的人物。

現在，政府有新技術開發事業團這種組織。對有發展前途的技術課題，徵尋願意進行開發的企業，由政府提供開發經費。成功之後，再將開發費償還給新技術開發事業團。該組織所投資的技術開發，成功率很高，大約為 90 %。很少失敗。

這就有些奇怪啦！一般的情況下，在研製新製品的創造性技術開發中，成功率是不會如此之高的。其原因何在呢？這恐怕是出自於對成功和失敗的判斷太準確了。或是只從事有成功把握的課題。

這一點在企業中也有類似的情況，就是日本的企業在技術開發當中遭到慘敗的事例很少。這固然是很可取的，但是也可以說這只是小心翼翼地維持"賭博不能輸"的局面。在賭博中關鍵的問題是不惜傾家蕩產的"氣度"，然而日本就缺少這種精神。

3. 練習一的參考譯文和注釋

(1) 意譯:

收音機和電視機上的旋鈕, 汽車的方向盤等就是輪軸。
此外, 老虎鉗、自來水龍頭等, 也屬於一種輪軸, 只要轉動
柄, 柄就起到輪的作用。

死譯:

收音機和電視機上的旋鈕, 汽車的方向盤等就是輪軸。
此外, 老虎鉗、自來水龍頭等, 只要轉動柄, 它即成爲輪的
一種輪軸。

(2) 意譯:

如果在競爭中失敗, 公司的聲譽掃地, 個人也會感到臉
上無光。

死譯:

如果在競爭中失敗, 公司的聲譽掃地, 必須做出臉上無
光的心情。

(3) 意譯:

試以行駛著的電車爲例。

死譯:

例如, 考慮一下行駛著的電車吧。

(4) 意譯:

適當調節室溫勿使太熱。

死譯:

房間中不熱的那樣, 適當地調節。

(5)　意譯:

據說，19 世紀的前半葉，日本人的識字率達到 50 ％，<u>而</u><u>在當時，歐洲的文盲斷然於日本</u>。

死譯:

據說，19 世紀的前半葉，日本人的識字率達到 50 ％。<u>另</u><u>一方面，在當時的歐洲，文盲方面斷然多</u>。

(6)　意譯:

<u>最初發現的電是由摩擦生成的，但是至今還沒有充分地</u><u>懂得它的道理</u>。

死譯:

<u>摩擦電是電這種東西被發現的最初現象，但是至今其理</u><u>由還沒有充分明白這件事是現狀</u>。

(7)　意譯:

嚴寒季節的常發病是感冒。在一切疾病中，<u>感冒是最容</u><u>易得的病</u>。

死譯:

嚴寒季節多的病是感冒。在一切疾病中，<u>像感冒容易得</u><u>的病沒有</u>。

(8)　意譯:

電子工業豐富了我們的生活，<u>將來的發展令人難以想像</u>。

死譯:

電子工業豐富了我們的生活，<u>將來的情況難以想像的那</u><u>樣發展</u>。

(9) 意譯:

我們在地球上所感覺到的重力是<u>地球的引力和離心力之差</u>。

死譯:

我們在地球上所感覺到的重力，<u>比地球的引力只小於它的離心力部分</u>。

⑽ 意譯:

<u>世界上最小的畫是一幅風景畫，題爲"美麗的加拿大</u>。哎呀！據說畫面寬度只有 0.3 毫米。<u>想不到用手工操作繪出的畫，能如此之小，真令人佩服</u>。

死譯:

<u>世界上最小的畫是以"美麗的加拿大"爲題的風景畫</u>。哎呀，據說寬度只有 0.3 毫米。<u>因爲是畫，所以即便是手工操作，能夠小到想像以上程度，很欽佩</u>。

4. 練習二的重點注釋和參考譯文

1) 重點注釋

⑴ "これは間違_{まちが}いのない事実_{じじつ}である"這是定而無疑的。

若按原文譯成"這是沒有錯誤的事実"，這在修辭上不夠理想。意譯成"這是定而無疑的"較爲適宜。

⑵ "アレルギーを起_おこす人_{ひと}たちが事務系_{じむけい}・営業系_{えいぎょうけい}には圧倒的_{あっとうてき}に多_{おお}い"。

意 譯: 異常反應的人，在事務和營業部門中佔絕大多數。

死　譯：　引起過敏的人們在事務部門和營業部門中壓倒地多。

　　(3)　"もっと肩の力を抜いてマイコンに接してもらうといいのだが，…"

意　譯：　他們如更能輕鬆地去接觸微型機就好了。然而…

死　譯：　如果再拔出肩膀的力量去接觸微型機就好了，但是…

　　(4)　"駄目だと切り捨てられるのではたまらない"。

意　譯：　自暴自棄也就無可奈何了。

死　譯：　如果白費就捨棄是沒有辦法的。

　　(5)　"…，最も素朴な機械語に毛の生えたようなものであった"。

意　譯：　…只比最普通的機械術語略複雜一些。

死　譯：　…好像在最簡單的機械術語上長了毛。

　　(6)　"ああ，今日もダメかの繰返しであった"。

意　譯：　哎喲！今天又不行了吧？就曾這樣地日復一日。

死　譯：　哎喲！今天又不行吧的重複過。

　　(7)　"…，飛び上がるほど嬉しかったのを今でも憶い出す"。

意　譯：　…，高興得要蹦起來，時至今日仍記憶猶新。

死　譯：　…，甚至今天還記得，像跳起似地高興。

2)　參考譯文

對微型機一無所知者將失掉工作崗位

能否靈活地適應辦公自動化，進而言之，能否取得這一變革主動權，將圍繞著這一問題來對 80 年代實業家的能力進行鑑別，

這是定而無疑的。

可是，一談到計算機或自動化，就有異常反應的人在事務和營業部門中，佔絕大多數。特別最感到棘手的是那些已過中年的實業家。他們如更能輕鬆地去接觸微型機就好了。然而，一提起計算機立刻就會想到二進制，控制論之類的困難，即使想要對這種在計算上的落伍者進行幫助，怕也無濟於事了吧。

自暴自棄也就無可奈何了。如果不把困難看得如此嚴重，去輕鬆地接觸一下，事情決不像預想的那麼艱巨，總而言之，計算機的基本原理和系統，聽任專家的就可以了。但如果大體上了解計算機的功用，使用計算機之後工作環境會發生什麼變化，就不需要特別擔心了，因為操作方法是會逐步簡化的。

話雖如此，我自己也是中年計算機的落後者的一員，不過我曾有過與計算機格鬥的經驗。1963 年許在引進計算機的初期，程序設計語言非常簡單，只比最普通的機械術語略複雜一些。雖然曾想用計算機去求水翼船的浮力分布，但是程序設計卻相當複雜。

在程序設計之後，校正程序錯誤就花費了近兩個月的時間。在此期間，每天都要到計算機房去。哎呀！ 今天又不行了吧？就曾這樣地日復一日。兩個月之後，在似乎得出了正確的演算結果時，高興得要蹦起來，時至今日仍記憶猶新。但是，如果用現在的軟體來編這種程序，一個小時即可完成，校正程序錯誤恐怕只用一天也就足夠了吧！ 不需要像過去那樣每天都去格鬥了。微型機和辦公自動化機器的操作已簡單化了它們已變成我們日常工作伙伴，因此我們也能輕鬆愉快地來加以使用。

第 八 章

1. 實踐材料的重點注釋

(1) "とくに石油をほとんど持たない"特別是幾乎沒有石油。

按中文的表達習慣，此句的否定式 "持たない" 雖帶有狀語 "ほとんど"，應同於日語否定式的表達方式，由動詞 "持たない" 表示否定。因此，可譯作 "幾乎沒有石油"。

(2) "それが日本の手枷足枷となっている面は否定しようもない"無法否認這是束縛日本的手銬腳鐐。

原文中的 "否定しようもない" 也可譯作 "應當承認"，但從全段的內容語氣考慮，還是譯作 "無法否認" 更爲恰當。

(3) "高度成長期には，資源のないことが，むしろプラスとして働いた"在高度發展時期，貧於資源反而起而了積極的作用。

"資源のない" 本義是 "沒有資源"，這裡可將否定的字樣 "沒有" 譯成肯定的字樣 "貧於"。

(4) "…日本の立場は，これまでのように，それほど楽観的なものでは済まされないだろう"。

此句可有兩種譯法：一種譯作 "…處於日本的立場，恐怕不能像以前那樣，那麼樂觀"；另一種譯作 "…處於日本的立場，像以前那樣、那麼樂觀是不行的" 前者的譯法是由狀語表示否定 "恐怕不能像以前那樣…"；後者的語氣重在原文的否定 "済まされないだろう" (是不行的)。看來採用前者的譯法更爲貼切。

(5) "「持たざる国」の悲哀を歎く声が出るのも無理はない"。

此句也可有兩種譯法：其一，"產生'資源貧乏之國'的哀嘆也不是毫無道理的"。兩者不同的是，後者的語氣重於前者。此處可選用前者的譯法。

(6) "…いずれなくなる" 遲早是會枯竭的。

若照原文的用詞，譯文是"遲早是會沒有了的"。這裡用"枯竭"代替"沒有"，以取得修辭的效果。

(7) "…ほんの一時期の恵みに過ぎない"只能在短時期內得其實惠罷了。

其中的慣用型 "…に過ぎない" 的語義是"只（能）"或"只不過是"，兩者可任選其一，意思不變。

(8) "これこそ，本当の意味での資源ではないだろうか"。

該句既可譯爲"這豈不正是具有實際意義的資源嗎？"，也可譯作"這正是有實際意義的資源"。但該句是承上文所述的內容，以反問的口吻更能加強肯定的語氣。爲此，譯文採用與原文相同的否定形式的反問句爲宜。

(9) "これこそ日本の資源ではないだろうか"這不正是日本的資源嗎？

此句的句型完全同於注(8)，也是適合於譯成否定形式的反問句。

(10) "このように考えると，資源の面でも，日本はけっして「持たざる国」ではなく，「持てる国」なのである"這樣考慮起來，日本在資源方面是"富足之國"，而絕不是"貧瘠之鄉"。

原文的並列謂語是否定意義的在前，肯定意義的居後。顯然，

全文的中心思想是在闡述日本是有資源的。譯文就必須將"否定→肯定"的順序調換成"肯定→否定"的順序。

2. **實踐材料的參考譯文**

超過石油的最好資源

日本缺乏天然資源，特別是幾乎沒有石油，無法否認這是束縛日本的手銬腳鐐。

在高度發展時期，貧於資源反而起到了積極的作用。也就是說，國內沒有開發資源的工業。所以全然不需要考慮對國內這類工業的保護，而可以在世界各地壓價購買最便宜的資源。但這是在供應過剩時期的經濟措施。關於資源，當考慮到供需關係開始逆轉的今後的經濟時，處於日本的立場，恐怕不能像以前那樣，那麼樂觀。

產生"資源貧乏之國"的哀嘆也是完全有道理的。反之，缺乏資源的艱辛和克服困難的頑強精神，卻使日本發展到今天的地步。

到底，什麼是資源？ 首先是石油、鈾、鐵礦和金礦。然而，這類的天然資源是越開採越少，遲早是會枯竭的。從國家發展的長遠歷史來看，只能在短時期內得其實惠罷了。日本也曾經被譽為黃金之國，在世界上也曾有過屈指可數的產金國的時代。

即便到現在黃金作為一種資產，在價值上確有其巨大的意義。但是，另一方面黃金並不能生產出其他任何東西。與此相反，日本的工業和技術力量卻在源源不斷地製造出新穎產品，而使國家發達起來。特別是"廉價大量生產優質產品"的技術力量，的確

是有口皆碑的，是世界各國求之不得的。

這豈不正是具有實際意義的資源嗎？感嘆天然資源分布偏在之聲充斥了報刊和雜誌。可是，正因爲資源偏在才能成爲資源。分布得薄而廣的太陽能和海洋能雖然到處皆是，但卻很難成爲資源。

然而，在工業上發揮著卓越才幹的人力，現在明顯地偏在於日本，這不正是日本的資源嗎？工業先進的歐洲各國已經顯露出人力枯竭的徵兆，新興工業國雖然很勤勞，但在能力方面還不成熟。這樣考慮起來，日本在資源方面是"富足之國"，而絕不是"貧瘠之鄉"。

3. 練習一的參考譯文和注釋

(1) 譯文一：

　　樓房的鋼筋、鐵橋、輪船、火車等無一不使用地下資源。

譯文二：

　　樓房的鋼筋、鐵橋、輪船、火車等都在使用地下資源。

(2) 啊，請務必幫忙，趕快給做一下吧。

此句只能有一種譯法。

(3) 譯文一：

　　橋本君不是不擅長理科方面的學科。

譯文二：

　　橋本君擅長理科方面的學科。

(4) 譯文一：

即使在法律上算作正當交易，如果把自己的營利建築在別人的損失上，這與賭博和盜竊行爲並無不同之處。

譯文二：

即使在法律上算作正當交易，如果把自己的營利建築在別人的損失上，這與賭博和盜竊行爲是相同的。

(5) 譯文一：

假如不具備科學、經濟、產業的知識，日本人在這個小島上無論如何也不能生活下去。

譯文二：

只有具備科學、經濟、產業的知識，日本人在這個小島上才能生活下去。

(6) 譯文一：

如不使用大量資金和花費足夠時間就不能研製出優質產品。

譯文二：

只有使用大量資金和花費足夠時間才能研製出優質產品。

(7) 譯文一：

認爲畢加索的初期作品是極普通的，與一般美術家的畫並沒有什麼不同，這種想法也沒有什麼不可思議的。

譯文二：

認爲畢加索的初期作品是極普通的，與一般美術家的畫並沒有什麼不同，這是可以理解的。

(8) 譯文一：

導體和半導體的差異在於導電難易的程度上，而不在於導電與不導電。

譯文二：

導體和半導體的差異不在於導電與不導電，而在於導電難易的程度。

(9)　一、二、三、四這種數數的方法是從中國傳來，不是日本原來的數法。

此句只適合於一種譯法。

(10)　除水銀外，一般流體的導熱率很小，因此從上部加熱時下部不容易變熱。

該句的"容易に温まらない"中譯時應由狀語"容易に"表示否定而譯成"不容易變熱"。

4.　練習二的重點注釋和參考譯文

1)　重點注釋

(1)　"…，あとは細かい問題しか残っていないのではないだろうか，…"…餘下的僅僅是一些枝節性的問題罷了。

句中的"しか…ない"是以否定形式出現而表示肯定意義的慣用型，語義是"僅僅…"；"…ないのではないだろうか"，按其前言和後語的語義適合於譯作正面的肯定句。

(2)　"それでもこの種の考え方は残っているのではあるまいか"盡管如此，這種想法卻仍然有所存在。

句中的"ではあるまいか"等同於"ではないだろうか"，其

譯法可同於注(1)。

(3) "…, すべての数学者に共通した気持ちではないだろうか" 難道這不是所有數學的共同感受嗎？

句中的 "…ではないだろう" 根據其所處的語言環境，適合譯成否定形式的反問句爲佳。

2) 參考譯文

數　學

在非數學家的一般人中，似乎有不少人會認爲，數學是本質上已經終結了的學問。我考入東京大學數學專業之後，初次回訪母校時，曾有一位生物老師問我："你說，在微積分之後數學中還研究什麼呢？ 還有什麼可以研究的嗎？"

當然，這種疑問的意思，並不是說連一個值得研究的問題都沒有了。我體會他的意思是，數學體系中的基本內容已經研究完了，餘下的僅僅是一些枝節性問題罷了。我想，最近由於計算機的廣泛應用以及數學新知識的普及，這樣的誤解會不多啦！盡管如此，這種想法卻仍然有所存在。

然而，數學家眼裡的數學卻恰恰與此相反。正像以一點爲圓心漸漸擴展起來的圓一樣，數學越進步就越會出現新的重大課題，與之有關的新方法、新概念，又會開拓新的領域。數學越發展，其生命力也就更加旺盛，難道這不是數學家們的共同感受嗎？

第 九 章

1. 實踐材料的重點注釋

(1) "ふとんに口や鼻が押えられて，窒息したのである"是由於嘴和鼻子被被褥堵住而窒息的。

"ふとんに…押えられて"譯作帶被動字樣的被動式"被被褥堵著。

(2) "…栄養について科学的に研究されることとなった"對…營養進行科學研究。

其中被動式"研究される"可譯作主動式"研究"。

(3) "栄養学は直ちに日本に輸入されて，日本人の食物について科学的研究が始められた"營養學直接傳入日本後，日本人開始對自己的食物進行了科學研究。

句中的被動式"輸入されて"和"始められた"均適合譯成主動式"傳入"和"開始"。

(4) "なぜなら，一段と複雑な現実は，それが理解されるまでは「矛盾していて筋が通らない」としか思えないから"這是因爲十分複雜的現實在未被認識之前，只能認爲是"存在矛盾，不合道理"。

被動式"理解されるまでは"，按全句的表義，適合於譯成帶被動字樣的被動式"在未被認識之前"。

(5) "予防注射によって命を救われた人もいれば，死んだ人もいる"注射預防針，既有人得救，也有人因此而死去。

被動式“救われた”帶有賓語“命を”，此處可譯作不帶被動字樣的被動式“得救”（原義是“把命被救了”）。

(6) “人は「人間の作った機械に人間が使役されている愚かさ」を笑う”。人們在嘲笑“人受自己製造出來的機器所驅使的愚笨”。

句中的被動式“使役されている”既帶有施動者“機械に”（補語），又帶有受動者“人間が”（主語），適合於譯作帶被動字樣的被動式“…受…所…”。

(7) “その笑って得意になっている人自身が「人間の作った理論に人間が支配されている愚かさ」に気がつかない”。那些洋洋得意發笑的本人卻沒有發覺“人在被自己所建立的理論所支配的愚蠢”。

句中被動式“支配されている”所帶有的成分同於注(6)，爲了與相連上句被動式在語氣上一致，也應譯成帶被動字樣的被動式“…被…所…”。

(8) “前者の理論はいかに立派に見えても…”前者的理論無論怎樣被想像是正確的…。

句中的“見えても”本爲主動式，從該句的全文來看，似應譯成被動式“被想像”，這樣可以取得語義通順的效果。

2. 實踐材料的參考譯文

理論與實際

有一位母親學了美國的育兒理論之後，就讓嬰兒趴著睡覺，

出去買東西回來一看，孩子已經死了。是由於嘴和鼻子被被褥堵住而窒息的。我們現在所掌握的"理論"未必都是正確的。

大約距今 50 年前，歐洲出現了一門新學科——營養學，對人們常吃的食物中所含的營養進行科學研究。

營養學直接傳入日本後，日本人開始對自己的食物進行了科學研究。然而，東北地區的農民，冬天一直是以乾蘿蔔纓代之以蔬菜食用的。經過分析認為，此物不含任何養分。於是，營養學家們就忠告說：

"蘿蔔是食塊根的蔬菜。蘿蔔纓新鮮時有營養，乾透了變成黃色，就失去了一切養分，不要再食用了"。

但是，老百姓不願改變長期以來的習慣，沒有聽從學者們規勸。他們說。

"吃蘿蔔纓可以暖身體"。

過了若干年以後，發現了維生素 D。人如果缺少這種維生素，就會患佝僂病。但是，太陽光照射在人體上，體內就會產生維生素 D。並已弄清，像北歐那樣一些國家，佝僂病患者甚多皆出自於冬季漫長，幾乎照不到太陽之故。

營養學家們立刻著手調查日本的佝僂病與維生素 D 的關係。

發現居住在冬季長、日照量少的山陰地帶的人，有一些佝僂病患者。然而，東北地區比山陰地帶冬季更長且缺乏陽光卻根本沒有佝僂病。而且，農民們吃的是粗茶淡飯，幾乎不吃那些含有維生素 D 的雞蛋、牛奶、黃油等食物。他們覺得很奇怪，於是就進一步進行調查。結果判明，乾蘿蔔纓內含有大量維生素 D。

不符合理論，道理不通的事有時是正確的；合乎理論的事也有時是錯誤的。這是因爲十分複雜的現實在未被認識之前，只能認爲是"存在矛盾，不合道理"。

爲了了解現實，不一定需要理論。要想知道砂糖是甜的，嘗嘗即可，不需要理論。注射預防針，既有人得救，也有人因此而死。人們在嘲笑"人受自己製造出來的機器所驅使的愚笨"。而那些洋洋得意發笑的本人卻沒有發覺"人在被自己所建立的理論所支配的愚蠢"。

我認爲，理論有兩種：一種是探索未知事物的；另一種是傳給後來人。前者的理論無論怎樣被想像是正確的，也只暗示著"也許如此"的可能性，在未被事實証明之前，還不能認爲是真實的。也就是說，實踐出真知。後者是在學校裡給學生時的理論。人類幾千年來所創建的文化，學校只在幾年內傳授給學生，因此無暇將各個理論逐一充分加以驗証和仔細研究。故此，這時就可看做，"只要沒有什麼反証，而在理論上能得到証明的就是正確的"。

3. 練習一的參考譯文和注釋

(1) 所謂人類是被創造出來的，是指人類的身體爲上帝所賜予的或自然界創造的。總之，並不是人類本身創造出來的。

原文中的"つくられた"只能譯作帶被動字樣的被動式"被創造的"，否則全句的語義不通。"天から与えられた"是帶有被動者"天から"的被動式，此處適合譯成帶被動字樣的被動式"爲上帝（老天爺）所賜予的"；"自然がつくってくれた"雖屬主動

式，爲順應全句的語氣，可譯成被動式“由自然界創造的”。

(2) 譯文一：

“美”有自己本身主觀感覺的美和由社會或某個集團規定的“這樣就是美的”之美。

譯文二：

“美”有兩種：一種是自己本身主觀感覺的美；另一種是社會或某個集團規定的“這樣就是美的”之美。

該句可用兩種不同的結構來表達。同時譯文一將被動式“社会から，またはある集団から…規定された”譯成帶被動字樣的被動式“由社會或某個集團規定的…”，而譯文二則譯成主動式“社會或某個集團規定的…”。

(3) 雲層濃厚時，太陽發出來的光完全擴散掉，絲毫不能透過雲層入觀測者的眼簾。

原文的被動式“拡散されてしまって”可譯作不帶被動字樣的被動式“擴散掉”。

(4) 銀河系內大約有一千億個星體和分布在星體間的氣體以及灰塵等物質。

“散布された”爲被動語態的連體形，用來修飾名詞“ガス”，可譯成不帶被動字樣的被動式“分布”。

(5) 實際觀測到一切流星的速度，都在每秒 15 公里～72 公里的範圍之內。尤其是慢的爲每秒 25 公里、快的爲每秒 65 公里左右者居多。

原文的“実測された”適於譯作不帶被動字樣的被動式“實

際觀測到的"。

(6) 夏末的夜晚，宛如被鎖鏈鏈在一起的仙女星座從東北的天空高高升起。

"鎖につながれた"可譯作帶被動字樣的被動式"被鎖鏈鏈在一起的"，因並沒有真正的鎖鏈，而增譯"宛如"一詞。

(7) 眾所周知，只要有經度和緯度，就能正確地表示出地球上的位置。

"よく知られているように"基本上固定譯成"眾所周知"。

(8) 太陽規定了我們每天的活動，農作物按季節的循環來種植。

被動式"植えられている"可譯作不帶被動字樣的被動式"種植"。

(9) 小狗只要有一點搖晃，就會醒來；嬰兒搖晃搖晃，會舒舒服服地入睡。

原文前一分句中用他動詞"ゆする"，而後一分句中用被動式"ゆすられる"，富有修辭色彩。爲了表達出原文的語氣，"ゆすられる"可譯作不帶被動字樣的被動式"搖晃搖晃"，這樣也可使譯文通順流暢。

(10) 初期有一種世界觀認爲，平坦的地面是由巨大的龜或什麼動物的脊背來支撐著，並被水和山所包圍。從事實驗的科學家極少而且很孤立，因此對自然科學的很多問題基本上是以單純的空想來探索的，並且染有濃厚的宗教色彩。

"…背に支えられ"可譯作帶被動字樣的"由…脊背來支撐"，

相應之下 "水や山で取りかこまれている" 也譯成帶被動字樣的被動式 "被山和水所包圍"，"探究され" 譯成主動式 "來探索的"，"…色づけされた" 譯作主動式 "染有…色彩"。

4. 練習二的重點注釋和參考譯文

1) 重點注釋

(1) "太陽は原始宗教でしばしば神格化された"。

譯文一：（譯作被動式）

太陽常常被原始宗教所神化。

譯文二：（譯作主動式）

原始宗教常常將太陽加以神化。

(2) "…大きな石が円形に並べられた" 將巨石排列成圓形。

此處適合將被動式譯成主動式。

(3) "…太陽のための大宮殿が建造された" …為太陽建造了大宮殿。

此句為被動式，適合於譯成主動式。

(4) "いつもは地球大気のために拡散された日光のきらめきに隠されて" 通常被淹沒於受到擴散而耀眼的日光之中。

被動式 "拡散された" 譯作帶被動字樣的被動式 "受到擴散的"，"…きらめきに隠されて" 可譯作帶被動字樣的 "被淹沒於…之中"。

(5) "…充分な説明が与えられなかった" 沒有得到充分的說明。

句中的被動式"与えられなかった"的譯法同於注(2)和注(3)，適合譯成主動式。

(6) "謎とされていた"這個不解之謎。

此處應譯成主動式"不解"，若照原文譯作"被作爲謎的"就不堪入目了。

(7) "さなわち負電荷がもぎとられたために変装していて識別つかなかったのである"失去…即負電荷，而改變了形態未被識別出來。

被動式"もぎとられた"本義是"被擰掉"，這裡可譯作主動式"失去"；"識別つかなかった"原爲主動式，此處可譯成被動式"未被識別出來"，以求語義完整，語氣通順。

(8) "…謎は…エトレンによって解明された"…謎是被…愛德林解開的。

此句可順理成章地譯成帶被動字樣的被動式。

(9) "…証拠で確かめられた"爲…所證實。

可用"爲…所…"表達出原文的被動式。

2) 參考譯文

日 冕

人類自文化萌芽以來，人們一直主觀地認爲，地球上的熱和光都來源於太陽，並蒙受著太陽的恩惠。原始宗教常常將太陽加以神化。大約在四千年前，英國按著太陽的位置將巨石排列成圓形。此外，西半球的印加帝國爲太陽建造了大宮殿。

天界中最美的景象之一可以說是日冕，它是從太陽向周圍擴散的大氣外層。遺憾的是，由於地球大氣的緣故。日冕通常被淹沒於受到擴散而耀眼的日光之中，用眼睛是看不到的。只有在月球運行到地球和太陽之間發生日全食時，方能觀賞到日冕的絢麗全貌。這時，日冕閃爍著珍珠般的白光，其亮度大體與滿月相匹敵。

　　日冕的光很複雜，長期以來沒有得到充分的說明。基於某特定波長的輝線出現，似乎不能不認為，日冕具有某種未知的元素才發光的。後來得知，解開此謎的線索出人意料地竟是溫度問題。太陽的中心溫度是幾百萬度，但是越向外側延伸溫度就越下降，表面是 6000 度以下，因此自然而然地會認為太陽外側的大氣溫度將更低。這就是令人吃驚的原因。日冕中的原子宛如在 100 萬度的高溫下運動。後來終於揭示了這個不解之謎——日冕輝線之光是由鐵、鎳、鈣、氫等這些極普通的原子發出來的。只是由於失去其中 9 個到 15 個電子即負電荷，而改變了形態未被識別出來。天文學上的這個謎是被瑞典年青物理學家愛德林開的。關於促使原子的形態如此紊亂的日冕的溫度已分別為其他各方面所証實。

第 十 章

1. 實踐材料的重點注釋

(1) "諸君は誰でもこの夏休みを，有益にしかも楽しくて送りたいという気持には変りないと思います。"

譯文一: 我想大家都有一個共同的心情，希望使這個暑假過得有意義而且愉快。

譯文二: 我想大家都有一個共同的心情，希望能有意義而且愉快地度過這個暑假。

"楽しくて"為表示方式的狀語。譯文一，轉譯成補語 "…過得…愉快"；譯文二，照譯作 "愉快地"。

(2) "楽しいことを二つ重ねては，いっそう楽しくなってくる" 若把兩件快樂的事情合在一起，會更加高興。

此處的 "重ねては" 含有假定的語義，可譯作 "若把…合在一起"；"楽しくなってくる" 也可譯成 "高興起來"。

(3) "さらに楽しくなってくる" 更是越發有趣。"なってくる" 可譯作 "越發"。

(4) "幸福の複合効果とよく似て違うものに…" 與幸福的合成效果極其相似而又不相同。

"似て" 與 "違う" 是並列定語，兩者之間含有對比之義，"て" 可用 "而" 字表達。

(5) "お菓子をたべるのもおいしくて，お茶を飲むのもおいしい" 點心很好吃，茶也很好喝。

"て"表示並列句，可用逗號","表示，也可譯作"並且"。

⑹ "お茶とお菓子をかきまぜて，一緒にたべたのでおいしくない"將茶和點心攪混在一起食用，則不是味道。

"かきまぜて"的"て"表示方式、方法，此處可略去不譯。

⑺ "バレーボールをして，おなかをすかせてから…"由於打排球肚子餓了再…。

"…して"表示原因，可譯作"由於"，但也可省略不譯；"…てから"表示"之後"之義，這裡可譯作"再"字。

⑻ "それよりもまず，お風呂に入れてあげて，あがってからお酒を出すと，いっそうよい気分になって，喜んでくれるものです。"假如先讓老人洗澡，而後再獻上佳釀，其心情將會更爲愉快、欣慰。

"…に入れてあげて"和"…を出す"表示動作先後連續發生，其中加有"あがってから"，一併譯作"而後"即可。"…気分になって，"與"喜んでくれる"是並列關係，可用頓號"、"分隔。

⑼ "しかしこの順序を逆にして"但是，如果將這種順序顛倒過來。

這裡的"て"表示方式、方法，可譯作"過來"。

⑽ "…九月には元気で登校してもらいたいと思います"希望…9月份精神飽滿地返校。

2. 實踐材料的參考譯文

樂趣之道

我想大家都有一個共同的心情，希望使這個暑假過得有意義

而且，愉快。那麼，今天就來談談"樂趣之道"。

若把兩件快樂的事情合在一起，會更加高興。例如，粘糕好吃，豆餡也好吃。那麼，粘糕中放入豆餡一齊吃，則更會味美可口。進餐是愉快的，與朋友聊天也是高興的。倘若邊吃飯邊和朋友談心，則更是越發有趣。

觀賞美景，常使人心曠神怡。然而，獨自一人即使眺望優美的景美，也不會那麼快活。郊遊時與朋友一起高興地邊談邊吃邊欣賞秀麗的風光，則樂趣會更濃。我們暫且將其命名爲"幸福的合成效果"。

另有一種"幸福的連續效果"，它與幸福的合成效果極其相似而又不相同。那就是在一種樂趣之後接連在另一種樂趣。例如，點心很好吃，茶也很好喝，如果在吃過點心之後再飲茶，就更加美。將茶和點心攪混在一起食用，則不是味道。由於打排球肚子餓了再吃夾肉麵包是很香的，可是將這兩件事搞到一塊兒，打著排球吃夾肉麵包，則毫無快樂可言。

幸福的連續效果，順序是很重要的。例如，給愛飲酒的老人拿出日本酒，他一定異常高興。然而，假如先讓老人洗澡，而後再獻上佳釀，其心情將會更爲愉快、欣慰。但是，如果將這種順序顛倒過來，先讓其飲酒，然後再洗澡，也許就會因腦溢血而暴卒。滑雪是件樂事，如在積雪的山道上滑上十多十公里之後，到旅館的溫泉裡浸泡，則宛如進了仙境。但是，如果將此順序倒置，先在溫泉內將身體浸泡得很暖，然後再在寒冷的山道上滑行 10 多公里，也許會凍死。

安排暑假活動的方法，可以說也是如此。盡情地玩兒到 8 月中旬之後，再想學習，也是不行的。正如同在溫泉暖過身體後再走寒冷的山道一樣。先學習一段時間，然後再玩兒，才是安排暑假活動的頗爲高明的方法。

諸位，希望你們充分利用這次假期，以便在學習和體育方面雙豐收，9 月份精神飽滿地返校。

3.　**練習一的參考譯文和注釋**

(1)　在這個動蕩的時代，爲了取得建設上的發展，開拓的能力越來越非常重要起來。

"大切になってきます" 中的 "てきます" 可譯作 "越來越…起來"。

(2)　近年來，幾乎看不到乞丐了。但是在戰前，乞丐穿著襤褸的衣服，跪坐在道旁，向行人磕頭禮拜，來乞討一、二分錢。

"着物を着て" 中的 "着て" 表示方式，可用 "着" 字表達；"おじきをして" 也表示方式，可譯作 "磕頭禮拜，來…"，也可將 "來" 字省略。

(3)　大腦具有一種蓄電池的作用，其電流沿著種神經流動下去。

"…を伝わって" 表示方式，可譯作 "沿著"；"流れてゆきます" 中的 "てゆきます" 可譯作 "下去"。

(4)　如果到了這種地步，就是悔恨也無濟於事。

"…ては" 表示條件，可譯作 "如果"；"…ても始まらぬこと

だ"可譯爲"也無濟於事"。

(5)　爲了在考試中取得好分數而死記硬背，反倒會影響創造能力。因此，希望你們好好學習，體會，切莫輕率地對待構成基礎理論的知識。

"…ようにして"表示方式；"…てほしいと思います"可譯作"希望你們…"。

(6)　螢火蟲發出的光亮甚至也可以說是完全無熱的，其全部能量幾乎都變成了光。

"…といってもよいぐらいで"可譯作"甚至也可以說…"；"全部が光になっている"中的"ている"一般公認的事實，可譯作"都"字。

(7)　盛夏的太陽把地面晒熱後，水蒸氣就很快地蒸發而變爲上升氣流，形成積雨雲。但因高空溫度較低，水點受冷而變成冰粒。

"蒸発して"與"上昇気流となり"是並列關係，可用"而"字表達；"冷やされて"與"氷の粒になります"也屬並列關係，同樣用"而"字表達。

(8)　在痛得不得了時，就請服這個藥。

"…てならない"可譯作"得不得了"。

(9)　獨自一個人走在夜晚僻靜的田間小道上，並無他人通過，但總覺得在自己的背後有什麼似的。

"…気がしてならない"可譯作"總覺得…"。

(10)　把釣上來的魚放在池子裡養著。

"釣ってきた"中的"てきた"可譯作"上來"；"生かしてお

く"中的"ておく"表示將狀態繼續保持下去, 可用"着"字表達。

4. 練習二的重點注釋和參考譯文

1) 重點注釋(相同的內容簡略)

⑴ "一つ小さな雨粒が空から降ってきた"一個小雨滴從空
中降了下來。

"降ってきた"中的"てきた"可譯作"下來"。

⑵ "斜面をくだって"順著斜坡。

"くだって"表示方式, 可譯作"順著"。

⑶ "小川は方方からの水を集めて, しだいに大きな川に
なった。"小河匯集了由四面八方流來的水(之後), 漸漸形成大河。

"集めて"在該句的語言環境中, 可理解爲表示動作先後連續
發生。可譯作"匯集了…之後", 但也可略去"之後"的字樣, 以
求用詞的簡煉。

⑷ "川はしだいに山をおりて, 広い平野に出で, そこをゆ
るやかに流れていった。"河流漸漸山而下, 奔向遼闊的平原, 在
那裡緩緩地流蕩下去。

"…おりて, …出て, …流れていた"三者表示動作先後連續
發生, 其中"流れていった"的"ていった"適合於用"下去"
一詞表達出來。

⑸ "はじめの雨粒は, この川を運ばれて, とうとう海にま
でやってきた。"初始的雨滴沿著這條河順流而下, 最終淌入大海。

"…を運ばれで"表示方式, 可譯作"沿著…"。

(6) "空気といっしょにだんだん高いところへのぼっていった" 與空氣一起漸漸地上升到高空去了。

のぼっていった" 可譯作 "上升…去了"。

(7) "そしてみんないっしょになって雲になり, 空に浮かんでいた。" 於是就聚集在一起, 形成雲, 在空中浮遊著。

"みんないっしょになって" 表示方式; "浮かんでいた" 的 "でいた" 表示動作的持續, 可譯作 "著" 字。

(8) "…雨粒となって地上に落ちてきた"…變成雨滴, 降落到地面上來。

"落ちてきた" 中的 "てきた" 可用 "上來" 表達。

(9) "…枝から葉へとのぼっていた。"…從枝到葉, 如此這樣地上升上去。

"のぼっていた" 中的 "ていた" 可譯作 "上法"。

(10) "…水の粒はたえず旅行をくりかえしている。" 水滴在往復不斷地旅行著。

(11) "…どこからはじめてもよいのである" 從其中哪一個開始, 均無不可。

"てもよいのである" 原義是 "也可以", 也可用 "均無不可" 來表達。

2) 參考譯文

雨滴的一生

有一天下雨, 一個小雨滴從空中降了下來。這個小雨滴和許

多伙伴一起落在山坡上。落下的雨滴和被地面所吸收的伙伴分手，順著斜坡流入近旁的小河。小河匯集了由四面八方流來的水，漸漸形成大河。河逐漸順山而下。奔向遼闊的平原，在那裡緩緩地流蕩下去。初始的雨滴沿著這條河順流而下，最終淌入大海。

有一天，這滴雨點從海的表面蒸發到空氣之中。由於蒸發而變成水蒸氣，眼睛就看不見了，並與空氣一起漸漸地上升到高空去了。在空中飄浮一陣之後，被風一吹，向北蕩去。然後，迅速上升到從北面刮來的冷空氣之上，而升向更高的高空，由於升入高空而變冷。至此，眼睛看不到的水蒸氣，因冷再次變成小小的水滴，就又能看到了。在其周圍也出現了數不盡的這樣的水滴，於是就聚集在一起，形成雲，在空中浮遊著。

雲中的若干小粒因某種原因而變大，開始下落。在下落的途中附著上周圍的小粒更加增大了體積，變成雨滴，降落到地面上來。

這次降落到森林之中。雨滴滲入地面，被樹根吸收。被吸收的水從根到幹，從幹到枝，從枝到葉，如此這樣地上升上去。升到葉子時，天氣已經放晴。水又從葉表面的小孔蒸發到空中去。而後，上升到高空變成雲，這次在寒冷的地方變成雪降了下來。潔白六角形的小結晶，輕輕地飄落下來。

這番話是從一個雨粒開始的，講下去是無窮盡的。從空中到地面，從地面到空中，水滴在往復不斷地旅行著。現在的話題無論是從雨、雪或雲說起，從其中哪一個開始，均無不可。

第十一章

1. 實踐材料的重點注釋

(1) "これは記憶装置としてコンピュータに組み込まれるが, 電訳機, 音声合成装置, マイコン応用製品にも使われ, 半導体産業の中心技術の一つとなっている。" 它作爲一種存儲裝置組裝在計算機中, 也可用於電譯機、音響合成裝置和應用微型電腦的産品, 成爲半導體工業的核心技術之一。

"これ" 指代前句中的 "半導体メモリ"（半導體存儲器）, 可譯作 "它" 字。

(2) "このメモリーの記憶容量が, 70 年代には, 二年間で四倍のペースで拡大してきた。" 該存儲器的存儲容量, 在 70 年代每兩年擴大 4 倍。

"この" 指代前句中的 "半導体", 可譯作 "該" 字。

(3) "…, この記憶された情報を自由に変え, …" …, 將其存儲的信息加以自由改變, …。

"この" 指代前文中的 "半導体メモリー", 可譯作 "其" 字。

(4) "…, この 1K ビットの RAM が 4K ビットになるのに二年, …" 1K 比特的這種隨機存取存儲器變成 4K 比特需要兩年, …。

"この" 指代前句中的 "1K ビット" 和 "RAM", 意在限定是 "1K 比特的 RAM", 而非其它的 "RAM"。可譯作 "這種"。

(5) "この半導体メモリーの記憶容量の増え方は倍, 倍で

あるから，…"此種半導體存儲器的存倍容量的增長方式是成倍的增加，…。

"この"位於一個段落之首，它概括了上一段落的全部內容，起到承上啓下的作用。可譯作"此種"或"這種"。

(6) "この 256K からが、いよいよ超 LSI である"從 (這) 256K 超終於變成超大規模集成電路。

前句中出現 "…128 を飛ばして 256K になる"（…跳過 128K 變成 256K），此句中再次出現 "256K"，那麼指示詞 "この" 並不指代任何詞語，只起到限定該句中 "256K" 的作用。可譯作 "這" 字，但爲了用詞簡潔，也可略去不譯。

(7) "その次が 1024K だが，これがほぼ 1000 なので，1 メガビットという"其後則是 1024K，大體上是 1000K，所以稱作 1 百萬比特。

"その次"是接前文而來的，順理成章的可譯作 "其後"；"これ"是指代 "1024K" 的，爲語義的通順可略去不譯。

(8) "この 1 メガビット・メモリーの開始，実用化が 80 年代の目標であり，これが達成されると，めでたく満願成就というわけである。"這種 1 百萬比特的存儲器的研製和實際應用即爲 80 年代的目標，此目標一經實現，就夙願以償了。

"これ"是指代前句中的 "目標"，爲使譯文明確貼切，而譯作 "此目標"，將所指代的內容具體譯出。

(9) "それが，小指の先ほどの小片，一つのチップに入ってしまうのである"偌多的單詞就完成收入到小手指甲大小一塊

基片內。

"それ" 指代前中的 "一万字ほど" 適合於譯成 "很多的單詞"。

2. 實踐材料的參考譯文
以幾何級數增大的微機存儲量

最近，技術發展的速度異常迅速，其中最引入注目的有半導體存儲器。它作爲一種存儲裝置組裝在計算機中，也可用於電譯機、音響合成裝置和應用微型機的產品，成爲半導體工業的核心技術之一。該存儲器的存儲容量。在 70 年代是每兩年擴大四倍。

存儲一個信號的單位叫做一比特，1000 比特稱 1K 比特。進而將其存儲的信息加以自由改變，並將這種可以自由取出所需要信息的系統稱作隨機存取存儲器 (KAM)。1K 比特的這種隨機存取存儲器的存儲量擴大爲 4K 比特，用了兩年，再擴大爲 16K 又用了兩年。現在是 16K 隨機存取存儲器的鼎盛時期。但是，並沒有停止發展，其後 64K 隨機存取存儲器的新產品試銷已經從 1979 年開始。

此種半導體存儲器的存儲容量的增長方式是成倍的增加，與麻將牌的判分法相同，但一次以翻兩翻。從 16K 跳過 32K 變成 64K，再跳過 128K 變成 256K。從 256K 起終於變成越大規模集成電路 (LSI)。

但是，這種兩年 4 倍的發展速度，今後似乎要緩慢一些，256K 隨機存取存儲器的普及大概要在 80 年代的中期。其後則是 1024K，大體上是 1000K，所以稱作 1 百萬比特。這種 1 百萬比特的存儲

器的研製和實際應用即 80 年代的目標。此目標一經實現，就夙願以償了。1K 比特隨機存取存儲器的普及是在 1974 年左右，所以正是在十幾年的時間內完成三個數量級的技術發展。

如果說到這種 1 百萬比特的存儲器有多大的存儲容量，它大約可以存儲那種複雜的漢字 1 萬個左右。如果是英日辭典，據說可以存儲整整一本。偌多的單詞就完全收入到手指甲大小的一塊磁片內。

這種半導體存儲器的容量盡管從 1K 比特到 4K，進而到 16K，如此迅速增大，但投入批量生產後的價格每個都是從 1000 日元到 2000 日元。這說明平均容量的價格比在四分之一，十六分之一地下降。

但是，1 百萬比特的隨機存取存儲器因為成了超大規模集成電路，特別需要高超的技術和設備，所以不能保證用 1000 日元就能夠生產得出來。即使如此，若投入批量生產，可能不致於那麼貴了。到了 80 年代後半期，也將使用於電譯機和家用電子計算機等常用產品之中。由於能收入 1 萬個漢字，就可能實現簡明日語辭典的電子化。

3. 練習一的參考譯文和注釋

(1) 力作用於物體時，將在力作用的方向上產生加速度。

句中的 "その" 指代前文中的 "力が働く"。可譯作 "力作用的"。

(2) 煙草專賣公司要向政府繳納多至幾千億日元的稅金，這

筆稅金將用於有益於國民方面吧。

句中的 "この" 適合譯作 "這筆" 或 "此項"。

(3)　所謂語言乃是我們頭腦中創造各種建築物的材料，同時語言也是將創造出來的這種建築物的形象傳達給人們的唯一工具。

原文中 "この" 可譯成 "這種"。

(4)　連篇累牘的理論，會使聽眾感到如同聽數學、經濟學講課那樣枯燥乏味，有時會昏昏入睡。因此，理論中染以帶感情的話語，以便給語言增色，使聽眾產生興趣，此舉決非不當。

原文中的 "それ" 可省略不譯，以使譯文簡潔；"その" 和略去不譯的 "それ" 均指代 "理論的な言葉"，可譯作 "理論" 一詞。

(5)　富有感情語言，宛如萬葉集之歌，朗誦它，歌唱它，可玩味其美。

兩個 "それ" 和一個 "その" 均指代 "感情的な言葉" 可分別譯成兩個 "它" 字和 "其" 字。

(6)　究竟什麼是半導體？顧名思義，它是電阻值位於良導體與絕緣體之間的固體物質的總稱。

"これ" 指 "半導体" 而言，可譯作 "它" 字，而 "その字の意味するように" 中的 "その" 連同其後的詞後作意譯處理，共同譯作 "顧名思義"。

(7)　在決定車床的結構和尺寸的階段，在充分調查以往車床的狀況及其最新動向的基礎上，與之比較和對照，並加以創新，制定出適合目的要求的方案是至為重要的。

"これら" 指代 "従来の機械" 和 "最新の傾向など" 可用一

個"之"字予以表達;"これ"指代"從来の機械",但可略去不譯。

(8) 也許有人感到電是捕風捉影之物。這是出於把各種現象孤立起來觀察的緣故。

"それ"指代前句的整體內容,可譯作"這"字予以概括。

(9) 從石油或煤中提取的燃料氣,在其製造的過程中會產生公害,成分中還含有一氧化碳之類的劇毒氣體,其爆炸危險性很強。

天然氣沒有上述的那些缺點,而且熱量也很大。

前一段中的"その"指代前面主語部分的"ガス"可譯作"其"字;後一段中的"この"是指代前一段的三個缺點,可譯作"上述的那些"。

(10) 堪稱"火"的源泉——石油和煤炭,它們所具有的化學能可以簡單而大量地轉換成熱能,即使說現代社會是由於利用了這種能才得以維持也並不過分。

"それら"指代"石油,石炭"可譯作"它們";"その"指代"熱エネルギー"可譯爲"這種能"。

4. 練習二的重點注釋和參考譯文

1) 重點注釋

(1) "これは分散処理やコンピュータの大眾化に不可欠で,…"這是分散處理和計算機大眾化所不可缺少的。

"これ"指代前句的整體內容,適合於譯作"這"字。

(2) "その膨大な情報伝達を担う 80 年代の新技術が光通信である"承擔傳遞如此龐大信息任務的 80 年代的新技術是光通

訊。

"その"指代前文中的 "分散されてそれぞれの現場に来たコンピュータも，膨大な情報がストックされた中央の大型コンピュータに結びつがねばならない。大衆化すればするほど，情報伝達量は幾何級数的に増える"。可譯作 "如此"。

(3) "これは髪の毛ほどの太さのガラスの糸の中に光を通し，その光に情報を載せる"它使光在頭髮粗細的玻璃絲中通過，並使這種光載上信息。

"これ"指代前句中的 "光通信"，可譯成 "它" 字；"その" 並不指代前文中的任何詞語，旨在強調指出前面剛剛出現的"光"，可譯作 "這種"。

(4) "…展示室でそれを実感として味わった"…在展覽廳裡實地感受到了這一點。

"それ" 可譯成 "這一點"。

(5) "それは直径がおよそ 30 センチもあり，その中に，電線が一本一本ビッシリと詰まっている"其直徑大約 30 公分，其中密密麻麻地塞滿了一根根的電線。

"それ"指代前文中的 "アルミの一万回線の通信ケーブル"，可譯為 "其" 字；"その" 與 "それ" 的指代相同，同樣以 "其" 字表達。

(6) "それが髪の毛ほどの光ファイバー二本に取って代わられるという"據說。該電纜線可由頭髮粗的兩根光導纖維所取代。

"それ" 與注(5)中的 "それ" 和 "その" 相同，均指代 "アル

ミの一万回線の通信ケーブル”。因“それ”與指代的内容中間隔有一個句子，爲使譯文的行文明確，而譯作“該電纜線”。

(7) “この問題はほぼ解決されてきた”這個問題大體上已逐步得到解決。

“この”指代其前兩句的具體内容，可譯作“這個”一詞。

2) 參考譯文

繼電子接踵而來的是“光”的時代

關於計算機的另一個重大話題是 C&C（計算機和通訊），就是與通訊的緊密結合。這是分散處理和計算機大眾化所不可缺少的。分散到各個現場的計算機也必須與存儲龐大信息的中心大型計算機連接起來。越是大眾化，信息的傳送量越是按幾何級數增加。

承擔傳遞如此龐大信息任務的 80 年代的新技術即是光通訊。它使光在頭髮絲粗細的玻璃絲中通過，並使這種光載上信息。過去，傳送信息是用電波，這種電波的頻率越高，能載的信息也就越多。

光也是頻率極高的電磁波。例如，可見光的頻率是電視電波的大約 100 萬倍。因此，如果由光來載信息，傳輸容易量就會異乎尋常地猛增。我在某電線研究所對光通訊進行採訪時，在展覽廳裡實地感受到了這一點。那裡放著現在還在使用的鋁製一萬條線路的通訊電纜。其直徑大約爲 30 厘米，其中密密麻麻地塞滿了一根根的電線。據說，此電纜線可由頭髮絲粗的兩根光導纖維所取代。這的確是一項發明，而且可以說是最高級的技術革新。

光導纖維的最大缺點是傳輸損耗問題，即從玻璃中漏光，因此逐漸減弱而傳輸不到遠處。但是，這個問題大體上已逐步得到解決。現在研製出一種比銅和鋁傳輸損耗少的物質。若用於長距離的公用電路，可以減少若干中繼站。這樣一來，傳輸損耗少反而越發成為光通訊的優點。

　　現在，光通訊系統雖然剛剛開始在變電站、廣播電台、鋼鐵廠等處採用，但遲早會成為連接計算機的通訊網絡主要角色。如此一來，與電子技術有關的行業都對這種光通訊特別關注。原因是光通訊是下一個時期的電子技術革新，光電子學的先驅。所謂"オプト (opto)"就是"光"的意思，光響應的速度比起電子要快的多得多，並且工作所需要的能量也很小。甚至隱蘊著一種可能性：未來將從光集成電路向光計算機發展，一切都由光來取代電子。

　　注：原文的"電子から光に代わる"有誤，應改譯成"由光來取代電子"。

第十二章

1. 實踐材料的重點注釋

(1) "そして，おす力が二倍になれば一秒ごとにます速さも二倍になり，力が三倍になれば加速度も三倍になる……というふうに，加速度はふえていきます" 而，若推力增大一倍，每一秒鐘增加的速度也增加一倍；力增加二倍，則加速度也增加二倍。以此類推，加速度就是按這樣增加的。

原文中的"二倍になれば"，"二倍になり"，"三倍になれば"，"三倍になる"都是以增後的結果而書寫的，譯文中均按純增數表達的。

(2) "たとえば野球のボールの質量がゴムまりの二倍だとすると，加速度は，ゴムまりのときの二分の一になります" 設棒球的質量爲橡皮球的二倍，加速度則爲橡皮球時的二分之一。

"…質量がゴムまりの二倍だ…" 中雖無格助詞 "に"，卻同樣表示增後的結果，爲此譯成 "…質量爲橡皮球的二倍…"。

(3) "質量が三倍になれば加速度は三分の一です" 質量若增加三倍，加速度則爲原來的三分之一。

"質量が三倍になれば" 也可按此結構照譯成增後的結果，譯成 "質量若爲三倍" 或 "質量若增加到三倍"。

2. 實踐材料的參考譯文

力和加速度

雖然噴氣的速度相當快，若一下子噴射的量少，反作用力就不會如此之大。也就是說，如果噴射氣體的時間短，火箭所得到的速度就極其有限。但若連續幾分鐘不停地噴射氣體，就能達到相當大的速度。以下就其原因予以說明。

推滾橡皮球時，其速度逐漸加快，一旦將手撒開，球將保持原來的速度。把這樣增加的速度稱作按加速度加快。這樣的運動方式稱之爲加速運動。速度相同的運動即爲等速運動。通過這種實驗可知，當物體受力作用時，其運動加快，作加速度運動。

當然，橡皮球是朝著推動的方向滾動，是向力的作用方向作加速運動的。而且推力越大，速度越快，加速度也就越大。

加速度的大小，通常是以一秒鐘內速度加快多少來表示的。例如，以相同的力持續推動橡皮球時，假設從開始推動，經過一秒，秒速爲一米，經過兩秒變爲兩米，則它的加速度就叫做每秒每秒一米。也就是說，每一秒鐘秒速均加速一米。而，若推力增大一倍，每秒鐘增加的速度也增加一倍；力增加二倍，則加速度也增加二倍。以此類推，加速度就是按這樣增加的。總之，加速度與作用的大小成正比。

然而，如果是一個比橡皮球重的棒球，即使用同樣大小的力來推動，也不能像橡皮球那樣加速，即加速度小。這就是說，物體越重加速度越小。

設棒球的質量爲橡皮球的二倍，加速度則爲橡皮球時的二分

之一。即使以前面講的每秒每秒一米（加速度）之力，也只能得到每秒每秒五十厘米的加速度。質量若增加二倍，加速度則爲原來的三分之一。即力相同時，加速度與質量成反比。

綜上所述。可得出如下結論：“物體受力作用時，按加速度而加快，加速度與力的大小成正比，而與物體的質量成反比”。該定律也是牛頓發現的，稱之爲《力的定律》。

3. 練習一的參考譯文和注釋

(1) 1978 年出口商品按類別劃分，農副產品下降爲 27.6 %，輕紡產品上升爲 46.7 %，重工業產品上升爲 25.5 %。

“27.6 %に下がり”“46.7 %に增え”和“25.5 %に增えた”都用格助詞“に”表示減後和增後的結果，因此分別譯成“下降爲 27.6 %”，“上升爲 46.7 %”和“上升爲 25.5 %”。

(2) 這種家庭用信息機，現在每台價值 20 萬日元，但批量生產後，可下降到 10 萬日元以下。

原文中多用動詞“になる”表示增後的結果，但從全句的語義來看，尤其是“10 万円以下になる”的表達形式，並不表示增後的結果，而表示減後的結果。故而譯作“可下降到 10 萬日元以下”。

(3) 如果身高增爲原來的 10 倍，則體重爲 1000 倍，腿的橫截面積爲 100 倍。

原文的“10 倍になる”“1000 倍になる”和“100 倍になる”均爲表示增後的結果，因而分別譯作“爲原來的 10 倍”，“爲 1000

倍”，“爲 100 倍”。

(4)　當時的運輸工具是馬車，道路也不平整，因此運到買主手中時每桶 50 加侖的汽油大體上要減少五分之一。

“大体 1/5 減ってしまったのである”表示純減數，可譯作“大體上要減少五分之一”或譯或“只剩下五分之四”。

(5)　計劃利用三峽水壩來調節洪水，可消減洪水量的 70 %，以防止洪患。

“洪水量の 70 %低減し”表示純減數，可譯作“可消減洪水量的 70 %”。

(6)　氧在地殼的構成中居第一位，爲 46.5 %；硅占第二位，爲 28 %。氧幾乎是硅的二倍。

該句也可譯成“…幾乎比居第二倍的硅多一倍 (硅爲 28 %)”。

(7)　現在所使用的攝像管即使是最小的，其直徑和長度也相當於雪茄煙的 1.5 倍左右。

“葉卷の 1.5 倍ほどの大きさがある”是表示以攝像管與雪茄煙相比的結果，故可譯作“相當雪茄煙的 1.5 倍左右”。

(8)　地下水看起來似乎非常之多，可是若所有的用水都使用地下水，十年就會減少一半。

“半分に減ってしまう”中雖有格助詞“に”，既可譯作“減少一半”，也可譯成“減少到一半”。兩者相同。

(9)　這些雖是小型機器，卻有 200～300 米的掘進能力，轉速也由過去的 200～400 提高到 800～1500 轉/分。

“800～1500R/min となった”其中格助詞“と”此處同於

"に"，用來表示增後的結果，因此譯作"提高 800～1500 轉/分"。

　　⑽　展開日本今後長遠的能源供求，預計 5 年後煤炭的需求量從現在的約 8 千萬噸將會增至 1 億 2 千萬噸; 10 年後增至 1 億 6 千萬噸; 進而 15 年後則將增至 2 億噸。

　　原文中在"5 年後には 1 億 2 千万トン"和"10 年後には 1 億 6 千萬トン"之後，均略去與"更に 15 年後には 2 億トンになる"相同的謂語部分"になり"。三者均表示增後的結果，皆可譯作"增至××"。

4.　練習二的重點注釋和參考譯文

1)　重點注釋

(1)　"集積度が 100 倍，したがって性能も 100 倍である"集成度擴大到 100 度，因而性能也為以前的 100 倍。

　　句中雖無增後結果的字樣"に"，但可譯成增後的結果。

(2)　"五年で 10 倍，十年 100 倍になる"五年增長到 10 倍，十年增長到 100 倍。

　　原文是表示增加的結果，因而可照譯成表示增加結果的字樣。

(3)　"十年で五割増か，せいぜい 2 倍增程度だろう"十年也只增加十分之五，最多不過增加二倍左右。

　　原文是純增數，譯文同樣可譯作純增數。

(4)　"戰前からみると三十年かけて 2.5 倍の進步である"如果從戰前來看，三十年間增加了一倍半（增加到二倍半）。

　　按上文"戰前，特別快車"燕"號的平均速度為時速 69.6 公

里。1964 年出現了新幹線，平均時速一躍達到了 171.7 公里" 來計算，原文的 "2.5 倍の進步である" 即可譯成純增數 "增加了一倍半"，也可譯成增後的結果 "增加到二倍半"。

2) 參考譯文

關鍵在於 "技術革新"

所謂 "技術革新" 是什麼呢？ 它是 "由技術所產生的革新，而不是技術上的發明"。技術本身是不需要什麼劃時代的，嚴格地說，技術是什麼樣的均可。由於某種技術的普及，開闢了廣大的市場，強烈地刺激經濟活動，對經濟和社會產生巨大的影響，以致使社會和生活突然發生變化 —— 這就是技術革新，即由技術產生的革新。

不過，不能認為任何技術都具有如此之大的影響力，那仍然要具有某種劃時代意義的性質。毫無疑問，微型機、超大規模集成電路是晶體管技術的繼續和發展，但目前已充分具備了這種劃時代意義的性質。並且正以空前的速度提高性能和降低價格。

有一位微型機技術人員追述往往事時曾談到，九年前微型機芯片輸入日本之初，一個價值 20 多萬日元。雖然只不過是小手指甲大小的元件，卻像寶石那麼昂貴。盡管如此，卻吸引了很多人。據說每次只進化幾十個，轉瞬之間便銷售一空。但是，現在微型機有的只售價百日元 (1979 年日本生產的數量已超過 1500 萬個)。

從大規模集成電路發展到超大規模集成電路，如前所述，集成度擴大到 100 倍，因而性能也為以前的 100 倍。一般，電子技

術的發展情況是五年增長到 10 倍，十年增長到 100 倍。試問，過去曾經有過發展如此迅速的技術嗎？以機械技術爲例，飛機和鐵路的提高率和大型化的技術進步，即使是發展是最快的時期，十年也只增加十分之五，最多不過增加二倍左右。

戰前，特別快車"燕"號的平均速度爲時速 69.6 公里。1960 年，東京－大阪之間需用 6.5 小時，平均時速爲 86 公里。1964 年出現了新幹線，平均時速一躍達到了 171.7 公里。如果從戰前來看，30 年間增加了一倍半，若以十年爲單位計算，提高率只不過十分之三強。

那麼，以微型機、超大規模集成電路爲代表的半導體技術，爲什麼竟如此強烈地刺激了經濟活動，並且具有使社會和人們的生活大爲改觀的巨大影響力呢？對此詳加論述即爲本書的要旨之一。

第十三章

1. 實踐材料的重點注釋（省略不譯者不予注釋）

(1) "白い星といっても，心もち黄がかっている<u>もの</u>から，わずかに青みがかっていると思える<u>もの</u>まで" 即使說是白星，從稍微有些發黃的，到覺得略帶青色的。

其中有兩個 "もの"，均可譯作 "的" 字。

(2) "色なんて連続的に変わる<u>ものだ</u>。" 顏色這種東西顯然是連續變化的。

這裡可用 "顯然" 一詞表達出 "ものだ" 的語氣。

(3) "星の色は，いったいどうしたら客観的に測れる<u>ものだろう</u>。" 星的顏色究竟應該怎樣才能客觀地測量呢？

句中的 "ものだろう" 具有表示常理、常態的意念，可譯作 "應該" 一詞。

(4) "質を測るのが難しい<u>のは</u>，なにも色に限った<u>ことではない</u>。" 質難以測量並<u>不</u>（是）只限於顏色。

句中有兩個 "の"，前者的 "のが" 表示主語從句的主語，後者的 "のは" 表示主句的主語，均可略去不譯。"ことではない" 是 "ことである" 的否定形式，可譯作 "不" 或 "不是"。

(5) "それを例えば1つの数字で測る<u>こと</u>など。" 假如用一個數字之類的<u>方法</u>進行測量。

其中的 "こと" 可用 "方法" 一詞表達。

(6) "細かい<u>こと</u>をいいだせば" 若道其細節。

這裡的 "こと" 結合其定語 "細かい"，表示 "詳情" 或 "細節" 之義。

(7) "星の表面の温度できまってしまうものだ。" 它畢竟是星的表面溫度決定的。

結合上下文和本句的內容，此處的 "ものだ" 表示常理、常態，可譯作 "畢竟" 予以表達。

(8) "赤から青白いところまで" 從紅到青白這種程度。

"ところ" 表示程度，此處可譯作 "程度" 二字。

(9) "つまり星の色は，1つの数で量的に測れるし，表せるはずのものだ" 也就是說，星的顏色是可以用一個數從量的方面測量，並且理應是能表示出來的。

句尾的 "ものだ" 是用來加強判斷的語氣，可譯作 "是…的"。

2. 實踐材料的參考譯文

數字無法表示牛肉扒的味道

即使說是紅星，紅的程度也各不相同。即使說是白星，從稍微有些發黃的，到覺得略帶青色的，也是千差萬別，顏色這種東西顯然是連續變化的。星的顏色究竟應該怎樣才能客觀地測量呢？

如果從量和質兩方面來談星光，所謂明或暗是從量上看的，現在的光電測光技術能用百分之一等級以上的精度來確定星的亮度。

與此相反，所謂顏色乃是光的質。質難以測量並不是只限於顏色。牛排的量可以用多少克來表示，而味道卻難以用數字表達。

人的身長和體重等在量上容易用數字表示，但要表示質，就很困難了。

19世紀的天文學家們爲想用數字表示星的顏色，曾煞費過苦心。奧斯特霍夫的色指數也屬其中之一，他想把星的顏色分成從0（白）到10（紅）11個等級來表示。然而，以此來表示連續變化的星的顏色並不怎麼適宜，現在一般不用。此外，還有使用有效波長等幾種方法。

但是，仔細想來，雖然說星的顏色屬於質，可是和牛排的味道那種質大不相同。牛排的味道有很多因素，假如用一個數字之類的方法進行測量，任何一個美食家也會認爲是不可能的。

然而，星的顏色，若道其細節是無止境的，但它究竟是由星的表面溫度決定的。隨著星的溫度從3000度左右到數萬度連續變化，星的顏色也從紅到青白這種程度連續變化，但究其根源，只取決於表面溫度（T）。這樣考慮起來，單就星的顏色來說（不通用於陶瓷和印染紡織品的顏色），從表面上看是質的問題，而從本質上看是溫度高低這種量的問題。也就是說，星的顏色是可以用一個數從量的方面測量，並且理應是能表示出來的。

3. 練習一的參考譯文和注釋
(1) 我們是生活在被大氣和水包圍的地球表面，且沐浴著太陽光的地方。

"ところ"表示場所，可譯作"地方"；"のです"略去不譯。
(2) 以下擬就地學現象和生物現象進行研究。

"ことにしょう"可譯作"擬"字。

(3) 該仙女座的大星雲位於銀河系外側的另一個世界，具有與我們銀河系大小和構造幾乎相同的物質。

"もの"可譯作"物質"。

(4) 根據這些現象來看，可以認爲星體具有生命，是途經一條在漫長歲月中誕生、成長、衰退的道路的。

"…ところによれば"表示"根據…"；"たどっているもの"中的"もの"是用來加強判斷的語氣，此處可譯作"是…的"。

(5) 如果天然水中沒有生物，我們的食物，就減少了重要的蛋白質供給源。除非能找到代用品，否則就會給人類和一般動物帶來嚴重後果。

"かわるもの"一起可譯作"代用品"；"…ことになる"表示事態必然形成某種結果，可譯作"就會…"。

(6) 新幹線使用第 15~19 軌道的月台，乘客正在進入第 16 軌道。

"…ているところだ"強調行爲、動作正在繼續，這裡的"…入っているところだ"可譯作"正在進入…"。

(7) 爲此，就需要氧氣，因爲要使用氧氣來分解食物等。

此處的前句"そのためには，酸素が必要です。"（爲此，就需要氧氣，）具有表示結果之義，而後句的句尾附以"のです"表示因由，所以"のです"可譯作"因爲"一詞。

(8) 所謂光的顏色是取決於波長，這是僅就純粹的光而言的。

句中的"…というのは，…ことである"是一常用句型，多

譯成 "所謂…，是…的"。

(9)　要高效率地進行化學反應，最好是盡可能使化學反應的速度加速。

"ことがのぞましい" 是一慣用語，多譯作 "最好"。

⑽　有一次從商人那兒買來作實驗用的兔子，剛放在實驗室裡就發現兔子的尿是清白色的。屬草食動物的兔子，其尿液理應是混濁的。

句中的 "…たところ" 表示就在一瞬間進行的行爲，因此 "実驗室においたところ" 可譯作 "剛放在實驗室裡就"；句尾的 "…ものである" 表示常理、常態，爲此譯作 "理應"，也可譯作 "應該"。

4.　練習二的重點注釋和參考譯文

1)　重點注釋

(1)　"常に古いものをどんどん新しくしていこうとする努力が必要となります。" 需要經常致力於不斷更新舊東西。

"もの" 可譯作 "東西"。

(2)　"実力を蓄えることが大切なことです。" 儲備實力，這是很重要的。

"ことが" 表示主語，可譯作 "這" 字，"ことです" 譯作 "是…的"。

(3)　"学校の看板がものをいうのではなくて" 學校的招牌已不能發揮作用。

"ものをいう"爲一慣用語，語義爲"發揮作用"或"起作用"；"のではなくて"表示否定，義爲"不、不是、不能"等。

(4) "…，まずハシゴを取^とり外^{はず}すこと，…"必須首先撤掉階梯。

此處的"…こと"是寓於一個句子之中，前後均用逗號隔離，屬於獨立語的範疇，同於用"こと"結句，因而可譯作"必須"。

(5) "その人^{ひと}の真^{しん}の値^ねうちというもの"這個人的真正價値。

"というもの"附於名詞之後起著加强該名詞的語義作用，原義是"其本身"，但多略去不譯。

(6) "それを，ひとつひとつの自家薬籠中^{じかやくろうちゅう}のものとしたものが本当^{ほんとう}の実力者^{じつりょくしゃ}となって大^{おお}きく成長^{せいちょう}していくのです。"將其一點一點地積累下去，使自己成爲具有獨特知識的人，將作爲一個真正有能力者而迅速成長起來。

"もの"譯作"人"，"のです"略去不譯。

2) 參考譯文

實力的時代

在科學技術領域中，預見性以及新技術的開發乃是技術競爭的基點，是在競爭中處於優勢地位的前提條件。

在今後的技術革新中，需要經常致力於不斷更新舊東西。爲此，就要根據自己的情況去努力，儲備實力，這是很重要的。

今後的時代靠畢業於某某學校之類的條件已行不通了。學校的招牌已不能發揮作用，因此究竟積累了多少知識，有怎樣的素

養和實力，乃是主要問題。

即是所謂真才實學起作用的時代。那種只尊重學校 "畢業証書"，按學歷特權評價，也就是唯學歷是尊的觀念，正在日逐淡薄。

索尼公司提出：必須首先撤掉階梯。不依靠學歷這種階梯，怎樣才能攀登上去？ 考慮這一問題才是重要的。

當徹底領悟到唯有人的真材實學才是最重要的時候，才能顯示出這個人的真正價值。

當剛從學校畢業成爲一名社會成員的時候，雖然每個人都具有不同特長，但相差無幾。此後，隨著時間的推移，過 3~5 年，實際上各自會積蓄不同的能力。將其一點一點地積累下去，使自己成爲具有獨特知識的人，將作爲一個真正有能力者而迅速成長起來。

第十四章

1. 實踐材料的重點注釋

(1) "機械に生ずる振動にはいろいろあるが，二つに大別すれば，その原因が機械それ自身の内部にあるものと外部にあるものとに分けられる？" 機械所產生的振動有各種類型。但究其原因，大致分爲：來自機械本身內部的和外部的兩種。

譯文在以接續助詞 "が" 所關聯的表示轉折意思的狀語從句處斷譯，譯成一個獨立的句子。這樣既可變長爲短，簡化句子的結構，又可突出其語義。

(2) "往復機械は大質量を有するピストン，コンロッドなどよりなるピストン・クランク機構を含み，これら大質量の高速周期的運動による不平衡力と気筒内燃焼がス圧または蒸気圧の周期的変化が組み合わせて機関自身および基礎の振動の原因をつくっている。" 往復機械包括大質量的活塞、連桿所組成的活塞曲柄機構在內，並且這些大質量構件作高速周期性運動所產生的不平衡力和氣缸內的燃燒氣壓力或者蒸氣壓力的周期性變化交雜在一起，就形成了機器本身和地基振動的原因。

該句雖然較長，但就整個句子的層次排列，邏輯敍理與中文雷同，且內容的關聯性較強，因而可採取順譯。

(3) "そして自動車なら，機関から車体に伝えられた振動は乗心地を悪くする原因となるがこの振動は適当な方法をこうじることにより，その原因となる不平衡力をかなりうまく平衡さ

せることができて，振動を減らすことができる。"再以汽車爲例，由發動機傳給車身的振動造成人們乘坐時感到不舒適的原因。但是，對這種振動，通過採取適當的方法就可以使形成振動的不平衡力很好地取得平衡，從而減少振動。

該句是一個主從複合句，原文結構並不很複雜，它是由表示轉折意義的接續助詞"が"關聯從句和主句，而從句另帶一條件狀語"そして自動車なら"。由於狀語從句部分表義完整，且主句又較長，爲使譯文簡潔明瞭，短小精悍，可在"…が"處斷譯，用句號"。"分隔。

(4) "しかしクランク軸などに伝達された捩り振動は過大な振動応力をその軸内に発生して破壊の原因となりその防止が重要となるが，上で述べた方法のみでこれを解決することは困難で他の方法として，生じた振動エネルギーを他物体の弾性，慣性抗力または摩擦を利用した減衰器で吸収・散逸することも考えられている。"然而，傳給曲柄軸等的扭轉振動在該軸內產生過大的振動應力，而成爲破壞的原因，因此防止這種振動至爲重要。可是，只靠上述方法去解決這種問題是很困難的。對此也在研究採用其他方法，如利用其他物體的彈性、慣性阻力或摩擦而製作的阻尼器來吸收或耗散所產生的振動能。

原文是一多重複合句。爲簡化句子的結構，以避免產生混雜現象，可在劃有橫線之處斷譯。共斷成三個獨立的句子。

2. 實踐材料的參考譯文

往復機械的振動

機械所產生的振動有各種類型。但究其原因，大致分為：來自機械本身內部的和外部的兩種。如果能消除前一種原因，振動就可以減少，其典型的實例有：往復內燃機、蒸汽機、渦輪機、電動機之類的振動。往復機械包括大質量的活塞、連桿等所組成的活塞曲柄機構在內，並且這些大質量構件作高速週期性運動所產生的不平衡力和氣缸內的燃燒氣壓力或者蒸氣壓力的週期性變化交雜在一起，就形成了機器本身和地基振動的原因。這樣產生的振動，就由機械的構架傳給他基。再以汽車為例，由發動機傳給車身的振動造成人們乘坐時感到不舒適的原因。但是，對這種振動，通過採取適當的方法就可以使形成振動的不平衡力很好地取得平衡，從而減少振動。然而，傳給曲柄軸等的扭轉振動在該軸內產生過大的振動應力，而成為破壞的原因，因此防止這種振動至為重要。可是，只靠上述方法去解決這種問題是很困難的。對此也在研究採用其他方法，如利用其他物體的彈性、慣性阻力或摩擦而製作的阻尼器來吸收或耗散所產生的振動能。這雖然是一種補助手段，而不是從本質上防止振動的方法，但卻不可忽視。

在數學上，分析振動現象及其防止或減振，是應用牛頓運動定律的，例如對曲柄，特別是對連桿更是如此。但是，為了簡化包括它們在內的力學系統的分析處理，盡可能代之以簡單的等效力學系統，只取近似的結果是極其重要的。

3. 練習一的參考譯文的注釋

(1) 我們人類不同於狗、貓和猴，能思考各種問題並將思考的內容用語言表達出來,以智慧互相交流,創造出形形色色的東西。

原文的內容緊湊，語義連貫，適合於順譯。

(2) 由於動力織布機等機械的發明，逐漸開始的產業革命促進了蒸氣機的發明。同時，因爲蒸氣機代替了水車，又加速了產業革命的進程。

原文是一較複雜的簡單句，主語是"產業革命は"，由關聯詞語"とともに"關聯兩個謂語"うながす"和"おこしたのである"。由於第二個謂語帶有較複雜的狀語和賓語，並統觀全句的語義，可在第一個謂語末端斷句，用句號"。"分隔，斷譯成兩個獨立的句子。

(3) 蒸氣機如今除火車外，幾乎已不使用。但同樣利用水蒸氣的汽輪機在需要強大動力的地方,如火力發電站、大型輪船等,仍在廣泛地應用。

該句可在用"が"關聯的表示轉折意義的狀語從句處斷句，譯成兩個獨立的句子。

(4) 經驗是重要條件，這對工程學來說是有普遍意義的。特別是對土木工程學，從其發展過程來看，它與人類的社會活動同時發展了幾千年，一直到現在幾乎都是建立在所積累的經驗上而繼承下來的。而且施工對象也各不相同，因此經驗就成爲極其重要的條件。

原文是一多重複合句。爲使譯文眉目清晰，化整爲零，除主

語從句 "経験が重要な要素であることは, 工学全般についていえることであろう" 可斷譯成用逗號 "," 分隔的並列句 "經驗是重要的, 這對工程學來說是有普遍意義的。" 之外, 尚可在語義疏鬆的 "…が" 和 "…また" 處斷譯, 用句號 "。" 分隔。這樣, 全句共斷譯成三個獨立的句子。

(5) 機械、車輛、船舶、航空、電氣等各方面的技術, 在其發展的過程中, 有很多事例都是以所用材料的有關技術的新成就爲基石而取得新進展的。同時, 今後有關工業技術的飛速進步, 至爲關鍵的問題大多要寄託於新型材料的性能、新製作法和新工藝的開發。

原文是由關聯詞語 "また" 關聯的並列句。前一分句是 "…技術は…含んでおり," 後一分句是 "…開発が…期待される場合が多い。"。兩個分句都較冗長, 語義也不甚緊密, 爲使譯文清晰, 可變長句爲短句, 在前一分句處斷譯, 用句號分隔, 譯成兩個獨立的句子。

句中的定語 "…電気などの各方面" 和 "今後の工業技術" 均適合於斷譯, 分別譯作 "…電氣等各方面", 今後 (有關) 工業技術"。

(6) 要在夜晚也能舒服地工作, 就需要光亮; 要加速化學反應, 也往往需要電能。

這是由兩個分句構成的並列句。但在各分句中已用有逗號, 爲表明結構關係, 在並列句之間應用分號 ";" 分隔。

(7) 當時, 人們就已經注意到, 如果把視爲寶石的琥珀加以

摩擦，它就會吸引附近的輕小物體。同時，人們也了解到，有某種礦物與琥珀相反，無需摩擦就能吸引鐵片。

原文是一多重複合句，從語義上剖析，適合在表示並列關係的關聯語語"…し，"處斷譯。譯成兩個各自獨立的句子。

(8) 如果在電池上接上一個小電泡，小電泡就亮起來；閉合電熱器的開關，便逐漸暖起來。這樣就知道有電的存在，但是電是什麼形狀，用眼睛是看不見的。

該句是一多重複合句。由表示原因意義的接續詞"から"構成的原因從句是兩個並列句"…光り，…暖かくなる"，而它們又各帶有條件狀語"…つなげば"，"…入れると"，這樣就形成平行對等的關係。爲使譯文的層次分明，表示條件狀語的部分可使用逗號"，"，而兩個並列的原因從句之間用分號"；"分隔。同時，此原因從句在語義上與下文的關聯又不甚緊密，爲此可用句號斷句。

(9) 人類在地球上無疑是最聰明的動物，但是有時可能被自己創造出來的東西所毀滅。結果聰明反被聰明誤。

原文的"自分自身を滅ぼしてしまう"與"いちばんの大ばか者になる"相並列，共同修飾下位的名詞"恐れ"。本句的譯法既可在"…滅ぼしてしまう"處斷譯用句號分隔，也可順譯直下。

(10) 近年來，生命科學的確發展得異常驚人。每逢學習其成果就使人感到進化了的現存生物，好像是由造物主理想地規劃、設計出來的。但當了解到生物是由於幾十億年世代反覆無秩序地變遷和各個時代環境所帶來的自然淘汰而形成的，就會使人爲自

然神意的偉大所感動。同時，生物系對我們化學工作者來說，可謂是珍貴的知識寶庫。

如此長句，原文是一筆到底，最後以句號結句。譯文若照此處理，很難將內容意義調理清楚，讀者也會厭倦。爲此，可在語義關聯性較脆弱的地方斷譯。據此，譯文共斷譯了三處，均用句號分隔，形成四個獨立的句子。

此外，對"近年における生命科学…"，"現存の進化した生物…"，"数十億年にわたる世代のくりかえしの間の無秩序な変異…"，"その時代時代の環境による自然とうた…"等定語，均需作適當的斷譯。因此，可分別譯作"近年来，生命科学…"，"進化了的現存生物…"，"幾十億年世代反覆無秩序地變遷…"，"各個時代環境所帶來的自然淘汰……。"

4. 練習二的重點注釋和參考譯文

1) 重點注釋

(1) "化学は…一分科で，…学科である。"化學是…一個分科，它是…一門學科。

原文系一主二謂的簡單句。但因後一個謂語部分較爲複雜，可增譯出一個"它"字指代主語"化学は"，斷譯成並列句，以求譯文通順明確。

(2) "ここで物質というのは…狭い意味で，…温度，圧力などの物理的条件のもとで…さしている。"這裡所說的物質，…要狹義。…物質指的是…在…溫度、壓力等物理條件的基礎上，…。

該句同樣是一簡單句，由一主“物質というのは”和二謂“意味で，”“さしている”構成。但兩個謂語部分所表達的內容十分豐富，爲使後一個謂語部分不與主語脫節，而重覆主語“物質”一詞，用句號分隔，另譯成一個句子。

此外，定語“…溫度，圧力などの”也應斷譯，略去“的”字，而譯成“溫度、壓力等”。

(3) “ここで特性というのは…固有の性質をさし，それらの性質は…などにほとんど無係に一定している。”這裡所說的“特性”，指的是…固有性質。這些性質是恒定的，與…等幾乎無關。

原文是一個並列複合句，每個分句各帶有定語從句“その物質が本性としてもっている”，“その物質が形づくる”。這樣就構成了一個龐雜的多重覆合句。爲使譯文層次分明，語義簡明，可將兩個並列分句分別譯成兩個獨立的句子。句中定語斷譯之處，可參看譯文，不再贅述。

(4) “量子物理学が形づくられてからは，…これらの対象が，…含まれることになったので，対象の点では，物理学と化学とが重なってしたった。”量子物理學形成之後，…這些對象，…包括到…。因此，在研究對象這一點上，物理學和化學是完全重疊的。

該句是帶有以關聯詞語“ので”構成的原因從句的主從複合句。從句和主句各設有主題“…からは”，“…点では”，在這種結構複雜的情況下，就有必要化繁爲簡。在原因從句處斷句，斷譯成兩個獨立的句子，用句號隔開。

(5) "化学の主要な分科としては…に分れ，…放射線化学など（があり），また，…その他がある。"化學的主要分科是，…分爲…。…有…放射線化學等。另外，…則有…以及其他等等。

　　句子的結構並不複雜，在主題"…としては"之下有三個並列句。但由於其中擁有多個定語、補語、狀語和並列成分使句子變得冗長。同時，在第二個並列句"…放射線化学など"之後省略主格助詞"が"和謂語"あり"。對這種冗長的句子，按其邏輯敘理，語義之緊密或疏鬆，採取相應的手段是十分必要的。看來，該句適合於運用斷譯法，將三個並列句斷譯成三句，形成三個獨立的句子。

2)　參考譯文

化　　學

　　化學是自然科學的一個分科，它是研究物質的特性以及由這些特性所直接規定的各種現象的一門學科。這裡所說的物質，一般比物理學上所用的要狹義。在多數場合，物質是指在地球上比較容易實現的溫度、壓力等物理條件下，呈穩定或半穩定的熱聚合狀態而存在的原子集團。另外，這裡所說的"特性"，指的是該物質本來就具有的固有性質。這些性質是恒定的，與該物質所形成物體應有的狀態、形狀、大小等幾乎無關。其次，所說的直接規定的各種現象，指的是在各種情況下發生的物質變化，以及各物質間的相互作用，尤其是指各物質間的反應。物理學中物性學這一分科也是以其爲研究對象的。量子物理學形成之後，以前只

在化學範圍內進行研究的這些對象，已全部包括到物理學的研究對象中。因此，在研究對象這一點上，物理學和化學是完全重疊的。但是，物理學和化學在歷史發展上所具有的區別，至今仍然在研究的方法上多少有所保留，今後也可能仍然保留下去。兩者的區別在於，化學是根據其屬性來研究對象的，而物理學則是再把它分解成由下位的構成要素－－原子核與電子組成的系，然後再根據這些要素的運動來查明對象。這也就形成了兩門學科在性質上的不同。即，化學傾向於擔當起把各種物質的個性作為給定之物來加以記述的任務，而物理學則負責循著共性深入分析機理這一方面。

化學的主要分科是，根據所研究的化學種類的類別，分為無機化學和有機化學。從與同鄰學科的親緣關係和對象的特異性劃分，有物理化學、生物化學、地球化學、界面化學、核化學、輻射化學、放射線化學等。此外，從技術的角度分科，則有分析化學、工業化學、農業化學、藥物化學、醫學化學以及其他等等。

第十五章

1. 實踐材料的重點注釋

　　(1) "石油化学製品は一般に石油から製造される化学製品であると考えられている。"

譯文一： 大家都認爲，石油化工製品通常是由石油製造出來的化工製品。

譯文二： 石油化工製品通常是指由石油製造出來的化工製品。

　　原文是一包孕在主句中的補語從句。按原作的語法結構，應譯成譯文一的格式，譯文二則是將主句的謂語 "考えられている" 譯作 "指" 字插在從句之中。從本篇文章的全文來看，譯文二的譯法更爲貼切。

　　(2) "この言葉はまた，石油が幾多の美しく，実用的でありかつ近代的な物質であるプラスチック，合成繊維あるいは合成洗剤など，化学技術によってつくりだされ，われわれの日常生活に欠くことのできぬものの母体であるという概念を人人に与えている。" 這一術語給人的又一概念是，石油爲基本原料，利用化學技術製造出來並且已爲我們日常生活所不可缺少的產品，諸如塑料、合成纖維以及合成洗滌劑等許許多多美觀、實用且具有現代特徵的製品。

　　該句的主幹是 "この言葉はまた，…概念を人人に与えている。" (這一術語又給人…概念。) 其中包括有以 "…など" 表示列舉具體事實的獨立語及用形式用言 "という" 關聯的層次較多的

定語。因此就需要採取分譯法，按邏輯順序依譯出。

(3) "同じ化学物質を製造するのに石油化学工業と名づけられて特に重要視される理由は従来他の原料によって得られていたものが石油や天然ガスにその原料をおきかえることによって，化学製品がより豊富に，より安定した低価格で得られるという利点によるものである。"製造同一種化學物質，之所以冠以石油化學工業的名稱而特別受到重視，是基於以下的優點：以往用其他原料所製作的產品，改用石油或天然氣製造所得到的化工製品更加豐富，價格更為低廉、穩定。

原文從"従来他の原料によって…"到"…より安定し低価格で得られるという"為一冗長的定語（包括定語從句），實有必要將其分譯出來，譯成譯文的形式。

(4) "しかるに…至極簡便であるなどの利点…"然而，…極為簡便。據此種種優點…。

該文中同樣有一冗長的定語"…などの"來修飾名詞"利點"，但根據本句和上文的語義，適合於作斷譯處理。

2. 實踐材料的參考譯文

石油化工製品

石油化工製品，通常是指由石油製造出來的化工製品。這一術語給人的又一概念是，以石油為基本原料，利用化學技術製造出來並已為我們日常生活所不可缺少的產品，諸如塑料、合成纖維以及合成洗滌劑等許許多多美觀、實用且有現代特徵的製品。

若對生產這類產品的石油化學工業下一工業性的定義，一般則為 "石油化學工業是以石油或天然氣為原料，製造化工製品的工業"。但是事實上，即使說是石油化工製品，也並不是非用石油或天然氣製作不可。相反，以往的化工製品大都是以煤、動植物油脂、糖蜜和農作物等為原料製作的。而現在則代之以石油和天然氣，實際上已佔石油化學工業原料的大部分。例如，酒精過去都是用糖蜜或甘薯等經發酵製作的，而石油化學工業，則是由石油裂解所得到的乙烯來合成。再如，苯從來都是在煤乾餾時，從副產品煤氣中汲取，採用石油化學方式，則是用溶劑從汽油重整裝置，或用以獲取石油化學原料的裂解裝置裡產生出來的輕質油中萃取。製造同一種化學物質，之所以冠以石油化學工業的名稱而特別受到重視，是基於以下的優點：以往用其他原料所製作的產品，改用石油或天然氣製造所得到的化工品更加豐富，價格更為低廉、穩定。用發酵法製得的酒精會受甘薯、糖蜜等收成的好壞或價格所左右；苯，則因是煉焦的副產品，常受煉鐵業或焦炭需求量多少所影響，其產量受到制約，因此產品的價格很難穩定。然而，石油在國際上可以說是一種產量與價格均為穩定的原料，且因是流體，在處理上也極為簡便。據此種種優點，便成為重視以石油為原料的理由。

3. 練習一的參考譯文和注釋

(1) 光的波長越長，光電子的動能就越小。

包孕句型的程度，儘量從句解析到主句之前翻譯。

(2)　譯文一:

隨著半導體，特別是晶體管的發展，由於體積小、重量輕、耗電量少，以及在機械結構上的優點，在解決設計問題方面都起到很大的作用。

　　譯文二:

隨著半導體，特別是晶體管的發展，由於具有以下優點：體積小、重量輕、耗電量少，以及在機械結構上的有利條件，在解決設計問題方面都起到很大的作用。

　　此句的譯法重點是關於較長的定語"その小形軽量であること，消費電力の少ないこと，構造上機械的条件にも有利であることなどの"如何翻譯的問題。譯文一是將此定語譯在被修飾語"特長"之前，其優點是說理嚴密、意思緊湊，缺點是顯得較長。譯文二是譯在"特長"之後，其優點是層次清楚，缺點是語義疏鬆。權衡起來，採用譯文一的常規譯法為宜。

(3)　X射線的波長越短，則光子的能量越大，其穿透力也就越強。

　　原文是在主句"X線の透過力は…強い"之中包孕著並列的兩個表示程度、度量的從句"波長が短く，光子のエネルギーが大きいほど"。譯文除需要將從句提至主句之前之外，並應把主句的定語"X線の"冠於從句之首，主句中增譯出"其"字予以指代，否則語義不通。

(4)　高壓水銀燈之所以受到重視並取得高速發展是由於具有下列優點：效率高、光束大、光源小而亮度大、壽命長等。

該句是使用分譯法將長的定語後置。

(5) 如果沒有空氣，則動植物就無法生存。

原文是條件從句寓於主句之中，譯文需將其解析出來譯在主句之前。該句也可譯作"動植物，如果沒有空氣，就無法生存"。

(6) 電子工業豐富了我們的生活，將來的發展將難以想像。

"将来（しょうらい）の姿（すがた）は…発展（はってん）するであろう"爲主句，"想像（そうぞう）もつかないほど"是包孕在主句中的狀語從句，按整個句子的表義應將其譯作"難以想像"（作中文的補語）譯在主句之後。

(7) 電能與其他能量相比，操縱極爲容易，例如，可以用開關來調節其供電量等。

句中的"スイッチによって，その供給（きょうきゅう）する量（りょう）を調節（ちょうせつ）することができるなど"（可以用開關來調節其供電量等）表示列舉的事實，爲了突出全句的中心內容而將其分譯出來置於主句之後。

(8) 譯文一：

現在誰都知道，磁鐵具有吸鐵之力。

譯文二：

磁鐵具有吸鐵之力，現在已人所共知。

原文中的"磁石（じしゃく）が鉄（てつ）を引（ひ）きつける力（ちから）のあることは"是用提示助詞"は"提示的賓語從句。譯文一是將該賓語從句譯在主句之後，而譯文二則將其譯在主句之前。但按原文以"は"提示賓語從句的語氣，應採取譯文二的譯法爲宜。

(9) 譯文一：

生物分類的基準，從人的立場來看，可作對人有用的、無用

的、有害的、無害的分類。

　　譯文二:

　　生物分類的基準，從人的立場來看，可分為，對人有用的、無用的、有害的、無害的。

　　原文中的較長的定語"人間に役にたつもの，たたないもの，害になるもの，ならないものというような"。譯文一是照原文的結構譯出的，譯文二是採用分譯法翻譯的。相比之下，優劣自分。

　　⑽　因為有同位素存在，元素的光譜線就會發生變位。

　　原文是在主句中包孕著原因從句"同位元素が存在するために"。可將其提至主句之前譯出，因果關係更為明顯。但也可譯在原位，即譯成"元素的光譜線，因有同位素存在，就會發生變位"。但語義不夠通順。

4.　練習二的重點注釋和參考譯文

1)　重點注釋

　　⑴　"火力プラントに使われる機器を大別すればボイラー，タービン，発電機および変圧器の主機とこれらに付属する補機および発電所運営管理上必要な燃料設備，用水関係設備，非常電源設備，通信設備などのいわゆる補機と称されるものの二つとなる。"火力發電廠所使用的設備大致分為兩類: 一類是組成主機的鍋爐、汽輪機、發電機和變壓器; 另一類則是主機的附屬設備以及由維護發電廠運行所需要的燃料、供水、應急備用電源、通訊等所組成的輔助設備。

該句的基本結構是，"…を大別すれば…主機と…ものの二つとなる。"在並列的兩個定語"主機とものの"之前各有長的定語，因此譯文將"二つとなる"譯作"一類是…；另一類是…"提至前面，然後再分別翻譯各自的定語。詳見以上譯文。

2) 參考譯文

火力發電廠

構成火力發電廠的設備數量很大，種類繁多，由於篇幅所限不可能一一詳加探討。火力發電廠所用的設備大致分為兩類：一類是組成主機的鍋爐、汽輪機、發電機和變壓器；另一類則是主機的附屬設備以及由維護發電廠運行所需要的燃料、供水、應急備用電源、通訊等設備所組成的輔助設備。

設計發電廠時，在決定設備的具體規格之前，必須對供求，電力系統以及經濟效益等方面的問題進行研究，以便確定設備的基本參數。尤其是對主機，要從國內外已研製出來的若干型號的設備中，根據其實際運行效果來決定，這樣處理即使從設備的可靠性、經濟效益等方面來看往往也是有益的。

從火力發電廠的經濟效益來考慮，一般來說，機組容量越大，無論在熱效率方面，還是在造價費用方面都較為有利。因此，在極力謀求經濟效益的情況下，只要在運行允許的範圍內，新建造的機組趨向於採用大容量的。

第十六章

1. 實踐材料的重點注釋

(1) "たとえば自動車の速度は停止状態の 0 から最高速度まで連続的に変ります。しかし自動車に乗る人の数は，けっして連続的に変わることはできません。1 人，2 人……というように，かならず 1 人を最小単位としてかぞえられます。"例如，汽車的速度從停止狀態零到最高速度是連續變化的，但是乘坐汽車的人數絕不會連續變化，一定以一個人為最小單位，1 個人，2 個人……地計算。

原文是在舉例之下，出現三個獨立的句子。為使譯文在表達上取得嚴密、緊湊的效果，而將三個句子合譯成具有轉折關係的主從複合句。

(2) "自然界の多くの量は，アナログ的に，つまり連続的に変化します。水の流れ，風のそよぎ，星の運行，すべて連続的に変わる量として考えてよいでしょう。"自然界中有許多量都模擬性地，即連續變化的，諸如水流、風吹、星體運行都可認為是連續變化的量。

後一句"水の流れ……考えてよいでしょう"從語義上分析，雖無"たとえば"之類的表示舉例的詞語，但確屬舉例的內容。因此，可增譯"諸如"一詞，合譯成一個句子，以使語義貫通、流暢。

(3) "さて，連続的なアナログ量であっても，これをディジ

タル的に表示する場合がしばしばあります。たとえば「時間」は連続的に変化するものの代表のように考えられ，また時計は時間をアナログ的に表示しているのですが，最近の電光時計は，「分」を単位として時間をディジタルに表示しています。つまりある1分間のあいだは表示の文字は変化せず，1分ごとに文字が入れ替わって新しい時刻を示します。"即使是連續變化的模擬量，也常用數字量來表示，例如"時間"可認爲是具有代表性的連續變化的量，鐘錶就是模擬性地表示時間的。但是，最近出現的電子錶卻以"分"爲單位用數字顯示時間，即顯示時間的數字在某一分鐘內沒有變化，而是每隔一分鐘改換一次數字指示新的時刻。

　　原文是用句號"。"分隔的三個獨立的句子。但概念內在聯繫是，第二句"たとえば…表示しています。"用來列舉事實對第一句的內涵進行說明；第三句"つまり…示します。"是用來對第二句後一分句"最近の電光時計は…示します。"作注釋明確的。可說是，層次疊加，結構分明。但譯文尙需根據語義的緊密和疏鬆進行調整。其結果是，可將第二句的前一分句"…表示しているのです"並入第一句內，再將第二句的後一分句與第三句結合在一起。經此混譯，原文三個獨立的句子，在譯文中就變成二個獨立的句子了。

　　(4) "たとえば計算尺はアナログですが，算盤はディジタルです。ラジオの音量は連続的に変えられますが，照明の（電灯の）明かるさは不連続的にしか変わりません。人間の身体は

－ 461 －

アナログ的に育つものですが, 既製のシャツはcmを単立にディジタル化されてそろえてあります." 例如, 計算尺是模擬式計算用具, 而算盤則是數字式計算工具; 收音機的音量是連續變化的, 而照明 (電燈) 的亮度, 則只能是不連續變化的; 人的身體是連續性地成長, 而做成的襯衫則是以厘米爲單位, 數字化地來剪縫。

原文是三個各自獨立的句子, 每個句子又都是帶有讓步從句的複合句。這三個句子, 可說是結構平行對稱, 意義相互關聯。爲此, 可按中文的結構形式, 譯成用分號 ";" 分隔的三個並列句。這也是合譯一種。

2. 實踐材料的參考譯文

模擬與數字

連續變化的量叫做模擬量。反之, 有規律而不連續變化的量稱爲數字量。例如, 汽車的速度從停止狀態零到最高速度是連續變化的, 但是乘坐汽車的人數絕不會連續變化, 一定以一個人爲最小單位, 1個人, 2個人……地計算。前者是模擬量, 而後者可說是典型的數字量。

自然界有有許多量都是模擬性地, 即連續變化的, 諸如水流、風吹、星體運行都可認爲是連續變化的量。但是, 進入微觀世界, 當考慮一個分子, 一個原子時, 它們雖然也是自然界的量, 卻必須認爲是數字性地, 即不連續變化的。這是因爲, 此時是以一個分子或一個原子爲最小單位變化的。

即使是連續變化的模擬量, 也常用數字量來表示, 例如 "時

間”可認爲是具有代表性的連續變化的量，鐘錶就是模擬性地表示時間的。但是，最近出現的電子錶卻以“分”爲單位用數字顯示時間，即顯示時間的數字在某一分鐘之內沒有變化，而是每隔一分鐘改換一次數字來指示新的時刻。同樣仍以時間爲例。列車的發車和到站的時間，是以“分”爲單位使之數字化記載在時刻表上的。像這樣將模擬量變爲數字量即稱之爲量子化。

　　觀察一下我們周圍的事物，也可清楚地了解到，人們在生活中巧妙地分別使用著模擬量和數字量。例如，計算尺是模擬式計算用具，而算盤則是數字式計算工具；收音機的音量是連續變化的，而照明（電燈）的亮度則只能是不連續變化的；人的身體是連續性地成長，而做成的襯衫則是以厘米爲單位，數字化後剪縫的。一般說來，數字化這種思考方法之中隱蘊著一種標準化、簡便化和統一化的思想方法。這裡也可以感受到人的精神作用──將模擬量改變易於處理的數字量。

3.　練習一的參考譯文和注釋

　　⑴　電子技術的發展將使所有的工業發生變化。因而，80 年代技術革新的範圍將會異常擴大，即對其他工業的影響極大。

　　原文是三個句子。第三句是由“つまり”導出的具有注釋前句的作用，且短小，故可與第二句合譯成一個句子。

　　⑵　首先是小型化，這是最大的特點。以往的裝置如果集成電路化，就能縮小體積。同時，假如大小相同，由於集成電路化，就能提高性能。

前兩個句子，短小且意義關聯緊密，適合於合譯。

(3) 石油的主要成分碳化氫。此外，還含有硫、氮和氧，硫是造成石油公害的主要物質。

原文的前句是由接續助詞 "が" 關聯的並列句，而後句從語義上分析卻與前句的後一分句意義相聯。因此，可將前句的前一分句譯成一個獨立的句子，將前句的後一分句並入後句，形成混譯。

(4) 亞里士多德否定過真空。其論據是：由於物體的速度同作用力成正比，同介質的阻力成反比，因此如果沒有空氣，投出的石子的速度一定是無限大的。

此譯文是按混譯處理的。原因是，前句的後一分句 "その論拠はこうであった。"（其論據是這樣的）的具體論據即是後句的論述。按邏輯敘理，採取這種譯法似為合宜。

(5) 蜻蜓卵孵出來是蜻蜓，馬所生的必然是馬，馬不會生出牛來。

原文乃是三個各自獨立的句子。意思是平行並列，語義關聯。因而，適合於合譯成用逗號 "，" 分隔的並列句。

(6) 其一是前面談過的文字信息處理機。此外，80 年代還陸續有新機器出現，例如多功能的複印機。這是一種在複印機上安裝了微型機和存儲器，也就是安裝上了電腦。因此，不單純是複印，而且能存儲圖像，還可以將圖像作遠距離的傳送。

原文的前面部分可作斷譯處理不論。後面部分，從 "つまり「頭」が付け加えられたもので，" 處斷開，照譯成 "也就是安裝上了電腦。" 其後 "単純な複写だけでなく，画像の記憶ができ

る。それを遠隔地（えんかくち）に送（おく）ることもできる。"合二爲一，增譯出"因此"一詞，譯作"因此，不單純是複印，而且能存儲圖像，還可以將圖像作遠距離的傳送。"該文如果不作混譯，而按原文的結構翻譯，譯文欠通順。

(7) 晶體管發明之後，由於其體積小、重量輕、功耗小、工作穩、壽命長等優點，從而導致了微型電路技術的出現，微型組件、薄膜電路等就屬於這種技術。由此，在製造具有複雜電路的設備時，就可能縮小體積和降低功能。

此文的譯法特徵是將後句的前部分內容"マイクロモジュールとか，薄膜混成回路（うすまくこんせいかいろ）などがそれであるが"（微型組件、薄膜電路等就屬於這種技術）。"並入前句，後句的後部分內容單獨譯成一個獨立的句子，即混譯。

(8) 自遠古以來，在地球這個舞台上，生物敷演了一場雄壯的戲劇。在這場戲中，不斷有新的主人翁——因進化而產生的生物，登上了舞台。

原文中"新（あたら）しい主人公（しゅじんこう）"指的就是最後一句的"進化（しんか）で生（しょう）じた生物（せいぶつ）たちです。"（因進化而產生的生物）。爲使譯文富有表現力，而將後文揉於前文之中進行合譯。

(9) 隨著原子序數的遞增，元素的性質在一點一點地變化。在Ⅶ族 A 中，陰電性變得最強，即易於獲得電子而成爲陰離子。

原文前句的前一分句"原子番号（げんしばんごう）が増（ま）すにつれて，少（すこ）しずつ元素（げんそ）の性質（せいしつ）が変（かわ）り"，（隨著原子序數的遞增，元素的性質在一點一點地變化）是表述事物的整體。前句的後一分句"第Ⅶ族 A で

最も陰性が強くなる。”（在Ⅶ族 A 中，陰電性變得最強）是闡述整體中的一種。而另一句 “すなわち，電子を得て陰イオンになりやすい。”（即易於獲得電子成為陰離子），則只是對前句中的後一分句進行注釋、明確。按邏輯層次，將前句的前一個分句譯成一個獨立的句子，其後一個分句與表示注釋、明確作用的句子合譯成一個句子是順理成章的。

　　⑽　從運輸情況來看，鐵路應該完成的使命大體可分以下三類：

　　　　①　城市之間，高速大量地運輸旅客。

　　　　②　大中城市，人員上班和上學的公務運輸。

　　　　③　產銷地間大量、高速運輸貨物。

　　這種類型的句子大多作合譯處理。

4. 練習二的重點注釋和參考譯文

1) 重點注釋

　　⑴　“金のごとく天然に金属として存在するものもあるが，これは全く例外であり，酸化物や硫化物の形で金属元素は鉱石の中に含まれている。”金屬元素雖然也有像金子那樣天然地以金屬的形式存在的，但這純屬例外，而大多數是以氧化物或硫化物的形式含於礦石之中。

　　該句適合於將最後一句的主語 “金属元素は” 提至全句之首，以使語義通順。這樣就形成混譯。

　　⑵　“鉄は…用いられているが，‘…鉄の球が発見されてい

る。これが…ものか，鉄鉱の露頭が…ものか，…ものかは不明で
あるが'，…ことは驚異というべきであろう。"鐵…應用於…。
…鐵球，究竟它是…，還是露頭的鐵礦…至今還不清楚。但是，
…這是值得令人感到驚異的。

譯文按語義邏輯層次，作混譯處理。見劃有""'""處。

(3) "そして B. C. 500 年頃にはすでに atom が考えられ，
万物が皆この素からなるとして'古代錬金術が栄え，万有還
金を信じて合金の研究が行なわれた。この手法が後世の化学お
よび物理学の発達を促したが'，20 世紀後半になり，錬金術師の
夢であった元素の変換の道が核物理学者によって拓かれたわけ
である。"而且，早在公元前 500 年時人門就遐想到原子，認爲萬
物皆來源於此。古代的煉金術由此而得到繁榮，並且相信萬有還
原，而對合金進行了研究，其技術促進了後世化學和物理學的發
展。直到 20 世紀後半時，曾爲煉金術師所夢寐以求的元素的變換
方法才由核物理學家研究出來。

此部分內容同與注(2)，適合於在劃有""'""處進行混譯，以
使譯文層次合乎邏輯。

2) 參考譯文

金　屬

金屬元素雖然也有像金子那樣天然地以金屬的形式存在的，
但這純屬例外，而大多數是以氧化物或硫化物的形式含於礦石之
中。因此，欲想獲得金屬，首先就必須借助於化學，金屬的歷史

就是由化學創造出來的。而且，從像銅那樣，礦石容易獲取，並不難還原，且從熔點較低的金屬開始，依次對人類走向文明起到很大的作用。

銅為質地柔軟，加工性能良好的金屬，因而可製作成各種形狀。人們常常言及 "青銅時代"，但最古老的金屬可說是並不是純銅。估計為公元前 3700 年時期的金屬棒，含錫量為 9.1 %，銅為 89.8 %，並且還含有少量的砷，與現在的青銅在組成上沒有多大差別。

鐵與銅相比，質地堅硬，從公元前 2000 年時起就廣泛地應用於農耕，狩獵以及用作武器。從推斷為公元前 4000 年左右的古墳裡發現過完全鏽蝕的鐵球，究竟它是從隕石中得到的，還是露頭的鐵礦因火山爆發而被還原形成的，抑或是由礦石中冶煉出來的，實不得而知。但是，像鐵這種高融點的金屬，從幾千年前就已經開始被利用，這是值得令人感到驚異的。而且，早在公元前 500 年時人們就遐想到原子，認為萬物皆來源於此。古代的煉金術由此而得到繁榮，並且相信萬有還原，而對合金進行了研究，其技術促進了後世化學和物理學的發展。直到 20 世紀後半葉，曾為煉金術師所夢寐以求的元素的變換方法才由核物理學家研究出來。綜上所述，金屬學具有極其悠久的歷史，而且是最新科學的一個分支。

國家圖書館出版品預行編目資料

日漢翻譯技巧/靖立青編著.--初版.--臺
　北市：鴻儒堂，民90
　面；公分

ISBN　957-8357-32－X(平裝)
　1.翻譯 2.日本語言—翻譯

811.7　　　　　　　　　　90004164

日漢翻譯技巧

定價：300 元

2001 年(民 90 年)5 月初版一刷
本出版社經行政院新聞局核准登記
登記證字號：局版臺業字 1292 號

作　　　著：靖立青
發　行　人：黃成業
發　行　所：鴻儒堂出版社
地　　　址：台北市中正區開封街一段 19 號 2 樓
電　　　話：23113810・23113823
電話傳真機：23612334
郵 政 劃 撥：01553001
E — mail：hjt903@ms25.hinet.net

法律顧問：蕭雄淋律師

凡有缺頁、倒裝者，請向本社調換
本書經高等教育出版社授權出版